견인 도시 연대기

3

# 악마의 무기
## INFERNAL DEVICES

**Infernal Devices by Philip Reeve**

Text ⓒ Philip Reeve, 2005

All rights reserved.

This Korean edition was published by Bookie Publishing House in 2010
by arrangement with Scholastic limited
through KCC(Korea Copyright Center Inc.), Seoul.

이 책은 (주)한국저작권센터(KCC)를 통한
저작권자와의 독점계약으로 도서출판 부키에서 출간되었습니다.
저작권법에 의해 한국 내에서 보호를 받는 저작물이므로 무단전재와 복제를 금합니다.

# 악마의 무기
## INFERNAL DEVICES

필립 리브 지음 · 김희정 옮김

부·키

지은이 **필립 리브**는 영국 판타지 소설계의 대표 작가이자 일러스트레이터. 2001년 『모털 엔진』을 출간하면서 곧바로 베스트셀러 작가 반열에 올랐고, 이듬해 이 책으로 '네슬레 스마티즈 어워드' 금상을 수상했으며 영국 최고의 문학상인 '휘트브레드 상' 최종 후보에 올랐다. 이후 그의 소설들은 『가디언』 『데일리 텔레그래프』 『타임스』의 호평 속에 워너브라더스 등의 메이저 영화사와 피터 잭슨 같은 유명 감독들이 영화 판권을 사들이는 등 출간될 때마다 화제를 모으고 있다.

주요 작품으로 '견인 도시 연대기' 4부작인 『모털 엔진』 『사냥꾼의 현상금』 『악마의 무기』 『황혼의 들판』 외에 『라크라이트』 『아더 왕, 여기 잠들다』 '버스터 베일리스' 시리즈 등이 있다.

옮긴이 **김희정**은 서울대학교 영문학과와 한국외국어대학교 통번역대학원을 졸업했다. 현재 가족과 함께 영국에 살면서 전문 번역가로 활동하고 있다. 옮긴 책으로 『영장류의 평화 만들기』 『내가 사는 이유』 『우주의 마지막 책』, 함께 옮긴 책으로 『코드북』 『두 얼굴의 과학』 『그들이 말하지 않는 23가지』 등이 있다.

견인 도시 연대기3 악마의 무기

2010년 12월 9일 초판 1쇄 발행
2019년 1월 10일 초판 3쇄 발행

지은이 필립 리브
옮긴이 김희정
펴낸곳 부키(주)
펴낸이 박윤우
등록일 2012년 9월 27일
주소 03785 서울 서대문구 신촌로3길 15 산성빌딩 6층
전화 02) 325-0846
팩스 02) 3141-4066
홈페이지 www.bookie.co.kr
이메일 webmaster@bookie.co.kr
제작대행 올인피앤비 bobys1@nate.com

ISBN 978-89-6051-122-4 04840
ISBN 978-89-6051-677-9 (전4권)

책값은 뒤표지에 있습니다. 잘못된 책은 구입하신 서점에서 바꿔 드립니다.

차례

## PART ONE

1. 잠자던 사자가 깨어나다 11
2. 바인랜드의 앵커리지 17
3. 거머리선 오토리쿠스 32
4. 틴 북의 전설 44
5. 바다에서 온 소식 62
6. 신세계 건설 68
7. 집 떠나는 소녀 80
8. 납치 97
9. 메시지 106
10. 페어런트 트랩 117
11. 그림스비에 도전한 4인조 127
12. 대양에서 벌어지는 비즈니스 133
13. 닥터 제로 147

14. 팔렸다! 158

15. 깊은 바다의 아이들 180

16. 두 눈이 있던 자리에는 진주가 189

17. 예배당 199

18. 나글파 208

19. 신부의 화관 231


PART TWO

20. 바다 물결 위의 삶 237

21. 갈매기의 비상 253

22. 클라우드 나인 살인 사건 266

23. 브라이트, 브라이터, 브라이튼 286

24. 레퀴엠 보텍스 303

25. 후추통 308

26. 달을 기다리며 317

27. 안전하지 않은 금고 335

28. 공중 공격 352

29. 자폭하지 않은 소년 372

30. 그린 스톰의 포로들 391

31. 장미의 일생 397

32. '북극의 식빵'의 비행 408

33. 떠남 420

34. 찾은 사람이 임자 431

35. 하늘에 갇히다 438

36. 이상한 만남들 450

**일러두기**
본문의 각주는 옮긴이 주입니다.

# PART ONE

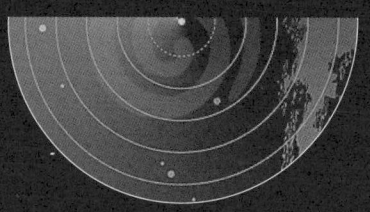

INFERNAL DEVICES

# 1
# 잠자던 사자가 깨어나다

처음에는 아무것도 없었다. 그러다 갑자기 불꽃이 튀고 치직거리는 소리가 났다. 거미줄처럼 얼기설기 얽힌 꿈과 기억을 뒤흔드는 소리. 곧이어 치직, 콰광 소리와 함께 뇌 속 말라붙은 통로들을 따라 마치 바닷가 동굴로 파도가 밀려드는 것처럼 창백하고 눈부신 전류가 줄달음쳤다. 한순간 발꿈치와 뒤통수만 땅에 닿을 정도로 몸이 활처럼 굽고 사지가 뻣뻣하게 경직됐다. 비명을 지르며 깨어난 그의 시야는 고장 난 스크린처럼 하얀 눈발 같은 잡티가 가득했다. 그리고 몸 전체가 벼랑 끝으로 떨어지는 느낌이 들었다.

 죽음을 맞던 순간이 떠올랐다. 젖은 풀 위에 누워 있는 자기를 내려다보는 상처 난 소녀의 얼굴이…. 중요한 사람이었다, 그 소녀는. 스토커에게 허락된 이상의 애착을 그 소녀에게 가졌던 기억이 났다. 그녀에게 무언가 해 주고 싶은 말이 있었는데 결국 하지 못했다. 이제는 망가진 그녀 얼굴의 잔상만 남아 있을 뿐이었다.

이름이 뭐였더라? 그의 입이 기억을 하고 있었다.

"흐…"

"살아 있다!" 어떤 목소리가 외쳤다.

"헤스…"

"다시 한 번. 빨리!"

"충전 중."

"헤스터…."

"물러서!"

다시 한 번 전류가 해일처럼 밀려들면서 기억의 마지막 편린마저 밀고 지나가자, 그의 의식 속에 남은 것이라고는 오직 자기가 스토커 슈라이크라는 사실뿐이었다. 한쪽 눈이 다시 작동하기 시작했다. 전파 방해를 받는 스크린처럼 하얀 점으로 가득한 시계에서 희미한 형체들이 움직이는가 싶더니 서서히 초점이 맞춰지면서 사람의 모습을 갖춰 갔다. 빠르게 움직이는 구름 아래로 달빛을 받으며, 그들은 횃불을 들고 서 있었다. 비가 줄기차게 내렸다. 부활을 경험하지 못한 인간들이 고글과 제복 위로 비닐 가운을 덧입고 열려 있는 그의 무덤 주변을 둘러싸고 있었다. 어떤 이들은 요오드 램프를 들고 있었고, 또 어떤 이들은 번쩍거리는 밸브와 다이얼이 많이 달린 기계에 매달려 있었다. 그 기계에서 나온 전선들이 슈라이크의 몸에 연결되어 있었다. 쇠로 만든 투구가 벗겨진 상태라는 것이 느껴졌다. 머리 위쪽이 열려 있으니 투구 안에 들어 있는 스토커 뇌가

## 1. 잠자던 사자가 깨어나다

다 노출되어 있을 것이다.

"미스터 슈라이크? 제 말 들리세요?"

아주 젊은 여자가 자기를 내려다보고 있었다. 그 순간 한 소녀에 대한 희미한 기억이 감질나게 그의 뇌리를 스쳐 갔고, 이 여자가 그 소녀일까 생각했다. 그러나 아니었다. 그의 꿈에 나타나는 소녀의 얼굴은 어딘가 부서져 있는 듯한 느낌이 들었다. 그러나 이 얼굴은 완벽했다. 창백한 피부에 뚜렷한 광대뼈, 두꺼운 검은 테 안경 사이로 빛나는 까만 눈동자를 가진 동양적인 얼굴이었다. 짧은 머리는 초록색으로 물이 들어 있었다. 투명한 가운 아래로 검은 제복을 입고 있었는데, 날이 선 검은 깃 위에 은색 실로 날개 달린 해골이 수놓아져 있었다.

그녀는 녹이 슨 그의 가슴에 손을 얹으며 말했다. "두려워하지 말아요, 미스터 슈라이크. 지금 상황이 무척 혼란스럽게 느껴질 겁니다. 18년 동안 죽어 있었으니까요."

"죽어 있었다…." 그가 말했다.

젊은 여자가 미소를 지었다. 하얀 치아가 약간 비뚤게 나 있었다. 작은 입에 비해 살짝 커 보이는 치아들…. "어쩌면 휴지 상태라고 하는 것이 더 적절한 표현일지 모르겠네요. 스토커들은 절대 죽지 않으니까요, 그렇죠?"

어디선가 우르릉하는 소리가 들렸다. 천둥소리라고 하기엔 너무 규칙적이었다. 깜박거리는 주황색 빛이 구름에 비치면서 슈라이크의 무덤을 에워싼 바위산들의 윤곽이 드러났다. 군인들 가운데 일부가 초조한 얼굴로 하늘을 올려다봤고, 그중 한 명이 입을 열었다. "스나우트 건입니다. 적이 늪지대 요새를 점령한 게 틀림없어요. 수륙양용 타운들이 한 시간 안에 여기까지 다다를 것입니다."

여자가 어깨 너머를 한 번 흘낏하고는 말했다. "고마워요, 대위." 그녀는 다시 슈라이크에게 정신을 집중하고, 그의 머릿속에 손을 집어넣어 빠른 속도로 작업을 했다. "굉장히 많이 손상을 입어서 회로가 폐쇄되었어요. 하지만 수리할 수 있어요. 나는 부활군 부대의 닥터 위논 제로입니다."

"아무 기억도 할 수가 없다." 슈라이크가 그녀에게 말했다.

"기억이 손상을 입었습니다. 회복시킬 도리가 없어요. 미안해요." 분노와 당황스러움이 가슴속에서 솟구쳤다. 뭔지는 모르겠지만, 이 여자가 그에게서 무엇인가를 훔쳐 갔다는 느낌이 들었다. 갈고리 손톱을 꺼내려 해 봤지만 움직일 수가 없었다. 어쩌면 이 축축한 땅에 누워 있는 것은 오로지 그의 눈 하나뿐이 아닐까 하는 생각마저 들었다.

"걱정 말아요." 닥터 제로가 말했다. "과거는 중요하지 않아요. 이제부터는 그린 스톰을 위해 일하게 되었으니까요. 금방 새로운 기억들을 가지게 될 거예요."

미소 짓는 그녀의 얼굴 뒤로 무언가 폭발하면서 소리 없이 하늘을 노랑, 빨강으로 물들이고 있었다. 군인 한 사람이 외쳤다. "적들이

## 1. 잠자던 사자가 깨어나다

오고 있어요! 나가 장군의 부대가 텀블러로 반격을 하고 있지만 오래 버티지는 못할 거예요."

닥터 제로는 고개를 끄덕이고 무덤 밖으로 나가 손에 묻은 진흙을 털면서 말했다. "미스터 슈라이크를 당장 옮겨야겠어요." 그러고는 슈라이크를 쳐다보면서 다시 미소 띤 얼굴로 덧붙였다. "걱정 말아요, 미스터 슈라이크. 비행선이 대기 중이에요. 바트몽크 차카에 있는 중앙 스토커 작업실로 가는 거죠. 금방 다 고칠 수 있을 거예요."

그녀가 옆으로 비켜서자 큰 덩치 둘이 다가왔다. 둘 다 스토커였다. 갑옷에 새겨진 초록색 번개무늬는 슈라이크도 처음 보는 것이었다. 눈이 있어야 할 곳에 난 좁은 틈을 제외하면 삽의 밑동처럼 밋밋한 얼굴의 스토커들이었다. 슈라이크를 무덤에서 들어 올려 들것에 눕힐 때 눈에서 잠깐 초록빛이 반짝인 것 말고는 아무런 반응도 읽을 수가 없었다. 기계로 작업을 하던 사람들도 슈라이크를 들고 묵묵히 걸어가는 스토커들과 함께 요새처럼 생긴 비행선 정비소로 이동했다. 비에 젖은 하늘을 향해 비행선들이 줄지어 이륙하고 있었다. 닥터 제로가 앞으로 뛰어가면서 외쳤다. "어서! 어서! 조심해요! 미스터 슈라이크는 골동품이란 말이에요!"

길이 점점 가팔라지고 있었다. 슈라이크는 그녀가 왜 그렇게 서두르는지, 또 군인들이 왜 그렇게 불안해하는지 이해하기 시작했다. 절벽 틈 사이로 끊임없는 총격에서 나오는 빛을 반사하고 있는 큰 물이 보였다. 그 물 위에, 그리고 그 너머 검고 평평한 땅 위에 거대한 물체들이 움직이고 있었다. 하늘을 밝히는 불타는 비행선들과 천천히 떨어지는 창백한 낙하산 조명탄들 덕에 그는 철갑옷을 씌운 바퀴와 커다란 턱, 그리고 갑판마다 철갑 요새를 두르고 사격대를 설치한 도시들을 봤다.

견인 도시들이었다. 그들이 무리를 지어 늪지대를 건너고 있는 것이다. 그 광경이 슈라이크의 머릿속에서 흐릿한 기억을 일깨웠다. 저런 도시를 본 적이 있었다. 적어도 저런 도시에 대한 개념은 기억하고 있었다. 저런 도시에 가 본 적이 있는지, 그랬다면 거기서 무엇을 했는지는 생각나지 않았다.

그를 구출한 사람들이 기다리고 있는 비행선으로 서둘러 옮겨지는 사이, 순간적으로 신뢰에 가득 찬 얼굴로 그를 올려다보고 있는 한 소녀의 상처 난 얼굴이 그의 뇌리를 스쳐 지나갔다. 그녀는 슈라이크가 약속한 무언가를 기다리고 있었다. 그러나 그녀가 누구인지, 그녀의 얼굴이 왜 그의 머릿속에 있는지 더는 알지 못했다.

INFERNAL DEVICES

2

# 바인랜드의 앵커리지

그로부터 몇 달 후 지구 반대편, 렌 내츠워디는 침대에 누워 천장에 스며든 달빛 한 줄기가 천천히 움직이는 것을 쳐다보고 있었다. 자정이 넘은 시각이었다. 렌이 내는 소리와 오래된 집이 가끔 끼익하는 소리 말고는 고요 그 자체였다. 그녀는 자기가 사는 이곳 '바인랜드의 앵커리지'보다 더 조용한 곳이 있을까 생각했다. 사람들에게 잊힌 죽은 대륙의 한구석, 아무도 모르는 호수에 떠 있는 이름 모를 섬, 그 남쪽 바위 기슭에 뿌리를 내린 허물어져 가는 얼음 도시….

그러나 그렇게 조용하기만 한데도 그녀는 잠을 이룰 수가 없었다. 옆으로 누워 편한 자세를 취해 보려 했지만 담요가 엉켜서 더 답답하기만 했다. 엄마와 저녁 식사 중에 또 말다툼을 했다. 여느 때처럼 작은 의견 차이로 시작했다가(렌이 설거지를 돕는 대신에 틸디 스뮤, 사스트루기 형제들과 함께 놀러 나가고 싶다고 한 것) 금세 엄청난 전쟁으로 번진 싸움이었다. 울면서 서로를 비난하고 오래된 상처를 들춰내서 서로에게 폭격을 가하는 동안 불쌍한 아빠는 옆에 서서 "렌, 진정해라." "헤스터, 제발!"만 연발했다.

결국에는 물론 렌이 졌다. 설거지를 끝내고, 있는 대로 발을 구르면서 이층 자기 방으로 올라가는 것으로 불만을 표시한 것이 다였다. 그때부터 지금까지 계속 머리를 굴리면서 이 말로 엄마를 더 아프게 해 줄걸, 저 말로 쏘아붙여 줄걸 하며 후회하고 있다. 엄마가 열다섯 살 소녀의 삶을 알 리 없었다. 너무 못생겨서 어릴 적에 친구가 하나도 없었을 것이 분명했다. 특히나 앵커리지에서 모든 소녀들의 우상인 네이트 사스트루기가 틸디를 통해 렌을 진짜 좋아한다고 고백한 것과 같은 일은 꿈도 꾸지 못했을 것이 틀림없었다. 엄마를 좋아한 남자는 아무도 없었을 것이다. 물론 아빠는 제외해야겠지만. 사실 아빠가 왜 엄마를 좋아하는지는 바인랜드의 불가사의 중 하나였다. 적어도 렌이 보기에는.

렌은 몸을 뒤척이면서 더 이상 그 문제에 대해 생각하지 않으려고 노력했다. 하지만 허사였다. 그녀는 침대에서 빠져나와 머리를 식히기 위해 산책이라도 해야겠다고 마음먹었다. 엄마, 아빠가 나중에 자기가 없어진 것을 발견하고는, 물에 몸이라도 던지지 않았을까 혹은 가출을 한 게 아닐까 하며 걱정한들 무슨 상관이랴. 자신을 아이 취급한 엄마도 깨닫는 바가 있겠지. 그녀는 옷을 입고 양말, 신발까지 챙겨 신은 다음 계단을 내려가 숨소리 말고는 정적밖에

## 2. 바인랜드의 앵커리지

흐르지 않는 집을 빠져나왔다.

엄마, 아빠가 이 집을 선택한 것은 16년 전 일이었다. 앵커리지가 가까스로 바인랜드의 호숫가에 정박하고, 렌은 엄마 뱃속을 떠다니는 주먹보다 작은 태아에 불과했을 때였다. 그 이야기는 가족 대대로 전해질 전설과도 같았다. 렌은 어렸을 적에 잠자리에서 아빠, 엄마가 동화를 읽어 주듯 그 이야기를 해 줬던 것을 기억했다. 프레야 라스무센은 엄마, 아빠에게 상층 갑판에 있는 빈집 중에서 아무 집이나 골라도 좋다고 했다. 둘은 비행선 항구가 내려다보이는 도그 스타 코트 거리에 자리 잡은 상인의 집을 골랐다. 타일이 깔린 바닥과 두터운 도자기 난방 덕트, 그리고 나무와 청동 패널이 대진 벽이 있는 튼튼하고 아늑한 집이었다. 몇 년에 걸쳐 엄마, 아빠는 다른 빈집에서 가구를 가져다 놓기도 하고, 그림과 벽걸이 장식, 물가에서 주운 목제, 그리고 데드 힐 탐험 때 아빠가 발굴해 온 골동품 등으로 집 안을 채웠다.

렌은 거실을 가로질러 문 옆에 있는 옷걸이에서 외투를 집어 들었다. 벽에 걸린 판화나 유리 전시관에 들어 있는 소중한 고대 믹서, 전화기 부품 등에는 눈길도 주지 않았다. 자라는 동안 내내 그런 물건들에 둘러싸여 있었기 때문에 이제는 진절머리가 났다. 최근 들어서는 자기 자신이 너무 커 버린 것처럼 집이 좁고 답답하게만 느껴졌다. 먼지와 나무 광택제, 아빠의 책에서 나는 익숙한 냄새들은 마음을 편안하게 해 주기도 했지만 동시에 숨이 막히게도 했다. 이제 열다섯 살이 된 렌은 잘 맞지 않는 구두처럼 삶이 자신을 옥죄는 것 같은 느낌을 받았다.

최대한 소리 없이 문을 닫고, 도그 스타 코트를 따라 급히 걸어갔다. 데드 힐 위로 연기처럼 자욱한 안개가 걸려 있었다. 렌의 입김도 뿌연 안개처럼 보였다. 9월 초밖에 안 됐는데 벌써 밤공기에서 겨울 냄새가 났다.

달은 낮게 떠 있었지만 별들이 밝았다. 머리 위에서는 오로라가 투명한 빛을 발하고 있었다. 도시 한가운데 자리 잡은 겨울 궁전이 담쟁이 넝쿨에 뒤덮인 채 오로라를 배경으로 검게 솟아 있었다. 한때 겨울 궁전에는 앵커리지를 다스리던 지도자들이 살았지만, 현재 그곳에 사는 사람은 앵커리지의 마지막 마그라빈이었다가 이제는 학교 교사로 변신한 미스 프레야뿐이었다. 다섯 살 생일이 지난 뒤부터 겨울이면 날마다 학교로 개조한 겨울 궁전 1층에 갔다. 거기서 미스 프레야가 지리, 수학, 도시진화론, 그리고 평생 가야 렌의 생활에 아무런 도움도 주지 않을 것들에 대해 설명하는 것을 들었다. 그때는 엄청나게 따분했었는데, 이제 열다섯 살이 돼서 더 이상 학교에 가지 않아도 되고 나니 그 시절이 너무나 그리웠다. 미스 프레야의 제안을 받아들여 아이들을 가르치는 일을 돕지 않는 이상 다시 정다운 학교 책상에 앉을 기회는 없을 것이다.

미스 프레야가 그 이야기를 꺼낸 것은 몇 주 전이었다. 추수가 끝나면 앵커리지의 아이들이 모두 학교로 돌아갈 테니 조만간 답을 해야 할 터였다. 그러나 렌은 자기가 미스 프레야의 보조 교사가 되고 싶은지 아닌지 알 수가 없었다. 그런 일은 생각조차 하기 싫었다. 적어도 오늘 밤만큼은.

도그 스타 코트 끝에 다다르자 엔진 구역으로 내려가는 계단이 나왔다. 쇠로 된 계단을 소리 내며 내려가는 렌의 콧속으로 여름을 떠올리는 향기가 날아들었고, 렌의 발이 닿은 곳에서 떨어져 내린 쇳조각이 아래층에 쌓아 놓은 건초 더미로 떨어지는 소리가 들렸다. 앵커리지가 지구의 꼭대기를 누비며 무역을 하던 시절에는 도시 전체가 얼음을 지치면서 나아갈 수 있게 동력을 공급하느라 이 엔진 구역에서는 각종 소음과 생기가 넘쳐났을 것이다. 하지만 렌이 태어나기도 전에 앵커리지의 여행은 끝이 났고, 엔진 구역은 건초와 뿌리채소들을 저장하거나 가축들이 겨울을 나는 곳으로 사용되었다. 천장에 난 창과 천장 갑판에 난 구멍으로 은은한 달빛이 비껴들어 텅 빈 연료 탱크 사이에 쌓아 놓은 건초 더미를 비추고 있었다.

어렸을 적에 렌은 이곳을 놀이터 삼아 신 나게 놀았었다. 지금도 슬프거나 따분할 때면 이곳을 거닐며 움직이는 도시에 살면 얼마나 재미있을까 상상하곤 했다. 어른들은 끔찍했던 옛날 이야기를 하면서 더 크고 빠른 도시한테 먹힐지도 모르는 위험 속에 사는 것이 얼마나 무서운지 떠올렸다. 하지만 렌은 거대한 견인 도시들을 보고 싶었고, 자기가 태어나기 전 엄마, 아빠가 했던 것처럼 비행선을 타고 이곳저곳을 날아다니고도 싶었다.

아빠의 책상에는 액자에 끼워진 사진이 하나 있다. 엄마, 아빠가 후안 데 로스 모토레스라는 도시의 정박장에서 예쁘장한 빨강 비행선 제니 하니버를 배경으로 찍은 사진이다. 하지만 당시에 했음직한 모험에 대해서는 들은 것이 거의 없었다. 아빠, 엄마가 천신만고 끝에 앵커리지에 정박했을 때 악당 페니로얄 교수가 제니 하니버를 훔쳐서 달아나 버렸다는 것, 그 뒤 아빠, 엄마는 이 조용하고 따분한 바인랜드의 생활에 만족해서 더 이상 모험 여행을 떠나지 않게 되었다는 것이 렌이 아는 전부였다.

세상에 운도 없지. 렌은 둥그렇게 쌓아 올린 건초에서 나오는 따뜻하고 향긋한 냄새를 맡으며 생각했다. 항공 무역상의 딸이었으면 좋았을 것을. 어쩐지 그런 사람들은 화려한 생활을 할 것만 같았다. 이 외로운 섬에 틀어박혀서 노젓기 대회나 사과 풍년이 일생일대에 가장 신 나는 일인 양 흥분하는 사람들과 함께 사는 자신보다는 훨씬 재미나게 살 것만 같았다.

저 앞 어둠 속에서 문이 닫히는 소리가 들려서 렌은 깜짝 놀랐다. 혼자 적막 속에 있는 것에 너무 익숙해진 나머지 이곳에 다른 사람이 있다는 생각을 하니 두렵기까지 했다. 하지만 이내 자기가 어디까지 왔는지 깨달은 렌은 마음을 놓았다. 생각에 잠겨 걷는 사이 자기도 모르게 엔진 구역 중심부까지 와 있었던 것이다. 거기엔 앵커리지의 엔지니어 카울이 살고 있었다. 상층 갑판을 지탱하는 기둥 사이에 지은 창고 같은 곳에서 사는 카울은 이곳 하층 갑판의 유일

## 2. 바인랜드의 앵커리지

한 주민이다. 해가 잘 드는 상층 갑판에 예쁜 집들이 비어 있는 마당에 어두운 이곳까지 와서 살고 싶어 하는 사람은 없기 때문이다. 그러나 카울은 괴팍한 사람이었다. 그림스비라는 해저 도둑 소굴에서 자란 그는 햇볕을 싫어했고, 다른 사람과 어울리는 것도 꺼렸다. 앵커리지의 전 엔지니어인 미스터 스캐비어스와는 친했지만, 그가 죽고 난 뒤로 혼자 이곳에서 생활했다.

하지만 카울이 왜 이 시간에 엔진 구역을 돌아다니는 것일까? 호기심이 발동한 렌은 천장 가까이 설치된 철제 다리로 가기 위해 사다리를 기어 올라갔다. 거기서는 옛날 엔진이 있었던 자리 너머에 있는 카울의 집이 잘 보였다. 카울은 문 밖에 서 있었다. 그는 한 손으로 전기 랜턴을 들어 올려 다른 손에 있는 종잇조각을 비춰 보고 있었다. 잠시 후 그는 종이를 주머니에 넣고 도시의 가장자리 쪽으로 걸어갔다.

렌은 사다리를 내려와 불빛을 쫓아가기 시작했다. 흥분이 됐다. 어렸을 적에 마그라빈의 도서관에서 얼마 되지 않는 어린이 책들을 한 권 한 권 남김없이 읽어 대던 무렵 그녀가 가장 좋아한 책은 용감한 여학생 탐정이 밀수꾼들의 음모를 방해하고 반 견인 동맹 스파이 조직의 정체를 밝히는 모험 이야기였다. 탐정 노릇을 하기에는 바인랜드에 그럴듯한 범죄자가 없다는 것이 항상 불만이었던 렌은 가슴이 뛰었다. 카울은 한때 도둑질을 했던 사람이 아니던가. 어쩌면 다시 옛날 버릇이 되살아난 것인지도 모르는 일이었다!

물론 앵커리지에서는 물건을 훔친다는 것이 별 의미 없는 일이다. 필요한 것은 뭐든 수백 개의 버려진 집과 가게에서 집어다 쓰면 그만이다. 카울의 집 뒤쪽에 쌓여 있는 반쯤 분해된 기계들 사이를 조심스럽게 지나가면서 렌은 그가 이 시간에 돌아다니는 좀 더 그럴싸한 이유를 상상해 내려고 애썼다. 자기처럼 잠이 오지 않았을까? 뭔가 걱정되는 일이 있을까? 옛날옛날 앵커리지가 처음 바인랜드에 도착했을 때 미스 프레야와 카울이 서로 사랑하는 사이였다는 이야기를 친구 틸디한테서 들은 기억이 났다. 하지만 그때부터도 카울이 보통 사람과는 너무 달라서 둘 사이가 그 이상 발전하지 않았다고 들었다. 혹 못다 이룬 사랑 때문에 가슴이 아파서 날마다 이렇게 밤거리를 헤매고 다니는 것일까? 아니면 다른 사랑하는 사람이 생겨서 도시 가장자리에서 달빛을 받으며 그녀와 데이트를 하기 위해 나가는 것일까?

내일 아침에 틸디에게 재미있는 이야기를 해 줄 수 있으리라는 기대감에 렌은 걸음을 재촉했다.

그러나 도시 가장자리에 이르러서도 카울은 걸음을 멈추지 않았다. 그는 거기서 맨땅으로 이어지는 계단을 내려가 랜턴을 이리저리 비추며 언덕을 올라갔다. 렌은 잠시 기다렸다가 뒤따라갔다. 이제는 꽃이 다 져서 푹신해진 들꽃더미를 지나니 돌로 만든 미스터 스캐비어스의 수력발전소가 나왔다. 카울은 거기서도 멈추지 않고 사과 과수원을 지나 목초지를 건너서 숲으로 향했다.

## 2. 바인랜드의 앵커리지

섬에서 가장 높은 곳에 다다른 카울은 멈춰 서서 랜턴을 끄고 주위를 둘러보았다. 소나무에서 흘러나온 송진 냄새가 공기를 가득 채우고, 얇게 깔린 풀 위로 울퉁불퉁한 바위가 솟아올라 마치 용의 등에 솟은 지느러미 같았다. 렌은 카울의 등 뒤에서 15미터 정도 떨어진 곳에 있는 나무 그림자 사이에 숨어서 몸을 웅크렸다. 실바람이 불어와 렌의 머리카락을 매만지고 머리 위 나무로 옮겨 가자, 나뭇잎들이 하늘을 향해 작은 손을 흔드는 것처럼 보였다.

카울은 섬의 남쪽 호숫가에 자리 잡은 잠든 도시를 내려다보다가 돌아서서 랜턴을 위로 쳐든 채 켜고 끄기를 세 번 반복했다. '정신이 이상해졌나 봐.' 그러다 렌은 '아니야, 누군가에게 신호를 보내고 있잖아. 『밀리 크리스프와 12층 갑판의 미스터리』에 나오는 악당 교장처럼 말이야.' 하고 생각했다.

아니나 다를까 바위가 험해 아무도 가지 않는 북쪽 호숫가에서 화답을 하듯 불빛이 깜빡거렸다.

카울이 움직이기 시작하자, 렌도 뒤를 쫓아서 북쪽 호숫가로 가는 가파른 길을 걸어 내려갔다. 여기서부터는 앵커리지가 보이지 않았다. 어쩌면 카울과 미스 프레야가 재결합을 했지만 소문이 날까 두려워 이렇게 만나는 것인지도 몰랐다. 로맨틱한 상상으로 렌은 자기도 모르게 미소를 지으며, 양들만 다니는 험한 길을 따라 자작나무들을 헤치고 내려갔다. 이윽고 카울은 두 개의 곶 사이에 낀 호숫가로 내려갔다.

미스 프레야는 거기에서 기다리고 있지 않았다. 그러나 누군가 있기는 했다. 한 남자가 물가에 서서 조약돌을 밟으며 호숫가로 내려오는 카울을 바라보고 있었다. 멀리 떨어져 있었고 오로라의 희미한 빛밖에 없었지만, 렌은 그 사람이 지금까지 한 번도 본 적이 없는 사람이라는 것을 알 수 있었다.

처음에는 믿을 수가 없었다. 바인랜드에는 그녀가 모르는 사람이 없었기 때문이다. 여기 사람들은 모두 앵커리지를 타고 온 사람들 아니면 그 후에 태어난 사람들뿐이었다. 렌은 그 사람들을 모두 다 알고 있었다. 하지만 그곳에 서 있는 남자는 그녀가 모르는 얼굴이었고, 그가 입을 떼자 들려온 목소리도 처음 듣는 것이었다.

"카울, 내 오랜 친구! 다시 보니 반갑구먼!"

"가글." 그렇게 말하는 카울의 목소리가 불편하게 들렸다. 악수를 청하는 상대방의 손도 잡지 않았다.

둘은 이야기를 더 나누었지만, 렌은 그 새로운 사람이 누굴까 추측하느라 바빠서 그들의 대화를 들을 겨를이 없었다. 누굴까? 어떻게 여기 왔을까? 원하는 게 무얼까?

마침내 렌의 머리에 떠오른 답은 스스로도 전혀 마음에 들지 않는 것이었다. '로스트 보이!' 그게 그들의 이름이었다. 카울이 속해 있던 무리들. 앵커리지가 얼음 황무지를 누비고 다니던 시절 거미같이 생긴 이상한 기계를 타고 와서 도시 곳곳을 헤집고 다니며 도둑질을 했던 그 무리의 이름이 바로 로스트 보이였다. 카울은 미스 프레야, 미스터 스캐비어스와 함께 살기 위해 오래전에 그들을 떠나 앵커리지로 왔다. 하지만 진짜 그들을 떠난 것일까? 그동안 계속 로스트 보이들과 비밀리에 연락을 해 온 것일까? 도시가 어딘가에 정착해서 융성해지기를 기다렸다가 동료들을 불러들여 다시 도둑질을 하려 한 것일까?

그러나 호숫가에 서 있는 낯선 사람은 소년이 아니라 길고 검은 머리를 한 다 큰 어른이었다. 이야기에 나오는 해적들처럼 목이 긴 부츠를 신고 무릎까지 내려오는 긴 코트를 입고 있었다. 그가 코트 자락을 뒤로 젖히고 벨트에 엄지손가락을 끼우자, 옆구리에 찬 총집에 들어 있는 총이 보였다.

이 상황은 분명 렌이 해결할 수 있는 성질의 것이 아니었다. 얼른 집으로 뛰어가 엄마, 아빠한테 위험을 알리고 싶었다. 그러나 두 사람이 그녀가 숨어 있는 곳으로 가까이 다가왔기 때문에 지금 움직이면 발각될 것이 틀림없었다. 렌은 조약돌 위로 부서지는 작은 물결 소리와 때를 같이하여 몸을 움직여 호숫가 기슭을 따라 자라 있는 낮은 덤불 사이로 더 깊숙이 숨었다.

가글이라고 불리는 사람이 말하고 있었다. 무언가 농담을 하는 모습이었지만, 갑자기 카울이 말을 끊었다. "왜 왔지, 가글? 로스트 보이들은 평생 다시 보지 않아도 될 줄 알았는데. 우리 집 문 앞에서 네가 보낸 메시지를 발견하고 내가 얼마나 놀랬는지 알아? 얼마나 오랫동안 앵커리지를 정탐했던 거지?"

"어제부터." 가글이 말했다. "그냥 안부 인사나 하려고 들렀지. 네가 어떻게 살고 있나 궁금하기도 하고. 친구니까."

"그러면 왜 정정당당하게 모습을 드러내지 않은 거지? 밝은 대낮에 찾아와서 이야기할 수도 있었잖아? 왜 메시지를 남겨서 한밤중에 여기까지 나오도록 한 거야?"

"정말이지, 카울! 정말 그렇게 하고 싶었어. 거머리선을 대낮에 정박시키고 정식으로 널 만나러 오고 싶었어. 그래도 만약을 위해 게 카메라 몇 대를 먼저 보내 봤는데, 맙소사, 그렇게 하길 잘했지, 그렇지? 어떻게 된 거야, 카울? 난 네가 여기서 엄청나게 성공했을 줄 알았는데. 좀 봐. 기름에 찌든 작업복이며 헝클어진 머리, 수염은 한 일주일쯤 안 깎은 것 같고…. 앵커리지에 거렁뱅이 패션이 유행하고 있는 것은 아닐 테고. 프레야 머시기라고 하는 마그라빈하고 결혼할 줄 알았다고…."

"라스무센." 카울이 언짢은 목소리로 대답하며 몸을 돌렸다. "나도 그렇게 생각했었지. 하지만 생각대로 되지 않았어. 설명하려면 복잡해. 게 카메라로 본 것과는 모든 게 달랐지. 여기 생활에 적응하기가 힘들었어."

"드라이들이 쌍수를 들고 널 환영할 줄 알았는데." 가글이 충격을 받은 목소리로 말했다. "그 지도도 가져오고 그랬는데 말이야."

카울은 어깨를 으쓱해 보였다. "모두 친절하기는 했어. 내가 적응을 못한 거지. 그들과 어떻게 대화를 해야 할지 모르겠더군. 드라이

## 2. 바인랜드의 앵커리지

들은 대화를 중요하게 생각해. 미스터 스캐비어스가 살아 있을 때만 해도 괜찮았어. 그 사람하고 일할 때는 말을 할 필요가 없었거든. 대화 대신 일이 있었으니까. 이젠 미스터 스캐비어스도 죽었고…. 그건 그렇고, 너는 어때? 엉클은? 엉클은 어떻게 지내?"

"관심 있는 척하지 마!"

"진짜 관심 있어. 자주 엉클 생각을 해. 혹시…?"

"아직 살아 있어, 카울." 가글이 말했다.

"나랑 헤어질 때만 해도 엉클을 제거하고 모든 것을 네 손에 넣을 계획이었잖아."

"모든 것을 손에 넣기는 했지." 그렇게 말하면서 미소 짓는 가글의 입이 렌에게는 어둠 속에 난 하얀 자국처럼 보였다. "엉클도 예전 같지가 않지. 사실 로그스 루스트 일을 아직 극복하지 못했다고 할 수 있어. 유능한 애들을 거의 다 잃었는데, 그게 다 엉클의 잘못이었으니…. 그 일 때문에 정신을 잃을 뻔했지. 이제는 거의 모든 일을 내게 의지하고 있어. 애들도 내 말을 잘 따르고."

"물론 그러겠지." 그렇게 대답하는 카울의 말 속에 렌이 이해할 수 없는 다른 의미가 담겨 있는 느낌이었다. 오래전에 시작한 대화를 계속 이어 가는 것 같다고나 할까. 자기가 태어나기도 전에 시작한 대화를.

"내 도움이 필요하다고 했지?" 카울이 말했다.

"너한테 한 번 물어는 봐야겠다고 생각했어. 옛정을 생각해서 말이야."

"그래, 무슨 계획인데?"

"계획이라니, 그런 건 없어." 가글이 섭섭하다는 듯 말했다. "카울, 도둑질하려고 여기 온 게 아니야. 네 드라이 친구들한테서 도둑질을 하다니 말도 안 되지. 내가 원하는 건 단 한 가지뿐이야. 별거 아니고, 없어져 봐야 아무도 없어진지 모를 물건이지. 게 카메라로 살펴보고, 제일 재주 좋은 놈을 들여보냈는데도 도무지 찾을 수가 없어. 그래서 생각했지. 우리가 필요한 건 내부 협조라고. 그런데 네가 여기 있잖아. 애들한테 이야기했지. 카울을 믿으면 된다고."

"미안하지만 틀렸군." 그렇게 말하는 카울의 목소리가 약간 떨렸다. "내가 여기 생활에 적응을 못한 것은 사실이지만 그렇다고 로스트 보이도 아니야. 더 이상 절대. 너희가 프레야의 물건을 훔치는 것을 도울 수는 없어. 여기서 떠나. 네가 이곳에 왔었다는 이야기는 아무한테도 하지 않겠지만 이제부터는 잘 살펴볼 거야. 어디서든 게 카메라 소리가 들리거나 조그만 거 하나라도 없어지기만 하면 드라이들한테 너희들 정체를 모두 밝힐 거야. 다음번에 앵커리지에 숨어들 때는 모두가 기다리고 있게 만들겠어."

카울은 몸을 돌렸다. 그리고 렌이 숨어 있는 곳에서 30센티미터도 안 되는 곳을 지나 조약돌을 소리 나게 밟으며 걸어갔다. 언덕을 오르다 넘어졌는지 투덜거리며 욕을 하는 소리가 들리더니 발소리가 점점 멀어졌다. "카울!" 가글이 불렀다. 하지만 크게 소리치지는 못하고, 섭섭하고 실망한 목소리로 속삭이기만 했다. "카울!" 그러다가 포기를 하고, 손가락으로 머리카락을 넘기며 가만히 서서 생각에 잠겼다.

렌은 가글이 돌아서자마자 나무들 사이로 도망가기 위해 조심스럽게 살금살금 움직이기 시작했다. 그러나 가글은 돌아서지 않았다. 그는 고개를 들고 렌이 숨어 있는 곳을 똑바로 쳐다보면서 말했다. "내 눈과 귀는 카울보다 날카롭지. 이젠 나와도 좋아."

INFERNAL DEVICES
3

# 거머리선 오토리쿠스

렌은 당황한 나머지 일어서서 몸을 돌려 뛰어 보려 했다. 하지만 세 발짝도 떼기 전에 그녀의 왼쪽에서 나타난 또 다른 사람이 그녀를 낚아채서 땅바닥에 패대기를 쳤다. "카울!" 비명이 터져 나왔지만 차가운 손이 그녀의 입을 막았다. 렌을 내려다보는 그의 창백한 얼굴은 흘러내린 검은 머리카락에 반쯤 가려 있었다. 호숫가에서 카울과 이야기를 나누던 사람이 뛰어와 그녀의 얼굴에 손전등을 비췄다. 가늘고 푸른 빛이 눈에 닿자 렌은 눈을 깜박였다.

"살살 해." 가글이라고 불린 사람이 말했다. "살살. 여자야. 젊은 여자. 그럴 거라고 생각했어." 그가 불빛을 렌의 눈에서 떼자 차츰 그의 모습이 눈에 들어왔다. 카울 나이 정도의 남자일 거라 생각했는데 가글은 그보다 나이가 더 적어 보였다. 그는 미소를 지으며 말했다. "이름이 뭐지?"

"르-렌." 렌은 더듬거리며 간신히 대답했다. "르-렌 ㄴ-ㄴ-내츠

## 3. 거머리선 오토리쿠스

워디." 더듬거리는 렌의 말을 겨우 알아들은 가글의 미소가 더 환하고 따뜻해졌다.

"내츠워디? 설마 톰 내츠워디의 딸은 아니겠지?"

"아빠를 알아요?" 렌이 물었다. 너무나 혼란스러워진 렌의 머릿속에서 순간 아빠도 밤마다 북쪽 호숫가로 나와서 로스트 보이들과 비밀 회동을 가졌나 하는 의심이 스쳐 갔지만, 이내 가글이 자기가 태어나기 전의 이야기를 하고 있다는 걸 깨달았다.

"생생하게 기억하고 있지." 가글이 말했다. "스크류 웜에 잠시 손님으로 머물렀었지. 좋은 사람이었어. 그때의 여자 친구가 네 엄마겠구나. 그, 얼굴에 흉터가 있는 여자 말이야. 이름이 뭐였더라? 맞아, 헤스터 쇼. 그런 여자를 사랑할 수 있다는 게 바로 톰 내츠워디가 어떤 사람인가를 말해 주는 거라고 항상 생각했지. 톰한테는 외모가 중요하지 않았지. 그보다 더 깊은 곳을 볼 줄 아는 사람이었어. 드라이치고 그런 사람이 드문데."

"이 여자는 어떻게 할 거죠?" 렌을 잡고 있는 사람이 낯설고 낮은 목소리로 물었다. "물고기 밥을 만들 건가요?"

"거머리선에 태워." 가글이 말했다. "톰 내츠워디의 딸이니 좀 더 잘 사귀어 봐야지."

조금 안정을 찾아 가던 렌은 다시 당황하기 시작했다. "집에 가야 해요!" 다 죽어 가는 목소리로 그렇게 말하면서 몸을 빼려고 애를 써 보았지만, 가글이 그녀의 팔에 자기 팔을 끼웠다.

"잠깐 같이 배에 타자고." 그가 기분 좋은 미소를 지으며 말했다. "그냥 이야기가 하고 싶어. 왜 내가 도둑놈처럼 이 호수 주변을 맴도는지도 설명해야 하고. 뭐, 물론 내가 도둑인 건 사실이지만, 판단을 내리기 전에 내가 하는 이야기도 좀 들어 봐야 하지 않겠어?"

"판단을 내리다니요?" 렌이 물었다.

"오늘 밤에 여기서 있었던 일을 부모님이나 친구들한테 이야기할지 말지 하는 판단 말이야."

렌은 이 사람을 믿어도 될 것 같다고 생각했지만 확신이 서지는 않았다. 지금까지는 한 번도 어떤 사람을 믿어야 할지 말지 생각할 필요가 없었다. 가글이 짓는 미소 때문에 더 혼란스러워진 마음으로 렌은 호숫가를 바라봤다. 두 개의 곶 사이로 물이 푸르게 빛나고 있었다. 처음에는 손전등을 본 뒤에 생긴 잔상 때문이려니 생각했는데 계속 보고 있으니 그 푸른빛이 점점 더 밝아졌다. 그 빛은 물 밑에서 비쳐 올라오고 있었다. 잠시 후 물가에서 10미터쯤 떨어진 곳에서 커다란 물체가 수면을 뚫고 올라왔다.

엔진 구역에 있는 카울의 집 뒤편에서는 그가 타고 온 거머리선이 녹슬어 가고 있었다. 스크류 웜이라고 불리는 그 거머리선의 구부러진 다리들 사이에서, 렌은 어릴 적에 친구들과 숨바꼭질을 했었다. 튀어나온 개구리눈 같은 유리창과 구부러진 다리 밑에 붙어 있는 평평한 발들을 볼 때면 언제나 그것이 약간 코믹하다고 생각했었다. 거머리선이 이렇게 유연하게 움직일 줄, 그리고 달빛 아래 물

## 3. 거머리선 오토리쿠스

기를 머금은 몸체의 곡선이 이렇게 늘씬해 보일 줄은 꿈에도 상상하지 못했다.

이 거머리선은 스크류 웜보다 좀 작고 몸체가 약간 더 납작해서 벼룩처럼 보였다. 눈에 잘 띄지 않게 지그재그로 위장용 페인트칠이 되어 있는 것 같았지만 달빛이 밝지 않아 그것도 확실치는 않았다. 툭 튀어나온 창문 안으로 제어반 앞에 작은 소년이 앉아 있었는데, 창문을 타고 흘러내리는 물 때문에 그의 작은 얼굴이 일그러져 보였다. 거머리선은 물 가장자리까지 나와서야 멈추었고, 배에서 유동식 밸브 소리와 함께 승강 사다리가 비스듬히 내려왔다. 땅에 닿은 승강 사다리의 끝부분이 조약돌에 부딪혀 소리가 났다.

"거머리선 오토리쿠스야." 렌에게 계단을 오르라는 시늉을 하면서 가글이 말했다. "로스트 보이들이 가진 거머리선 가운데 가장 멋진 놈이지. 자, 자. 아가씨를 실은 채 물속으로 잠수하지 않겠다고 약속할게."

"드라이들이 더 오면 어떻게 하지?" 옆에 서 있던 로스트 보이가 말했다. 다시 보니 소년이 아니라 예쁘고 새침한 소녀였다. "카울이 다른 사람들한테 알렸으면 어떡하냐고?"

"카울이 약속했잖아." 가글이 말했다. "그걸로 충분해."

소녀는 가글의 말을 믿지 못하겠다는 표정으로 렌을 노려봤다. 단추를 채우지 않고 입은 짧고 검은 조끼 사이로 벨트에 꽂혀 있는 총이 보였다. '다른 방법이 없어. 가글을 믿는 수밖에.' 그렇게 마음을 정리하고 나자, 승강 사다리에 올라 푸른 등이 켜진 서늘한 거머리선 뱃속으로 들어가는 것은 그리 어렵지 않았다. 가글이 자기를 죽일 생각이었다면 여기까지 들어오게 할 필요도 없었을 것이란 생각도 들었다.

렌은 거머리선의 후미 쪽으로 안내를 받았다. 가글의 개인 공간으로 보이는 그곳은 벽걸이들이 쇠 벽을 장식하고 있었고 책이랑 자잘한 소품들이 여기저기 널려 있었다. 향료가 타면서 거머리선에서 나는 곰팡이와 쇠 냄새를 가렸다. 향냄새를 맡으니 어쩐지 머나먼 이국과 세련된 사람들이 떠올랐다. 렌을 의자에 앉힌 뒤 가글은 야전침대에 걸터앉았다. 같이 있던 소녀는 아직도 렌을 노려보며 문 근처에서 서성거렸다. 창문 너머로 봤던 작은 소년이 그 뒤에 서서 눈을 크게 뜨고 놀랍다는 듯 렌을 쳐다봤다. 가글이 소리쳤다. "피쉬케익, 네 자리로 돌아가!"

"하지만…."

"당장!"

소년이 질겁하며 달아나자, 가글은 렌을 향해 비딱한 미소를 지어 보였다. "미안하구먼. 피쉬케익은 새로 온 녀석이야. 이제 막 절도 훈련소를 졸업한 열 살배기지. 게 카메라를 통해서 말고는 한 번도 드라이를 직접 본 적이 없는 데다 아가씨가 너무 예뻐서 더 그랬을 거야."

렌은 얼굴을 붉히며 아래를 쳐다봤다. 부츠에서 흘러내린 흙탕물

## 3. 거머리섬 오토라쿠스

이 가글의 비싼 스탐불산 카펫을 엉망진창으로 만들고 있었다. 절도 훈련소는 로스트 보이들이 훈련을 받는 곳이라는 기억이 났다. 뗏목 도시들의 하층 갑판에서 납치해 온 아이들을 바다 밑 도시 그림스비에 데려가 도둑질하는 기술을 가르치는 곳이라고 들었다. 아이들은 대개 아주 어릴 때 그림스비에 오기 때문에 자기들이 납치당한 사실조차 모르는 경우가 많았다. 그림스비의 아이들은 절도 훈련소에서 도둑질에 필요한 온갖 기술을 익혔다. '게 카메라'라는 것은 물건을 훔칠 곳에 미리 들여보내는 카메라 로봇들이었다. 미스 프레야는 학생들에게 로스트 보이에 대해 조사하고 보고서를 작성하도록 시켰다. 그때만 해도 그런 것은 배워 봤자 아무 소용이 없다고 생각했었다.

가글이 문가에 서 있는 소녀를 향해 돌아서며 말했다. "레모라, 손님이 추워 보인다. 코코아 좀 타다 줄래?"

"로스트 걸도 있는지 몰랐어요." 레모라가 자리를 뜨자 렌이 말했다.

"카울이 떠난 뒤 그림스비도 많이 변했지." 가글이 대답했다. "이건 비밀인데 말이야, 이젠 그림스비를 다스리는 게 바로 나라고 할 수 있어. 엉클을 둘러싸고 있던 거친 애들을 제거하고 엉클을 설득해서 남자 애들뿐만 아니라 여자 애들도 데려오도록 했지. 여자 애들 없이 사는 건 좋을 게 하나도 없어. 지금은 여자 애들 덕분에 좀 더 문화적으로 살 수 있게 됐어."

렌은 문 쪽을 쳐다봤다. 레모라라고 하는 그 소녀가 간이 부엌 같은 곳에서 냄비를 덜컥거리고 있었다. 문화적으로 사는 데 전혀 도움이 될 것 같지 않은 모습이었다. "그러니까… 부인이에요?" 그렇게 묻고 나니 좀 너무한 것 같아 덧붙였다. "제 말은… 여자 친구나 뭐 그런 건지…?"

부엌에서 레모라가 날카로운 표정으로 이쪽을 쏘아봤다. "모라? 아니! 어떻게 된 거냐면, 남자 애들보다 도둑질에 더 재주 있는 여자 애들이 몇 명 나왔지. 레모라는 그림스비에서 제일 솜씨 좋은 도둑 중 하나야. 어리지만 우리 피쉬케익이 기계는 제일 잘 다루는 것처럼. 여기 오면서 제일 유능한 애들로만 골랐지. 그건 그렇고, 렌, 앵커리지에는 나한테 무지하게 필요한 물건이 하나 있어. 옛날에 카울하고 스크류 웜을 타고 왔을 때 본 물건인데, 그때만 해도 이렇게 필요하게 될 줄 모르고 훔칠 생각도 안 했지."

"그게 뭐죠?" 렌이 물었다.

가글은 바로 대답하지 않고 렌의 얼굴을 찬찬히 살피기만 했다. 렌을 믿고 말해도 좋을지 생각하는 눈치였다. 렌은 그게 좋았다. 적어도 가글은 다른 사람들처럼 자기를 어린애로 취급하지 않았기 때문이다. 자기를 "젊은 여자"라고 부르더니 정말 그렇게 취급하는 느낌이 들었다.

"이런 게 정말이지 나도 싫어." 그는 렌 쪽으로 몸을 가까이 기울이면서 그녀의 눈을 뚫어져라 들여다봤다. "거짓말이 아니야. 이런

## 3. 거머리선 오토리쿠스

식으로 비밀리에 오는 게 너무나 싫어. 공개적으로 오토리쿠스를 앵커리지의 항구에 정박시키고, '우리가 왔어요, 그림스비에서 온 당신들의 친구. 도움을 구하러 왔어요.'라고 말하고 싶었어. 카울이 여기서 잘 살고만 있었어도…. 잘 살고 있으리라 생각했는데…. 그러기만 했어도 아마 몰래 오지 않았을 거야. 하지만 누가 우리를 믿어 주겠어? 로스트 보이들을. 도둑놈들을. 우리가 앵커리지에서 원하는 것이 책 한 권뿐이라는 걸 누가 믿어 주겠냐고. 우리가 원하는 건 마그라빈의 도서관에 있는 책 한 권뿐이라는 것을!"

레모라가 양철 컵에 따끈하고 맛있는 코코아를 가득 담아 들고 왔다. "고마워." 렌이 말했다. 가글이 방금 한 말을 듣고 자기가 얼마나 놀랐는지를 들키지 않도록 주의를 돌리게 해 준 것만 해도 렌은 무척 고마웠다. 미스 프레야의 도서관은 렌이 가장 좋아하는 장소 중 하나로 소중한 옛날 책들이 수천 권 쌓여 있는 보물 창고이다. 예전에는 겨울 궁전의 위층에 책을 보관했었지만, 미스 프레야가 이제 아무도 거기 살지 않는데 책 때문에 위층을 모두 난방하는 것은 말이 안 된다며 도서관을 아래층으로 옮겼다.

"그게 당신이 원하는 것을 찾지 못하는 이유예요!" 렌이 불쑥 내뱉었다. "그사이에 책을 다시 정리했기 때문이에요!"

가글은 놀랍다는 듯 렌을 쳐다보면서 고개를 끄덕였다. "맞아!" 그가 말했다. "게 카메라로 찾으려면 몇 주가 걸릴지도 모르는데 그렇게 오래 여기 머무를 수는 없어. 그래서 말인데, 미스 내츠워디,

우리를 좀 도와줄 수 있을까?"
 렌은 코코아를 한 모금 마셨다. 앵커리지의 초콜릿이 바닥난 것이 벌써 몇 년 전인지 모른다. 코코아가 얼마나 맛있는지 잊고 있었다. 그러나 가글이 도와 달라고 하자 그녀는 방금 넘긴 코코아가 목에 딱 걸리는 것 같았다. "내가요?" 더듬거리며 그녀는 말을 이었다. "난 도둑이 아니에요."
 "도둑이 되라는 것이 아니야." 가글이 말했다. "하지만 아가씨의 아빠는 영리한 사람이지. 내가 기억하기로는 마그라빈하고도 친했고. 아빠를 통하면 그 책이 어디 있는지 알아내기란 식은 죽 먹기일 거야. 그냥 어디 있는지 알아내서 나한테 이야기만 해 주면 돼. 나머지는 레모라를 보내서 처리할 테니. '틴 북(Tin Book)'이라고 부르는 책이야."
 렌은 일언지하에 거절하려고 했다. 그러나 그가 말한 책에 관해 한 번도 들어 본 적이 없다는 사실에 잠시 망설였다. 내심 가글이 앵커리지의 보물을 원할 거라고 예상했다. 화려한 삽화가 딸린 『얼음 신들의 섭리』라든가 웜월드의 『앵커리지의 역사』 같은 귀한 책들을 원할 거라고 생각했던 것이다. "양철(tin)에 관한 책을 어디다 쓰게요?"
 가글은 렌의 말이 무척 재미있는 농담이나 되는 것처럼 웃음을 터뜨렸다. "양철에 관한 책이 아니라 양철로 만들어진 책이야. 금속판으로…"

## 3. 거머리선 오토리쿠스

렌은 고개를 저었다. 그런 물건은 본 적도 없었다. "왜 그걸 원하는 거죠?"

"우리가 도둑이기 때문이지. 가치 있는 물건이라는 사실을 알아냈거든."

"그렇겠죠. 그 책 때문에 여기까지 올 정도니."

"그런 물건들을 수집하는 사람들이 있거든. 오래된 책 같은 것 말이야. 우리에게 필요한 물건들하고 교환할 수 있지." 가글은 렌을 살피며 잠시 망설이다가 진심 어린 말투로 말했다. "제발, 렌. 아빠한테 한 번 물어보기만 해 줘. 예전에 내가 봤을 때만 해도 항상 박물관이랑 도서관 같은 데를 기웃거렸었지, 그 양반 말이야. 틴 북이 어디 있는지 알고 있을지도 몰라."

렌은 컵에 남은 코코아를 다 마시는 동안 좀 더 생각해 봤다. 『얼음 신들의 섭리』나 다른 소중한 고전을 요구했다면 당장 거절했을 것이다. 하지만 금속으로 만들었다는 책, 지금까지 한 번도 들어 본 적 없는 그 책이 그렇게 중요한 책일 리가 없다. 없어진다 해도 아무도 알아차리지도 못할 것이 틀림없다. 그리고 가글은 그 책이 무지하게 필요한 듯 보였다.

"물어는 보지요." 그녀가 자신 없어 하며 말했다.

"고마워!" 가글은 렌의 손을 잡았다. 따뜻한 손이었다. 눈도 상당히 멋졌다. 틸디한테 이 이야기를 해 줄 생각을 하니 벌써부터 신이 났다. 용감무쌍한 해저 해적의 선실에서 밤늦게 코코아를 마시다니! 하지만 다음 순간 렌은 틸디가 됐든 누가 됐든 아무에게도 가글과 오토리쿠스에 대해서 말할 수 없다는 사실을 깨달았다. 그것이 이 모험을 더 멋지게 만들었다. 지금까지 제대로 된 비밀을 한 번도 가져 본 적이 없었기 때문이다.

"내일 언덕 꼭대기에서 여섯 시쯤 기다리고 있을게." 가글이 말했다. "괜찮나? 그때 나올 수 있지?"

"저녁 식사 시간이라 내가 없으면 아실 거예요, 우리 엄마는."

"그럼 정오, 아니면 그보다 조금 늦게 만날까?"

"좋아요."

"자, 그러면… 집까지는 레모라에게 바래다 달라고 할까?"

"혼자 갈 수 있어요." 렌이 말했다. "어두울 때 곧잘 걸어 다니곤 해서요."

"지금이라도 로스트 걸로 만들 수 있겠는걸." 그렇게 말한 가글은 농담이라는 것을 보여 주기 위해 크게 웃었다. 그가 일어서자 렌도 일어났다. 그들은 거머리선의 복도를 지나 출구 쪽으로 걸어갔다. 신입이라는 피쉬케익이 제어반 앞에 앉아서 이쪽을 흘낏거렸다. 밖으로 나오니 마치 아무 일도 없었다는 듯 차가운 밤바람이 살랑거리고 희미한 달빛 아래 잔물결이 조약돌에 찰싹거리며 부딪히고 있었다. 렌은 손을 흔들며 잘 있으라고 인사한 다음 다시 한 번 손을 흔들었다. 그러고는 재빨리 호숫가를 가로질러 숲으로 걸어갔다.

가글은 렌이 보이지 않을 때까지 렌의 뒤를 눈으로 좇았다. 레모

## 3. 거머리선 오토리쿠스

라가 가글의 곁으로 와서 그의 손을 잡았다. "저 애를 믿어요?" 그녀가 물었다.

"모르지. 어쩌면…. 여하간 시도해 볼 만한 가치는 있어. 그 물건을 직접 찾기 위해 헤매고 있을 시간이 없잖아. 여기서는 게 카메라도 별 소용이 없어. 여기 드라이들은 우리를 기억하고 있거든. 난방 덕트에서 자석 발들이 딸각거리는 소리를 들으면 무슨 일이 벌어지고 있는지 금방 알아차리고 말 거야. 하지만 걱정 마. 피쉬케익을 시켜서 렌의 집 근처에 게 카메라를 한두 대 설치해 두도록 할 테니. 오늘 일을 발설하는지 감시할 수는 있어."

"만일 발설하면요?"

"그러면 모두 죽여야지." 가글이 말했다. "렌은 네 몫으로 줄게. 네 예쁜 칼로 직접 해치울 수 있도록." 그렇게 말하면서 그는 그녀에게 키스를 하고, 두 사람은 함께 거머리선으로 들어갔다.

그러나 렌은 자기가 떠난 뒤에 무슨 일이 벌어졌는지 전혀 알지 못한 채 집으로 돌아갔다. 머릿속은 죄의식 반, 기쁨 반이 뒤섞여 어지러웠다. 마치 지금껏 살아온 15년 세월보다 지난 몇 시간 동안 훨씬 많이 자란 느낌이 들었다.

INFERNAL DEVICES
4
# 틴 북의 전설

다음 날 아침, 맑은 하늘에 동이 텄다. 호수 위의 하늘은 제 비꽃처럼 푸르렀고, 유리알처럼 맑은 물 위로 바인랜드의 섬들이 고요히 떠서 제 그림자를 지켜보고 있었다. 렌은 간밤의 모험으로 지쳐서 늦잠을 잤다. 그러나 창문 밖에서는 앵커리지가 서서히 깨어나고 있었다. 사람이 살고 있는 집 30채의 굴뚝에서는 나무 연기가 피어오르고, 배를 묶어 둔 호숫가로 나가는 어부들은 큰 소리로 인사를 나누었다.

호수의 북쪽으로 얼룩얼룩한 색의 산이 솟아 있었다. 남쪽에 있는 데드 힐보다 훨씬 높은 그 산의 낮은 쪽 비탈에는 군데군데 소나무와 관목이 어우러져 있고, 가파른 등성이에 펼쳐진 초원에는 야생화들이 피어 있었다. 사슴 한 떼가 초원 한편에서 풀을 뜯고 있었다. 푸른 호숫가를 따라 펼쳐진 초원에는 사슴이 많았고, 그중 어떤 녀석들은 급기야 물을 헤엄쳐 건너서는 수풀이 우거진 다른 섬에

## 4. 틴 북의 전설

정착을 하기도 했다. 사람들은 이 사슴들이 어떻게 여기까지 오게 됐는지를 놓고 열띤 논쟁을 벌이곤 했다. 옛 아메리카 제국이 멸망했을 때 살아남았거나, 북쪽 얼음 지방에서 내려왔거나, 아니면 훨씬 더 서쪽에 있을지도 모르는 더 큰 녹지대에서 왔거나 등등 여러 가지 가능성이 있었다. 그러나 바람을 등진 채 나무 밑에 숨어서 활시위를 당기는 헤스터 내츠워디에게 중요한 것은 오직 어떤 사슴이 고기가 제일 많은가 하는 것이었다.

활시위에서 나는 작은 소리에 놀란 사슴들이 한 번 펄쩍 뛰더니 관목이 우거진 언덕 위로 내달렸다. 모두 떠난 자리에는 가장 큰 암사슴만 헤스터가 쏜 화살에 심장을 맞고 쓰러져 있었다. 암사슴의 가는 다리가 바르르 떨렸다. 언덕을 올라간 헤스터는 암사슴의 몸에서 화살을 뽑아 화살촉을 마른 풀에 닦은 다음 등에 멘 화살통에 다시 꽂았다. 밝은 태양빛에 암사슴의 피가 선홍빛을 띠었다. 암사슴의 상처에 손가락을 담가 묻힌 피를 이마에 조금 바르고 사냥의 여신에게 기도를 했다. 암사슴의 영혼이 돌아와서 자기를 괴롭히지 못하도록 하는 의식이었다. 그러고는 사냥감을 어깨에 둘러메고 언덕을 내려와 보트로 향했다.

바인랜드의 다른 주민들은 좀처럼 사슴 사냥에 나서지 않았다. 호수에 사는 새와 물고기만으로도 충분하니까 그렇다고들 하지만, 헤스터가 보기에는 모두들 마음이 약해서 커다랗고 까만 사슴의 눈동자와 예쁘장한 털 때문에 차마 사냥할 엄두를 못 내는 것 같았다.

헤스터는 마음이 약하지 않았고 사냥은 그녀가 가장 능숙하게 할 수 있는 일이었다. 아침 숲에서 느껴지는 정적과 고독이 좋았고, 가끔은 렌과 조금 거리를 둘 수 있는 것도 좋았다.

호수 가장자리에서 깔깔거리며 물장구를 치다가 뛰어와 그녀의 무릎에 앉아 자기가 불러 주는 노래에 귀를 기울이던 어린 렌을 떠올리며 헤스터는 한숨을 쉬었다. 렌이 사랑에 가득 찬 눈으로 자기를 올려다보면서 통통한 손가락으로 자기의 얼굴을 반으로 갈라놓은 그 흉터를 어루만질 때면 헤스터는 마침내 어떤 모습이든 상관없이 있는 그대로의 자기를 사랑해 주는 사람이 생겼다고 생각했었다. 톰은 항상 상관없다고 말하기는 하지만, 그가 마음속 깊은 곳에서는 자기보다 예쁜 사람을 원하지 않을까 하는 희미한 공포를 헤스터는 떨칠 수가 없었다.

그러나 렌은 나이를 먹어 갔고, 어느 날 올 것이 오고야 말았다. 렌이 여덟아홉 살 정도 되면서 다른 사람들이 보는 눈으로 엄마를 보기 시작했던 것이다. 렌이 어떤 말을 할 필요도 없었다. 동정심과 수치심이 섞인 그 눈초리는 헤스터에게는 이미 너무나도 익숙한 것이었다. 거기다가 모녀가 같이 외출을 했다가 친구라도 만나면 렌이 어색해하는 것이 느껴졌다. 딸이 자기를 창피해하고 있었다.

"그냥 성장 과정일 뿐이야." 불평하는 헤스터에게 톰은 그렇게 말했다. 렌을 끔찍이 여기는 톰은 언제나 렌의 편을 들었다. "금방 다 극복할 거야. 애들이 다 그렇지, 뭐."

## 4. 틴 북의 전설

애들이 다 그런 건지 어떤 건지 헤스터는 알 수 없었다. 그녀의 어린 시절은 자기가 아빠라고 생각했던 사람과 엄마가 자신의 진짜 아빠인 테데우스 밸런타인의 손에 살해당한 그날 끝나 버렸다. 보통 소녀로 평범하게 사는 삶이 어떤 것인지 헤스터는 알지 못했다. 렌은 자라면서 고집이 세어지고, 초상화를 뚫고 나온 칼날처럼 매부리코가 더 길어지면서 외할아버지 밸런타인을 연상시켰다. 그런 렌에 대해 헤스터는 점점 더 참을성을 잃어 갔다. 렌이 태어나지 않고 톰과 단둘이서 옛날처럼 새의 길을 누비고 다녔다면 어땠을까 하는 생각을 하다가, 정신을 차리고 죄의식에 사로잡힌 적도 한두 번 있었다.

❈ ❈ ❈

렌이 마침내 눈을 떴을 때 해는 중천에 떠 있었다. 열려 있는 창문으로 호숫가에서 어부들이 외치는 소리, 어린아이들의 웃음소리, 그리고 마당에서 아빠가 도끼로 장작 패는 소리가 섞여 들어왔다. 입에서는 아직도 코코아의 뒷맛이 희미하게 느껴졌다. 그녀는 저 밖에서 소리를 내고 있는 사람들 중 누구도, 사실 바인랜드 사람들 중 누구도 자기가 알고 있는 것을 아는 사람이 없다는 사실을 음미하면서 잠시 누워 있었다.

렌은 침대에서 일어나 씻기 위해 목욕탕으로 달려갔다. 세면대 위에 걸려 있는 얼룩얼룩한 거울에 비친 얼굴이 자신을 쳐다봤다. 좁고 긴, 영리한 얼굴이었다. 매부리코도 싫고 너무 작은 입 주변에 난 여드름도 싫었지만 커다란 눈은 마음에 들었다. 자신의 짙은 회색 눈동자를 가리켜 언젠가 아빠는 "바닷사람의 눈"이라고 말했다. 그것이 무슨 뜻인지는 정확히 이해하지 못했지만 어쩐지 좋은 느낌이 들었다. 갈색 머리를 뒤로 묶으면서 그녀는 가글이 자기에게 예쁘다고 했던 말을 떠올렸다. 한 번도 자신이 예쁘다고 생각해 본 적이 없었다. 하지만 지금 보니 그 말이 맞는 것 같기도 했다.

아래층으로 뛰어 내려가 보니 부엌에는 아무도 없었다. 창문 밖 빨랫줄에 엄마의 셔츠가 하얗게 세탁이 되어 널려 있었다. 엄마는 옷에 관한 한 묘한 허영이 있었다. 남자처럼 차려입으면서도 보레알 아케이드의 버려진 가게에서 꼼꼼하게 골라 온 옷들을 깨끗이 빨고 다리고 좀먹지 않게 보관하는 데 정성을 쏟았다. 마치 좋은 옷을 입으면 상처로 엉망이 된 자신의 얼굴을 사람들이 잊어버리기라도 할 듯이. 렌은 찬장에서 우유를 꺼내어 따르고 어제 만들어 놓은 귀리 비스킷에 꿀을 바르면서 그것이 엄마가 얼마나 한심한지를 보여 주는 또 다른 예라고 생각했다. 엄마야 상관없겠지만, 그렇게 이상한 얼굴을 한 엄마를 가진 렌은 인생이 상당히 힘들었다. 틸티의 아빠 미스터 스뮤는 키가 1미터도 되지 않지만, 그 아저씨야 뼛속까지 앵커리지 사람이기 때문에 아무도 그의 키 따위에 신경을 쓰지 않았다. 엄마는 달랐다. 엄마는 너무나 무뚝뚝해서 엄마가 끔찍한 외모를 가진 이방인이라는 사실을 아무도 잊으려 하지 않았다. 그래서 렌도 이방인처럼 느껴졌다.

어쩌면 그 때문에 로스트 보이들한테 그렇게 끌렸는지도 모른다. 가글이 그녀에게서 뭔가 이방인스러운 냄새를 맡았고, 그래서 자기한테 모든 것을 털어놨을지도 모른다.

렌은 귀리 비스킷을 먹으면서 마당으로 나갔다. 빨랫줄에 널려 있는 엄마의 셔츠에 꿀이 묻지 않도록 조심하면서 걸었다. 아빠는 나뭇등걸 위에 작은 통나무를 하나씩 올려놓은 다음 도끼를 내리쳐 반으로 쪼개고 있었다. 그는 오래된 밀짚모자를 쓰고 있었다. 이제는 머리꼭지 부분의 머리가 많이 빠져서 햇볕을 오래 쪼이면 그 부분이 타기 때문이었다. 렌을 보자 아빠는 하던 일을 멈추고 한 손을 가슴에 댄 채 자리에 앉았다. 쉴 핑계가 생겨서 반가워하는 것 같았다. 혹시 옛 상처가 다시 도진 건 아닐까 하는 생각이 렌의 머리를 스쳤다. 하지만 아빠는 "드디어 일어나셨구먼?"이라고만 말했다.

"아니요, 몽유병 상태로 돌아다니고 있는 거예요." 그렇게 말하면서 렌은 나뭇조각을 발로 밀어내고 아빠 옆에 앉았다. 아빠의 뺨에 입을 맞추고 아빠의 어깨에 머리를 기댔다. 마당 끝에 있는 벌집 주변을 벌들이 바삐 날아다니고 있었다. 벌들의 날갯짓 소리를 들으며 그녀는 틴 북 이야기를 어떻게 꺼낼까 망설였다. 그러다 결국 틴 북 대신에 다른 것을 물어보기로 마음먹었다.

"아빠, 로스트 보이들 기억하시죠?"

아빠는 옛날 일을 이야기할 때면 언제나 그렇듯 좀 불편한 얼굴이 됐다. 그는 손목에 찬 팔찌를 만지작거렸다. 아빠와 엄마의 머리글자가 새겨진 불그레한 금색 결혼 팔찌였다. "로스트 보이들이라…, 물론 기억하지. 어떻게 잊을 수가 있겠니?"

"궁금한 게 있는데요. 그 사람들, 나쁜 사람들이었어요?"

"글쎄, 카울은 너도 알잖아. 나쁜 사람이 아니지, 그렇지?"

"좀 이상하기는 하죠."

"그렇게 보일지도 모르지. 하지만 좋은 사람인 것은 틀림없어. 곤경에 처하면 카울이 도와줄 거야. 너도 알다시피 우리 모두는 그 사람 덕에 이곳에 올 수 있었지. 카울이 그림스비에서 탈출해서 슈뇌리 울바우슨의 지도를 가져오지 않았으면…."

"그 이야기는 저도 알아요." 렌이 말했다. "어쨌든 카울 아저씨가 궁금한 게 아니에요. 제가 알고 싶은 건 그림스비에 있는 다른 로스트 보이들이에요. 그 사람들은 나쁜 사람들인가요?"

톰은 고개를 저었다. "엉클이라고 부르는 우두머리는 진짜 나쁜 사람이었어. 애들에게 못된 짓을 시켰으니까. 하지만 로스트 보이들 중에는 좋은 애들도 있고 나쁜 애들도 있었지. 어디를 가나 마찬가지잖아. 내가 기억하기로는 가글이라는 애가 있었는데 카울이 도망가도록 해 주고 지도를 준 게 바로 그 애였지, 아마."

"그러니까 가글도 카울만큼 용감하다는 말씀이세요?"

"어떤 면에선 그렇다고 할 수 있지."

## 4. 틴 북의 전설

"그를 직접 만나 보셨나요? 몇 살이나 됐어요?"

"어린애였어." 톰은 로스트 보이들과 함께했던 짧지만 무서웠던 그 시절을 회상하며 말했다. "아홉 살? 열 살? 그보다 더 어렸을 수도 있고."

렌은 흡족했다. 아빠를 만났을 때 아홉 살이었다면 지금 스물다섯 살 정도일 것이고, 그렇다면 자기보다 심하게 많은 나이도 아니었기 때문이다. 게다가 앵커리지를 구하는 데 큰 역할을 한 좋은 사람이기까지 하다니.

"왜 갑자기 그런 일에 관심이 생겼을까?" 아빠가 물었다.

"그냥요." 렌은 아무 일도 아니라는 듯 대답했다. 이상한 느낌이었다. 아빠한테 거짓말을 한다는 것은. 아빠는 이 세상에서 그녀가 가장 사랑하는 사람이었다. 자기를 어린애가 아니라 항상 친구처럼 대해 주는 아빠에게 그녀는 지금까지 모든 것을 다 털어놓곤 했었다. 별안간 북쪽 호숫가에서 있었던 일을 모두 털어놓고 어떻게 할지 상의를 하고 싶은 충동이 솟았다. 하지만 그럴 수가 없었다. 가글한테 그럴 수는 없었다.

아빠는 아직 어리둥절한 표정으로 그녀를 보고 있었다. 그래서 렌은 얼른 말했다. "그냥 갑자기 궁금해진 것뿐이에요."

"집을 잃은 '로스트' 부분이 궁금한 거야?" 아빠가 물었다. "아니면 '보이' 부분이 궁금한 거야?"

"맞춰 보세요." 렌이 말했다. 그녀는 귀리 비스킷을 마저 먹고 끈

적끈적한 입술로 아빠의 볼에 입을 맞췄다. "틸디나 만나러 가야겠어요. 이따 뵈어요!"

마당 한편에 있는 문을 나선 렌은 머리 위로 반짝이는 햇살을 받으며 도그 스타 코트로 내려갔다. 그녀가 모퉁이를 돌아 보이지 않을 때까지 지켜보며 서 있던 톰은 키 크고 아름다운 딸이 자랑스러워 가슴이 뿌듯했다. 오랜 세월이 흘렀지만 아직도 자기와 헤스터가 이 새 사람을 만들어 냈다는 것을 믿을 수가 없었다.

장작더미의 그림자 안에서 게 카메라가 톰에게 초점을 맞추었다. 작은 섬 밑 수중 동굴에서 그의 모습이 둥글고 푸른 화면에 떠올랐다.

"우리 이야기를 거의 할 뻔했잖아요!" 피쉬케익이라고 불리는 소년이 말했다. "저 톰이라는 사람이 추측을 하지 않을까요?"

가글이 그의 어깨를 토닥이며 말했다. "걱정 마. 내츠워디도 멍청한 건 다른 사람과 별로 다르지 않아. 아무 의심도 하지 않을 거야."

❈ ❈ ❈

렌은 잰걸음으로 스뮤 가족의 집 쪽으로 걸어갔지만 대문 안으로 들어가지는 않았다. 틸디와 그 가족은 모두 사과를 따러 과수원에 가 있을 것이었다. 렌도 가서 돕겠다고 약속했지만, 그때만 해도 이렇게 중요한 일이 생길 줄은 전혀 예상치 못했다.

## 4. 틴 북의 전설

오래된 가게들의 쇼윈도에 비친 자신의 모습을 힐끔거리며 렌은 보레알 아케이드를 지나갔다. 라스무센 프로스펙트에 들어서면서부터는 겨울 궁전으로 가는 언덕배기를 거의 뛰다시피 올라갔다. 겨울 궁전의 정문은 여름에는 거의 언제나 열려 있었다. 그녀는 안으로 뛰어 들어가 외쳤다. "미스 프레야?" 하지만 대답하는 것은 자신의 목소리가 높은 천장에 부딪혀 되돌아오는 메아리뿐이었다. 다시 밖으로 나와 궁전을 둘러싸고 나 있는 자갈길을 따라가 봤다. 미스 프레야는 정원에서 콩을 따서 바구니에 담고 있었다.

"렌!" 프레야가 반가워하며 이름을 불렀다.

"안녕하세요, 미스 프레야!"

"그냥 프레야라고 부르라니까." 허리를 굽혀 바구니를 내려놓으며 그녀가 말했다. 미스 프레야는 인생의 목표가 사람들이 자기를 그냥 프레야라고 부르게 만드는 것이 아닐까 할 정도로 그 일에 열심이었지만 별 성과는 없었다. 나이 든 사람들은 모두 그녀가 라스무센가의 마지막 계승자라는 것을 기억하고 있었기 때문에 "마그라빈 전하" 혹은 "얼음 평원의 빛과 같은 존재"라고 부르고 싶어 했다. 젊은 세대는 그녀를 선생님으로 기억했기 때문에 모두 "미스 프레야"라고 부르는 것에 익숙했다.

"이제는," 동그란 얼굴에 맺힌 땀을 손수건으로 닦으며 프레야는 미소를 지었다. "더 이상 학생이 아니잖아. 금방 동료 교사가 될지도 모르는데. 사과 추수가 끝나고 나면 학교에 와서 날 돕는 일에 대해 생각해 봤어?"

렌은 그 제안을 받아들이겠다는 약속은 하지 않은 채 자기가 그것을 긍정적으로 고려하고 있다는 인상을 주고 싶었다. 가르치는 것을 돕겠다고 약속하면 자기도 미스 프레야처럼 통통하고 친절한 노처녀로 늙을까 봐 걱정이 됐다. 최대한 빨리 화제를 바꿔서 렌이 물었다. "도서관에 좀 가 봐도 되죠?"

"물론이지!" 렌이 예상했던 그대로 미스 프레야가 대답했다. "물어볼 필요도 없어! 특별히 보고 싶은 책이라도…?"

"언젠가 아빠가 말씀하신 책이 하나 있어요. 틴 북이라고."

거짓말을 하는 데 익숙하지 않아서 렌은 얼굴을 붉혔지만 미스 프레야는 눈치채지 못했다. "그 오래된 물건 말이야? 책이라고 부르기도 좀 뭣한 물건이지. 라스무센가에 내려오는 골동품 가운데 하나야."

둘은 함께 도서관으로 갔다. 로스트 보이들이 자기 도움을 필요로 하는 것도 무리가 아니라는 생각이 들었다. 커다란 방의 바닥에서 천장까지 꽉 차 있는 책들은 미스 프레야만 아는 방법에 따라 정리되어 있었다. 충-마이 스모프스나 리프카 부기의 다 해진 보급판 소설들이 소중한 옛 원서들을 담은 나무 함들과 나란히 놓여 있었다. 나무 함 뒷면에는 그 안에 보관되어 있는 책들의 제목이 작은 금빛 글씨로 쓰여 있었지만 대부분 너무 바래거나 닳아서 잘 보이지 않았다. 게다가 글씨를 읽는 데 그다지 익숙지 않은 로스트 보이

4. 틴 북의 전설

들이라면 어디서부터 시작해야 할지도 모를 게 분명했다.
　미스 프레야는 사다리를 이용해 책장의 높은 곳으로 올라갔다. 빈약한 사다리를 타고 오르내리기에는 미스 프레야가 너무 뚱뚱해 보여서 렌은 죄책감이 들었다. 혹시 그녀가 떨어질까 봐 두렵기도 했다. 미스 프레야는 찾는 물건이 정확히 어디에 있는지 아는 듯 얼마 지나지 않아 나활산 상아로 라스무센가의 문장을 상감한 나무 함을 들고 내려왔다. 오랜만에 한 과한 운동으로 얼굴이 붉게 상기되어 있었다.
　"한번 보렴." 벽에 걸어 두었던 열쇠로 상자를 열면서 그녀가 말했다.
　상자 안에는 가글이 말한 물건이 실리콘 실크 안감에 싸인 채로 들어 있었다. 가로 6인치, 세로 8인치 정도 되는 양철판 20여 장을 녹슨 철사로 묶어 놓은 책이었다. 무광 처리된 두꺼운 양철판들은 군데군데 녹이 슬어 있었고, 책을 읽는 사람이 손을 베지 않도록 가장자리가 둥글게 다듬어져 있었다. 맨 앞 장에는 누군가 서툰 솜씨로 동그라미 안에 독수리를 그려 놓았고, 그 주변과 아래쪽에 글씨를 새겨 넣었는데 너무 닳아서 읽을 수가 없었다. 안쪽의 양철판들은 보존 상태가 좀 나아서 정성스레 줄지어 새긴 글자, 숫자, 부호들이 희미하긴 해도 알아볼 수는 있었다. 그러나 그것들이 무엇을 의미하는지는 전혀 알 수 없었다. 뒤표지에 붙어 있는 빛바랜 종이 상표에 찍힌 앵커리지의 문장과 Ex Libris Rasmussen이라는 단어

만이 유일하게 낯익은 것들이었다.
"별로 보잘 것은 없지?" 미스 프레야가 물었다. "하지만 아주 오래된 물건이야. 그리고 『앵커리지의 역사』라는 책에서 역사학자 윔월드가 소개한 전설에 등장하는 책이기도 해. 60분 전쟁이 막 끝나고 온 세상이 끔찍한 후유증을 앓고 있을 때 앵커리지 주민들은 뗏목 몇 척에 몸을 싣고 새로운 도시를 건설할 섬을 찾아 북쪽 바다를 헤맸지. 그러다가 침몰한 잠수함을 만났는데 전염병과 방사능으로 선원들이 모두 죽고 한 명만 살아남아 있었대. 물론 그 사람도 다 죽어 가고 있었지만. 그 사람이 내 조상인 돌리 라스무센한테 문서를 하나 주면서 어떤 대가를 치르더라도 꼭 지켜야 한다고 말했대. 돌리 라스무센은 약속을 지켰고, 그 문서는 우리 가문에서 어머니가 딸한테 물려주는 가보들 가운데 하나가 된 거야. 그러다가 너무 오래돼서 종이가 부서지기 시작했대. 책의 내용을 옮겨 적어야 할 때가 된 거지. 그런데 종이가 너무 귀해서 오래된 통조림통을 납작하게 펴서 책을 만들기로 한 거지. 물론 책을 베낀 사람들도 무슨 뜻인지는 전혀 모른 채 무조건 옮겨 적었을 거야. 잃어버린 세계에서 전해 내려온 물건이라는 것 하나만으로도 성스러운 물건 대접을 받을 가치가 있거든."

렌은 양철 책장을 넘겼다. 양철판을 묶은 철사가 손을 긁으면서 끽끽 소리를 냈다. 오래전 몇백 년 동안 계속된 겨울밤에 물개 기름 램프 아래서 이 기호들을 하나하나 정성껏 새겼을 조상들을 상상해

## 4. 틴 북의 전설

봤다. 전쟁이 파괴해 버린 세상에서 건져 낸 유물을 어떻게든 보존하려고 온힘을 다했을 터였다. "뭐에 쓰는 거죠? 잠수함에 타고 있던 사람이 왜 이것을 그렇게 중요하게 생각했을까요?"

"그건 아무도 모른단다, 렌. 어쩌면 그 이유를 말해 주기 전에 죽었을 수도 있고, 오랜 세월이 흐르는 사이에 잊혔을 수도 있지. 틴 북은 우리가 풀지 못한, 또 하나의 고대인들의 미스터리이지. 우리가 아는 것이라곤 계속 반복되는 숫자들 사이에 오딘이라는 고대 신의 이름이 몇 번 나온다는 것뿐이야. 그런 걸 보면 종교 서적일 가능성도 있지. 아, 그리고 제일 앞 장에 있는 그림은 아메리카 제국의 대통령을 상징하는 문장이야."

렌은 독수리 그림을 찬찬히 살펴봤다. "그냥 새 그림 같은데요?"

미스 프레야가 웃음을 터뜨렸다. 도서관 창문으로 쏟아져 들어오는 오후의 햇살을 받으며 서 있는 그녀가 아름다워 보였다. 대지의 여신처럼 커다랗고 금빛으로 빛나는 미스 프레야에 대한 사랑이 샘솟으며, 그녀에게서 물건을 훔치려 하는 자신이 부끄러워졌다. 렌은 틴 북에 대해 질문을 더 했지만, 프레야의 대답에는 별 관심이 없었다. 될 수 있는 대로 빨리 미스 프레야에게 틴 북을 돌려준 그녀는 가까운 날에 다시 와서 선생님이 되는 것에 대해 이야기하겠다고 약속한 다음 다시 정원 일을 시작하는 미스 프레야를 두고 겨울 궁전을 나왔다.

❆ ❆ ❆

시간이 쏜살같이 흘렀다. 해가 중천에 떠오르면서 겨울 궁전의 그림자가 앵커리지의 녹슨 갑판 위를 가로질렀다. 얼마 지나지 않아 가글과 다시 만날 시간이 될 것이다. 렌은 점점 더 초조해졌다. 가글이 아무리 용감하고 멋지고 잘생겼다 해도, 그리고 로스트 보이들을 돕고 싶은 마음이 아무리 굴뚝같다 해도 렌은 자기가 지금껏 알고 지낸 사람들한테서 물건을 훔칠 수가 없었다. 언젠가는 틴 북이 없어졌다는 사실을 모두 알게 될 것이다. 미스 프레야는 자기가 틴 북에 관심을 보였던 사실을 기억해 내고 누가 그 물건을 훔쳤는지 알아차릴 것이다.

틴 북이라는 것은 도대체 뭘까? 가글은 왜 그것을 그렇게 간절히 원하는 것일까? 렌은 바보가 아니었다. 고대로부터 내려오는 문서들에는 엄청나게 위험한 일에 사용될 수 있는 단서들이 들어 있다는 것을 그녀도 알고 있었다. 언젠가 아빠가 자신이 태어나고 자란 런던이라는 도시가 메두사라는 기계 때문에 송두리째 파괴된 이야기를 해 준 적이 있었다. 만약 틴 북에 메두사 같은 기계를 만들 수 있는 정보가 들어 있고, 가글이 그것을 읽는 방법을 발견했다면?

렌은 앵커리지의 남쪽으로 천천히 걸어갔다. 그리고 어부들이 많이 드나드는 낡은 계단을 내려가 선착장이 있는 호숫가로 나갔다. 그곳에 버려져 있는 낡고 오래된 캐터필러 바퀴 그늘에 앉아서 그

## 4. 틴 북의 전설

녀는 어떻게 해야 할까 고민을 했다. 얼마 전까지만 해도 그렇게 신나 보였던 자신만의 커다란 비밀이 이제는 가슴을 짓누르는 짐처럼 느껴졌다. 누군가와 이 비밀을 나눌 수라도 있다면. 하지만 누구와? 엄마, 아빠, 미스 프레야한테는 말을 꺼낼 수조차 없었다. 바인랜드에 로스트 보이들이 들어왔다는 것만 해도 모두 기겁할 일이기 때문이다. 틸디도 기절초풍을 할 것이 뻔하고…. 네이트 사스트루기한테 말하고 도움을 청할까도 생각해 봤지만, 가글을 알고 난 지금은 네이트 사스트루기도 전처럼 잘생겼다는 생각이 들지 않았다. 그도 지루하고 느린 데다 낚시 말고는 달리 아는 게 없는 어린아이에 불과하다는 생각이 들었다.

렌은 작은 배 한 척이 자기가 서 있는 호숫가로 다가오는 것도 모르고 있었다. 엄마가 배에서 내려와 소리를 쳤을 때에야 정신을 차렸다. "렌? 여기서 뭐하니? 이것 좀 같이 들자!"

엄마가 말한 "이것"은 가슴에 구멍이 난 채 죽어 있는 불쌍한 사슴이었다. 엄마는 배에서 그것을 끌어내 도그 스타 코트로 가져갈 준비를 했다. 사냥물은 손질을 한 다음 염장을 해서 겨울에 먹을 식량으로 비축할 것이다. 일어서서 엄마 쪽으로 다가가던 렌은 해가 얼마나 높이 솟았는지 깨달았다. "지금은 못해요!"

"뭐라고?"

"만날 사람이 있어요."

헤스터는 사슴을 땅에 내려놓고 렌을 노려봤다. "누구? 그 사스트

루기네 아이 말이냐?"

렌은 엄마랑 말다툼을 하지 않으려고 다짐했었지만, 엄마의 말투를 들으니 화가 머리끝까지 치밀어 올랐다. "왜, 안 돼요?" 렌은 그렇게 물었다. "그 앨 만나면 왜 안 되는 거죠? 나도 엄마처럼 항상 축 처져서 살라고요? 나도 이제 애가 아니란 말이에요. 엄마가 내 나이 때 엄마를 좋아하는 남자 애들이 없었다고…."

"내가 네 나이였을 때," 엄마가 위협적으로 착 깔린 목소리로 말했다. "너는 상상도 못할 일들을 목격했어. 난 사람들이 어디까지 사악해질 수 있는지 잘 알아. 그래서 나랑 아빠는 널 우리 가까이, 안전한 곳에 두고 보호하려고 하는 거야."

"뭐, 안전한 것으로 말하자면, 바인랜드에서 나한테 무슨 일이 일어나기라도 하겠어요?" 렌이 반항적인 목소리로 대꾸했다. "여기는 누구한테든 아무 일도 벌어지지 않는 곳이잖아요. 엄마는 옛날에 끔찍한 일을 경험했고 그에 비하면 내가 얼마나 운이 좋은지 모른다고 항상 말하지만, 적어도 이렇게 따분하지는 않았겠지요! 아빠도 그렇게 생각하실 거예요! 아빠가 옛날에 몰고 다니던 비행선 사진을 바라볼 때의 표정을 나도 다 봤어요. 하늘을 날아다니며 세상을 누비고 다니던 시절을 그리워하시는 게 분명해요. 엄마랑 여기 틀어박히게 되지만 않았어도 아직 그렇게 살고 계시겠죠."

엄마의 손이 날아왔다. 갑자기 세게 따귀를 올려붙이는 엄마의 손바닥을 피하기 위해 렌은 고개를 뒤로 젖히다가 엄마의 결혼 팔찌

## 4. 틴 북의 전설

에 뺨이 긁혔다. 이렇게 뺨을 맞은 것은 아주 어릴 적 이후로 처음이었다. 따끔거리는 뺨을 쓰다듬자 손가락에 핏방울이 조금 묻어났다. 말을 하려고 했지만 아무 소리도 낼 수가 없었다.

"렌…." 엄마가 쉰 목소리로 말했다. 렌만큼 엄마도 충격을 받은 듯했다. 살며시 팔을 뻗어 자신의 얼굴을 어루만지려는 엄마의 손길을 뿌리치고 렌은 호숫가를 따라 달려 앵커리지의 갑판 밑 그늘로 뛰어 들어갔다. 낡은 갑판 밑을 지나 반대편 목초지로 나온 렌의 귀에 엄마의 화난 목소리가 아련히 들려왔다. "렌! 돌아와! 지금 당장!" 렌은 과수원에서 과일을 따는 사람들의 눈에 띄지 않게 나무 그늘을 찾아 달리고 또 달렸다. 자기가 어디로 향하고 있는지 생각도 하지 않고 울면서 내달리던 그녀가 마침내 숨이 턱에 차서 멈춘 곳은 섬 꼭대기의 바위산이었다. 가글이 거기서 기다리고 있었다.

INFERNAL DEVICES
5

# 바다에서 온 소식

가글은 걱정스러운 얼굴을 하고 렌을 친절히 이끼 낀 바위에 앉혔다. 그는 목에 두르고 있던 손수건을 풀어서 렌의 얼굴을 닦아 주고, 렌이 마음을 가라앉히고 말을 할 수 있을 때까지 손을 맞잡고 기다렸다.

"왜 그래, 렌? 무슨 일이야?"

"아무것도 아니에요. 정말이에요. 그냥 엄마 때문이에요. 미워 죽겠어요."

"자, 자, 홧김에 하는 소리라는 것 다 알아." 가글은 그녀 옆에 무릎을 꿇고 앉았다. 렌은 자기가 이곳에 온 뒤로 가글이 자기 얼굴에서 한 번도 눈을 떼지 않은 것 같다고 생각했다. 뿌연 파란색 안경 너머로 보이는 그의 눈은 상냥함과 염려가 가득한 친구의 눈이었다. "엄마가 있는 게 얼마나 행운인 줄 알아?" 그가 말했다. "우리 로스트 보이들은 어렸을 때 유괴를 당했기 때문에 엄마, 아빠가 누

## 5. 바다에서 온 소식

군지 아는 사람이 아무도 없어. 이따금 엄마, 아빠 꿈도 꾸고, 실제로 만나면 얼마나 좋을까 상상도 하지만 말이야. 엄마가 엄하게 구는 건 다 렌을 걱정하는 마음에서일 거야."

"우리 엄마를 모르잖아요." 그렇게 말하면서 딸꾹질이 멎도록 숨을 참았다. 겨우 딸꾹질이 가라앉자 렌이 말했다. "그 책을 봤어요."

"틴 북 말이야?" 가글은 놀랐다는 듯 말했다. 마치 렌을 걱정하다 보니 바인랜드에 온 목적이 뭐였는지는 잠시 잊었다는 투였다. "고마워!" 그가 말했다. "거머리선의 선원이 모두 나서도 일주일 이상 걸려서 할 일을 몇 시간 만에 해치웠군. 어디 있지?"

"모르겠어요." 렌이 말했다. "내 말은, 그런 걸 알려 줘도 되는지 모르겠다는 뜻이에요. 그 책이 어디에 쓰이는 것인지 말해 주지 않으면 나도 말할 수 없어요. 미스 프레야가 그 책의 역사에 관해서는 이야기해 줬지만…. 그런 책을 누가 원하는 거죠? 어디다 쓰려고?"

가글은 일어나서 잠시 서성거렸다. 소나무 사이를 빤히 바라보고 있는 그는 화난 것 같이 보였다. 렌은 자기 때문인 것 같아 겁이 났다. 그러나 고개를 돌린 가글의 얼굴에는 슬픈 표정이 떠올라 있었다.

"우리는 곤란한 상황에 처해 있단다, 렌." 그가 말했다. "페니로얄 교수에 대한 이야기는 들어 봤니?"

"물론이죠." 렌이 대답했다. "우리 아빠를 쏜 사람이에요. 앵커리지를 파멸 직전까지 몰아가고도 모자라서 엄마, 아빠의 비행선을 훔쳐서 달아난…."
"그 사람이 그 일을 책으로 썼단다." 가글이 말했다. "『사냥꾼의 현상금』이라는 책이야. 그 책에 얼음을 뚫고 숨어들어서 도둑질을 하는 '기생 해적'들에 대한 이야기가 나오지. 대부분 말도 안 되는 황당한 이야기이기는 한데, 우리들이 자주 다니던 도시들에서 책이 날개 돋친 듯 팔리는 바람에 문제가 생긴 거야. 북대서양의 뗏목 도시들이랑 얼음 황무지의 썰매 도시들에서 일제히 올드-테크 경보 장치를 설치하고, 날마다 기생 거머리선이 붙었는지 아닌지를 확인하게 됐지. 그러니 우리가 무슨 수로 작업을 하겠어."
렌은 페니로얄 교수에 대해 생각해 봤다. 지금껏 그 나쁜 사람에 대한 이야기를 듣고 살아왔다. 아빠 가슴에 난 L자 모양의 긴 흉터가 떠올랐다. 페니로얄이 쏜 총알을 빼내느라 스캐비어스 부인이 수술을 한 자국이었다. 그런데 오늘 알고 보니 로스트 보이들도 페니로얄 때문에 피해를 입은 것이다.
"하지만 아직도 왜 틴 북이 필요한지는 모르겠어요."
"요즘은 거머리선을 남쪽으로 점점 더 멀리까지 보내야 한단다." 가글이 설명했다. "중앙해와 남해까지 말이야. 아주 멀리 내려가면 거머리선을 경계하지 않는 뗏목 도시들이 있지. 아니 있었지. 그런데 올 여름부터 거머리선을 잃어버리기 시작했어. 남쪽으로 세 척을 보냈는데 하나도 돌아오지 않은 거야. 아무 소식도, 조난 요청도 없이. 도시들 가운데 하나가 우리가 오는 걸 미리 탐지하는 장치를

## 5. 바다에서 온 소식

만들어서 거머리선을 격파하거나 사로잡고 있는 게 아닐까 하는 것이 내 추측이야. 만약 로스트 보이들을 사로잡아 고문을 하고 심문을 하는 날에는….."

"그림스비까지 찾아올까 봐요?"

"맞아." 가글은 생각에 잠긴 얼굴로 렌을 쳐다봤다. 마치 이 모든 것을 그녀처럼 영리하고 통찰력을 갖춘 소녀에게 털어놓고 상의할 수 있어서 너무나 기쁘다는 표정이었다. 그는 렌의 손을 다시 잡았다. "우리가 드라이들보다 한발 앞서야 해, 렌. 그래서 틴 북이 필요한 거야."

"하지만 그 책엔 옛날 숫자만 가득 적혀 있는걸요." 렌이 말했다. "옛 아메리카 제국의 잠수함에서 나온 거라는데…."

"바로 그거야." 가글이 말했다. "고대인들은 우리가 지금 가지고 있는 잠수함보다 훨씬 앞선 장비들을 갖추고 있었어. 공기를 보충하러 물 위로 떠오르지 않고도 세상을 한 바퀴 돌 수 있고 도시만큼 큰 잠수함을 만드는 기술이 있었단 말이야. 그런 기술을 손에 넣을 수만 있다면 우리는 드라이들을 다시 두려워하지 않아도 된다고. 그림스비 전체가 이동해 다닐 테니까 아무도 우릴 찾아낼 수 없게 될 거야."

"그러니까 틴 북이 잠수함 설계도라고 생각하는 거예요?"

"딱 설계도라고 말할 수 없을지는 몰라도 우리가 그 원리를 이해할 수 있을 정도의 정보가 있다고 봐. 제발, 렌. 그 책이 어디 있는지 가르쳐 줘."

렌은 고개를 저었다. "미스 프레야랑 바인랜드 사람들은 생각만큼 그렇게 무서운 사람들이 아니에요. 나랑 함께 가서 직접 부탁하면 어때요? 아빠한테 가글이 어떤 사람이냐고 물어봤더니, 바인랜드를 구해 준 사람이라고 했어요. 미스 프레야한테 부탁하면 기꺼이 틴 북을 선물로 내놓을 거예요."

가글은 한숨을 쉬며 말했다. "나도 그렇게 하고 싶단다, 렌. 그렇게 할 수 있으면 얼마나 좋겠어. 하지만 시간이 부족해. 설명할 것도 많고, 우리를 못 믿는 사람들을 설득시켜야 하고, 그동안에도 거머리선들은 계속 없어질 테고. 게다가 거머리선을 공격한 사람들이 이미 그림스비를 목표로 잡고 있을지도 몰라. 미안하지만, 렌, 이번 일은 로스트 보이들 방식으로 처리해야 해. 책이 어디 있는지 알려 주면 오늘 밤에 우리가 가서 그냥 그 책만 가져올게. 그리고 여기를 떠날게. 그 책을 손에 넣으면 그림스비를 구할 수 있을지도 몰라. 그러면 언젠가 다시 이곳으로 돌아와 사람들과 직접 만날 수 있을지도 모르지. 바인랜드와 그림스비가 우정과 평화를 나누게 되고…."

렌은 가글의 손에서 자기 손을 빼내고는 나무들 사이를 거의 뛰다시피 해서 앵커리지의 지붕들이 보이는 곳으로 갔다. 가글은 다시 돌아오겠다고 했지만, 진심이 아니라는 걸 렌도 짐작할 수 있었다. 그녀를 달래기 위해 빈말을 하는 게 분명했다. 한번 떠나고 나면 이곳에 다시 올 이유가 없었다. 전 세계를 누비고 다닐 수 있는데 왜 이런 촌구석에 다시 오겠는가? 비행선이 가득한 하늘 아래 물 위를 떠다니고 얼음을 지치고 땅 위를 굴러다니는 도시가 수없이 많은데…. 가글은 그 멋진 세상으로 돌아가려 하는 마당에 렌은 고작 미스 프레야의 보조 교사로 늙어 가다가 언젠가―그것도 엄마가 허락을 해야 하겠지만―네이트의 부인이 돼서 자기만큼 따분해하는 아이들을 낳고 사는 것 말고는 아무 미래도 없는 곳에 남아야 하는 것이다.

"렌." 그가 뒤에서 불렀다.

"안 돼요." 렌은 목소리가 너무 떨리지 않도록 애를 쓰면서 그를 돌아다봤다. "그 책이 어디 있는지 알려 줄 수는 없지만 내가 직접 가져다줄 수는 있어요. 오늘 밤에요. 하지만 나를 같이 데려가 줘야 해요." 그녀는 웃음을 터뜨리며 팔을 크게 휘저어 앵커리지와 호수, 그리고 그 너머에 있는 언덕들, 죽은 대륙 전체를 싸안듯 가리키며 말했다. "여기가 죽도록 싫단 말이에요. 나한테는 너무 작아. 함께 가고 싶어요. 그림스비와 대 사냥터, 견인 도시, 새의 길을 모두 보고 싶어요. 이게 내가 요구하는 대가예요. 틴 북을 가져올 테니 떠날 때 나를 데려가 줘요."

INFERNAL DEVICES
6
# 신세계 건설

닥터 제로는 일을 최우선으로 생각했다. 스토커 작업장이 텅 비고 쥐죽은 듯 조용한 한밤중까지도 일을 멈추지 않을 때가 많았다. 슈라이크의 가슴과 뇌를 열어 놓고 그 속에 손을 넣어 바삐 작업을 하다 보면 시간 가는 줄 몰랐다. 작업을 하면서 그녀는 슈라이크에게 이야기를 했다. 그가 땅속에 묻혀 있던 사이에 세상이 어떻게 변했는지 수다를 떨었다. 옛 아시아와 북쪽 지역을 중심으로 결성된 반 견인 도시 동맹들이 견인 도시들을 상대로 벌이는 싸움에서 그린 스톰이라고 하는 강경파들이 어떻게 연맹에서 주도권을 잡았는지, 그리고 그들을 이끄는 스토커 팽은 어떤 존재인지 닥터 제로는 죄다 이야기했다.

"스토커가?" 슈라이크가 놀라며 물었다. 그는 그린 스톰의 스토커들에게 익숙해지고 있었다. 얼굴도 없고 스스로 생각할 능력도 없는 그 기계들은 심지어 충전도 제 손으로 하지 못했기 때문에 며칠 임

## 6. 신세계 건설

무를 수행하고 나면 하나하나 배터리를 갈아 줘야 했다. 부활군이라는 이름에 먹칠을 하는 물건들이라고 해도 과언이 아니었다. 슈라이크는 그런 기계들 중 하나가 그린 스톰을 이끈다는 걸 상상할 수 없었다.

"아, 스토커 팽은 다른 스토커들하고는 완전히 달라요." 닥터 제로가 슈라이크를 안심시켰다. "그녀는 아름답고 총명하죠. 당신과 마찬가지로 올드-테크 뇌를 가지고 있는 데다 갖가지 특별 장비도 갖추고 있어요. 연맹의 유명한 스파이인 안나 팽의 몸을 빌려서 만들어졌거든요. 그린 스톰은 야만인들과 싸우는 영광스러운 전쟁을 이끌기 위해 안나 팽이 무덤에서 살아 돌아왔다고 사람들이 생각하길 내심 바라는 것 같아요."

전쟁이라는 말이 슈라이크의 스토커 뇌 깊은 곳에 잠들어 있던 본능을 자극했다. 그는 손을 쥐었다 펴 봤지만, 손가락 안에 들어 있다가 튀어나오던 갈고리 손톱은 아무런 반응이 없었다.

닥터 제로가 말했다. "손가락 검은 제거했습니다."

"무장도 하지 않고 어떻게 싸우라는 거지?" 그가 물었다.

"미스터 슈라이크, 하찮은 전투용 스토커가 필요했다면 언제든 금방 만들어 낼 수 있어요. 부활시킬 시체는 수없이 많으니까요. 하지만 당신은 골동품이에요. 우리가 제작할 수 있는 어떤 스토커보다 복잡한 구조를 가지고 있지요. 당신은 단순한 기계가 아니라 인격체예요." 그녀는 누구에게도 해를 끼치지 못하게 된 그의 손을 만졌다. "그저 그런 전투용 스토커를 만드는 작업이 아니어서 오랜만에 일하는 것이 신 났어요."

❀ ❀ ❀

'슬픈 만물'이라는 이름의 비행선이 슈라이크를 싣고 전방 사령부라고 하는 곳으로 데려갔다. 슈라이크는 닥터 제로와 함께 관측 곤돌라에 서 있었다. 비행선은 서쪽으로 날아가면서 눈 덮인 높은 산들과 대 사냥터 위를 지났다. 이제 그린 스톰의 수중에 들어온 대 사냥터에는 파괴된 채 녹슬어 가는 견인 도시의 잔해들이 여기저기 널려 있었다.

"이 지역은 14년 전 전쟁이 처음 일어나자마자 몇 주 안에 우리가 점령했던 곳이에요." 자기가 맡은 환자를 교육시키는 데 아직도 열심인 닥터 제로가 말했다. "산맥 쪽에 잠복해 있던 우리 비행 함대가 야만인들을 기습공격하자 두려움에 질린 도시들이 서쪽으로 도망가기 시작했지요. 우리는 그 뒤를 추격하면서 감히 기수를 돌려 반격을 시도하는 도시들을 그 자리에서 박살을 냈어요. 하지만 도시들도 차차 서로 연맹을 맺어 방어를 하기 시작했지요. 독일어를 사용하는 산업 도시들이 트랙션슈타트게셀샤프트라는 이름의 연맹을 결성하면서 서쪽으로 세력을 확대하던 우리에게 제동을 걸고, 결국 적수 늪지대까지 후퇴하게 만들었지요. 동시에 슬라브어를 사

## 6. 신세계 건설

용하는 어중이떠중이 타운 몇 개가 모여서 캄차카와 알타이 샨 부근에 있는 정착촌을 공격했고요. 그 뒤로는 별 진전 없이 계속 엎치락뒤치락하고 있는 형편이에요. 아군이 서쪽으로 진격해서 도시 몇 개를 더 파괴할 때도 있고, 적군이 동쪽으로 밀고 들어와 우리의 요새들과 농장들을 잡아먹을 때도 있고…."

아래로 보이는 풍경이 변하고 있었다. 최근 벌어진 전투로 인해 곳곳에 땅이 패고 많이 훼손되어 있었다. 거대한 폭탄 분화구들이 담요 같은 진흙탕에 꿰매어 놓은 거울처럼 반짝였다. 이렇게 높은 곳에서 내려다보니 적군의 바퀴 자국이나 그린 스톰의 복잡한 참호가 별반 다르게 보이지 않았다.

"온 세상을 다시 초록빛으로 덮겠다는 것이 우리의 주장이긴 한데," 닥터 제로가 한숨을 쉬며 말했다. "사방을 진흙탕으로 만들고만 있으니…."

❈ ❈ ❈

전방 사령부에 도착해 보니, 그곳은 포획한 적군의 도시였다. 갑판 네 개짜리 작은 견인 도시였던 그 타운은 이제 적수 늪지대의 북쪽 끝에 있는 언덕의 경사면에 못 박혀 있었다. 주변의 진흙땅에는 바퀴 자국이 어지럽게 나 있었다. 바퀴와 하층 갑판은 불에 타서 폐허가 되어 있었지만, 점점 깊어 가는 땅거미 속에서 상층 갑판에서 만은 희미한 불빛이 깜빡거렸다. 전투 비행선들이 임시 비행선 항구에서 뜨고 내렸고, 부서진 지붕들 위로 새들이 떼 지어 날아다녔다. 슈라이크는 새 떼가 영리하게 비행선들을 피해 날아다니는 것을 보고 놀랐다. 그러나 '슬픈 만물' 호가 그들 가까이 지나갈 때 더 자세히 보게 된 그는 그것들이 살아 있는 새가 아니라 스토커 새라는 것을 알았다. 눈은 슈라이크와 같이 으스스한 초록색으로 빛나고 부리와 발톱이 있어야 할 자리에는 칼날이 빛나고 있었다. 아래쪽으로, 진흙 위에 닦아 놓은 길에서 스토커들이 행진을 하고 있었다. 어떤 것들은 인간과 비슷한 모습을 하고 있었지만, 몸집이 크고 다리가 여러 개 달린 게 모양의 스토커들도 보였다.

"그린 스톰은 스토커들을 많이 가지고 있군." 슈라이크가 말했다.

"싸워야 할 전투가 많기 때문에 스토커도 많이 필요하지요." 닥터 제로가 대답했다.

'슬픈 만물' 호는 도시의 타운홀 담벼락 밑에 있는 착륙 지점에 안착했다. 체구가 작고 머리가 벗겨진 노인이 털로 안감을 댄 긴 겉옷을 입고서 그들을 기다리며 서 있었다. 그는 서쪽 늪지대에서 이따금씩 들려오는 총성에 몸을 움찔거렸다. 비행선에서 슈라이크가 내리는 것을 보자 그는 미소를 띠었다. "슈라이키! 다시 일어나 스토킹을 하고 다니는 걸 보니 반갑구먼! 나 기억하나? 트윅스 박사의 조수였지. 불쌍하게 된 저 런던에서 자네를 검사하는 걸 도왔었다고."

## 6. 신세계 건설

서로 다른 인간의 얼굴을 만 개까지 기억할 수 있는 용량을 가진 슈라이크의 뇌에는 이제 닥터 제로와 스토커 작업실의 기술자 몇 명의 얼굴만 저장되어 있었다. 그는 그 늙은 사내의 누런 이빨과 덥수룩한 눈썹 사이에 새겨진 붉은 바퀴 문신을 바라보다가 닥터 제로를 쳐다봤다. 마치 어린아이가 불안한 얼굴로 엄마를 바라보는 그런 몸짓이었다.

"이분은 닥터 팝조이예요." 그녀가 부드럽게 말했다. "부활군 부대를 창설한 분이자 사령관의 개인 외과-엔지니어이기도 하지요." 그런 다음 그녀는 사내에게 말했다. "미스터 슈라이크는 과거의 기억을 대부분 상실했습니다. 기억을 보관하는 부분이 크게 손상되었거든요. 복구하는 데 실패했습니다."

"안됐군." 팝조이가 혼잣말처럼 중얼거렸다. "회포를 풀고 싶었는데. 하지만 어찌 보면 잘된 일인지도 모르지." 그는 슈라이크 주변을 두 번이나 빙빙 돈 다음 그의 반짝이는 새 몸체를 어루만지기도 하고, 쇠로 된 두개골에서 삐져나온 파이프들을 당겨 보기도 했다. "훌륭해." 그가 낄낄거리며 말했다. "작업을 제대로 했군, 트리클! 내가 했어도 이보다 잘하긴 힘들었을 거야!"

"스토커 팽을 위해서 최선을 다했습니다." 닥터 제로가 수줍게 말했다.

"우리 모두 그렇지, 트리클. 자, 이제 얼른 올라가자고. 기다리고 계시네."

❁ ❁ ❁

긴 복도를 따라 허리케인 랜턴들이 타고 있었다. 제복을 입은 사람들이 큰 소리로 명령을 하고, 서류 뭉치를 흔들고, 야전 전화에 대고 소리를 지르며 바삐 지나가고 있었다. 그들 중 많은 수가 스톰에 대한 충성심의 상징으로 머리를 초록색으로 물들였다. 그들이 말하는 약어로 된 전투 암호들을 들으며 슈라이크는 자기가 그것들을 완벽하게 이해할 수 있다는 사실을 깨달았다. 닥터 제로가 재주를 부린 것이 틀림없었다. 그는 그녀와 팝조이를 따라 널찍한 계단을 오르면서 또 다른 어떤 기능이 자기 몸속에 설치되어 있을까 궁금했다.

계단 맨 위로 총알 자국이 가득한 두 짝짜리 청동 문이 나왔다. 차렷 자세를 취하는 보초에게 팝조이는 "부활군 부대, 사령관님께 전해 드릴 물건이 있다." 하고 말했다.

문이 활짝 열리자 그 너머로 커다랗고 어두운 방 안이 보였다. 새로 장착된 눈이 야간 시력으로 자동 변환되자 슈라이크는 맞은편 벽이 방탄벽으로 강화된 것을 알 수 있었다. 복면의 구멍처럼 좁고 긴 창문이 유리도 끼워져 있지 않은 채 서쪽으로 나 있었다. 그 앞에 서 있는 인물은 백퍼센트 사람이라고 할 수는 없는 존재였다.

"사령관님…." 팝조이가 말했다.

"기다려라." 어둠 속에서 목소리가 들려왔다. 작지만 위엄 있는

## 6. 신세계 건설

목소리였다.

팝조이는 기다렸다. 침묵 속에서 슈라이크는 닥터 제로의 이빨이 맞부딪히고 심장이 초조하게 콩닥거리는 소리를 감지했다.

갑자기 서쪽 늪지대에서 거대한 빛의 기둥이 솟구쳐 올라 방 안을 주홍빛으로 가득 채웠다. 처음의 그 빛은 연이어 들리는 총성과 함께 수없이 많은 총구에서 나오는 작은 섬광들과 조명탄 빛으로 바뀌었다. 전방 사령부 전체가 살짝 흔들렸고 슈라이크는 발밑에서 끼익거리는 철판의 진동을 느꼈다. 몇 초 뒤늦게 우르릉 쾅쾅 들려온 폭발음은 누군가 멀리 떨어진 방에서 가구를 옮기는 것 같은 느낌이었다.

스토커 팽은 자신의 전쟁에서 나오는 빛을 받으며 몸을 돌려 방문객들을 맞았다. 긴 회색 가운을 입은 그녀의 얼굴은 청동으로 만든 여자의 데스마스크였다. "우리 포병대가 트랙션슈타트게셀샤프트의 전방 도시들에 집중 포화를 가했다. 곧 내가 몸소 날아가서 보병 공격을 이끌 것이다."

"또 영광스러운 승리를 맞볼 수 있겠군요, 팽." 팝조이의 목소리가 슈라이크의 발목 근처 어디에선가 들려왔다. 내려다보니 팝조이와 닥터 제로는 둘 다 무릎을 꿇고 마룻바닥에 얼굴을 대고 있었다.

"그러나 최후의 승리는 아니다." 그녀의 목소리는 얼어붙은 갈대를 스치고 지나가는 겨울바람 같았다. "우리에게는 더 강력한 무기가 필요하다, 팝조이."

"원하시는 대로 될 것입니다, 각하." 팝조이가 약속했다. "그런 무기를 만들 만한 올드-테크 부품이 있는지 항상 살피고 있습지요. 오늘은 부활군 부대에서 작은 선물 하나를 가져왔습니다."

아몬드처럼 생긴 스토커 팽의 눈이 슈라이크에게 초점을 맞추면서 초록빛으로 빛났다. "스토커 슈라이크로군." 미끄러지듯 다가오면서 그녀가 말했다. "네 사진들은 본 적이 있다. 기능을 멈췄다고 들었는데."

"각하, 이제 모든 수리를 마쳤습니다." 팝조이가 말했다.

스토커 팽은 슈라이크한테서 몇 걸음 떨어진 곳에 멈춰 서서 그를 관찰했다. "이게 무슨 뜻이지, 팝조이?" 그녀가 물었다.

"생신 선물입지요, 각하." 팝조이가 몸을 일으키며 신음 소리를 냈다. "여기, 닥터 제로가 깜짝 선물로 마련한 것입니다. 위논 제로를 기억하시지요? 비행 함대의 에이스 히라쿠 제로의 딸로 아주 천재랍니다. 부활군 부대에서 제일가는 외과-엔지니어입지요. (물론 저를 제외하고지만요.) 각하의 영광스러운 부활을 기념하기 위해 슈라이크를 땅에서 파내 수리할 생각을 위논이 한 겁니다."

스토커 팽은 아무 말 없이 슈라이크를 노려봤다. 닥터 제로가 너무 심하게 몸을 떨어서 그 떨림이 마룻바닥을 타고 슈라이크에게 전해졌다.

"잊은 건 아니시죠? 로그스 루스트의 시설에서 제 손을 통해 부활하신 것이 바로 17년 전 오늘입니다! 방년 17세! 만수무강하십시오!"

## 6. 신세계 건설

스토커 팽은 무표정한 초록빛 눈으로 슈라이크를 쳐다봤다. "어디다 쓰라는 거지?"

닥터 제로가 처음으로 고개를 들었다. "저는-, 저는-, 가-각하 옆에 슈-슈라이크를 두시면 좋겠다고 생각했습니다." 그녀가 더듬거렸다. "각하가 겨-견인 도시라는 암을 이 세상에서 제-제거하기 위해 동분서주하는 동안 슈-슈라이크는 각하를 지켜 드릴 것입니다."

"그-그-그렇습지요." 팝조이가 닥터 제로의 말더듬을 놀리듯 말했다. "가-가-각하를 지켜 드릴 겁니다. 각하만큼 강하고 각하만큼 예민한 오감을 가진 보디가드입니다."

"나만큼 강하다는 건 믿을 수가 없어." 슈라이크에 비해 젊은 스토커 팽이 말했다.

"물론 그건 아니지요." 팝조이가 황급히 말했다. "트리클! 각하는 보디가드 같은 건 필요 없으시다. 무슨 헛소리를 지껄이는 거야?" 그는 억지웃음을 지어 보이며 말을 이었다. "그저 재미있어 하시지 않을까 생각했습지요."

스토커 팽은 슈라이크에게서 눈을 떼지 않은 채 고개를 갸웃했다. "좋아. 물건 자체는 잘 만들었군. 내 밑으로 배치하도록 해."

방 다른 쪽 끝에서 키가 큰 문이 열렸다. 제복을 입은 보좌관이 들어와 절을 하며 말했다. "각하, 전방으로 출발할 비행선이 준비되었습니다."

팝조이에게 더 이상 아무 말도 하지 않고 스토커 팽은 그 자리를 떠났다.

"최고야!" 그녀가 가 버리자 팝조이가 말했다. 일어서서 아르곤 램프에 불을 켠 그는 뒤따라 일어서는 닥터 제로의 엉덩이를 토닥거렸다. 닥터 제로가 얼굴을 붉혔다. "잘했어, 트리클. 불의 꽃이 만족했어. 사람들은 그녀가 무슨 생각을 하는지 알 수 없다고들 하지만 그녀를 만든 사람이 바로 나잖아. 잊지 않았겠지? 그 철가면 뒤에서 무슨 생각을 하는지 난 다 알아." 벗겨진 머리에 난 땀을 손수건으로 닦으며 그는 슈라이크 쪽을 흘낏 쳐다봤다. "자, 슈라이키, 자네는 우리 영광스러운 지도자에 대해 어떻게 생각하시는가?"

"무척 강하군." 슈라이크가 말했다.

팝조이가 고개를 끄덕였다. "강한 건 사실이야. 내 불후의 명작이지. 그 몸속에 놀라운 기계들이 들어 있어. 자네 것보다 더 오래된 스토커 뇌 부품들은 말할 것도 없고, 어떤 올드-테크 부품들은 너무 이상해서 내가 잘 모르는 것들도 들어 있지. 그 뒤로 팽 같은 스토커는 다시는 못 만들었지만…, 뭐 걸작 하나 만들었으면 충분하지. 그렇지 않나, 슈라이키?"

슈라이크는 창문을 바라봤다. 그 너머 어딘가 먼 곳에서 전투가 벌어지고 있을 것이다. 깊게 갈라진 땅 사이에서 새어 나온 것 같은 밝은 빛이 하늘을 밝혔다. 비행선이 밤하늘을 가득 메우고 있었다. 그는 스토커 팽 밑에서 싸우는 것도 괜찮을 것 같다고 생각했다. 쥐면 으스러져 버리는 약한 인간들이 아니라 자기만큼 강한 존재에게서 명령을 받는다는 것이 마음에 들었다. 그녀에게 충성을 바칠 것이다. 그러다 보면 언젠가는 그 충성심이 그의 마음속 공허감을 채우고 마음 한구석에서 계속 솟아오르는, 소중한 것을 잃어버렸다는 이 느낌을 없애 줄지도 모를 일이었다.

'그 얼굴, 흉터가 있는 그 얼굴.'

그 이미지가 나방처럼 그의 머릿속에서 잠시 펄럭이다가 이내 사라져 버렸다.

INFERNAL DEVICES

7

# 집 떠나는 소녀

밤. 데드 힐에 걸린 안개 위로 손톱 같은 조각달이 떠올랐다. 도그 스타 코트의 집에서는 렌이 옷을 다 갖춰 입은 채로 침대에 누워서 엄마, 아빠 침실에서 들려오는 목소리에 귀를 기울이고 있었다. 얼마 지나지 않아 온 집 안에 정적이 깃들었다. 엄마, 아빠가 잠든 것이다. 하지만 그녀는 신중을 기하기 위해 조금 더 기다렸다.

 엄마, 아빠의 따분한 인생을 보고 있자면 가끔 비명을 지르고 싶었다. 아름다운 달이 뜬 이런 밤, 이런 시간에 잠을 자다니! 하지만 그 따분한 인생이 그녀의 계획을 실행하는 데는 도움이 되었다. 렌은 부츠를 신고 조용히 자기 방에서 나와 아래층으로 내려갔다. 어깨에 멘 가방이 틴 북의 무게를 못 이기고 축 처졌다.

 책을 훔치는 것은, 사실 너무 쉬워서 훔친다는 느낌조차 들지 않았다. 훔치는 것이 아니었다. 렌은 반복해서 그렇게 마음을 다졌다. 미스 프레야도 틴 북을 쓸 데가 없는 마당에 그 책이 없어졌다고

## 7. 집 떠나는 소녀

손해를 볼 사람은 앵커리지에 단 한 명도 없었다. 훔치는 것이 아니었다.

그러나 저녁 내내 끙끙거리며 쓴 쪽지를 부엌 작업대에 살며시 올려 두고 별빛을 받아 은색으로 빛나는 밤거리로 나서면서, 렌은 바인랜드에서의 삶이 이렇게 끝난다는 생각에 왠지 슬퍼졌다.

❁ ❁ ❁

가글과 헤어진 후 렌은 언덕을 내려가 바로 겨울 궁전으로 달려갔다. 미스 프레야는 정원에서 스캐비어스 부인과 이야기를 나누고 있었다. 보름달 축제 때 아이들이 무대에 올릴 연극에 대해 이야기하는 것 같았다.

렌은 도서관으로 가서 미스 프레야가 보여 주었던 나무 함을 내렸다. 틴 북을 꺼낸 다음 나무 함에 자물쇠를 채우고 원래 있던 자리에 조심스럽게 올려놓았다. 열려 있는 창문으로 미스 프레야가 하는 말이 들려왔다. "제발, 윈돌린. 날 그냥 프레야라고 불러요. 서로 알고 지낸 지 벌써 몇 년인데…"

렌은 도서관에서 빠져나와 궁전 문을 나섰다. 입고 있는 재킷 안에 숨긴 틴 북이 느껴질 때마다 자신이 도둑질을 했다는 생각을 지우기 위해 애쓰며 서둘러 집으로 갔다.

❈ ❈ ❈

달은 바람에 날리는 깃털처럼 겨울 궁전의 첨탑 위에 걸려 있었다. 프레야 라스무센의 창문에서 램프가 빛나고 있었다. 렌은 그 밑을 지나면서 생각했다. '안녕히 계세요, 미스 프레야.' 금방이라도 울음이 터질 것 같았다.

집에서는 더 했었다. 저녁 내내 아빠를 떠날 생각에 눈물이 왈칵 쏟아질 것 같았고, 심지어 엄마도 보고 싶을 것 같다는 생각이 들었다. 그러나 헤어지는 것은 잠깐일 뿐이었다. 언젠가 로스트 보이들의 공주가 되어 돌아올 것이기 때문이다. 잠자러 가기 전에 렌은 아빠를 특별히 더 꼭 안아 줬다. 아빠가 조금 놀라는 것 같았지만 아마도 낮에 엄마랑 싸운 것 때문에 속상해서 그러는 거라고 생각하는 것 같았다.

렌은 엔진 구역으로 내려가 도시의 가장자리로 빠르게 걸어갔다. 상층 갑판이 던지는 그림자에서 막 벗어나 버려진 창고 건물 사이로 난 넓은 길로 들어서려는데 카울이 앞을 막아섰다.

렌은 가방을 꼭 껴안고 그를 피해 달아나려 했지만 카울이 길을 막았다. 얼굴을 덮은 머리카락 사이로 그의 눈이 희미하게 빛났다.

"왜 이러시는 거죠?" 렌은 두려워하는 빛을 내보이지 않으려고 한껏 화난 목소리로 물었다.

"가면 안 돼." 카울이 말했다.

## 7. 집 떠나는 소녀

"왜죠? 내가 원하면 가는 거죠. 어쨌든 무슨 말씀인지 모르겠어요."

"가글 말이야. 어젯밤에 다 봤다. 언덕 꼭대기에 올랐을 때 뒤를 돌아봤는데 네가 거머리선에서 나오고 있더구나. 가글이 도와 달라고 했니? 그러겠다고 했어?"

렌은 대답을 하지 않았다.

"렌, 가글을 믿어서는 안 돼." 카울이 말했다. "우리가 마지막으로 헤어졌을 때 가글은 어린애에 불과했는데도 무척 교활한 녀석이었어. 사람을 이용할 줄 아는 놈이야. 자기가 진짜 원하는 것을 감추는 데도 능하고. 그가 무슨 부탁을 했든 들어주지 마."

"그래서 어떻게 못하게 막으실 건데요?" 렌이 물었다.

"톰과 헤스터에게 말하겠다."

"미스 프레야한테도 가서 이르지 그러세요?" 렌이 조롱하듯 말했다. "아시면 좋아하실 텐데. 하지만 그렇게 하지 않으실 게 뻔해요. 엄마와 아빠에게 말을 하려 했다면 제가 오토리쿠스에서 나오는 것을 보자마자 했겠죠. 자기 고향 사람들을 배반하지는 못하시는 거죠."

"너는 상상도 못할 정도로…." 카울이 말을 하다 말고 적합한 단어를 생각하느라 머뭇거리는 사이 렌은 그의 옆을 잽싸게 빠져나가 도망가기 시작했다. 길 끝에 있는 철제 계단을 울리며 뛰어가던 렌의 발자국 소리는 그녀가 마지막 계단에서 땅으로 뛰어내린 다음부터는 고요해졌다. 메고 있는 가방이 옆구리를 쳤고 심장이 터질 것만 같았다. 카울이 따라오는지 보려고 뒤를 돌아다봤다. 그러나 그는 움직이지 않고 그 자리에 서서 바라보고만 있었다. 그녀는 손을 한 번 흔들어 보인 다음 몸을 돌려 언덕 위로 달리기 시작했다.

❅ ❅ ❅

헤스터는 그날 밤 금세 잠에 떨어졌다. 그러나 톰은 선잠이 들었다가 무슨 소린가를 듣고 잠이 깼다. 그 소리가 현관문 닫히는 소리였다는 것을 깨달은 것은 아주 나중 일이었다.
그는 어둠 속에 누워 자기의 심장 고동소리에 귀를 기울였다. 그의 심장은 가끔 멈칫하기도 하고 이따금 통증이 느껴지기도 했다. 어떤 때는 통증은 아니지만 자기 몸이 뭔가 잘못된 것 같다는 느낌이 들었다. 몇 년 전 페니로얄의 총알이 박혔던 그 자리였다. 운동을 하면 항상 상태가 더 나빠졌다. 아침에 통나무 패는 일을 하지 않았어야 했다. 하지만 통나무는 누군가 갈라야 했고, 그 일을 하지 않았다면 가슴의 통증에 대해 헤스터에게 뭔가 다른 설명을 해야 했을 텐데, 사실을 알면 그녀는 당장 걱정을 하면서 그를 윈돌린에게 보냈을 것이다. 앵커리지의 유일한 의사인 윈돌린 스캐비어스는 당연히 톰을 진단하자고 들 것이고, 톰은 윈돌린이 그에게서 어떤 병을 찾아낼까 봐 두려웠다. 생각을 하지 않는 편이 더 나았다. 헤

## 7. 집 떠나는 소녀

스터랑 렌이랑 함께한 그간의 행복한 세월에 대해 신에게 감사하는 편이 더 나았다. 미래에 대한 걱정은 일이 닥치면 해도 늦지 않았다.

그러나 그 미래는 이미 톰에게 밀어닥치고 있었다. 라스무센 프로스펙트에서 보레알 아케이드를 거쳐 도그 스타 코트로 뛰어온 톰의 미래는 그의 대문을 지나고 계단을 뛰어올라 현관문을 세게 치고 있었다.

"쿼크 맙소사!" 톰이 놀라서 일어나 앉으며 말했다. 옆에서 헤스터가 작은 신음 소리를 내고 돌아누우며 천천히 깨어나고 있었다. 톰은 잠옷을 입은 채 이불을 젖히고 아래층으로 뛰어 내려갔다. 현관문에 난 작은 유리창 너머로 유령같이 흐릿한 형체가 주먹으로 문을 치고 있었다. 톰을 부르는 목소리가 들렸다.

"카울?" 톰이 말했다. "문 열렸어."

카울이 나쁜 소식을 가지고 톰의 잠을 깨운 것은 이번이 처음이 아니었다. 옛날 앵커리지가 얼음을 지치고 다니던 시절, 헤스터가 제니를 타고 혼자 떠났을 때 한밤중에 나타나 톰에게 그 사실을 알려 준 것도 카울이었다. 그때만 해도 카울은 소년에 불과했다. 그러나 긴 머리에 턱수염을 기르고 크게 뜬 눈에 광기가 어려 있는 지금의 모습은 흡사 미친 예언자와 같았다. 현관으로 고꾸라지듯 들어오면서 카울은 옷걸이를 넘어뜨렸고, 그 바람에 톰이 모아 놓은 고대 휴대전화 케이스들이 바닥으로 쏟아졌다.

"카울, 진정해!" 톰이 말했다. "무슨 일이야?"

"렌." 카울이 헐떡거리며 말했다. "렌 말이야…."

"렌은 자기 방에 있는데?" 톰은 그렇게 말했지만, 갑자기 불안감이 엄습했다. 저녁에 자러 가면서 자기를 껴안는 모양새가 심상치 않았기 때문이다. 그리고 가시덤불에 넘어지면서 생겼다는 뺨의 생채기…. 뭔가 잘못됐다는 느낌이 강하게 들었다. "렌?" 그는 위층을 향해 외쳤다.

"그 애는 갔어!" 카울이 외쳤다.

"가다니? 어디로?"

셔츠를 입으며 계단을 반쯤 내려오던 헤스터가 방향을 바꾸어 뛰어 올라갔다. 그녀가 렌의 방문을 걷어차서 여는 소리가 들렸다. "오, 맙소사!" 그렇게 외치면서 헤스터는 계단 아래쪽을 향해 머리를 내밀고 소리쳤다. "톰, 카울 말이 맞아. 얘가 가방이랑 외투를 가지고 갔어."

"틸디 스뮤랑 달밤에 산책이라도 나간 게 아닐까? 여긴 바인랜드야. 렌에게 무슨 해로운 일이 일어나겠어?" 톰이 말했다.

"로스트 보이들이야." 카울이 대답했다. 그는 낡고 더러운 외투 주머니에 손을 깊이 꽂은 채 서성거렸다. 야생 동물 같은 그의 체취가 집 안을 가득 채웠다. "가글 기억하나? 쪽지가 왔었어. 나한테 도움을 청했지. 뭘 훔쳐 달라는 부탁이었어. 뭐였는지는 몰라. 렌이 날 미행했다가 가글한테 들킨 것 같아. 가글이 렌을 이용하고 있어. 그 앤 그놈한테 간 거야."

## 7. 집 떠나는 소녀

헤스터가 부엌으로 들어갔다가 종이 한 장을 들고 나왔다.
"톰, 이걸 봐."
딸이 남긴 쪽지였다.

사랑하는 엄마, 아빠
저는 바인랜드를 떠나기로 결심했어요. 로스트 보이들이 왔어요. 걱정 마세요. 해를 끼치기 위해 온 사람들이 아니에요. 저를 데려가 준다고 했어요. 저는 이제 넓은 세상에 나가 뗏목 도시도 보고 대 사냥터도 둘러보면서 엄마, 아빠가 했던 것처럼 모험을 할 거예요. 직접 작별 인사를 드리지 못해서 죄송해요. 하지만 못 가게 하실 게 뻔하잖아요. 몸조심할게요. 오래지 않아 집에 돌아와 온갖 이야기들을 다 해 드릴게요.
사랑해요.
렌 올림

헤스터는 무릎을 꿇고 앉아 바닥의 카펫을 뜯어내기 시작했다. 그 밑에는 원래 이 집의 주인이었던 상인이 바닥을 파고 만들어 놓은 금고가 있었다. 귀중품을 보관하던 그 금고에는 이제 총알이 든 종이 상자 몇 개와 총이 들어 있었다. 헤스터는 총을 싸 놓은 기름먹인 헝겊을 벗기면서 물었다.
"지금 어디 있죠, 카울?"

"헤스터…." 톰이 말했다.

"더 일찍 경고를 해 줬어야 했지만…." 카울이 중얼거렸다. "하지만 상대가 가글이라, 내 목숨을 구해 준 가글 말이야."

"어디 있냐고?"

"호숫가 북쪽 낭떠러지 쪽이요. 나무들이 거의 물까지 내려온 그곳이요. 제발, 아무도 다치지 않게 해야 해요."

"그러려면 미리 행동을 했어야지." 총을 점검하면서 헤스터가 쏘아붙였다. 아크에인절의 사냥꾼들한테서 뺏은 총들은 대부분 바인랜드로 오는 길에 바다에 던져 버렸다. 하지만 혹시 몰라서 하나만 보관하고 있었다. 다른 총에 비해 외관이 화려한 총은 아니었다. 총자루에 이빨을 드러낸 늑대 머리 조각도 없고 총구 부분에 은장식도 없는, 까맣고 묵직한 38구경 샤덴프로이드 모델이었다. 멋지지는 않지만 사람을 죽이는 도구로 이만큼 믿을 만한 무기도 없었다. 헤스터는 총알 여섯 발을 장전하여 벨트에 꽂고 톰을 밀어젖히며 문으로 향했다. 옷걸이에 걸린 외투를 낚아채고 어둠 속으로 나가며 그녀가 말했다. "사람들을 깨워!"

❋ ❋ ❋

섬에서 제일 높은 곳에 오른 렌은 오토리쿠스가 뭍에 갇힌 바닷게처럼 절벽 밑에 쪼그리고 앉아 있는 것을 보았다. 가글을 처음 본

## 7. 집 떠나는 소녀

곳이었다. 거머리선의 열린 해치 문을 통해 새어 나온 푸른 불빛이 물 위에 어른거렸다.

렌은 그곳으로 이어진 오솔길을 따라 내려가기 시작했다. 흙이 무른 곳에서 미끄러지기도 하고 나무뿌리에 걸려 넘어지기도 했지만, 차가운 숨을 몰아쉬며 나무들과 덤불들 사이를 지나 거미게 모양의 거머리선 그림자를 향해 내달렸다.

가글은 열려 있는 해치 문에서 나온 승강 사다리의 끝, 물이 얕은 곳에 서 있었다. 그 옆에 레모라가 서 있었고, 렌이 거의 도착할 즈음이 되자 피쉬케익도 승강 사다리를 따라 내려왔다. "출발 준비 다 됐나?" 가글이 피쉬케익에게 물었다.

"단추 하나만 누르면 돼요." 피쉬케익이 대답했다.

거머리선의 엔진이 공회전을 하면서 배 뒤쪽에 있는 개폐식 배기관에서 깃털 같은 연기가 새어 나왔다. 게 카메라 하나가 거머리선의 다리를 타고 기어 올라가 안으로 들어갔다. 다른 게 카메라들도 호수 가장자리로 속속 모여들고 있었다. 그 모습이 거미와 너무나 흡사해서 렌은 도망가고 싶은 마음이 불쑥 들었지만, 앞으로 로스트 보이들과 함께 생활하려면 이런 것에 익숙해지지 않으면 안 된다고 스스로를 타이르며 그것들 사이를 침착하게 걸어서 호숫가로 내려왔다.

"나예요." 그녀의 발자국 소리를 듣고 몸을 돌리는 가글에게 렌은 부드러운 목소리로 말했다. "틴 북을 가져왔어요."

❈ ❈ ❈

바인랜드의 앵커리지는 잠에서 깨어나면서 분노와 충격에 휩싸였다. 문들이 쾅 닫히는 소리와 사람들이 로스트 보이들에게 맞서기 위한 채비를 하면서 외치는 고함 소리를 뒤로하고 헤스터는 숲으로 달려갔다. 젊은 남자들 가운데 몇몇은 헤스터가 섬에서 가장 높은 곳에 다다르기 전에 그녀를 거의 따라잡았다. 그러나 내리막길로 접어들자 다른 사람들은 지그재그로 난 길을 선택한 반면 헤스터는 직선 코스를 따라 급한 비탈길로 내려갔기 때문에 다시 거리가 벌어졌다.

가파른 경사면을 미끄러지듯 내려가는 헤스터의 발밑에서 자갈들이 내리굴렀다. 그녀는 흥분이 됐고, 렌이 드디어 자기를 필요로 하게 되었다는 사실이 기뻤다. 톰도 렌을 로스트 보이한테서 구출할 수 없었다. 바인랜드의 누구도 그 일을 해낼 수 없었다. 로스트 보이들을 상대할 정도로 강한 사람은 오직 헤스터뿐이었다. 그들을 모두 처치하고 나면 렌도 정신을 차리고 자기가 얼마나 위험한 상황에 처했었는지 깨달으며 엄마에게 고마워할 것이다. 그러면 헤스터와 렌은 다시 사이좋은 모녀로 돌아가는 것이다.

찔레꽃이 무더기로 피어 있는 언덕배기에 다다라 헤스터는 뒤를 돌아봤다. 다른 사람들은 아직 자취도 보이지 않았다. 그녀는 벨트에서 총을 꺼내 들고 호숫가 쪽으로 걸어갔다.

## 7. 집 떠나는 소녀

❀ ❀ ❀

"여기요." 렌은 어깨에서 무거운 가방을 내려 가글에게 내밀었다. "안에 들어 있어요, 내 물건들하고 같이."

레모라가 말했다. "지금 말해 주는 게 좋겠어. 이젠 가야 해."

가글은 두 사람을 완전히 무시한 채 가방에서 틴 북을 꺼내 책장을 몇 장 넘겼다.

"나도 같이 가는 거 잊지 않았죠?" 서서히 불안한 마음이 들기 시작한 렌이 말했다. 두 팔을 벌리고 자기를 환영하리라 상상했었는데 전혀 다른 상황이 벌어지고 있었기 때문이다. "나를 데려가 주기로 했잖아요. 그게 조건이었어요."

렌은 자기의 말투에 떼를 쓰는 듯한 어린아이의 목소리가 끼어들려고 하는 것을 느꼈다. 가글이 자기를 용감하고 어른스럽고 모험심 강한 사람으로 봐주기를 바랐지만 현실은 그렇지 않았다. 그녀는 문득 자기가 가글에게 아무것도 아니라는 사실을 깨달았다. 자신이라는 존재는 틴 북을 손에 넣기 위한 도구 이상도 이하도 아니었다.

"바로 이거야." 가글은 혼잣말로 그렇게 말하고 가방을 렌 쪽으로 던졌다. 그러고는 돌아서서 틴 북을 피쉬케익에게 넘기자 그 애는 어깨에 메고 있던 가죽 가방에 그 책을 소중히 집어넣었다.

"나도 함께 갈 거예요." 렌이 다시 한 번 말했다. "나도 가는 거죠,

그렇죠?"

가글이 가까이 다가왔다. 그의 목소리에 비웃음이 스며 있었다. "사실은 말이야, 렌, 그동안 생각해 봤는데 널 데리고 갈 자리가 없어."

렌은 재빨리 눈을 깜빡였다. 눈물이 나려고 했기 때문이다. 가방을 조약돌이 깔린 땅에 던지면서 소리쳤다. "날 데려간다고 약속했잖아요!" 레모라가 자기를 보고 있다가 피쉬케익에게 뭐라고 속삭이자 그 녀석이 피식 웃음을 터뜨리는 것이 곁눈으로 보였다. 자기를 얼마나 바보로 알까!

"세상 구경을 하고 싶단 말이에요!" 그녀가 소리쳤다. "모험을 하고 싶어요! 여기 머물러 살다가 네이트 사스트루기랑 결혼하고 학교 선생으로 일하다가 늙어 죽고 싶지 않아요!"

가글은 그녀가 내는 소음 때문에 화가 난 것 같았다. "렌." 그가 작지만 날카로운 목소리로 말했다. 그 순간 마치 화가 난 메아리처럼 어둠 속에서 또 다른 목소리가 소리쳤다. "렌!"

"엄마!" 렌은 숨이 턱 막혔다.

"제기랄!" 레모라가 중얼거렸다.

가글은 아무 말 없이 바로 벨트에서 가스총을 빼 들고 호숫가 쪽을 향해 쏘았다. 총이 뿜는 푸른 섬광 사이로 렌은 엄마가 혼자서 성큼성큼 걸어오는 것을 보았다. 엄마는 총알이 바로 옆을 스쳐 지나가는데 눈도 꿈쩍하지 않는 것 같았다. 앞으로 뻗은 엄마의 손에

## 7. 집 떠나는 소녀

총이 들려 있었다. 팡 소리가 났다. 팡! 팡! 팡! 둔중하고 무딘 그 소리는 마치 책을 탁 덮을 때 나는 소리 같았다. 첫 번째 총알은 오토리쿠스에 맞고 핑 소리를 내며 튕겨 나갔고, 다음 두 발은 호수 쪽으로 소리를 내면서 날아갔다. 네 번째 총알은 가글의 눈 한가운데를 명중했다. 축축하고 걸쭉한 것이 렌의 얼굴과 옷에 튀었다.

"가글!" 피쉬케익이 비명을 질렀다.

가글은 무릎을 꿇고 주저앉는 듯싶더니 앞으로 고꾸라졌다. 엉덩이는 위로 쳐들고 얼굴은 물에 박힌 자세였다. 물결 소리가 마치 낄낄거리는 웃음소리처럼 들렸다.

피쉬케익이 얕은 물을 첨벙거리면서 가글을 향해 비틀비틀 다가가는 바람에 총을 꺼내 드는 레모라와 부딪힐 뻔했다. "피쉬케익, 배에 올라타!" 레모라가 소리쳤다. "그림스비로 돌아가!" 곧이어 헤스터가 쏜 두 발이 레모라의 몸통을 관통했고 그녀의 몸이 뒤로 날아가 호수에 떨어졌다.

"가글!" 피쉬케익이 울부짖었다.

헤스터는 총알을 재장전했다. 탄피가 떨어지며 조약돌에 부딪혀 쨍그랑 소리를 냈다. 그녀가 "렌, 이쪽으로 와!" 하고 외쳤다. 충격으로 몸을 떨고 있던 렌은 안도의 숨을 작게 내쉬며 엄마 쪽으로 움직이기 시작했다. 그 순간 피쉬케익의 팔이 렌의 허리를 휘감으며 그녀를 뒤로 잡아챘다. 가글의 총이 턱에 와 닿았다.

"총을 버려!" 피쉬케익이 소리쳤다. "안 그러면 렌을, 렌을 죽이겠어! 정말 죽이겠어!"

"엄마!" 렌이 기어드는 소리로 말했다. 숨을 제대로 쉴 수 없었다. 모험은 이걸로 족하다는 생각이 들었다. 안전한 집으로 돌아가고 싶은 마음뿐이었다. "엄마! 도와주세요!"

헤스터가 천천히 다가왔다. 겨냥은 하고 있었지만 감히 방아쇠를 당기지는 못했다. 세 사람 모두 알고 있었다. 그녀가 방아쇠를 당기면 렌이 맞을 위험이 너무 높다는 것을.

"그 애를 놔줘!" 헤스터가 명령했다.

"그러면 날 쏘려고?" 피쉬케익이 흐느끼며 말했다. 렌의 몸으로 자신을 방어할 수 있도록 그녀를 이리저리 잡아끌면서 피쉬케익은 천천히 거머리선의 승강 사다리를 올라가기 시작했다. 턱 밑을 겨누고 있는 총 때문에 렌의 머리가 뒤로 젖혀졌다. 렌은 피쉬케익이 몸을 떨고 있는 것을 느꼈다. 그 애를 쉽게 제압할 수도 있었지만 총 때문에 엄두가 나지 않았다. 피쉬케익은 렌을 끌고 해치 문을 지나 거머리선 안으로 들어가며 사다리가 접히도록 조작 단추를 팔꿈치로 쳤다. 헤스터가 쏜 총알이 유압식 다리를 맞고 튀면서 핑 하는 소리가 메아리쳤다. "엄마!" 렌이 다시 한 번 소리쳤다. 문이 닫히면서 엄마가 뭐라고 소리치는 것이 언뜻 보였다.

피쉬케익은 렌을 밀면서 전기 기기들과 전선들이 어지럽게 설치되어 있는 조종실로 들어갔다. 한 손으로는 렌에게 총을 겨누고 다른 한 손으로는 제어반을 조작했다. 거머리선이 움직이기 시작했다. "제발!" 렌이 말했다. 배 전체가 갑자기 한쪽으로 쏠렸다. 렌은 저 너머 언덕에 불이 켜진 것을 보았다. "도와주세요!" 물결이 선실 창문에 와서 부딪혔다. 그녀는 점점 차오르는 물 너머로 꼭 가짜같이 보이는 달이 흔들리는 것을 얼핏 보았다. 다음 순간 창문 밖에는 아무것도 보이지 않고 엔진 소리가 달라졌다. '잠수를 했어. 집으로 돌아갈 수 없게 된 거야!' 그런 생각을 하는 순간 렌은 속이 뒤집히면서 기절하고 말았다.

❋ ❋ ❋

헤스터는 호숫가를 따라 달리며 거머리선의 검은 몸체가 하얗게 거품을 만들면서 물에 완전히 잠길 때까지 계속 총을 쏘아 댔다. 그런 다음에는 계속해서 렌의 이름을 외쳐 부르는 것 말고는 달리 할 일이 없었다. 오토리쿠스가 일으킨 물결이 잠잠해지면서 그녀의 외로운 목소리만이 고즈넉한 호수를 감돌았다.

아니, 완전히 고요한 것은 아니었다. 헤스터에게 서서히 다른 소리들이 들리기 시작했다. 개 짖는 소리와 사람들의 함성 소리였다. 랜턴과 손전등 불빛이 언덕배기에서 반짝였다. 미스터 스뮤가 자기 키의 두 배쯤 되는 골동품 늑대 라이플을 휘두르며 덤불을 헤치고 달려 나왔다. "어디 있어, 그 잠수 깡패들! 내가 상대해 주겠어!"

다른 사람들도 그를 뒤따라왔다. 헤스터는 그들 쪽으로 걸어갔지만, 사람들이 그녀를 위로하기 위해 내미는 손들을 뿌리치고 쏟아지는 질문에도 별 다른 대답을 하지 않았다.

"괜찮아요, 내츠워디 부인?"

"총소리가 들렸는데."

"로스트 보이들이었어요?"

얕은 물에 쓰러져 있는 시체들 주변으로 밀려든 물결이 하얗게 부서지면서 길고 빨간 리본을 끌고 호수로 돌아갔다. 카울이 한 구의 시체 옆에 무릎을 꿇고 앉아 얼떨떨한 목소리로 작게 말했다. "가글." 공기에서 화약과 배기가스 냄새가 났다.

급히 뛰어온 톰이 바보 같은 몸짓으로 주변을 돌아보다가 바닥에 떨어진 딸의 가방을 보고 물었다. "렌은 어디 있어? 헤스터, 어떻게 된 거야?"

헤스터는 고개를 돌리고 아무 대답도 하지 않았다. 결국 톰에게 다가와서 그의 손을 잡고 말을 건넨 건 프레야 라스무센이었다. "오, 톰. 가 버렸어요, 렌도 같이. 아마 렌을 납치해 간 것 같아요."

INFERNAL DEVICES

8

# 납치

"아빠, 엄마의 얼굴은 참 이상해요."

"아빠도 알아."

"왜 그렇게 이상한 거예요?"

"엄마가 어렸을 때 어떤 나쁜 사람이 칼로 엄마를 다치게 했기 때문이란다."

"아팠어요?"

"그랬겠지. 많이 아팠을 거야, 오랫동안. 하지만 이젠 괜찮아졌어."

"그 나쁜 사람이 다시 올까요?"

"아니, 렌. 그 사람은 죽었어. 오래전에 죽었지. 바인랜드의 앵커리지에는 나쁜 사람은 하나도 없단다. 그래서 우리가 여기서 사는 거야. 여기는 안전하거든. 아무도 우리가 여기 있는지 모르니까 아무도 우리를 해치려 하지 않을 거야. 그리고 굶주린 도시들이 우리를 잡아먹으려고 오지도 않지. 여기 있으면 안전해. 엄마랑 아빠랑 우리 렌, 이렇게 셋이 함께 여기 있으면 말이야."

서서히 정신을 차리면서, 렌의 머릿속에서는 어릴 적에 들었던 목소리가 되살아났다. 그녀는 철제 세면대와 철제 변기가 있는 작은 선실 바닥에 누워 있었다. 변기에서 화학약품 냄새가 났다. 천장에 달린 철망 속에서 푸른색 전구가 희미한 빛을 던지고 있었다. 벽에서 미세한 진동이 느껴졌다. 오토리쿠스의 모터가 힘차게 돌아가는 소리와 함께 끼익끼익하는 소리, 속삭임 같은 것이 들렸다. 렌은 거머리선 몸체가 물의 압력을 이겨 내는 소리일 거라고 짐작했다.

'흠, 이젠 바인랜드의 앵커리지에도 나쁜 사람이 오고야 말았군. 게다가 원하는 것을 손에 넣고 탈출하는 데까지 성공했잖아.' 렌은 누워서 그렇게 생각했다. '그리고 그들을 도운 게 바로 나야. 저놈들에게 오직 한 가지 남은 문제라곤 나를 어떻게 처리할지 하는 거겠지.'

아빠도 언젠가 로스트 보이들에게 납치를 당한 적이 있었다. 하지만 용케 살아남아 앵커리지로 돌아와 엄마와 결혼을 했다. 그렇다면 렌에게도 희망이 있는 게 아닐까? 아빠 생각을 하다 보니 엄마 생각도 났다. 그러자 엄마가 한 짓과 함께 다른 기억들이 되살아났고, 렌은 곧 공포와 혐오감으로 구토가 날 지경이 되었다. 총알이 가글을 명중하는 순간 뭔가가 쪼개지면서 액체가 튀는 소리가 났는데, 그

## 8. 납치

 소리가 메아리가 되어 머릿속에서 절대 사라질 것 같지 않았다.
 충격과 불행감에서 헤어나지 못한 채 몸을 떨고 신음 소리를 내며 얼마나 더 누워 있었는지 모른다. 이윽고 딱딱한 바닥이 참을 수 없을 만큼 불편해지자 렌은 억지로 몸을 일으켰다. '정신 차려, 렌.' 그녀는 자신에게 쏘아붙였다.
 옷에는 걸쭉한 고기 수프를 엎지른 것처럼 갈색 얼룩이 말라붙어 있었다. 세면대에 물을 받아 놓고 지울 수 있는 만큼 지웠다. 그러고 나서 얼굴도 씻고 머리도 감았다.
 한참 뒤에 자물쇠 따는 소리가 나더니 문이 열렸다. 피쉬케익이 들어와 안을 살폈다. 아직도 총을 손에 쥐고 있었다. 창백하게 굳은 얼굴에 푸른 불빛이 비쳐 마치 상아를 깎아 만든 조각 같았다.
 "일이 이렇게 되다니…." 렌이 침묵을 깼다.
 "닥쳐." 피쉬케익이 말했다. 목소리도 굳어 있었다. "넌 내 손에 죽어 마땅해."
 "날?" 렌은 갑판 속으로라도 숨고 싶었다. "하지만 난 아무 짓도 안 했잖아! 가글이 시킨 대로 틴 북도 가져왔고."
 "마녀 같은 네 엄마가 가글을 죽였잖아!" 피쉬케익이 소리쳤다. 온몸을 들썩이며 피쉬케익이 크게 흐느끼기 시작하자 총을 든 손도 따라 흔들렸다. 금방이라도 렌을 쏠 것 같았지만 방아쇠를 당기지는 않았다. 렌은 그 애가 무섭기도 하고, 그 애한테 화가 나기도 하고, 그리고 어찌된 일인지는 모르지만 그 애에 대해 책임감도 느꼈다. 그 모든 감정이 동시에 마음속에서 일었다.

"정말 안됐어." 렌이 말했다. "레모라도 그렇고…."

피쉬케익이 크게 코를 훌쩍였다. "모라는 가글의 여자 친구였어. 가글이 레모라를 사랑하는 걸 모두들 알고 있어. 처음부터 널 데려 갈 생각은 추호도 없었던 거야. 가글하고 모라 둘이서 네 얘기를 하는 걸 들었어. 바보 같다고…." 그 애가 다시 울기 시작했다. "가글 없이 로스트 보이들은 어떻게 해야 하지? 가글은 모라랑 같이 암흑의 나라로 갔으니 괜찮지만, 우리는 어쩌라는 거야? 나는?"

피쉬케익이 렌을 쳐다봤다. 세상의 것이 아닌 듯한 불빛 아래 그 애의 눈이 검게 보였다. 마치 허공에 뚫려 있는 두 개의 구멍 같았다. "널 죽여야 해. 그러면 네 엄마도 사랑하는 사람을 빼앗기는 게 어떤 느낌인지 알게 되겠지. 하지만 그러면 나도 너희 엄마랑 다를 게 없게 되겠지?"

피쉬케익은 뒤로 돌아 나가며 문을 쾅 닫았다. 자물쇠를 잠그는 삐거덕 소리가 났다.

❋ ❋ ❋

"그 애를 쫓아가겠어." 톰이 말했다.

모두 예의 바르게 그의 말을 못 들은 척했다. 누가 봐도 렌을 쫓아가는 건 불가능했다. 그러나 모두들 마음이 너무 약해서 차마 그런

## 8. 납치

말을 하지 못했다. 충격으로 톰이 아무 말이나 마구 하는 것이라고 생각했다. 처음 렌이 납치당했다는 말을 들었을 때는 엄청나게 충격을 받은 것이 사실이었다. 그는 호숫가를 뛰어다니며 밀려오는 물결을 향해 렌의 이름을 외쳤다. 마치 그녀를 납치해 간 로스트 보이들이 그 목소리를 듣고 뉘우치며 돌아오기라도 할 것처럼. 심장 박동이 빨라지고 가슴 통증이 너무 심해져서, 바로 그 자리에서 조약돌 위로 쓰러져 렌을 다시 보지 못하고 죽을 것 같다는 생각이 들 때까지 그는 그렇게 헤매고 다녔다.

그러나 톰은 죽지 않았다. 친절한 사람들이 그를 배에 실어서 앵커리지로 데려다 줬다. 거기서 톰은 헤스터, 프레야, 그리고 바인랜드 사람들 십여 명과 함께 겨울 궁전에 있는 작은 방에 자리를 잡았다.

"다 내 잘못이에요." 그가 해명했다. "오늘 아침에 로스트 보이에 대해 물어봤을 때 짐작을 했어야 했는데."

"자네 잘못이 아닐세." 톰 옆에서 인상을 찌푸리고 말없이 앉아 있는 헤스터를 노려보며 스뮤가 말했다. "앞서 간 사람들이 총질만 해 대지 않았어도…."

다른 몇몇 사람들도 그 말이 맞다는 듯 중얼거렸다. 모두들 헤스터를 존중하는 마음은 변함이 없었다. 아크에인절의 사냥꾼들로부터 앵커리지를 구한 장본인이었기 때문이다. 그러나 그녀를 좋아하지는 않았다. 그녀가 피오트르 마스가드를 어떻게 죽였는지 누구도 잊지 않았다. 더 이상 그를 죽일 필요가 없었는데도 숨이 끊어진 지

한참 뒤까지 계속 그의 시체를 내려찍던 그 광경을. 그런 일을 할 수 있는 여자에게 신들이 불운을 내리는 것은 놀라운 일이 아니었다. 다만 신들이 16년이나 기다렸다는 것과, 하필이면 그 불운이 착한 남편하고 예쁜 딸한테 함께 떨어졌다는 것이 딱할 뿐이었다.

헤스터는 사람들이 무슨 생각을 하고 있는지 다 알았다. "자기방어였을 뿐이에요." 그녀가 말했다. "우리 모두를 지키기 위한 것이었어요. 프레야한테 약속했어요. 앵커리지를 돌보고, 이곳이 해를 입지 않게 하겠다고. 그 약속을 지키려 한 것뿐이에요. 탓하고 싶으면 저 사람을 하세요."

그녀는 손가락으로 카울을 가리켰다. 그는 한쪽 구석에서 어색한 모습으로 앉아 있었다. 하지만 아무도 카울이 한 짓을 나쁘다고 생각하는 것 같지 않았다. 옛 친구들이 도움을 구하러 왔고, 그는 단지 그걸 거절했을 뿐이었다. 옛 친구들을 배신하기를 바랄 수는 없지 않은가. 자기의 고향 사람들인 것을.

"그건 그렇고 로스트 보이들은 뭣 때문에 여기까지 온 거죠?" 미스터 아키우크가 물었다.

"이제는 로스트 걸도 있어요." 여전히 헤스터를 노려보며 스뮤가 말했다. "헤스터의 총에 맞은 사람 중에 어린 여자도 있었어요."

"하지만 세월이 이렇게 흐른 후에 갑자기 앵커리지로 돌아온 이유가 뭘까요?"

모두 카울을 쳐다봤다. 그는 어깨를 으쓱해 보였다. "몰라요. 문

## 8. 납치

지도 않았어요. 적게 알수록 더 낫다고 생각했으니까."

"맙소사!" 프레야가 갑자기 그렇게 말하며 방 밖으로 뛰쳐나갔다. 잠시 후 그녀는 틴 북을 담아 두었던 빈 상자를 들고 돌아왔다. "렌이 이 책에 대해 물으러 왔어요. 로스트 보이들은 이것 때문에 온 것이 분명해요."

"왜 그랬을까요?" 톰이 물었다. "별로 가치가 있는 물건이 아니잖아요, 그렇죠?"

프레야가 어깨를 으쓱했다. "귀중한 거라 생각하지는 않았었지요. 하지만 이렇게 없어졌잖아요. 틴 북을 가져다 달라고 렌을 설득한 게 틀림없어요."

"그 바보 같은…." 헤스터가 말을 하려 했다.

"조용히 해요, 헤스터." 톰이 그녀의 말을 잘랐다. 그는 렌이 어린 아이였을 때를 생각하고 있었다. 천둥이 치거나 렌이 악몽을 꾼 날이면 겁먹은 그 애를 품에 꼭 안고 달래 주던 기억이 났다. 렌이 거머리선에 갇혀서 의지할 사람 하나 없이 혼자 무서워하고 있을 것을 생각하니 참을 수가 없었다. "그 애를 쫓아가야겠어요." 톰이 다시 말했다.

"그러면 나도 가겠어요." 헤스터가 그의 손을 잡으며 말했다. 헤스터가 로그스 루스트에 포로로 잡혔을 때 톰과 한 번 헤어진 적이 있었다. 그때 톰과 헤스터는 다시는 헤어지지 않기로 맹세했다. 헤스터가 다시 말했다. "함께 가요."

"거머리선을 어떻게 쫓아갈 건데요?" 프레야가 물었다.

"내가 돕겠어요." 자리에서 이미 일어나 있던 카울은 벽을 등진 채 방을 한 바퀴 돌았다. 램프 불빛이 그의 눈에서 이글거렸다. "내 잘못이에요. 내가 돕지 않으면 그냥 돌아갈 거라 생각했어요. 렌에게 손을 뻗을 줄은 상상도 못 했어요. 가글이 얼마나 영리한지, 아니 영리했는지 잊었어요." 그는 손으로 목을 더듬으며 말했다. 엉클이 자기를 교수형에 처하려 했을 때 생긴 붉은 흉터가 아직 남아 있었다. "렌이 태어났을 때를 지금도 기억합니다. 어릴 때는 놀아 주기도 했지요. 돕겠어요. 필요하면 스크류 웜이 그림스비까지 데려다 줄 거예요."

"그 고물 거머리선 말이에요?" 카울이 자기를 놀리기라도 한 양 헤스터가 화난 목소리로 물었다.

"스크류 웜은 고장 난 지 오래된 줄 알았는데." 톰이 말했다. "자네하고 미스터 스캐비어스가 항구 초입을 파낸 그 여름에…."

"다 고쳤어." 카울이 말했다. "엔진 구역에서 혼자서 매일 뭘 하고 지낸다고 생각했나? 배꼽 때나 파고 지내는 줄 알았어? 스크류 웜을 고쳤지. 좋아, 좋아. 스크류 웜도 고치고 배꼽 때도 팠다고 해 두지. 완벽하게 돌아가는 건 아니어도 항해를 하기에는 충분해. 물론 연료가 없긴 하지만."

"옛 비행선 항구에 있는 탱크에 연료가 조금 남아 있을지도 몰라요." 미스터 아키우크가 말했다. "그리고 수력발전소에서 나오는

## 8. 납치

에너지로 축전지를 재충전할 수 있을 거예요."

"그러면 며칠 안에 떠날 수 있어요." 카울이 말했다. "늦어도 일주일이면."

"일주일이면 렌은 이미 멀리 가 버렸을 텐데." 헤스터가 말했다.

"상관없어." 톰이 단호하게 말했다. 보통은 헤스터가 단호한 태도를 취하고 톰이 따르는 편이었지만 이번에는 톰도 백 퍼센트 확신이 서 있었다. 렌을 꼭 찾아오고야 말 것이다. 렌이 없어진다면 더 이상 살아갈 이유가 없지 않은가? 그는 헤스터도 똑같은 생각일 것이라 확신하고 그녀의 손을 잡았다. "그 애를 찾게 될 거야." 톰이 약속했다. "로스트 보이들보다 훨씬 더한 일도 모두 이겨 냈잖아. 그림스비까지 가는 한이 있더라도 렌을 찾고야 말 거야."

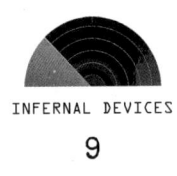

INFERNAL DEVICES
9
# 메시지

오토리쿠스는 죽은 대륙의 굽이치는 강을 따라 남쪽으로 가다가 동쪽으로 방향을 틀어 이동했다. 피쉬케익은 바다로 다시 나가는 길을 잘 알고 있었다. 그림스비를 떠나올 때부터 가글을 도와 이 강을 담은 지도를 만들었기 때문이다. 데드 힐을 지나 바인랜드까지 왔던 그 길을 되짚어 가기만 하면 됐다. 다만 이번에는 계속 '저번에 여기를 지날 때는 가글이 살아 있었는데.' 혹은 '지난번 이 모래언덕을 지나면서 레모라가 농담을 했었는데.' 하는 생각이 나는 것이 다를 뿐이었다.

뭔가를 해야만 했다. 하지만 무엇을 할 수 있겠는가? 가글을 사랑했다. 그리고 아직도 사랑하고 있다. 그러나 그는 저세상으로 가 버렸다. 아무리 울어도 돌아오지 않을 것이다. 무엇을 할 수 있겠는가? 뭔가를 해야만 했다.

예전에는 항상 무슨 일을 해야 하는지 말해 주는 사람이 있었다.

## 9. 메시지

한 번도 자기 혼자서 어떤 일을 한 적도, 무슨 계획을 세워 본 적도 없었다. 유일한 예외라고는 바인랜드에서 그 운명의 순간, 너무 당황한 나머지 자기도 모르게 총을 렌에게 겨눠 렌의 엄마가 자기를 쏘지 못하게 한 것이 다였다. 심지어 그 일조차도 의도대로 되지는 않았다. 렌이 포로로 따라붙게 되었는데 그 애를 어떻게 처리해야 할지 도무지 생각이 나지 않았기 때문이다.

바인랜드에서 도망친 지 사흘째 되던 밤, 피쉬케익은 거머리선의 엔진을 끄고 선체의 지붕으로 기어 올라갔다. 아메리카 대륙의 데드 힐들이 아직 밝은 하늘을 배경으로 검은 윤곽을 드러냈다. 죽음의 여신, 그리고 전쟁과 복수의 신들이 이 땅을 지키고 있다는 확신이 들었다. 피쉬케익은 그들 모두가 들으라고 큰 소리로 외쳤다.

"원수를 갚을게, 가글! 꼭 복수를 하고 말 거야! 모라! 헤스터 내츠워디를 언젠가 다시 찾아서 저세상으로 보낼게. 약속한다!"

❃ ❃ ❃

다음 날 바닷가에 다다른 거머리선은 소금에 전 늪지를 지나 마침내 회색빛 바닷물에 몸을 담갔다. 깊고 안전한 바닷속으로 잠수한 다음 피쉬케익은 집으로 항해 경로를 잡았다. 그러고 나서 포로를 살피러 갔다.

렌은 화장실 바닥에 웅크리고 있었다. 잠들어 있는 그 애의 섬세한 얼굴을 내려다보면서 피쉬케익은 렌을 잡아 오지 않았더라면 하고 생각했다. 그 애가 너무 예뻤고, 이 모든 것이 그 애의 잘못은 아니었기 때문이다. 하지만 그 애를 놔주기엔 너무 늦어 버렸다.

피쉬케익은 렌을 발로 툭툭 건드렸다. "바다로 나왔어." 잠에서 깨어난 렌에게 그렇게 말했다. "이젠 여기 갇혀 있지 않아도 돼. 머리 위로 물이 열 길은 되니까 도망갈 생각은 아예 하지 않는 게 좋을 거야."

"바다에?" 바다에 도착했다면 바인랜드의 앵커리지에서 엄청나게 멀리 왔다는 뜻이다. 렌은 울지 않으려고 입술을 깨물었다.

"널 그림스비로 데려갈 거야." 피쉬케익이 말했다. "엉클이랑 로스트 보이 형들은 너를 어떻게 처리해야 할지 알 거야. 원한다면 씻어도 좋아. 로커에 있는 레모라의 옷을 입어도 돼."

"고마워." 렌이 작은 소리로 말했다.

"널 위해서 이러는 게 아니야." 피쉬케익이 쏘아붙였다. 자기가 약하지 않다는 것을 보여 주기 위해서였다. "냄새가 난단 말이야. 그림스비에 갈 때까지 내내 네 악취를 맡고 싶지 않아서야."

렌은 배의 후미 쪽으로 갔다. 나흘 동안 화장실 안에 갇혀 있다가 나오니 오토리쿠스의 좁은 복도마저 넓어 보였다. 레모라의 로커는 훔친 잡지에서 오려 낸 그림들로 꾸며져 있었다. 주로 옷이나 헤어스타일에 관한 사진들이었다. 레모라와 가글이 서로의 어깨에 팔을 두르고 웃고 있는 사진도 있었다. 그 밖에 화장품 주머니와 곰돌이

## 9. 메시지

인형, 꿈풀이 책 등이 있었다. 옷을 몇 개 골라서 갈아입고 세면대 위에 걸린 거울에 자신을 비춰 봤다. 거울이라야 광을 낸 금속을 벽에 붙여 놓은 게 다였다. 어두운 색깔에 헐렁하기까지 한 레모라의 옷을 입은 렌은 더 마르고 나이가 들어 보였다. 로스트 걸 렌. 거머리선 승무원들이 훔친 물건을 넣어 두는 자루에 벗어 놓은 옷을 쑤셔 넣고 주둥이를 묶었다. 이제 부츠 말고는 렌에게서 더 이상 바인랜드의 흔적을 찾아볼 수 없었다.

그녀는 화물칸에 앉아 위에서 피쉬케익이 움직이는 소리를 듣고 있었다. 배가 쪼르륵거렸지만 피쉬케익은 음식을 줄 생각도 하지 않는 것 같았고, 렌도 감히 먹을 것을 달라고 말을 꺼내지 못했다. 자기보다 훨씬 어린 소년한테 포로로 잡혀 있다는 것이 좀 창피하기는 했지만, 피쉬케익이 아직도 칼날같이 예민해서 조금만 신경을 건드려도 마음이 변해 자기를 죽여 버릴 수도 있다는 생각이 들었다. '가만히 있는 게 낫겠어.' 렌은 세면대에 달린 수도꼭지를 틀고 역한 맛이 나는 물을 마시면서 탈출할 생각을 했다. 과감한 계획들이 머릿속에서 떠올랐다가 몇 초도 못 가 비누거품처럼 터져 버리곤 했다. 어찌어찌 피쉬케익을 처리한다 해도 바인랜드까지 혼자서 거머리선을 몰고 가는 것은 불가능했다. 여기서 빠져나갈 길이란 없었다. 모두가 자기 탓이었다. 엄청나게, 그리고 위험할 정도로 멍청한 짓을 저지른 것이다. 이제야 모든 게 분명히 보였다. 늘 자기가 영리하다고 생각해 왔던 렌은 깊은 수치심이 들었다. 미스 프레아가 렌은 바인랜드의 어떤 학생보다 머리가 좋다고 입버릇처럼 말하지 않았던가?

"자, 자, 렌." 그녀는 두 팔로 자신을 감싸 안으며 혼잣말을 했다. "죽지 않고 엄마, 아빠한테 돌아가려면 머리를 써야 해."

❋ ❋ ❋

전파가 잡힌 것은 오토리쿠스가 해안선에서 100마일 넘게 떠나왔을 때였다. 이 구역에서 활동하는 다른 거머리선은 없다고 알고 있었음에도, 피쉬케익은 처음에 그것이 다른 거머리선에서 오는 메시지일 것이라고 생각했다. 그러나 이내 이상한 점을 발견했다. 그 전파는 거머리선 간에 통신을 하는 주파수 대역과 게 카메라에서 거머리선으로 화상 전파를 보낼 때 사용하는 주파수 대역을 동시에 사용하고 있었다.

피쉬케익이 스위치를 몇 개 올리자 제어반 위의 둥근 스크린들에 줄줄이 불이 들어오기 시작했다.

화물칸 바닥에 웅크리고 앉아 있던 렌은 사람들 소리를 듣고 조종실로 살금살금 다가가 문틈으로 안을 살폈다. 피쉬케익이 스크린들을 보고 있었다. 여섯 개 스크린에 모두 똑같은 영상이 떠올라 있었다. 잔잔한 바다 위를 떠가고 있는 도시를 위에서 찍은 화면이었다. 상태가 좋지 않고 영상이 흐려서 도시의 규모는 짐작할 수 없었지

## 9. 메시지

만 나쁜 곳 같지는 않았다. 장식이 많은 하얗고 둥근 지붕과 돔이 보였고, 수없이 많은 깃발들이 바람에 나부끼고 있었다.

"그게 뭐야?" 렌이 물었다.

피쉬케익이 뒤를 흘낏 돌아봤다. 렌이 거기 서 있는 것을 보고도 조금도 놀란 기색이 없었다. 스크린 쪽으로 다시 고개를 돌리며 그 애가 대답했다. "몰라. 이런 건 한 번도 본 적이 없어. 계속 반복되고 있어. 봐."

화면이 바뀌었다. 친절해 보이는 남녀가 소파에 나란히 앉아 있었다. 렌과 피쉬케익을 실제로 쳐다보는 느낌이었다. 잘사는 도시의 상류층이 입는 가운 차림에 터번을 두르고 있었지만, 우수에 젖은 표정과 다정한 미소가 어딘지 모르게 자기를 그리워하고 있을 엄마, 아빠를 생각나게 하는 구석이 있었다.

"깊은 바다의 어린이들, 안녕하세요!" 남자가 말했다. "WOP-CART에서 보내는 메시지입니다. WOPCART는 '전 세계 뗏목 타운에서 아이를 유괴당한 부모들의 모임(World Organization for Parents of Children Abducted from Raft Towns)'의 약자지요. 반세기 동안 소년들, 그리고 최근에는 소녀들까지도 대서양과 얼음 황무지를 건너다니는 도시들에서 사라졌습니다. 탐험가 님로드 페니로얄 교수 덕분에 최근에 와서야 우리들은 기생 해적들의 존재를 알게 되었지요. 이 해적들은 뗏목 타운과 썰매 도시에 잠입해 우리 아이들을 훔쳐 가서 자기들과 같은 도둑으로 만들고 있습니다."

"또 페니로얄이로군!" 렌이 화가 나서 말했다.
"쉿!" 피쉬케익이 말했다. "들어 봐!"
이번에는 여자가 말을 했다. 눈물을 흘리는 동시에 미소를 지으며 청중들 쪽으로 몸을 기울였다. "뗏목 휴양 도시 브라이튼 시민들의 호의로 여러분이 활동하는 북쪽 바다까지 오게 되었습니다. 여러분의 무선 장비를 680킬로사이클에 맞추면 브라이튼의 자동 유도 장치에서 내보내는 전파를 잡을 수 있어요. 여러분은 너무 어릴 때 유괴돼서 기억이 전혀 없겠지만, 엄마와 아빠는 항상 여러분을 너무나도 그리워하고 있답니다. 우리에게 오세요. 잠수함을 타고 브라이튼으로 오면 여러분의 가족을 다시 만날 수 있을 겁니다. 여러분에게 해를 끼치거나 친구들과 헤어지라고 하지 않을 겁니다. 또 바다 밑에서 여러분이 누리는 신 나는 모험을 그만두라고 하지도 않을 거예요. 우린 다만 잃어버린 아이들을 한 번만이라도 다시 보고 싶을 뿐이랍니다."
그렇게 말하는 여자의 목소리가 높아지면서 흐느낌이 섞여 나왔다. 그녀는 손수건에 얼굴을 묻었고, 남편이 그녀의 어깨를 토닥이면서 말을 이었다.
"WOPCART에는 수많은 회원들이 소속되어 있습니다." 그가 설명하자 화면이 바뀌면서, 도시의 관측 전망대에 사람들이 많이 모여 있는 모습이 떴다. "여기 있는 사람들은 모두 아이를 잃어버린 사람들입니다. 잃어버린 아들딸을 다시 만나 어떻게 자랐는지 보고

## 9. 메시지

싶어 하는 사람들이지요. 깊은 바다의 어린이들이여! 이 메시지를 들으면 제발, 제발 우리에게 오세요!"

슬픈 배경음악이 차차 커지면서, WOPCART의 회원들이 하나같이 미소를 짓고 카메라를 향해 손을 흔들었다. 바닷바람이 그들의 외투와 가운, 모자를 살며시 들썩였다. 화면이 바뀌더니 이번에는 'WOPCART 하계 프로젝트(브라이튼 시장과 참의원 협찬)'라는 글이 보였다. 음악 소리가 차츰 작아지면서 화면이 사라졌다. 그러더니 다음 순간 방송이 다시 시작되었다. "깊은 바다의 어린이들, 안녕하세요…."

"봤지?" 피쉬케익이 몸을 돌리며 물었다. 피쉬케익은 이 놀라운 소식을 누군가와 나누고 싶은 마음이 너무 커서 렌이 포로라는 것도 잠시 잊은 듯했다. 피쉬케익의 얼굴에 화색이 돌고 눈이 빛나는 것을 보면서, 렌은 처음으로 그 애가 얼마나 어린지 실감했다. 집에서 멀리 떠나온 그 애는 사랑과 아늑한 환경에 굶주린 어린 소년일 뿐이었다.

"어떻게 해야 하지?" 그 애가 물었다. "브라이튼의 자동 유도 전파의 진원지를 찾아봤는데 굉장히 가까워. 여기서 남서쪽으로 50 내지 60마일밖에 떨어져 있지 않아. 죽은 대륙에 이렇게 가까이 온 뗏목 도시는 지금까지 없었어…."

50마일 밖에 떠 있는 도시에 엄마, 아빠 들이 가득 있는 모습을 상상하는 피쉬케익의 간절한 마음이 좁은 선실을 가득 채우는 것을 렌은 느꼈다. 브라이튼에 가도록 설득해 보면 어떨까? 렌은 그림스비보다는 브라이튼이 훨씬 나을 것 같았다. 피쉬케익도 마찬가지일 것이다, 아마도. 그러니 죄책감은 느낄 필요가 없다.

렌은 조종실로 들어가 피쉬케익 옆에 있는 회전의자에 앉았다. "로스트 보이들을 찾으러 여기까지 왔는지도 모르지. 오랜 시간에 걸쳐 바다를 지그재그로 누비면서 점점 북쪽으로 올라왔을 수도 있어. 내내 저런 방송을 하면서. 거머리선들이 하나둘 없어진다고 가글이 그랬어. 안 좋은 일이 벌어지고 있는 것 같다고. 하지만 저 방송을 듣고 가족들을 찾으러 간 것일 수도 있잖아?"

"그러면 왜 그림스비에 연락하지 않았을까?" 피쉬케익이 물었다.

"너무 즐거워서 그럴 겨를이 없었을 수도 있지." 렌은 추측했다. "명령을 어기고 브라이튼에 갔다고 가글한테서 벌을 받을까 봐 무서워서 그랬을 수도 있고."

피쉬케익은 다시 스크린을 쳐다봤다. "저 사람들, 굉장히 부자처럼 보여. 로스트 보이들은 없어져도 별로 찾지 않을 애들만 데려오는데. 하층 갑판을 돌아다니는 고아나 부랑아 말이야. 없어져도 아무도 신경 쓰지 않을…."

"그건 가글이랑 엉클이 너희에게 해 준 말이잖아." 렌이 말했다. "그게 사실이 아닐 수도 있어. 가끔 부잣집 아이들도 데려왔는지 누가 알아. 그리고 부랑아라 해도 아이가 없어지면 부모는 그 애가 보고 싶게 마련이야."

## 9. 메시지

피쉬케익의 얼굴을 타고 흐르는 두 개의 굵은 눈물방울이 스크린에서 나오는 빛에 비쳐 진주처럼 보였다.

"그림스비에 전서어를 보내서 어떻게 할지 엉클한테 물어봐야겠어." 피쉬케익이 결심한 듯 말했다.

"하지만 피쉬케익," 렌이 가로막았다. "엉클은 가지 말라고 할지도 모르잖아!"

"엉클은 뭐든지 잘 알아." 피쉬케익은 그렇게 말했지만 그다지 확신은 없어 보였다.

"아무튼 엉클한테서 대답이 올 때쯤이면 브라이튼은 이미 멀리 가 버렸을지도 몰라. 가을이 오고 있어. 바다에 폭풍이 몰아칠 때지. 미스 프레야가 가르쳐 준 건데 뗏목 도시들은 가을이 오면 안전한 곳으로 대피를 한대. 이게 마지막 기회일 수도 있어."

"하지만 규칙이 그래. 절도 훈련소에서 가르쳐 준 거야. 절대 모습을 드러내지 마라. 드라이들이 로스트 보이들에 관한 것을 알아낼 기회를 주지 마라. 그게 가글이 한 말이야."

"저 드라이들은 이미 로스트 보이들에 대해 알아야 할 건 다 아는 것 같은데."

피쉬케익은 고개를 저으며 손바닥으로 눈물을 닦았다. 절도 훈련소에서 받은 교육이 미소를 지으며 손을 흔드는 저 스크린 속의 얼굴들 중에 자신의 엄마, 아빠가 있을지도 모른다는 희망에 맞서 싸우고 있었다. 엄마, 아빠에 대한 기억은 전혀 없었다. 하지만 민나면 틀림없이 첫눈에 알아볼 수 있을 것 같았다.

"좋아." 피쉬케익이 말했다. "좀 더 가까이 가 보자. 그 브라이튼이라는 곳을 자세히 살펴보는 거야. 게 카메라를 보낼 수 있으면 보내서 WOPCART 사람들이 진짜…." 그러다가 렌을 쳐다봤다. 불현듯 그 애가 불쌍하다는 생각이 들었다. 브라이튼에 가 봤자 렌이 부모를 만날 희망 따위는 없기 때문이었다.

"배고프겠다."

"응, 조금." 렌이 고개를 끄덕였다.

피쉬케익이 수줍게 웃어 보이며 말했다. "나도 그래. 모라가 음식을 책임졌었거든. 요리할 줄 알아?"

INFERNAL DEVICES
## 10
# 페어런트 트랩*

다른 해 같았으면 뗏목 휴양 도시 브라이튼은 지금쯤 중앙해를 떠다니고 있을 터였다. 그러다가 가끔 닻을 내리고 브라이튼의 오락 시설과 수족관, 고급 쇼핑가와 해수욕장 등을 구경하기 위해 해안 가까이 온 이동 도시들에서 기구나 배를 타고 오는 방문객들을 맞곤 했다. 그러나 지난 몇 년 동안 경기가 좋지 않았다. 그래서 참의회에서는 북대서양 쪽으로 방향을 바꿔 기생 해적들을 사냥하는 것이 더 낫겠다는 결정을 내렸다.

  이제 모두 그 결정을 후회하고 있었다. 아조우스 해안 동쪽에서 거머리선 세 척이 처음 연락을 해 왔을 때만 해도 떠들썩했었다. 대 사냥터에서부터 비행선을 타고 온 구경꾼들이 몰려들어 이 희한한 광경을 목격하려고 법석을 떨었다. 그러나 그 뒤에는 몇 주가 지나도

---

* Parent Trap, 동명의 영화가 있다.

록 로스트 보이라고는 한 명도 더 나타나지 않았다. 도시의 앞머리에 있는 'WOPCART 하계 프로젝트' 또는 '브라이튼은 기생 해적들을 환영합니다.'라고 쓴 해진 현수막들이 어쩐지 우울해 보였다.

❀ ❀ ❀

피쉬케익은 오토리쿠스를 브라이튼에서 1마일 떨어진 곳까지 몰고 간 뒤 잠망경을 사용할 수 있을 정도로 수면 가까이 올라갔다. WOPCART의 방송을 처음 들은 지 하룻밤이 지났다. 아침 하늘은 조개껍질의 안쪽 같은 색을 띠었고, 커다란 회색 파도가 사납게 몰아쳤다. 피쉬케익에게서 잠망경을 넘겨받아 들여다보았지만 렌은 아무리 해도 브라이튼을 찾을 수가 없었다. 파도 말고는 보이는 것이 없었다. 바람이 불어오는 방향에서 파도 사이로 커다란 섬이 얼핏얼핏 보일 뿐이었다. 때가 낀 듯한 하얀 절벽으로 둘러싸인 그 섬 정상에는 구름이 걸려 있었다.

그러다가 렌은 그것이 섬이 아니라는 것을 깨달았다. 절벽인 줄 알았던 것은 하얀 건물들이었고, 구름인 줄 알았던 것은 굴뚝에서 나오는 수증기와 연기였다. 도시였다. 세 개의 갑판으로 이루어진 뗏목 도시에 두 개의 아우트리거 구역이 거미 다리 같은 철골 구조물로 연결되어 있고, 커다란 물레방아 바퀴들이 돌아가면서 도시 뒤쪽으로 하얀 거품이 일었다. "와!" 렌이 탄성을 질렀다. 책에서 도시

## 10. 페어런트 트랩

그림을 본 적은 있지만 도시가 얼마나 큰지는 실감하지는 못했었다. 바인랜드의 앵커리지에 비해 이렇게까지 클지는 몰랐다. 첨탑과 돔, 지붕 들로 들쑥날쑥한 도시의 하늘 위를 비행선들이 날아다녔다. 그리고 상층 갑판에서 수백 피트 위로 굵은 밧줄에 연결된 거대한 가스백들이 떠 있었는데, 이것이 원형 갑판을 지지해 주고 있었다. 렌은 원형 갑판 가장자리에 심어 놓은 푸른 나무들과 양파 모양의 돔 지붕을 얹은 건물을 보았다.

"저게 뭐지?" 그녀가 놀라며 물었다.

"클라우드 나인*이라고 부르는 곳이야." 잠망경 위에 설치한 게 카메라에서 얻은 브라이튼의 사진을 먼저 본 피쉬케익이 설명했다. 피쉬케익은 『케이드의 견인 도시 백과(해양 도시 편)』를 꺼내 들고 스크린에 보이는 영상들에 대한 설명을 찾아보고 있었다. "일종의 공중 공원 같은 곳이지. 가운데 있는 커다란 건물이 브라이튼 시장 관사래."

"와!" 렌이 숨을 크게 들이쉬었다. "진짜 놀라워. 와!"

"사냥용 턱은 없고." 피쉬케익이 덧붙였다. 『케이드의 백과사전』이 출간된 이후 도시의 성격을 공격적인 쪽으로 바꿀 만한 것이 더 추가되지는 않았는지 확인하기 위해 피쉬케익은 열심히 스크린을

---

* Cloud Nine. 단테의 『신곡』에서 유래한 I am on cloud nine이라는 표현은 '클라우드 나인 위에 올라타 있다.'로 '지극히 행복하다.'라는 뜻을 담고 있다. 공중에 떠 있는 클라우드 나인이라는 구조물은 휴양, 오락 도시인 브라이튼의 성격을 잘 드러내 주는 이름이다.

들여다보았다. 중앙 산책로의 회전 플랫폼에 대공 방어 대포가 설치되어 있기는 했지만, 이 어수선한 세상에서 그 정도 무기도 없이 옮겨 다니는 도시는 하나도 없었다. "전형적인 휴양 도시야."

피쉬케익은 잠망경을 내렸다. 게 카메라 송신 장치를 끄자 스크린은 다시 브라이튼에서 내보내는 방송으로 가득 찼다. 가까이 와서 그런지 훨씬 더 선명해 보였다. "우리는 다만 그리운 아이들을 한 번만이라도 다시 보고 싶을 뿐이랍니다." 여자가 말하고 있었다. 피쉬케익은 말도 안 되는 행복한 희망으로 가슴이 차오르는 것을 느꼈다. 저 여자가 내 엄마일지도 몰라.

"엄마와 아빠는 우리를 구속하는 사슬이다." 절도 훈련소에서 매일 반복했던 구호였다. 이제 친엄마와 친아빠를 만날 수도 있다는 희망이 생기자, 그런 구호는 한 번도 진심으로 믿지 않았다는 것을 깨달았다. 이때껏 엄마, 아빠를 그리워했다. 다만 WOPCART의 메시지를 보기 전까지는 자기가 부모를 그리워한다는 사실조차 깨닫지 못했을 뿐이었다.

피쉬케익은 오토리쿠스를 더 깊이 더 가까이 몰고 가서 브라이튼의 선체 그림자 아래까지 이르렀다. 뿌연 바닷물과 어지럽게 늘어진 케이블 사이로 크고 복잡한 운전 장치가 보였다. 거머리선의 헤드라이트가 만드는 원추형 불빛에 해초 숲이 흔들렸다. 도시 앞쪽으로 케이블에 매달린 구형의 철제 물체가 보였다. 피쉬케익은 그것이 WOPCART 메시지를 바다로 보내는 장치일 거라고 추측했다.

## 10. 페어런트 트랩

그때 선실 전체에 핑 하는 금속성 소리가 울렸다. 렌은 화물칸에서 뭔가 떨어진 것이리라고 생각했다. 그러나 같은 소리가 계속 되풀이해서 울렸다. 마치 선체 바깥을 누군가 망치로 조심스럽게 두드리는 것처럼 리드미컬하게 울렸다.

"맙소사!" 갑자기 피쉬케익이 말했다.

"왜?" 렌이 물었다. "이게 무슨 소리야?"

피쉬케익은 제어반을 미친 듯이 두드려 대더니 거머리선을 도시에서 좀 떨어진 밝은 바다 쪽으로 몰았다. "가글이 언젠가 이런 일을 당한 적이 있다고 했어. 커다란 사냥꾼 뗏목 도시였대. 일종의 올드-테크 도청 장치지. 엄마, 아빠 들이 우리가 여기 있는지 알고 있는 거야!" 두려워해야 할지, 좋아해야 할지 갈피를 잡을 수가 없었다.

우르릉 소리가 나더니 거머리선 전체가 부자연스럽게 옆으로 흔들렸다. 그 바람에 넘어진 렌은 피쉬케익이 잘못 조종해서 그렇게 된 것이라 생각하고 불평을 했다. "미리 경고라도 하지 그랬어." 부딪힌 팔꿈치를 비비며 일어선 그녀는 피쉬케익도 자기처럼 놀란 표정을 하고 있다는 것을 알았다.

"무슨 일이야?" 그녀가 속삭이듯 물었다.

"몰라. 모르겠어!"

다음 순간 일어난 일은 착각이 아니었다. 오토리쿠스가 위쪽으로 빠르게 올라가고 있었다. 바다 밖으로 거머리선이 떠오르면서 하얀 거품이 생겼고, 햇빛이 선실로 쏟아지듯 들어오자 어두운 바다 밑에서 며칠을 보낸 두 사람은 눈이 멀 지경이 되었다. 다시 주위를 볼 수 있게 되자, 렌은 거머리선이 바다에서 위로 높이 매달려 있다는 것을 깨달았다. 거머리선은 브라이튼의 앞머리에서 튀어나온 널찍한 쇠 갑판 위에 매달려 좌우로 흔들거리고 있었다. 사람들이 갑판을 가로질러 달려왔다. 스크린에서 본, 옷을 잘 입고 미소를 짓는 엄마, 아빠 들이 아니었다. 고무가 입혀진 작업복 차림에 거칠고 힘세 보이는 남자들이었다. 렌은 그 광경을 보고 갑자기 두려워졌다가 그 남자들의 뒤쪽을 보고 긴장을 풀었다. 그들 뒤로 멋진 산책로가 나 있었고, 사람들이 난간에 붙어 서서 거머리선이 갑판으로 내려지는 것을 손가락으로 가리키며 행복한 웃음을 짓고 있었기 때문이다. 그 사람들은 '뗏목 타운에서 유괴된 어린이들의 부모들' 같은 모습이었다.

피쉬케익은 벌써 천장에 난 해치 문으로 이어진 사다리에 반쯤 올라가 있었다. 해치 문을 열자 밖에서 지르는 환호성이 거머리선을 가득 채웠다. 그리고 확성기를 통해 누군가의 목소리가 들렸다. 너무 울려서 뭐라고 하는지 잘 알아들을 수 없었다.

렌도 따라서 사다리를 올라갔다. 밖으로 나온 피쉬케익은 잠망경이 설치되어 있는 단에 쪼그리고 앉아서 초조하게 사방을 둘러봤다. 갑자기 보는 밝은 햇빛이며 우레와 같은 함성 때문에 정신을 차릴 수가 없었다. 거머리선을 바다에서 끌고 나와 갑판에 내려놓은

## 10. 페어런트 트랩

자석 갈고리는 크레인에 매달린 채 공중에서 흔들거렸다. 산책로에 모여든 사람들이 소리치고 환호하며 팔을 흔들어 댔다. 렌은 피쉬케익을 안심시켜 주기 위해 그 애의 어깨에 손을 갖다 댔다. 고무 입힌 작업복 차림의 사람들이 거머리선을 둘러싸고 조심스럽게 다가왔다. 렌은 그 사람들이 거머리선을 끌어올리기 위해 고용된 부두 노동자들이나 어부들쯤 될 것이라 생각하고 그들에게 미소를 지어 보였지만 미소로 화답하는 사람은 아무도 없었다. 귀를 기울여 보니 그제야 확성기에서 나는 소리가 들리기 시작했다.

"…지금 막 오신 분들을 위해 다시 한 번 말씀드리자면," 사람들의 함성 소리를 뚫고 확성기에서 그런 말이 흘러나오고 있었다. "브라이튼은 지금 막 네 번째 해적 잠수함을 생포하는 데 성공했습니다. 승무원이 선체에서 기어 나오고 있군요. 상상대로 어리지만 사나운 해적 커플입니다. 그러나 걱정 마십시오, 신사 숙녀 여러분! 머지않아 바닷속 모든 해적들은 완전 소탕될 것입니다!"

"함정이야!" 렌이 말했다. 방송을 듣고 있지 않던 피쉬케익이 충격을 받은 얼굴로 그녀를 돌아봤다. "거짓말이었어!" 렌은 그렇게 외치면서 일어섰다. "피쉬케익! 이게 다…."

그때 거머리선 위로 두 사람이 올라와서 손에 맞잡고 있던 것을 펼쳤다. 그물이었다. 그물을 뒤집어쓴 피쉬케익은 악을 쓰고 버둥거리면서 렌의 손을 잡으려고 손을 뻗었다. "그러니까 그 사람들이 엄마, 아빠 들이 아니었단 말이야?" 그렇게 묻는 피쉬케익의 목소리가 모기 소리만 했다. 금방이라도 울음을 터뜨릴 것만 같았다.
"네가 거짓말을 했어! 나한테 거짓말을 했어!"

힘센 손이 뒤에서 피쉬케익을 낚아채더니 렌에게서 떼어 냈다. 물고기와 기름 냄새가 밴 고무장갑을 낀 억센 손들이 렌도 잡아끌어 그물을 씌웠다. 몸부림치며 주먹질, 발길질을 해 대는 렌을 누군가 어깨에 메고 거머리선에서 내려가 갑판에 팽개쳤다. 피쉬케익의 흐느낌이 갑자기 날카로운 비명으로 바뀌었다. 다음 순간 렌은 그 이유를 알았다. 누군가 그녀의 어깨를 잡아끌어 손등에 뜨거운 쇠로 낙인을 찍었기 때문이다. 아직 연기가 나는 손등에는 '슈킨'이라는 글자가 새겨져 있었다.

"엄마! 엄마!" 피쉬케익은 사람들에게 끌려가면서도 그렇게 외쳐 댔다. 아직도 WOPCART와 미소 짓는 사람들이 미끼에 불과했다는 사실을 믿을 수가 없었다.

"그 애를 놔줘요!" 낙인이 찍힌 손에서 참기 어려운 통증이 느껴졌지만 렌은 그렇게 외쳤다. "그 애는 이제 열 살이에요! 어떻게 그렇게 잔인할 수가 있어요? 그 애는 여러분들이 자기 부모라고 생각했어요!"

"바로 그거야!" 방수 코트를 입은 덩치 큰 사람이 그녀 쪽으로 몸을 굽혔다. 렌의 얼굴을 들여다보면서 그는 위스키 냄새가 진동하는 트림을 했다. "잠깐." 그 사람이 말했다. "미스 웜스, 이 아이는 여자 앤뎁쇼?"

## 10. 페어런트 트랩

까만 옷을 입은 아름답고 깡마른 여자가 그 남자를 밀치고 다가왔다. 그녀도 렌처럼 손등에 낙인이 찍혀 있었다. 그러나 그녀의 낙인은 오래전 것이어서 피부와 비슷한 색의 흉터가 되어 있었다. "흠, 재밌군." 그 여자가 렌을 내려다보며 말했다. "여자 해적 이야기를 듣긴 들었는데 이렇게 보는 건 처음이야."

"난 로스트 걸이 아니에요!" 렌은 몸을 꽉 조이고 있는 젖은 그물 사이로 외쳤다. "오토리쿠스에 포로로 잡혀 있었어요. 피쉬케익이 날 잡아 온 거예요."

그 여자가 코웃음을 쳤다. "네가 누구든 상관없어. 우린 노예 상인이야. 넌 상품에 불과하고."

"하지만 난…. 날 노예로 만들 순 없어요!"

"오 콘트레아,* 페니로얄 시장하고 한 계약에 따르면 기생 해적선에서 나온 사람은 모두 슈킨 코퍼레이션의 재산이야."

"페니로얄 시장?" 렌이 소리쳤다. "혹시 님로드 페니로얄을 말하는 건 아니겠죠?"

그 여자는 로스트 걸이 그 이름을 알고 있는 것에 놀라는 듯했다. "그래, 님로드 페니로얄이 브라이튼의 시장이 된 건 12년도 넘었어."

---

* Au contraire, '그와는 반대로'라는 뜻의 불어. 영어 사용자들이 많이 사용하는 외래어에 해당한다. 상대방이 하는 말에 강하게 반대 의사를 표현하고 싶을 때 이런 외래어를 사용하면 상대의 주의를 환기시키는 동시에 약간 젠체하는 느낌을 주기도 한다.

"하지만 그럴 수는 없어요! 누가 페니로얄을 시장으로 뽑겠어요? 완전히 사기꾼인데! 배신자에다가! 비행선 도둑인데!"

미스 윔스는 들고 있던 클립보드에 메모를 몇 자 했다. "노예 감옥으로 데려가." 그녀는 부하들에게 일렀다. "미스터 슈킨에게 보고하고. 조짐이 좋아. 우리가 해적들의 소굴에 가까이 왔다는 뜻일 수도 있지."

INFERNAL DEVICES
## 11
# 그림스비에 도전한 4인조

출발하는 날 아침, 스크류 웜이 드디어 채비를 마치고 헤스터와 톰은 카울이 마지막으로 한 번 더 엔진을 점검하는 것을 기다리고 있는데, 프레야 라스무센이 다가왔다. 그녀는 배를 계류해 놓은 곳까지 내려와서 자기도 같이 가겠다고 선언했다. 톰과 헤스터가 무슨 말을 해도 그녀의 마음을 돌릴 수 있을 것 같지 않았다.

"위험해요."

"그러면 두 사람은 왜 가는 거죠?"

"미스 프레야는 앵커리지에 꼭 필요한 분이에요."

"바인랜드의 앵커리지는 나 없이도 완벽하게 잘 돌아가는 곳이에요. 게다가 아키우크 부인에게 내가 없는 동안 마그라빈 일을 해 달라고 부탁해 놨어요. 내가 안 가게 됐다고 하면 실망할 거예요. 특별히 새 모자까지 만들고 했다는데…." 프레야는 활짝 웃으며 스크류 웜의 승강 사다리에 올라서서 해치 문 안으로 여행 가방을 던져 넣었다.

"모르겠어요, 눈의 여왕님?" 헤스터가 말했다. "그림스비에 놀러 가는 게 아니에요. 렌을 되찾으러 가는 거란 말이에요. 그걸 방해하는 로스트 보이들이 있다면 죽여야 할지도 모르는데…."

"그러면 문제가 더 악화될 뿐이에요." 프레야가 톡 쏘듯 말했다. "이미 사람이 너무 많이 죽었어요. 그래서 나를 데려가야 하는 거예요. 내가 엉클하고 대화를 해서 일을 합리적으로 해결하도록 할 거예요."

헤스터는 분통이 터져서 악을 쓰며 카울 쪽을 바라봤다. 카울도 프레야가 같이 가는 걸 원치 않을 것이라 확신했기 때문이었다. 그러나 그는 아무 말도 하지 않고 반짝이는 수면 너머 먼 곳만 쳐다보고 있었다.

결국 하는 수 없이 그렇게 네 사람이 함께 길을 나서게 되었다. 바인랜드의 앵커리지 사람들 모두가 와서 물가에 서서 손을 흔들자, 톰과 프레야도 호숫가를 향해 열려 있는 스크류 웜의 해치 문에 서서 손을 흔들었다. 마치 소풍을 가는 것 같았다.

튀어나온 곳 너머로 앵커리지가 보이지 않게 되자 스크류 웜은 다리를 접고 잠수 준비를 했다. 프레야는 선실로 내려가 녹슨 제어반 앞에 앉아 있는 카울에게 갔다. 그러나 톰은 마지막 순간까지 그 자리에 서서 물가의 풍경과 물에 비치는 푸른 언덕들을 지켜봤다. 갈대밭에서 새들이 짝을 찾아 노래를 부르고 있었다. 그들의 먼 선조가 들었을 법한 자동차 경보음 또는 휴대전화 벨소리와 비슷한 소리를 냈다. 사라진 세계에서 온 '소리의 화석'들. 그 소리를 듣다 보니 톰은 데드 힐에서 발굴한 고대 주거지와 거기서 나온 유물들이 생각났다. 렌이랑 그곳에 돌아가서 못다 한 작업을 끝낼 수 있을까?

"다시 돌아올 거야." 헤스터가 있는 선체로 내려가면서 톰은 스스로에게 약속하듯 말했다. 그러나 헤스터는 말이 없었다. 그녀는 바인랜드의 앵커리지를 다시는 볼 수 없을 것만 같았다.

❋ ❋ ❋

스크류 웜의 좁아터진 조종실에 앉아 있자니 카울은 프레야 라스무센과의 대화를 피할 수가 없었다. 그는 프레야가 따라오기로 결심한 이유의 반은 이게 아니었을까 하고 생각했다. 앞 창문까지 물에 잠기자 프레야는 카울 옆에 앉아 슈뇌리 울바우슨의 고대 지도를 제어반 위에 펼쳤다. "그림스비로 가는 길은 기억해요?"

카울은 고개를 끄덕였다.

"그럴 거라고 생각했어요." 프레야가 말했다. "지금까지 한 번도 안 간 게 오히려 신기하죠."

"그림스비에?" 카울은 고개를 돌려 프레야를 쳐다봤다. 그녀가 조심스럽고 상냥한 표정으로 자기를 보고 있었다. 그녀의 그런 눈길에 어쩐지 어색해진 그는 대신 제어반을 내려다봤다. "내가 그림스비엘 무엇하러 돌아가고 싶겠어요? 마지막으로 거기 갔을 때 내가 무슨 꼴을 당했는지 잊은 건 아니겠죠? 가글이 살려 주지 않았으면…."

"하지만 돌아가고 싶어 한 건 사실이잖아요." 프레야가 조용히 말했다. "그게 아니라면 스크류 웜은 왜 고쳤겠어요?" 카울은 거머리선 앞으로 펼쳐진 흐릿한 바닷속에 암초가 있는지 확인하는 척했다. "생각은 해 봤지요." 그는 결국 인정하고 말았다. "그게 문제예요. 그림스비에 대한 생각을 지울 수가 없었지요. 바인랜드에 도착하고 얼마 되지 않아서부터, 할 일도 많고 사람들이 모두 그렇게 친절하게 잘 대해 줬는데도…. 그리고 프레야 당신은…."

그는 프레야를 슬쩍 쳐다보고는 얼른 다른 곳으로 눈을 돌렸다. 그녀가 아직 자기를 보고 있었다. 왜 프레야는 항상 자기에게 이토록 친절한 것일까? 16년 전 그녀가 내민 사랑의 손길을 그는 거절했다. 이유는 지금까지도 알 수가 없다. 프레야가 자기를 바다로 내쫓았다 하더라도 불평하지 못했을 것이다.

"그래서 지하 갑판에서 사는 거예요. 앵커리지에서 그림스비랑 제일 비슷한 곳이라서. 밤마다 꿈에서 엉클의 목소리를 듣곤 하지요. '그림스비로 돌아와라, 카울.' 하는 엉클의 목소리를." 그는 긴장된 표정으로 프레야를 쳐다봤다. 지금까지 아무에게도 하지 않은 이야기였다. 그녀가 자기를 미쳤다고 생각할까 봐 두려웠다. 가끔은 자기도 그런 의심이 들었다. "엉클이 내 귀에 대고 속삭여요. 어릴 때 절도 훈련소 천장에 있는 스피커에서 나오던 소리처럼. 심지어 호숫가의 물결들까지도 엉클 목소리로 나한테 말을 해요. '그림스비가 네 집이야, 카울. 드라이들하고 넌 안 어울려. 그림스비로 돌아와.' 라고."

프레야는 손을 뻗어 그를 만지려다 그만뒀다. "하지만 가글이 나타나서 도와 달라고 했을 때는 거절했잖아요. 틴 북을 건네주고 오토리쿠스로 그림스비에 돌아갈 수 있었을 텐데도." 그녀가 말했다.

"그러고 싶었어요." 카울이 대답했다. "얼마나 그렇게 하고 싶었는지 모를 거예요."

"하지만 그렇게 하지 않았잖아요. 그림스비 대신 앵커리지를 택한 거예요."

"두려워서 그런 거죠. 거기 막상 갔는데 드라이들하고 안 맞았던 것만큼이나 로스트 보이들하고도 안 맞을까 봐 그게 두려웠어요. 어쩌면 난 이제 더 이상 드라이도, 로스트 보이도 아닌지 몰라요. 어쩌면 난 아무것도 아닌지 몰라요."

프레야는 그에게 손을 뻗었다. 그녀의 손이 카울의 어깨에 닿자 그가 움찔하는 것이 느껴졌다. 겁먹은 동물처럼 순간적으로 어디로든 숨고 싶은 듯했다. 그녀는 오래전 카울이 바다에서 막 왔을 때나 지금이나 도무지 알 수 없는 수수께끼의 존재 같다는 생각을 가끔 했다. 그녀가 카울을 사랑하도록 그냥 허락했으면 그도 훨씬 행복했을 텐데. 프레야 자신도 그랬을 테고. 그것 때문에 그녀의 인생을 망쳤다고 할 수는 없었다. 다른 좋은 일이 그녀에게 많이 일어났기 때문이다. 하지만 때때로 남편도, 자식도 없는 것이 슬프게 느껴졌다. 행복을 누리는 방법을 모르는 사람들이 종종 있다. 카울이 그 한 예이고 헤스터 내츠워디가 또 다른 예이다.

아니면 혹 또 다른 이유가 있는 걸까? 그녀는 엉클의 목소리로 카울에게 속삭이는 물결을 상상하니 약간 소름이 끼쳤다. 바인랜드에 있는 카울에게까지 속삭일 수 있는 엉클이라면 그림스비에 도착하면 그 영향력이 어느 정도일까? 그리고 거기서 상황이 나빠져서 싸움이라도 하게 된다면 카울은 엉클 편을 들까, 아니면 프레야 편을 들까?

INFERNAL DEVICES
## 12
# 대양에서 벌어지는 비즈니스

"좋습니다, 각하! 움직이지 마시고! 스마일!"

부드럽게 팡 소리를 내며 플래시파우더가 터지고, 둥그런 연기가 파티 풍선처럼 햇살 가득한 공기 중으로 올라갔다. 클라우드 나인의 한 방에서 탐험가이자 작가 겸 시장인 님로드 페니로얄이 『브라이튼 이브닝 양피지』에 게재될 사진을 또 찍는 중이었다. 이번에는 대서양에서 방송하는 브라이튼 WOPCART 메시지에서 슬픔에 젖은 대변인 역을 했던 배우 딕비 슬링백, 사도나 플리쉬와 함께 포즈를 취했다.

"시장 각하," 사진사가 플래시파우더를 새로 준비하는 사이 『양피지』지의 기자가 물었다. "어디서 영감을 얻어 기생 해적들을 겨냥한 이 원정을 시작하게 되었는지 독자들에게 다시 한 번 알려 주시겠습니까?"

"그것이 나의 의무라고 생각했지요." 페니로얄은 햇볕을 받아 반짝이는 시장 메달을 바로잡으며 활짝 웃었다. "결국 바닷속 악당들의 존재를 세상에 폭로한 것도 내가 아닙니까? 그 사건에 관해서는 세계적인 베스트셀러『사냥꾼의 현상금』(유명 서점에서 단돈 25브라이튼 돌핀이면 구입 가능)을 보면 자세히 나와 있지요. 최근 들어 그들이 벌였음직한 도둑질 건수가 점점 증가하는 추세여서 그들의 조직이 어떻게 돌아가는지 예측할 수 있는 기회가 되었지요. 우리 브라이튼을 북쪽으로 몰고 가서 되도록 많은 기생 해적을 체포하는 것이 나의 의무라고 생각했습니다."

"그렇군요, 각하. 일부 비평가들은 브라이튼에 관광객들을 더 유치하고, 각하의 책을 더 많이 팔기 위한 마케팅 전략이라고 비난하고 있는데요…."

페니로얄은 코웃음을 쳤다. "책은 마케팅 없이도 잘 팔립니다. 바다에서 기생 해적들을 일망타진하기 위한 우리의 노력 덕분에 브라이튼으로 관광객이 더 많이 찾아온다면 뭐가 나쁩니까? 브라이튼은 관광 도시입니다. 관광을 진흥하는 것은 시장의 의무이지요. 그리고 이 작전을 수행하는 데 세금은 한 푼도 들어가지 않는다는 것을 다시 한 번 강조하고 싶군요. 제가 직접 체결한 계약에 따라 모든 해저 탐사 장비 및 거머리선 함정은 걸출한 비즈니스맨인 미스터 나비스코 슈킨이 부담하기로 했습니다. 해적들의 부모들을 자처한 가짜 모임도 미스터 슈킨의 아이디어였지요. 어떤 사람들은 그 방법이 잔인하다고들 하지만 효과가 탁월했다는 것은 인정해야 합

## 12. 대양에서 벌어지는 비즈니스

니다. 슈킨 씨는 부모 없는 부랑아들의 심리를 완벽하게 이해하고 있지요. 고아 출신으로, 지하 갑판에서 시작해서 자수성가한 친구이니 해적들의 마음을 움직이는 방법을 누구보다 잘 알고 있지 않겠어요?"

"빠른 시일 안에 해적들을 더 많이 체포할 수 있을까요?"

"두고 보십시오!" 페니로얄은 낄낄 웃으며, 준비가 다 된 사진사를 향해 사진이 더 잘 받는 쪽 얼굴을 내밀며 돌아앉았다. "맨 처음 나포한 세 척의 거머리선을 타고 온 녀석들은 자기들 소굴이 어디인지 결코 실토하지 않았습니다. 이번에 사로잡은 거머리선에는 훨씬 어린 소년이 타고 있었고, 여자 아이도 있었습니다. 둘 다 심문하기 쉬운 상대지요. 며칠 안에 큰 수확이 있을 겁니다. 기대해 주십시오!"

❊ ❊ ❊

사실 며칠 안에 일어난 일은 날씨의 변화였다. 죽은 대륙을 휩쓴 폭풍 때문에 파도가 높게 치면서 브라이튼을 엄청나게 흔들어 댔다. 평생을 뗏목 도시에서 산 브라이튼 시민들까지 뱃멀미를 했고, 페니로얄 일당이 해적들을 잡는 것을 구경하려고 대 사냥터에서부터 날아온 관광객들은 저마다 비행선과 비행 요트를 타고 서둘러 집으로 돌아갔다. 브라이튼 시민들(직어도 걸어 다닐 수는 있을 정도로,

멀미를 심하게 하지 않은 사람들)은 휘몰아치는 장대비 사이로 클라우드 나인의 밑바닥을 노려보면서, 애초에 이 사나운 바다까지 브라이튼을 몰고 나오자고 한 페니로얄의 말에 동의한 것을 한탄했다.

요동치는 갑판들 가운데 가장 밑바닥에 있는 슈킨 코퍼레이션의 창고 안에 설치된 좁은 철창 안에 누워서 렌은 죽는 편이 더 낫겠다고 생각했다. 쇠로 된 벽과 줄지어 서서 로스트 보이들을 기다리고 있는 빈 철창들이 머리 위에서 심하게 흔들리고 있는 아르곤 램프에 비쳤다. 그중 한 곳에 피쉬케익이 누워 있었고, 그들보다 먼저 잡힌 거머리선에 타고 있던 로스트 보이들도 각각 철창 하나씩을 차지하고 있었다. 손에 입은 화상이 무척 아팠다. 이 붉게 부어오른 자국을 평생 견뎌야 하겠지 생각했다. 그래 봤자 그 평생이라는 것이 그리 길 것 같지도 않지만.

"도시가 가라앉고 있나요?" 렌은 그녀가 아직 살아 있는지 확인하려고 손전등을 비추는 슈킨 코퍼레이션의 보초에게 물었다.

보초는 낄낄 웃으며 말했다. "그렇게 느껴질 만도 하지. 브라이튼은 이보다 훨씬 더한 폭풍도 다 이겨 냈으니 걱정 안 해도 돼. 네 친구들도 금방 다 건져 내게 될 거야."

"내 친구들이 아니에요. 난 로스트 보이가 아니란 말이에요." 렌이 앵도라진 말투로 쏘아붙였다.

"다른 작전을 쓰는 게 나을 거야." 보초는 지친다는 듯이 말했다. "모니카 윔스한테 똑같은 소리 하는 거 다 들었어. 널 처음 건져 냈

## 12. 대양에서 벌어지는 비즈니스

을 때 피쉬마켓 갑판에서 한 말 말이야. 그래도 답은 똑같아. 네가 누구든 상관없어. 넌 이제 우리 물건이야. 누에보 마야에 가면 좋은 가격에 팔 수 있을 거야."

오래전 지리 시간에 배운 지도가 렌의 머릿속에 떠올랐다. 겨울 궁전의 교실에 있던 커다란 지구본을 가리키며 미스 프레야가 말했다. "이곳이 누에보 마야예요. 60분 전쟁의 '저속 반응 폭탄'들이 터지면서 이곳과 북아메리카를 이어 주던 지협이 끊어지기 전에는 남아메리카라고 불렀죠."

누에보 마야는 수천 마일이나 떨어져 있었다! 거기까지 끌려가면 어떻게 집으로 돌아간단 말인가?

보초가 철창에 기대서서 그녀를 놀렸다. "미스터 슈킨이 짐승 같은 해적들을 유모나 가정부로 팔아넘길 거라고 생각하지는 않았겠지? 너희들은 누에보 마야의 피라미드 도시들에 격투사로 팔리게 될 거야. 그놈들 경기장에서 벌어지는 쇼 하나는 끝내준다는 말씀이야. 노예들을 서로 싸우게 하는 거지. 아니면 개조해서 전투용으로 만든 사냥감 분해 기계들이나 포로로 잡은 그린 스톰 스토커들에 맞서 싸우게도 하고. 유혈이 낭자할 테지만, 모두 다 누에보 마야 사람들이 섬기는 요상한 신들을 위한 희생이라고 생각하면 상당히 숭고하다고 할 수도 있지."

숭고하건 말건 그런 운명이 달갑다면 정신이 나간 것이라고 렌은 생각했다. 이 끔찍한 상황을 빠져나갈 방법을 찾아야만 했다. 하지만 미스 프레야가 그렇게도 칭찬했던 그녀의 뇌는 심하게 흔들리는 갑판 때문에 뒤죽박죽이 돼서 아무것도 생각해 낼 수가 없었다.

"차라리 침몰해 버렸으면!" 그녀는 멀어져 가는 보초의 뒤에 대고 가느다란 목소리로 외쳤다. "그래도 할 말 없을걸요! 가여운 로스트 보이들을 함정에 몰아넣기 전에 도시 전체가 가라앉아 버리길 진심으로 바라요!"

그러나 다음 날이 되자 폭풍이 약해지면서 파도도 잔잔해졌다. 저녁 무렵 거머리선이 세 척 더 잡혔고, 풀이 죽어 훌쩍거리는 로스트 보이들이 노예 감옥으로 들어왔다. 밤중에 네 척, 그리고 그다음 날 추가로 세 척이 더 잡혔다. 그중 하나는 함정이라는 것을 눈치채고 자석 갈고리에 걸려들기 전에 도망쳤다. 하지만 그 뒤를 추격한 브라이튼이 수중폭탄을 떨어뜨렸고, 관측 전망대에 나와 있던 구경꾼들의 환호성 속에 바다에서 큰 물기둥이 솟아오르면서 거머리선의 잔해와 함께 로스트 보이들의 시체가 수면 위로 떠올랐다. "지금쯤 그림스비까지 소식이 갔을 거야." 먼저 잡혀 와 있던 크릴이라는 로스트 보이가 말했다. 크릴은 자기 주변의 노예 철창에 포로들이 들어올수록 얼굴이 점점 더 창백해졌다. "엉클이 어떻게든 할 거야. 우릴 구해 줄 거야."

"그림스비에 소식이 가긴 했어." 새로 온 아이가 말했다.

"거기서 오는 길이거든…."

"이틀 전쯤 메시지를 들었어."

"엉클은 함정이니까 들어서는 안 된다고 했지만, 어쨌든 우린 몰래 도망 나왔지."

"우리 엄마, 아빠가 여기 있을 줄 알았어…."

크릴은 고개를 숙이고 울기 시작했다. 절도단을 이끌고 웨스턴 아키펠라고의 정착촌에 침투했을 때만 해도 저항하는 드라이들은 모두 용맹한 그의 칼 아래 쓰러졌다. 그러나 슈킨 코퍼레이션의 창고에 갇힌 그는 다른 십 대 고아들과 다를 바가 없었다.

렌은 철창 사이로 손을 뻗어 피쉬케익의 소매를 당겼다. 그 애는 바로 옆 철창 바닥에 웅크리고 누워 있었다. 잡힌 후 한마디도 안 건네는 걸 보면 렌을 탓하고 있는 게 분명했다. 어쩌면 그 애 생각이 맞는지도 몰랐다. 브라이튼으로 오자고 그렇게 열심히 설득하지만 않았더라도!

"피쉬케익," 렌이 부드럽게 말했다. "로스트 보이들이 몇 명이나 있니? 다 합해서 말이야."

피쉬케익은 렌을 쳐다보려 하지도 않았다. 하지만 잠시 후 퉁명스럽게 내뱉었다. "한 60명쯤. 엉클하고 너무 어려서 거머리선도 못 타는 신입들은 빼고."

"여기 잡혀 있는 사람이 적어도 40명은 될 텐데!" 렌이 말했다. "그림스비는 거의 비었겠구나…."

창고 문이 덜컹하고 열리더니 사람들이 또 한 무더기 들어왔다. '더 잡혔구나.' 렌은 그렇게 생각하고 그쪽을 쳐다볼 생각도 하지 않았다. 너무나 우울한 광경이었기 때문이다. 그러나 발자국 소리가 그녀가 갇혀 있는 철창 앞에 멈추자 렌은 하는 수 없이 올려다봤다. 로스트 보이들이 아니라 슈킨 코퍼레이션 보초 두 명과 밉살스러운 미스 윔스가 서 있었다.

"끌어내." 미스 윔스가 명령했다. 렌은 깜짝 놀랐다. 자기가 로스트 걸이 아니라는 것을 미스 윔스가 드디어 납득한 것일까? 그녀가 누에보 마야의 격투장에서 1분도 못 견뎌 낼 거라는 사실을 슈킨 코퍼레이션이 깨닫고 음식과 물을 낭비하느니 차라리 바다에 던져 버리겠다고 마음먹은 것일까?

"주인님이 널 보자고 하신다." 미스 윔스가 말했다. 철창 안에 갇힌 로스트 보이들이 지켜보는 가운데 렌은 창고에서 끌려 나갔다.

노예 감옥 뒤쪽에 있는 문을 여니 찬장만 한 방이 나왔다. 보초들이 렌을 그 안으로 밀어넣고 자기들도 따라 들어왔다. 미스 윔스가 벽에 달린 레버를 당기고 발밑에서 바닥이 움찔하는 것을 감지하고서야 렌은 그곳이 엘리베이터라는 것을 알아차렸다. 앵커리지의 엘리베이터들은 모두 고장 난 지 몇 년 된 것들뿐이었는데, 이 엘리베이터는 완벽하게 작동했다. 어찌나 빨리 올라가는지 뱃속은 아직 아래층에 있고 자신의 껍데기만 위로 올라가는 느낌이 들었다.

그물에 잡힌 채 노예 감옥으로 끌려간 바람에 렌은 슈킨 코퍼레이션 건물의 구조를 미처 파악하지 못했었다. 슈킨 코퍼레이션 건물은 탑처럼 생겼다. 브라이튼의 하층 갑판에 자리 잡은 아래층은 사

## 12. 대양에서 벌어지는 비즈니스

로잡은 노예들을 가두는 데 사용되었고, 도시의 두 번째 갑판에 해당하는 중간층에는 사치품 보관실과 사무실이 있었다. 퀸스 파크라고 하는 브라이튼의 최상층 갑판을 뚫고 올라와 있는 높은 층에는 코퍼레이션의 창립자인 미스터 나비스코 슈킨이 사무실로 쓰는 방들이 있었다. 건물의 최상층을 이루는 이곳은 빙산의 꼭대기처럼 하얗고 아름다워서 그 아래쪽에 숨어 있는, 음산하고 위험한 10분의 9는 상상하기가 힘들었다. 브라이튼 사람들은 이 건물을 후추통이라고 불렀다.

엘리베이터가 꼭대기 층에서 멈춰 서자 렌은 커다랗고 둥근 방으로 걸어 나왔다. 최고급 소재로 만든 검은 커튼과 검은 카펫, 검은 벽을 배경으로 금색 액자에 끼운 검은 그림들이 걸려 있었다. 그러나 렌의 숨을 멎게 한 것은 창문 밖으로 보이는 광경이었다. 창문 밖으로 브라이튼 시의 전경이 한눈에 펼쳐져 있었다. 반짝이는 햇빛 아래 오색기가 펄럭이고, 비행 요트와 페달 추진식 에어보트가 항구에서 이륙하고 있었다. 갈매기 떼가 굴뚝들을 감아 돌다가 솟아오르는 듯하더니 반짝이는 바다로 멀리 날아갔다. 도시의 외륜바퀴에서 생긴 물안개가 산들바람에 실려 도시를 가로질러 살포시 날리다가 햇빛을 만나 순식간에 무지개를 만들고 사라졌다.

잠깐 동안 렌은 자신의 비참한 처지와 굶주림, 그리고 낙인이 찍힌 손등의 통증을 모두 잊고 가슴 저 아래에서부터 솟구쳐 오르는 기쁨을 만끽했다. 자기가 뗏목 도시에 왔다는 것이 믿기지 않았다.

항상 꿈꿔 왔던 멋진 도시 가운데 하나인 뗏목 도시에 오다니…. 게다가 상상했던 것보다 더 멋졌다.

"데려왔습니다, 미스터 슈킨." 미스 윔스가 알렸다. 렌은 그녀의 목소리에 지금까지는 없었던 애교가 살짝 섞여 있는 것을 눈치챘다. 보초 중 하나가 검은 회전의자에 앉아 조용히 이쪽을 처다보고 있는 남자 앞으로 렌을 돌려 세웠다.

나비스코 슈킨은 다리를 꼰 자세로 미동도 없이 앉아 있었다. 움직임이라고는 보일 듯 말 듯 발을 까딱일 때마다 가죽 신발이 빛을 반사해서 반짝이는 것이 다였다. 연회색 양복, 회색 장갑, 회색 머리, 회색 눈, 회색 얼굴, 회색 목소리의 그가 말했다. "만나서 기쁘군." 그러나 기쁜 목소리가 아니었다. 기쁜 얼굴도 전혀 아니었다. 기쁜 것이 뭔지 모르는 것 같아 보였다. 그가 다시 말했다. "네가 앵커리지에서 왔다고 주장한다고 모니카한테서 들었다."

"진짜예요!" 렌이 외쳤다. 마침내 누군가 자기 말에 귀를 기울여 주는 것 같아 고마운 마음이 앞섰다. "내 이름은 렌 내츠워디이고 납치돼서…."

"앵커리지에서 올 수 있는 사람은 아무도 없어." 슈킨은 일어서서 렌 주변을 한 바퀴 돌았다. 그의 눈은 한순간도 렌을 떠나지 않았다. "앵커리지가 그린란드 서쪽에서 가라앉은 게 벌써 몇 년 전 일이야."

"가라앉지 않았어요!" 렌이 불쑥 말했다. "앵커리지는…."

슈킨이 손가락을 하나 쳐든 채 책상으로 돌아갔다. 뒤로 돌아서는 그의 손에 뭔가 들려 있었다. 렌이 미스 프레야에게서 훔친 책이었다. 지금까지 그 책에 대해서는 깡그리 잊고 있었다.

"이게 뭐지?" 그가 물었다.

"틴 북이에요. 블랙 센추리 시대부터 내려오는 골동품이에요. 그걸 가지러 오토리쿠스가 앵커리지에 온 거예요. 잠수함하고 관련 있는 것 같아요. 로스트 보이들이 그 책을 훔치는 걸 도왔는데, 일이 잘못돼서 피쉬케익이 절 납치한 거예요. 절 다시 앵커리지에 데려다 주면 엄마, 아빠, 미스 프레야가 후하게 보상할 거예요."

"또 앵커리지 얘기로군." 슈킨은 책을 내려놓고 렌을 빤히 쳐다봤다. "왜 말도 안 되는 소리를 계속하는 거지? 앵커리지에 사는 건 물고기뿐이야. 저 큰길을 막아 놓고 물어봐. 친애하는 우리의 페니로얄 시장님이 앵커리지의 최후를 담은 모험담 『사냥꾼의 현상금』으로 얼마나 많은 돈을 벌었는지 아나? 책은 앵커리지가 '물의 무덤'으로 침몰하는 것으로 끝난단 말이야."

"페니로얄은 거짓말쟁이예요!" 렌은 페니로얄이 죽기는커녕 거짓말로 부자가 된 것이 얼마나 불공평한 일인지 생각하며 화가 나서 말했다. "그 사람은 겁쟁이에다 거짓말쟁이예요. 우리 아빠를 쏘고 엄마, 아빠의 비행선을 훔쳐 도망갔단 말이에요. 아크에인절이 앵커리지를 잡아먹을 줄 알고요. 도망간 다음에 무슨 일이 벌어졌는지는 알 도리가 없죠. 어떻게 이야기를 썼는지는 모르지만 몽땅

다 만들어 낸 이야기가 틀림없어요."

나비스코 슈킨은 한쪽 눈썹을 2밀리미터쯤 추켜올렸다. 그가 많이 놀랐을 때 짓는 표정이었다. 그 순간 렌에게 아이디어가 떠올랐다. 앵커리지에 대한 진실을 아는 사람이 바깥세상에는 그녀 하나밖에 없었다. 그런 정보를 가진 사람이라면 상당한 가치가 있는 것 아닐까? 다른 로스트 보이들과 함께 격투장에서 죽어 갈 노예로 팔아 치우기에는 아까운 정보를 자기가 쥐고 있는 것이다!

렌은 어둡고 거대한 방의 저 끝에서 작은 문 하나가 열린 것 같은 느낌이 들었다. 탈출할 구멍이 보이는 듯했다.

"앵커리지는 죽은 대륙에서 식물이 살아 있는 구역에 도착했어요. 거기서 잘 살고 있지요. 제가 바로 그 증거예요. 페니로얄도 진실을 알고 싶어 할 거란 생각이 들지 않으세요?" 렌이 말했다.

나비스코 슈킨은 입을 다물라고 손짓을 하려다 렌의 마지막 말을 듣고 멈칫하더니 눈썹을 무려 4밀리미터나 추켜올렸다. 렌에게서 눈을 떼지 않은 채 그는 다시 의자에 앉았다. "설명해 봐!" 그가 말했다.

"음, 제가 페니로얄이라면 앵커리지에 대해 더 알고 싶어 할 것 같아요. 그렇지 않을까요?" 렌이 더듬거리며 말했다. "제 말은, 앵커리지에 대한 이야기로 그렇게 돈을 많이 벌었다면 실제로 무슨 일이 벌어졌는지 알고 싶은 게 당연하잖아요. 속편을 쓸 수도 있고! 저를 집에 데려다 주기 위한 원정대를 만들어서 그걸로 책을 또 한

## 12. 대양에서 벌어지는 비즈니스

권 낼 수도 있고요." 원정대를 만들지 않는다 해도 누에보 마야의 경기장에서 죽는 것보다는 이 뗏목 도시에서 노예로 사는 게 더 낫다고 렌은 생각했다. 그녀는 열띤 어조로 말을 이었다. "그는 제 이야기를 무지하게 듣고 싶을걸요!"

슈킨은 천천히 고개를 끄덕였다. 희미한 미소가 그의 얇은 입술 주변에서 꿈틀대다 사라졌다. 그는 페니로얄이 『양피지』지와 한 인터뷰에서 자기의 과거를 농담하듯 까발린 것 때문에 짜증이 나 있었다. '두더지 골짜기'라고 하는 어두운 골목에서 소년 도둑으로 살다가 자수성가한 과거사 말이다. 어쩌면 이 아이는 신들이 자기에게 보낸 선물인지도 몰랐다. 브라이튼의 우스꽝스러운 시장한테 복수할 기회가 온 것이다.

"그 이야기가 사실이라면," 슈킨이 말했다. "페니로얄 시장이 너에게 상당히 관심이 있겠군. 어떻게 증명할 수 있지?"

렌은 슈킨의 책상 위에 놓인 틴 북을 가리켰다. "저게 증거예요. 틴 북은 마그라빈의 도서관에 소장되어 있는 유명한 골동품 가운데 하나니까요."

"페니로얄이 틴 북이라는 물건을 언급한 기억이 없는데? 앵커리지의 보물들에 대해서는 지루할 정도로 늘어놓았는데도 불구하고 말이야. 시장이 틴 북을 못 알아보면 그땐 어떻게 되는 거지? 결국 네가 하는 말밖에 없는데. 로스트 걸 출신의 노예가 하는 말을 누가 믿을까?"

"저한테 뭔가를 물어볼 수도 있지요." 렌이 절박해져서 말했다. "엄마나 아빠, 그리고 미스터 스캐비어스, 미스 프레야 같은 사람들에 관해 저에게 물어볼 수도 있잖아요. 책에 나오지도 않고 앵커리지에 살아 본 사람이 아니면 모를 사실들을요."

"재미있군." 슈킨은 다시 한 번 천천히 고개를 끄덕였다. "모니카, 이 아이를 제2갑판으로 옮겨. 지금부터는 사치품으로 취급해."

"피쉬케익을 잊지 마세요. 그 아이도 앵커리지에 다녀왔어요."

"그렇군." 슈킨은 미스 윔스를 흘낏 쳐다보며 말했다. "그 아이를 취조실로 데려와. 내가 만나 볼 때가 된 것 같군."

INFERNAL DEVICES
13
# 닥터 제로

바트뭉크 차카를 떠난 비행선이 티엔징 상공에서 다른 비행선들과 합류했다. 위논 제로는 곤돌라 창문으로 밖을 내려다보면서 가슴이 기쁨으로 가득 차는 것을 느꼈다. 가파른 언덕에 위태롭게 얹혀 있는 밝은색의 집, 화초 상자처럼 절벽 위에 걸려 있는 작은 정원, 햇빛을 받아 은빛으로 반짝이는 고원 운하, 그리고 거미 다리 같은 다리와 사다리만큼 가파른 거리를 가득 채우고 있는 밝은색 옷을 입은 사람들 모두가 반가웠다. 샨 구오의 중앙 산맥 높은 곳에 자리 잡은 이 도시는 반 견인 도시 연맹의 탄생지였다. 라마 바트뭉크가 반 견인 도시 연맹을 설립한 곳도 이곳이고, 지난 천 년 동안 연맹의 수도 역할을 한 곳도 이곳이었다.

 그러나 이제 연맹은 사라졌다. 예전의 최고 참의원은 흩어졌고 그린 스톰이 벌이는 전쟁의 흔적만 여기저기에 보였다. 제이드 파고다에 있는 군용 항구에 내리기 위해 비행선이 고도를 낮췄다. 콘크리트로 만든 괴물 같은 로켓 발사대가 티엔징의 공원 외관을 망쳐 놓았으며, 전쟁에 필요한 에너지를 조달한다는 명목으로 산허리에 만들어 놓은 풍력 발전용 풍차들이 덜컹거리며 돌아가고 있었다. 14년 동안 전쟁에 관계없는 일은 어느 것도 허락되지 않았다. 그 결과 민간인들이 사는 곳은 오랫동안 손보지 않은 흔적이 역력했다. 어디를 보아도 폐허가 되어 가는 건물들과 썩어 들어가는 지붕들 위로 순찰 중인 전함의 그림자가 보였다.

제이드 파고다는 옥으로 만들어지지도 않았고 탑 모양도 아니었다. 그저 산중으로 도망쳐 들어와 티엔징을 세운 조상들이 가져온 이름이 남아서 내려오고 있는 것뿐이었다. 사람들은 아마도 오래전에 배고픈 도시들한테 잡아먹힌 저지대 도시에 있었던 멋진 여름 궁전의 이름일 거라고 추측했다. 눈 덮인 비행선용 부두에 내린 위논의 머리 위로 어두운 그림자를 던지고 있는 우중충한 돌 요새에는 정말이지 어울리지 않는 이름이었다. 바깥쪽 문 위로 솟아 있는 꼬챙이에는 전쟁 반대를 외치던 데모꾼들과 쓰레기 재활용에 적극적으로 참여하지 않은 반역자들의 머리가 걸린 채 산바람에 꼬들꼬들 말라 있었다. 벽에는 커다란 글씨로 표어가 쓰여 있었다. '세상은 다시 푸르러진다!' 그리고 '범 게르만 견인 동맹을 박살낼 마지막 일격을!' 등의 내용이었다.

안쪽 문을 지키던 스토커 팽의 엘리트 공군 소속 병사들이 어깨에 짐을 메고 부두로부터 이어진 계단을 걸어 올라오던 위논의 앞을

## 13. 닥터 제로

막아섰다.

"서류는, 젊은이?" 책임자인 듯한 상사가 외쳤다. 이런 종류의 실수에 위논은 이미 익숙해져 있었다. 그린 스톰이 다스리는 지역에서는 모든 잉여 식량이 전방의 군인들에게 보내졌다. 그 때문에 어릴 적에 해마다 춘궁기를 겪었던 그녀는 열네 살 소년처럼 깡마른 몸을 갖게 되었다. 서류를 건네고 그녀가 참을성 있게 기다리는 동안, 통행증을 검사하던 상사는 그녀가 누구인지 확인하고는 얼굴색이 변했다. "지나가시게 해! 지나가시게 해!" 그는 부하들을 향해 칼집을 휘둘렀다. 그렇게 부하들을 벌해서라도 자신은 닥터 제로의 노여움을 면해 보고자 하는 속셈인 듯했다. "당장 지나가시게 해! 이분은 닥터 제로시다. 지도자 각하의 새 외과-엔지니어란 말이다!"

❂ ❂ ❂

그린 스톰이 정권을 장악한 것은 위논이 네 살 되던 해였기에 전쟁 전 기억은 뚜렷하지 않았다. 로그스 루스트에서 있었던 소요 사태 중에 목숨을 잃은 그녀의 아버지는 가족 사당에 모셔진 사진 속에서 웃고 있는 얼굴에 불과했다.

위논은 어머니가 엔지니어로 일하던 알루시아라는 변방 지역의 공군 기지에서 수줍고 영리한 소녀로 성장했다. 학교에서는 〈푸른 동양〉, 〈행복한 어린 시절은 모두 스토커 팽의 은덕〉 등의 선전용 동요를 불렀고, 집에서는 비행사 오빠 에노가 먼 전쟁터에서 거둔 승리담을 들으며 잠자리에 들었다. 장난감은 캄차카 전투에서 실려 와 부대 뒷마당에 쌓아 둔 부서진 스토커들이었다. 부서진 스토커들이 너무 안돼 보여서 위논은 최선을 다해 그것들을 고쳐 보려고 했다. 죽은 지 이미 오래된 그들을 평화롭게 잠들도록 놔두는 것이 그들에게 더 나은 일이라는 것을 그녀는 이해하지 못했다. 그녀는 스토커의 갑옷 안에 숨어 있는 비밀을 배우고 뇌의 언어를 이해하기 시작했다. 나이가 들면서 지식과 기술이 점점 늘어나자 부대 사령관은 스토커에 이상이 생길 때마다 전속 외과-엔지니어를 부르는 대신 제로를 부르곤 했다. 그렇게 해서 배급 외 식량을 조금씩 벌어들이던 그녀가 열여섯 살이 되던 해, 그녀의 재능에 대한 소문을 들은 그린 스톰은 그녀를 훈련 시설로 보냈다가 알타이 샨의 최전방 부활군 부대에 배치했다.

참호와 방공 대피호로 이루어진 지하 세계에서 그녀는 살인적으로 추웠던 '22년 겨울을 견뎌 냈다. 얼어붙은 진흙땅에서 구조 부대가 파내 온 죽은 병사들의 시체는 부활군 부대의 차가운 수술대 위에서 위논과 동료들에 의해 스토커로 변신한 후 다시 전쟁터로 보내졌다.

그녀는 자신이 얼마나 빨리 동정심과 혐오감을 잊는지 깨닫고 놀랐다. 작업을 하는 동안 시체의 얼굴을 보지 않는 법도 배웠다. 그렇게 하면 작업을 하는 대상이 사람이 아니라, 되도록 빨리 필요 없는 것을 제거하고 수리해야 하는 부서진 물건일 뿐이라고 자기 최면을 걸 수 있었다. 부활군 부대 작업실에서는 일종의 동료 의식 같은 것이 느껴졌다. 위논은 그 느낌이 좋았다. 다른 외과-엔지니어들은 작업을 하면서 농담도 하고 서로 놀리기도 했지만, 나이가 훨씬 어린 위논은 "여동생"이라고 부르면서 보살펴 줬다. 그녀가 신속하고 조심스럽게 작업을 하는 것에 놀라고, 자기들은 풀지 못하는 문제를 그녀가 해결해 내는 것을 보고 대견스러워했다. 그녀는 가끔 동료들이 자기에 대해 이야기하면서 "천재" 등의 단어를 쓰는 것을 우연히 듣기도 했다.

위논은 자기가 동료들의 마음을 흡족하게 한다는 것이 자랑스러웠고, 지구와 자연을 위한 투쟁에서 자기 몫을 해내고 있다는 것에 긍지를 느꼈다. 그해 겨울 적군 도시들은 자기들의 대 사냥터와 그린 스톰의 영역을 가르는 '지옥'이라는 이름이 붙은 지역을 점령하기 위해 죽을힘을 다했다. 폭탄으로 파헤쳐진 전쟁터를 뚫고 들어오는 적 도시들이 너무도 크고 많아서 위논은 그들을 멈출 수 있는 것은 아무것도 없을 거라고 생각했다. 그러나 그린 스톰의 총과 대포는 저들의 바퀴를 동강 냈고, 전함은 저들의 상층 갑판에 텀블러들을 떨어뜨렸다. 그린 스톰의 전투 비행선들은 적의 전투함에 구멍을 냈고, 그린 스톰의 용감한 로켓 부대는 견인 도시의 거대한 바퀴 밑으로 들어가 도시 하층 갑판에 구멍을 내서 스토커들이 잠입할 수 있도록 했다. 결국 언제나 시민들이 많이 죽고 난 뒤에야 견인 도시들은 공격을 포기하고 후퇴를 했다. 가끔 도시들 중 하나가 너무 심하게 손상되면 다른 도시들이 달려들어 잡아먹기도 했다.

위논은 처음에는 점점 가까이 들려오는 끔찍한 총소리와 통신 참호 위를 가르는 저격수들의 총알에서 나는 휘파람 소리에 겁을 집어먹었다. 그러나 몇 주가 지나고 몇 달이 지나면서 서서히 공포에 익숙해졌다. 부활군 부대 작업실에서 시체를 가지고 작업하는 것과 비슷한 원리였다. 감정을 차단하는 방법을 배운 것이다. 심지어 엄마가 계시는 공군 부대가 수륙양용 도시한테 잡아먹혔다는 소식이 알루시아에서 들려왔을 때마저 아무 감정이 생기지 않았다.

'23년 봄 대 돌격 작전이 펼쳐지던 어느 날, 위논은 구조 부대가 그녀 앞에 내려놓은 시체들 가운데 하나를 알아봤다. 시체의 가슴에 난 사마귀들은 어릴 때 그가 가르쳐 줬던 별자리만큼이나 익숙한 모양으로 나 있었다. 누군가 시체의 얼굴에 드리워 놓은 천 조각을 치우기도 전에 그녀는 그 시체가 자기 오빠 에노라는 것을 알았다. 둘이 주고받은 편지들은 검열을 거쳤기 때문에 그녀는 오빠가 자기랑 같은 부대에 있다는 사실조차 몰랐었다.

위논은 기계적으로 작업용 고무장갑을 끼면서 앞에 놓인 시체를 내려다봤다. 오빠를 부활시키고 싶지 않았다. 그러나 작업을 거부할 경우 어떤 운명이 자기를 기다릴지 그녀는 잘 알고 있었다. 가끔 전선에서 싸우는 병사들이 동료의 시체를 구조 부대가 가져가는 것을 막는 일이 있었다. 그린 스톰은 그들을 '견인 도시의 비밀 결탁

## 13. 닥터 제로

세력'으로 규정하고 총살을 한 다음 동료들과 함께 부활시켜 전선으로 내보냈다. 위논은 총살을 당하기 싫었다. 에노를 보자마자 그녀의 모든 감정이 되살아났다. 죽음에 대한 공포가 갑자기 돌아왔다. 그것이 너무나 강력해서 숨 쉬기조차 힘들었다. 수술대 위에 속절없이 차갑게 식은 시체로 누워 있는 에노처럼 되기 싫었다.

"외과-엔지니어님?" 조수들 가운데 한 명이 물었다. "어디 아프세요?"

위논은 먹은 것이 모두 넘어올 것만 같았다. 그녀는 조수에게 괜찮다고 손짓을 하고 나서 마음을 진정시키려 애썼다. 에노를 부활시키지 않으려고 생각하는 것 자체가 잘못된 일이었다. 오빠를 위해 기뻐해야 한다고 스스로에게 일렀다. 자기 덕분에 오빠의 육신이 죽은 뒤에도 야만인들과의 전투에 참여할 수 있는 것 아닌가! 그러나 그녀는 기쁘지 않았다.

조수들이 쳐다보고 있는 것을 깨닫고 그녀는 말했다. "메스, 수술톱, 갈비뼈 확장기." 그리고 작업에 들어갔다. 위논은 에노의 몸을 열어 그의 내장을 빼내고 그 자리에 엔진과 배터리 집, 보존액 펌프를 집어넣었다. 그녀는 또 그의 손을 잘라 내고 그 자리에 스토커의 무쇠 손을 달았다. 그의 성기를 자르고 눈을 제거했다. 피부를 걷어내고 근육에 신비로운 전극망을 연결했다. 두개골을 열어 뇌 안에 복숭아씨만 한 기계를 박아 넣고, 그 기계로부터 미세한 섬모가 척수를 따라 뻗어나가면서 에노의 몸이 심하게 경련하는 것을 지켜봤다. 그렇게 뻗어나간 척수는 그의 몸에 있던 신경과 위논이 새로 집어넣은 기계를 모두 연결했다.
"이건 진짜 오빠가 아니야." 작업을 하면서 그녀는 에노의 귀에 대고 속삭였다. "오빠는 이제 암흑의 나라에 있는 거야. 이건 오빠가 이 세상에 남겨 놓고 간 물건에 불과해. 병이나 상자를 재활용하듯 오빠가 남긴 물건을 재활용하는 것뿐이라고. 그린 스톰은 항상 자연과 지구를 위해 모든 것을 재활용하자고 말하잖아."
작업을 끝낸 후 위논은 그를 부하 엔지니어에게 넘겼다. 부하 엔지니어가 에노의 몸에 갑옷을 입히고 갈고리 손톱을 끼워 넣을 터였다. 그녀는 밖으로 나와 담배를 피웠다. 불붙은 비행선이 아무도 살지 않는 땅의 하늘 위를 날아갔다.
죽은 사람들이 그녀에게 말을 걸기 시작한 것은 그 이후부터였다. 죽은 친오빠가 아무 말도 하지 않았던 것을 생각하면 본 적도, 이야기를 나눈 적도 없던 사람들이 그렇게 수다를 떠는 것이 조금 이상하기는 했다. 그러나 에노 일이 있고부터는 작업을 시작하기 전에 항상 사자(死者)의 얼굴을 들여다보는 습관이 생겼고, 그때마다 그들이 그녀에게 속삭였다.
그들은 모두 같은 질문을 해 댔다. '누가 이것을 멈출 것인가? 누가 이 끝없는 전쟁에 종지부를 찍을 것인가?'
"내가 할게요." 위논 제로는 약속했다. 그녀의 작은 목소리가 천둥 같은 총성에 묻혀서 잘 들리지 않았지만, 그녀는 약속했다. "적

## 13. 닥터 제로

어도 노력은 해 볼게요."

❋ ❋ ❋

"트리클!" 마침내 파고다의 높은 곳에 위치한 그의 사무실로 들어서는 위논을 보고, 팝조이가 유쾌하게 외쳤다. 그는 짐을 싸고 있었다. 책상 위에 놓여 있는 커다란 트렁크는 책, 파일, 서류, 스토커 팽의 사진이 든 액자, 부활군 부대 로고와 '미친 과학자가 아니어도 여기서 일할 수 있지만, 좀 미치면 도움이 되지!'라는 농담이 새겨진 에나멜 컵 등이 든 채로 열려 있었다. 팝조이는 의자 위에 서서 로그스 루스트 공군 부대 사진을 벽에서 떼어 내고 있는 중이었다. 벽에서 떼어 낸 액자를 소매로 쓱 닦고 나서 트렁크에 넣은 다음, 그는 닥터 제로에게 키스를 보냈다.

"축하하네! 미스 팽을 방금 전에 보고 왔는데, 이제는 확실해! 자네가 슈라이키를 고친 솜씨에 감복했는지 드디어 내 은퇴를 허락하셨어! 나도 이젠 바트뭉크 곰파에 있는 주말 별장에 가서 쉴 수 있게 됐지. 낚시도 하고 그동안 미뤄 뒀던 개인적인 작업도 이것저것 하고. 비망록을 쓰게 될지도 모르지. 자네가 내 후임으로 임명됐어."

'정말 이상해.' 위논은 생각했다. 참호에서 깨달음을 얻은 뒤로 스토커 팽의 전속 외과-엔지니어가 되기 위해 노력했다. 이 자리에 오기 위해 타고난 수줍음을 이겨 내고 중앙 스토커 작업실로 배속시켜 달라고 주장했다. 오늘을 위해 닥터 팝조이의 불쾌한 농담과 그보다 더 불쾌한 손길도 참아 냈다. 이 자리에 오기 위해 악명 높은 스토커 슈라이크의 무덤을 찾아 헤매고, 그를 복구하는 데 몇 달을 바쳤다. 그녀의 기술과 지식이 닥터 팝조이와 맞먹는다는 것을 모두에게 주지시키기 위한 것이었다. 그러나 그렇게 기다리던 순간이 왔는데 미소조차 지을 수가 없었다. 무릎에 힘이 빠졌다. 그녀는 쓰러지지 않기 위해 문틀을 짚었다.

"기운 내라고, 트리클!" 팝조이가 놀리듯 말했다. "좋은 소식이야! 권력과 돈이 절로 굴러 들어올 거야. 할 일은 가끔 가다 각하의 오일 레벨이나 점검하고 갑옷에 광이나 내면 되고. 아, 녹슬지 않게 날씨에 신경 좀 쓰고. 기본적으로 고장 자체가 거의 불가능하니까 별로 걱정하지 않아도 될 거야. 문제가 있으면 나한테 연락하면 되고. 자, 이젠…."

'이젠, 나 혼자군.' 위논 제로는 스토커 팽의 거처가 있는 파고다의 가장 높은 층으로 계단을 오르며 생각했다. 물론 모든 것이 잘못되어 있었다. 정의라는 것이 있다면 사람들에게 큰 고통을 가져온 팝조이 같은 사람은 벌을 받아야 마땅했다. 그러나 팝조이는 이제 낚시나 하고 그동안 미뤄 뒀던 일을 재미 삼아 하면서 호화로운 은퇴 생활을 즐기게 된 것이다. 그것이 현실이었다. 하긴, 적어도 은퇴라도 해서 위논 제로가 죽은 사람들과 했던 약속을 이행할 기회

## 13. 닥터 제로

라도 줬으니 다행이라고 해야 할지도 몰랐다.

그녀가 지나가자 보초들이 재빨리 차렷 자세를 취했다. 문지기들이 몸을 낮춰 인사를 하면서 스토커 팽의 회의실로 통하는 문을 열어 줬다. 적수 늪지대의 커다란 지도를 둘러싸고 의논을 하던 장교들이 고개를 들어 위논을 바라봤지만, 허리를 굽혀 절을 하는 그녀의 인사에 응답을 하지는 않았다. 팽도 고개를 들어 그녀를 쳐다봤다. 초록빛 눈이 번뜩였다. 최전선에서 돌아온 지 몇 시간 되지 않아서인지 갑옷에 말라붙은 진흙과 견인 도시 병사들의 피가 묻어 있었다. "새로 온 내 개인 외과-엔지니어로군." 팽이 작은 소리로 말했다.

"안녕하십니까, 각하." 위논 제로는 그렇게 말하면서 스토커 앞에 무릎을 꿇었다. 용기를 내서 고개를 들었을 때는 모두 전시 지도로 주의를 돌린 후였고, 그녀를 보고 있는 것은 미스터 슈라이크뿐이었다.

모든 것이 계획대로 돌아가고 있었다. 내부 침투에 성공한 것이다. 핵심 간부가 되었으니 이제는 알타이 전선에서 이가 득실거리는 야전침대에 누워 세운 계획을 실행에 옮길 일만 남았다. 위논 제로는 스토커 팽을 암살할 것이다.

INFERNAL DEVICES
## 14
# 팔렸다!

세월이 흐른 뒤에 때때로 렌은 노예로 사는 것이 어떤 것인지 자기는 안다고 사람들에게 말했다. 그러나 그녀는 실상을 제대로 알 기회가 없었다. 노예무역은 그때까지도 성행했다. 기나긴 전쟁 중에 양쪽 진영에서 잡힌 포로들은 슈킨 같은 상인들에게 도매금으로 넘겨져서 가혹한 환경의 화물 비행선에 실려 새의 길을 따라 팔려 갔다. 노예들은 거대 산업 단지나 그린 스톰의 참호, 견인 도시의 함정 같은 곳에서 노동을 했다. 쉴 새 없는 노동, 가족과의 생이별, 잔인한 대우 등으로 인해 노예들은 오래 살지 못했다. 그에 비해 렌이 견뎌야 했던 가장 큰 고통은 님로드 페니로얄의 글을 읽어야 하는 것에 지나지 않았다.

슈킨과의 첫 대면 이후, 렌은 후추통의 중간층에 있는 안락한 감방으로 옮겨졌다. 부드러운 침대와 세면대가 있는 방에 하루 세 끼가 나왔고, 그녀에게 어울리는 새 옷도 받았다. 그리고 미스터 슈킨이

## 14. 팔렸다!

보냈다며, 미스 웜스가 『사냥꾼의 현상금』 한 권을 가져다주었다.

날마다 몇 시간씩은 창살문 밖의 반사판이 위쪽의 갑판에 있는 채광창을 통해 들어온 햇빛을 반사시켜서 렌의 감방을 환하게 밝혀줬다. 그녀는 야전침대에 웅크리고 앉아서 으스스한 표지를 댄 페니로얄의 책을 읽었다. 그럴 때면 도그 스타 코트의 집 자기 방 창문 옆에 앉아서 책을 읽던 때로 돌아간 듯한 기분이 들었다. 그러나 『사냥꾼의 현상금』 같은 책은 한 번도 읽어 본 적이 없었다. 귀에 못이 박히도록 들으며 자란 지명들과 사람들, 그리고 이야기들을 이렇게 왜곡하고 비틀어 쓴 책을 읽는 기분은 정말 묘했다!

엄마, 아빠에 대해 읽으면 향수병이 더 심해질까 두려웠었는데 공연한 걱정이었다. 아빠 이야기는 거의 나오지 않았다. 헤스터 쇼는 "금갈색 머리를 한 하늘의 여전사. 산적의 칼에 맞아 그녀의 우윳빛 볼에 남은 검푸른 흉터는 아름다운 얼굴에서 찾을 수 있는 단 하나의 옥의 티였다."라고 묘사되어 있었다. 렌이 알고 있는 엄마의 모습과 너무 달라서 엄마라고 생각되지도 않았다.

그러던 어느 날 밤, 책에서 읽은 내용 때문에 분통을 끓이며 누워 있던 렌은 자기가 큰 실수를 또 하나 범했다는 것을 깨달았다. 지금까지는 자기를 시장에게 데려가야 한다고 슈킨을 설득시킨 것이 아주 영리한 행동이었다고 생각했다. 그러나 그것은 『사냥꾼의 현상금』이 거의 진실에 가깝다는 것을 전제했을 때 얘기였다. 그녀는 페니로얄이 앵커리지의 일에 대해 얼마나 많은 거짓말을 했는지 몰랐었다. 진실이 새어 나가면 페니로얄의 명성과 지위는 하루아침에 박살이 나고 말 터였다. 페니로얄이 렌을 사고 싶어 할지는 모르지만, 그것은 그녀의 이야기를 쓰기 위해서가 아니라 그녀의 입을 막기 위해서일 확률이 높았다. 신속하게, 그리고 영원히 그녀의 입을 막기 위해서.

홀로 감방에 누워 렌은 얼굴을 베개에 파묻고 공포로 앓는 소리를 냈다. 도대체 자기가 무슨 짓을 한 걸까? 이 일을 어떻게 해결해야 하나? 그녀는 벌떡 일어나 문으로 다가갔다. 보초를 불러서 슈킨에게 간 다음 자기가 거짓말을 했다고 말할 생각이었다. 자기는 페니로얄에게 아무 가치가 없는 로스트 걸에 불과하다고. 그러나 그렇게 말하면 다시 원점으로 되돌아가는 꼴이 된다. 아니면 그보다 더 나쁜 상황이 될 수도 있다. 슈킨은 관대한 사람이 아니기 때문이다. 렌은 슈킨 같은 사람이 자기 시간을 낭비하게 만든 노예에게 복수하는 데 사용할 만한 방법들을 상상해 봤다.

"생각을 해, 렌! 생각을!" 그녀는 자기 자신에게 말했다.

그러는 와중에도 그녀의 발밑에서는 브라이튼의 강력한 밋첼-닉슨 엔진이 도시를 싣고 북쪽으로 북쪽으로 향하고 있었다.

❈ ❈ ❈

렌과의 면담 뒤에 슈킨은 피쉬케익을 취조했다. 녀석은 아주 협조

## 14. 팔렸다!

적이었다. 피쉬케익은 지친 데다가 두려움에 사로잡혀서, 새로운 주인이 나타나 자기를 보호해 주고 어떻게 해야 할지 지시해 주기를 간절히 바라고 있었다. 나비스코 슈킨이 하는 친절한 말 몇 마디에 렌이 한 이야기가 모두 사실이라는 것을 확인해 줬다. 슈킨이 좀 더 다독거리자, 피쉬케익은 그 노예 상인에게 그림스비가 어디 있는지 죄 털어놓았다.

슈킨의 부하들은 그 정보를 시장과 참의원에 알렸고 브라이튼은 항로를 변경했다. 얼마 가지 않아 관측대에 설치된 올드-테크 기기가 바다 밑에 가라앉은 도시의 첨탑을 식별해 냈다. 브라이튼은 그 주변을 돌면서 가증스러운 선전 방송을 해 댔고, 그 결과 거머리선을 몇 개 더 건져 낼 수 있었다. 더 이상 아무것도 나타나지 않자 페니로얄은 작전을 성공적으로 완수했다고 선언했다.

원래는 사람들을 거머리선에 태워 내려보내 해적들의 소굴을 탐험할 계획이었지만 북쪽 바다를 항해하는 데 예상보다 시간을 많이 소모했고, 관광철도 끝나 가는 터에 폭풍우가 불어닥칠 것이라는 예보까지 있었다. 거기에다 하루살이만큼이나 짧은 집중력을 가진 브라이튼의 시민들이 서서히 이 상황에 싫증을 내고 있었다. 시에서 떨어뜨린 수중폭탄 덕에 물기둥이 솟는 장관이 연출되었고, 수면에 떠오른 그림스비의 잔해들은 가게 주인들이 그물로 건져다가 기념품으로 판매했다. 페니로얄은 북대서양 지역이 이제 평화를 사랑하는 뗏목 도시들이 안전하게 항해할 수 있는 곳이 되었다고 선

포했다. 브라이튼은 따뜻한 중앙해를 향해 기수를 남쪽으로 돌렸다. 그곳에서 견인 도시 밀집촌들과 만나 함께 보름달 축제를 기념하기로 미리 약속이 되어 있었다.

❋ ❋ ❋

이튿날 오후, 렌의 감방 문이 열리고 검은 옷을 입은 경호원들이 여럿 들어오더니 그 뒤로 나비스코 슈킨이 모습을 드러냈다.
"자, 렌." 그는 야전침대에 놓여 있는 『사냥꾼의 현상금』을 힐끗 쳐다보면서 말했다. "우리 시장님의 모험 이야기는 재미있었나? 이야기하다 실수하신 데는 없었고?"
렌은 어디서부터 시작해야 할지 몰랐다. "모두 다 거짓말이에요!" 그녀는 분노에 차서 외쳤다. "앵커리지 사람들은 페니로얄에게 하이 아이스 길안내를 강제한 적이 없어요. 오히려 명예 수석 내비게이터 자리까지 줬단 말이에요. 그게 얼마나 높은 자리인 줄 아세요? 페니로얄이 일을 엉망진창으로 망쳐 놓은 것은 짐작하시겠죠. 사냥단하고 싸운 것도 페니로얄이 아니라 우리 엄마예요. 그리고 책에서처럼 마스가드 손에 죽기는커녕 지금까지 건강하게 살아 있고요. 우리 엄마가 앵커리지로 가는 경로에 관한 정보를 아크 인절에게 팔았다는 것도 새빨간 거짓말이에요. 우리 엄마가 죽으면서 페니로얄에게 '내 비행선을 타고 가세요. 당신이라도 살아야지

## 14. 팔렸다!

요.'라고 했다니, 하! 페니로얄은 비행선을 훔쳐 달아나면서 아빠를 총으로 쏘았어요. 물론 우리 아빠 이야기는 나오지도 않지만…. 그리고 81쪽에서 미스 프레야가….”

렌은 갑자기 입을 다물었다. 곤경에 빠져 있는 자신의 상황이 생각났기 때문이었다. 슈킨은 계산적인 표정으로 그녀를 빤히 쳐다보고 있었다. 어쩌면 책을 준 것은 그녀를 시험하기 위한 것이었는지도 모른다. 페니로얄이 한 거짓말을 모두 읽은 다음에도 앵커리지에 관해 계속 같은 소리를 하는지 보려고 책을 줬을 수도 있다는 생각이 들었다.

“재미있군.” 그렇게 말하면서 슈킨이 손가락으로 딱 소리를 냈다. 그러자 경호원 한 명이 앞으로 불쑥 나와서 예쁜 은색 수갑을 렌의 손목에 채웠다. “시장 각하의 모험 이야기가 좀 과장된 것 같다는 의심은 항상 하고 있었지. 자, 이제 시장을 만나러 갈 시간이다.”

❋ ❋ ❋

후추통의 계단을 내려가 도착한 차고에는 잘빠진 검은 자동차가 대기 중이었다. “피쉬케익은요?” 슈킨의 부하에게 밀려 차에 타면서 렌이 물었다. “그 애는 어떻게 됐나요? 불쌍한 피쉬케익!”

“그 애는 후추통에 남겨 두고 간다.” 렌의 옆자리에 탄 슈킨이 회중시계로 시간을 확인하면서 말했다. “클라우드 나인으로.” 후추통을 나온 차는 브라이튼의 중간 갑판을 채우고 있는 싸구려 호텔들과 골동품 가게들이 늘어선 곳을 지나갔다.

이런 상황이 아니었다면 렌은 각종 올드-테크와 고물로 가득 찬 가게들을 보느라 정신이 없었을 것이다. 이상한 옷을 입은 사람들, 보기에도 한심한 공연 포스터들이 덕지덕지 붙어 있는 갑판 기둥도 모두 신기한 구경거리였을 것이다. 그러나 렌은 자기 목숨을 부지할 방법을 연구하느라 바빠서 그런 것들을 음미할 여유가 없었다. 그녀는 모든 것이 타이밍에 달렸다고 결론지었다. 머리를 잘 쓰고 침착하게 행동하면, 자기가 누구인지 페니로얄이 알아차리지 못하게 하면서 슈킨의 손아귀에서 벗어날 수 있을지도 모를 일이었다.

차는 상층 갑판으로 가는 긴 오르막길에 접어들었다. 경적을 울려 앞을 막고 있는 관광객들을 비켜서게 하면서 차는 오션 대로를 질주했다. 브라이튼의 상층 갑판 외곽을 타원형 모양으로 에워싸고 뻗어 있는 오션 대로에는 호텔, 레스토랑, 야자나무, 미니 골프장, 유원지, 꽃시계, 빙고 오락장 들이 줄지어 서 있었다. 바닷물을 정화해서 만든 해수 수영장이 있는 인공 해변의 얕은 쪽에 놓여 있는 다리를 지나 자동차는 이윽고 올드 스타인 광장에 도착했다.

둥그런 올드 스타인 광장에는 클라우드 나인을 브라이튼에 잡아맨 두꺼운 무쇠 밧줄이 묶여 있었다. 클라우드 나인의 갑판은 상공 50~60미터쯤 되는 곳에 떠 있었다. 갑판 밑에는 유리 벽으로 된 제어실이 튀어나와 있는 것이 마치 거꾸로 매달린 정교한 온실 같

## 14. 팔렸다!

았다. 제어실 안에서는 사람들이 놋쇠로 만든 레버들을 조작해서 클라우드 나인의 균형과 고도를 유지하느라 분주히 움직이고 있었다. 작은 엔진들이 갑판 가장자리를 죽 둘러서 설치되어 있었다. 그것들은 날씨가 나쁠 때 클라우드 나인의 고도를 유지하는 데 사용되는 엔진들일 것이라고 렌은 추측했다. 바람이 잔잔한 그날 오후에는 엔진 몇 개만 작동시켜서 브라이튼이 내뿜는 매연이 시장 사택으로 들어가지 못하도록 날려 보내는 데 사용되고 있었다.

올드 스타인 광장 한복판에는 녹이 슨 거대한 기둥이 있었고, 거기에 클라우드 나인과 연결된 무쇠 밧줄이 묶여 있었다. 그리고 그 앞에는 파빌리온\*으로 가는 방문객들을 싣고 올라갈 노란 케이블카가 기다리고 있었다. 슈킨의 차가 그 옆에 끼익하고 멈춰 서자, 빨간색 상의를 입은 군인들이 재빨리 다가와서는 슈킨과 부하들의 서류를 살피고 올드-테크 금속 탐지기로 몸수색을 했다.

"아무나 올라가서 파빌리온 정원을 산책할 수 있었던 때가 있었지." 슈킨이 말했다. "전쟁이 시작된 뒤로는 모든 것이 변했어. 물

---

\* Pavillion. 18세기 후반 조지 3세의 황태자가 요양차 브라이튼에 와서 지은 건물의 이름이기도 하다. 후에 조지 4세가 된 황태자는 휴양과 오락의 도시로 이름을 날리기 시작한 브라이튼에 와서 바닷가에 있는 '스타인'이라는 잔디 산책로 근처에 파빌리온을 짓기 시작했다. 당시의 영국 건축물과는 완전히 다른 돔 지붕과 하얀 첨탑이 인상적인 파빌리온은 오랜 기간에 걸쳐 증축되면서 사치스럽고 화려한 건물로 탈바꿈했다. 외부는 인도풍, 내부는 화려한 인도풍과 중국풍으로 꾸며졌다. 이 책에 나오는 여러 가지 지명과 건물명은 19~20세기 브라이튼의 지명을 반영한 것들이 많다. 들어간 돈과 공력에 비해 주변 환경과 잘 어울리지 않고 허황된 느낌을 주는 조지 4세의 피빌리온은 사치스럽고 허풍스러운 페니로얄의 시장 궁이 어떨지 상상할 수 있게 해 준다.

론 이쪽 지역에서는 전투가 벌어지지 않지. 아프리카의 반 견인 도시 연맹은 그린 스톰이 벌이는 전쟁에 동조하지 않으니까. 그런데도 페니로얄은 테러리스트나 첩자가 자기를 암살할까 봐 벌벌 떨지."

견인 도시들과 그린 스톰 사이에 벌어지고 있는 전쟁에 대해 렌은 그때 처음 들었다. 그제야 도시 주변에 설치된 커다랗고 무시무시한 사격대와 어딜 가나 볼 수 있는 삼엄한 경비 상태가 이해가 되었다.

"클라우드 나인을 방문하는 목적이 무엇입니까, 미스터 슈킨?" 대장이 물었다.

"시장님께 보여 드릴 재미있는 물건이 있소."

"요즘 각하가 노예를 사시는지는 잘 모르겠습니다."

"하하, 이번 노예는 시장님도 놓치고 싶어 하지 않을 것이오. 귀찮게 하지 말고 얼른 보내 주지. 내일부터 네 남은 인생을 제3갑판에서 해수 수영장 필터 청소하는 데 쓰고 싶지 않으면…."

귀찮게 하는 사람들은 더 이상 없었다. 슈킨과 그 일행이 신속하게 안으로 들어가자 케이블카가 흔들리며 작동하기 시작했다. 커다란 창문 밑으로 브라이튼이 멀어지는 것을 보면서 "와, 저것 좀 보세요." 하고 렌이 중얼거렸다. 그러나 케이블카가 처음이 아닌 슈킨과 그의 부하들은 시큰둥한 표정이었다.

갑자기 엄청난 힘을 받은 엔진의 소리가 케이블카를 채우고 커다란 그림자가 빠른 속도로 창문을 스치고 지나갔다. 클라우드 나인

## 14. 팔렸다!

에서 나온 밧줄들 사이로 뾰족하고 사납게 생긴 물건 한 떼가 오후의 하늘을 가르고 지나가는 것이 보였다. 렌은 클라우드 나인이 폭발해서, 거기서 나온 잔해가 떨어지는 것이라 생각하고 비명을 질렀다. 그러나 그 물체들은 질서 정연하게 줄을 맞춰 브라이튼의 지붕들 위를 날아다녔고, 그 그림자들이 분주한 거리를 빠르게 지나갔다.

"하지만 기낭이 없잖아요!" 렌이 외쳤다. "가스백도 없고! 어떻게 떨어지지 않고 떠 있는 거죠? 공기보다 무거운 물체가 비행을 한다는 건 불가능한데!"

슈킨의 부하 몇 명이 웃음을 터뜨렸다. 슈킨은 순진한 렌의 반응이 그녀가 한 이야기의 진실성을 담보하는 증거라도 되는 양 희미하게 미소를 머금었다. "불가능하지는 않지." 그가 말했다. "공기보다 더 무거운 물체로 하늘을 날 수 있는 비밀을 알아낸 건 몇 년 전일이야. 그린 스톰의 비행 함대를 막아 내기 위해 견인 도시들이 개발한 거지. 14년 동안 전쟁을 계속하는 것 이상으로 기술 발전을 촉진하는 일은 드물지." 비행 기계들이 엔진 소리로 하늘을 가득 채우며 다시 가까이 날아오자 그는 소리를 높였다. "저것들은 하늘을 나는 족제비 편대야. 우리 경애하는 시장 각하께서 시장 궁을 보호하기 위해 고용한 용병 공군이지."

렌은 비행 기계가 빠른 속도로 지나가는 것을 보기 위해 창문 쪽으로 몸을 돌렸다. 발사 나무, 기름종이, 끈으로 만들어진 연약해 보이는 물건들이었다. 조종실은 간이의자와 제어 스틱 몇 개가 전부였다. 어떤 기계는 박쥐의 날개 같은 것이 두 개 달려 있고, 네 개 혹은 열 개가 달린 것도 있었다. 어떤 기계는 부서진 우산처럼 검고 삐걱거리는 장치 밑에 달려서 펄럭거리기도 했다. 거대한 엔진 덮개에는 매, 상어, 벌거벗은 여자 등의 그림들이 그려져 있고, 그 옆에는 '중력! 약 오르지롱!' '머리가 맘에 안 들어.' '스트레스 받았으니 알아서 해!' '나중에 주지 말고, 지금!' 등등의 대담하고 저속한 이름들이 적혀 있었다. '콤뱃 웜뱃'이라는 이름의 비행 기계에서 고글을 쓴 비행사가 손을 흔들었다. 렌도 답례로 손을 흔들었지만, 비행 편대는 이미 멀어져 바다 위의 점으로 보였다.

케이블카가 클라우드 나인의 뱃속으로 들어가 파빌리온 정원에 있는 역에 도착했을 때 렌은 온몸을 떨고 있었다. 그녀는 아빠와 미스 프레야가 바인랜드의 앵커리지 바깥 세상에 대해 알아야 할 건 모두 다 알고 있다고 믿었다. 그러나 앵커리지가 얼음 평야를 건너 세상과 작별을 고한 이래 16년 동안 세상은 엄청나게 변한 것이 틀림없었다. 우선 두 사람 모두 렌의 나이만큼이나 오래된 저 끔찍한 전쟁에 대해 아는 것이 없었고, 그녀가 지금 막 목격한 저 괴상한 비행 기계는 상상도 못할 것이 분명했다. 렌은 자기가 고향에서 얼마나 멀리 왔는지 더욱 실감이 났다.

슈킨의 부하들을 따라 케이블카 역에서 나와 조약돌이 깔린 길을 걸어가자 고향에 대한 그리움은 서서히 잊혔다. 야자수와 사이프러

## 14. 팔렸다!

스 나무, 장식용 건물, 그리고 분수들 사이로 솟아 있는 페니로얄의 시장 궁이 보였기 때문이다. 시장 궁은 분홍 솜사탕 색깔의 회교식 탑과 부드러운 곡선의 돔 지붕들이 어우러져 있었다. 머리 위로 휘황찬란한 색깔의 앵무새들이 떼 지어 날아다녔고, 저 위로 클라우드 나인의 투명한 가스백이 커다란 비눗방울처럼 햇빛에 반짝였다.

"용건을 말씀하십시오." 노예 한 명이 슈킨의 앞을 가로막으며 말했다. "나비스코 슈킨." 이름을 대는 것만으로도 충분했다. 노예는 허리를 굽혀 절을 하며 무슨 말인가를 더듬거리더니 방문객들을 우아한 하얀 계단으로 안내했다. 계단을 올라가니 넓은 데크가 나왔고, 그 중심부에는 수영장이 있었다. 수영장 한가운데 떠 있는 에어 매트리스 위에 금색 수영복을 입고, 한 손에는 칵테일 잔을, 다른 한 손에는 책을 들고, 둥그런 얼굴을 해가 비치는 쪽으로 향한 채 누워 있는 사람이 보였다. 님로드 페니로얄이었다.

페니로얄의 나이를 예순다섯 정도로 계산했던 렌은 상당히 허약한 노인을 상상했다. 그러나 페니로얄은 건재했다. 몸무게가 좀 빠지고 머리는 대부분 빠졌지만, 앵커리지의 명예 수석 내비게이터를 지내면서 모든 사람에게 불행을 가져온 그 짧은 기간 중에 찍었던 사진과 많이 달라 보이지 않았다. 그가 누워 있는 에어 매트리스 주변에는 아름다운 노예 소녀들이 음료수, 책갈피, 케이크와 과자가 담긴 쟁반 등 '바쁜' 시장이 필요로 할 만한 물건들을 들고 물속에 서 있었다. 저녁 그림자처럼 늘씬하고 검은 소년 하나가 수영장 한

쪽에 서서 타조 깃털로 만든 부채를 부치고 있었다. 렌과 나이가 엇비슷해 보였다.
"저에게서 사 가신 그런 스톰의 노예가 적응을 상당히 잘했군요."
슈킨이 말했다.
"뭐? 아!" 눈을 뜬 페니로얄이 일어나 앉았다. "아, 어서 오시오." 그는 에어 매트리스에서 몸을 돌려 노예 소년을 바라보며 말했다. "그래요, 페니로얄 여사가 무척 좋아하는 노예이지요. 부채 드는 노예로 안성맞춤이거든. 부채질을 아주 잘해요. 게다가 식탁이 있는 방 벽지하고 잘 어울려서 금상첨화지." 그렇게 말하는 페니로얄은 어쩐지 슈킨이 온 것을 달가워하지 않는 눈치였다. "그건 그렇고, 나비스코, 어쩐 일로 누추한 여기까지 다 찾아오시고. 흠…."
슈킨은 보일 듯 말 듯 고개를 까딱하면서 말했다. "이 아이는 지난주에 건진 거머리선에 타고 있었습니다. 파빌리온에 두고 쓰실 노예로 사고 싶어 하실 것 같아 데려왔지요." 그가 렌 쪽으로 손짓을 하자, 페니로얄이 잘 볼 수 있도록 부하들이 렌을 수영장 가까이로 밀었다.
페니로얄은 그녀를 빤히 쳐다보며 말했다. "로스트 걸이라고? 그런 애치고는 깨끗하구먼. 하지만 거머리선에서 나온 애들은 브라이튼에 두지 않기로 합의하지 않았소? 모두 누에보 마야에 팔아넘길 계획이었던 것으로 아는데?"
"유감스럽게도 시장님의 곤란한 과거지사를 알고 있는 노예가 하

## 14. 팔렸다!

나 있어서 말이지요." 슈킨이 말했다.

"무슨 말이요?"

"이 아이는," 슈킨이 단호한 어조로 말했다. "최근에 죽은 대륙에서 온 아이입니다. 오랫동안 멸망했다고 알려졌지만 실제로는 죽은 대륙에서 번영하고 있는 도시 출신이지요. 각하의 추억이 묻힌 도시이기도 합니다."

슈킨은 뒤쪽으로 손을 뻗어 부하한테서 건네받은 물건을 페니로얄의 에어 매트리스 쪽으로 던졌다. 틴 북이었다. 페니로얄은 그것을 집어 들고 어리둥절한 표정으로 이리저리 뒤집어 보다가 뒤표지에 붙어 있는 종이 라벨을 봤다.

"맙소사!" 그가 놀라서 소리쳤다. 그 바람에 음료수가 쏟아졌다. "앵커리지라니!"

"이 아이는 다름 아닌 각하의 여행 파트너인 헤스터 쇼의 딸이지요."

"뭐라고!" 페니로얄이 그렇게 소리치며 몸을 너무 세게 움찔하는 통에 에어 매트리스가 뒤집혀 버렸다.

"이 아이가 하는 이야기와 각하의 베스트셀러인 『사냥꾼의 현상금』의 내용에 몇 가지 차이점이 있는 것을 알고 염려가 되더군요." 까만 쇠 지팡이에 몸을 기대고 수영장 가장자리에 서서 페니로얄이 첨벙거리는 것을 지켜보는 슈킨의 얼굴에서 염려라고는 한 점도 찾아볼 수 없었다. "그래서 이 아이가 하는 이야기가 널리 알려지기 전에 각하에게 이 아이를 살 기회를 드리는 것이 제일 좋겠다고 생각했습니다. 독자들이 얼마나 혼란스럽겠습니까? 물론 가치에 맞춰 가격을 상향 조정하긴 했습니다. 금 1000냥 정도로."

"그렇게는 안 되지!" 수영장의 얕은 쪽에 서서, 금색 수영복을 입고 물에 빠졌다 나온 나이 든 신사가 할 수 있는 최대한의 위엄을 보이려고 애쓰며 페니로얄이 외쳤다. "강도 같으니라고! 그런 위협에 넘어갈 줄…. 사실이 아니지? 사실일 수가 없어! 헤스터 쇼는 딸이 없었어. 그리고 뭐가 됐든 앵커리지는 얼음 밑으로 가라앉았어. 타고 있던 사람들도 모두…."

"직접 물어보시지요." 슈킨이 명랑한 목소리로 말하면서 지팡이 끝으로 렌을 가리켰다. "여기 미스 내츠워디에게 직접."

페니로얄은 렌을 멍하니 바라봤다. 그 얼굴이 너무도 공포에 질려 있어서 렌은 순간적으로 그가 불쌍하다는 생각까지 들었다. "그래, 네가 직접 말해 봐. 정말 앵커리지에서 왔다고 주장하는 건가?"

렌은 숨을 깊게 들이쉬고 주먹을 불끈 쥐었다. 이 전설적인 배신자이자 악당을 막상 만나고 보니 자기 계획이 들어맞을지 더욱 자신이 없었다.

"아니에요." 그녀가 말했다.

슈킨이 몸을 돌려 그녀를 노려봤다.

"물론 사실이 아니지요." 렌은 살짝 웃어 보이기까지 하면서 말했다. "앵커리지가 얼음 평야 밑 바닷속으로 침몰한 건 오래전 일이지

## 14. 팔렸다!

요. 각하의 명작을 읽어 본 사람이면 모두 아는 사실 아닌가요? 전 그림스비에서 온 불쌍한 로스트 걸에 불과합니다."

렌은 후추통에서 오는 길에 자신의 계획을 이리저리 뒤집으며 곰곰이 생각해 봤다. 자기가 지금 하는 말이 거짓이라고 들통 날 확률은 없어 보였다. 물론 다른 로스트 보이들에게 물어보면 그녀가 로스트 걸이 아니라고 말할 것이고 피쉬케익은 그녀가 누군지 다 알고 있지만, 페니로얄이 자기 말고 그 애들 말을 믿을 이유가 없었다. 정 안 되면 슈킨이 뇌물을 주고 그렇게 이야기하라 했다고 할 수도 있었다.

"앵커리지에는 한 번도 가 본 적이 없어요." 그녀는 단호하게 말했다.

슈킨의 콧구멍이 벌름거렸다. "좋아. 그러면 그 책, 틴 북! 앵커리지 시장인지 왕인지의 문장이 찍힌 그 책은 어떻게 설명할 거지?"

렌은 그 대답도 이미 다 생각해 둔 터였다. "그림스비에서 가져왔어요. 각하한테 드리는 선물이지요. 로스트 보이들이 옛날에 훔쳐 둔 물건이에요. 온갖 도시에 가서 닥치는 대로 훔쳐 온 물건 중 하나죠. 앵커리지는 바다 밑에 가라앉아 물고기 밥이 된 지 오래된 도시입니다. 아무도 거기 살지 않아요."

"하지만 이 애는 자기 입으로 헤스터 쇼가 자기 엄마라고 말했어! 왜 그런 거짓말을 하겠어?" 슈킨이 소리쳤다.

"모두 다 시장님의 멋진 책 때문이지요." 렌은 최대한 존경하는 표정으로 페니로얄을 바라보며 말했다. "저는 시장님의 책은 모두 읽었습니다. 거머리선을 타고 새 도시에 갈 때마다 제일 먼저 서점을 털곤 했지요. 님로드 페니로얄의 신간이 나와 있는지 보려고요. 각하를 뵙고 싶어서 슈킨 씨에게 거짓말을 했습니다."

페니로얄은 희망을 좀 되찾은 듯 보였다. 그녀의 말을 너무도 믿고 싶었다. "하지만 네 이름…." 그가 말했다. "내츠워디라고?"

"아, 그건 제 진짜 이름이 아니에요." 렌은 밝은 어조로 말했다. "엉클의 기록에서 헤스터 쇼에 관한 걸 봤어요. 내츠워디라는 사람과 함께 여행을 했다고요."

"정말?" 페니로얄은 안도감이 도는 표정을 애서 감추며 말했다. "들어 본 적도 없는 이름이긴 한데."

렌은 미소를 지었다. 거짓말이 이렇게 쉬운 줄, 자기가 거짓말을 하는 데 이렇게 뛰어난 재능이 있는 줄 몰랐다. 그녀가 하는 이야기는 앞뒤가 맞지 않았지만, 사람들은 자기가 듣고 싶은 이야기를 해 주면 따지지 않고 믿는 경향이 있다. WOPCART 일로 렌이 배운 게 있다면 바로 그것이었다.

"계속 거짓말을 하려고 했어요, 교수님. 그렇게 하면 저를 시장 관저의 노예로 사 주실지도 모른다고 생각했거든요. 제일 천한 노예라도요. 그러면 적어도 『사냥꾼의 현상금』을 쓴 작가 가까이에 있을 수 있으니까요. 더욱이 그 많은 훌륭한 책을 쓰신…." 렌은 그렇게 말하면서 눈을 얌전하게 내리깔았다. "하지만 시장님을 뵙는

## 14. 팔렸다!

순간 제 거짓말을 바로 꿰뚫어보실 거라는 사실을 깨달았어요. 그래서 진실을 말씀드려야겠다고 결심했지요."

"칭찬할 만하군." 페니로얄이 말했다. "그렇게 하는 것이 옳고. 처음부터 네가 거짓말을 한다는 것을 알아차렸지. 그래도 어쩐지 네가 불쌍한 헤스터를 조금 닮은 것 같다는 생각이 들긴 했어. 그래서 처음 봤을 때 그렇게 깜짝 놀랐던 거야. 헤스터는 나한테 무척 소중한 사람이었단다. 그 사람을 구해 내지 못한 것이 내 인생에서 가장 후회스러운 일이지."

'우우! 저 새빨간 거짓말!' 렌은 속으로 그렇게 생각했지만, 아무렇지도 않은 척 말했다. "이제는 가 봐야 하겠지요? 이젠 값어치가 많이 떨어졌으니 미스터 슈킨은 헐값에라도 저를 팔아 치우고 싶을 거예요. 하지만 기쁜 마음으로 갈 수 있어요. 적어도 우리 시대에서 제일 유명한 작가랑 이야기라도 해 봤으니까요."

"그렇게 놔둘 수는 없지!" 페니로얄은 수영장에서 나와 물을 뚝뚝 떨어뜨리며 서 있었다. 수건과 옷, 이동식 탈의실을 가지고 달려오는 노예 소녀들을 손짓으로 물리치며 그가 말했다. "슈킨, 영리하고 착한 데다가 문학적 비판력까지 뛰어난 이 애를 보통 노예들처럼 팔다니. 말도 안 돼!"

"재고가 많아서 말입니다, 각하!" 슈킨은 격분해 있었다. 화를 참느라 얼굴이 새하얘질 정도였다.

"그러면 내가 사지." 페니로얄이 말했다. 그는 감정에 치우쳐 일을 처리하는 사람이 아니었다. 그러나 이 총명한 소녀가 자기 책을 사랑한다는 이유로 처벌을 받게 놔둘 수는 없는 일이었다. 게다가 노예 구입 비용은 나중에 세금 감면을 신청할 수도 있었다. "집사람에게 하녀가 몇 명 더 필요할지도 모르거든. 특히나 지금은 보름달 축제 무도회 준비로 바쁘니까. 자, 20돌핀을 줄 테니 저 애를 팔게나. 괜찮은 가격이야."

"20?" 슈킨이 비아냥거리듯 말했다. 마치 너무 낮은 가격이라 흥정을 시작하고 싶지도 않다는 투였다.

"됐어!" 페니로얄이 재빨리 말했다. "비서들이 지불할 걸세. 그리고 다음부터는 말이야, 남의 말을 너무 쉽게 믿지 말게나. 솔직히 말해서 이 아이가 아메리카에서 왔다고 하면 누가 믿겠나? 말도 안 되지!"

슈킨이 고개를 살짝 숙였다. "말도 안 되지요." 그가 손을 내밀었다. "틴 북은 다시 돌려주시지요."

틴 북을 넘기면서 보고 있던 페니로얄은 책을 탁 덮고 가슴에 껴안았다. "그렇게는 안 되지, 슈킨. 저 아이가 나한테 선물로 주려고 가져왔다고 하지 않았나?"

"제 재산입니다!"

"아니지. 우리 계약에 따르면 건져 낸 로스트 보이들만 자네 것이네. 이건 아무리 둘러댄다 해도 로스트 보이라고 할 수는 없잖나? 고대에 사용하던 암호인 것 같은데, 소중한 자료일 수도 있어. 브라

## 14. 팔렸다!

이튿 시장으로서 이런 자료를 잘 보존하고, 그 뭣이냐, 음, 연구를 할 의무가 있는 것이야."

슈킨은 한참 동안 시장을 노려보다가 렌을 흘겨봤다. 그러고는 억지 미소를 지었다. "우리들은 또 만나게 될 겁니다." 그는 유쾌한 어조로 말하고 몸을 돌렸다. 그런 다음 부하들에게 따라오라는 신호를 보내며 빠른 걸음으로 그 자리를 떠났다.

페니로얄의 노예 소녀들이 그의 주변으로 모여들더니 휴대용 천막으로 탈의실을 만들었다. 아주 짧은 시간, 렌은 거기 혼자 서 있었다. 그녀는 영리하게 일을 잘 처리한 자신이 대견해서 미소를 지었다. 여전히 노예이긴 하지만, 지금부터는 시장 관저에 사는 고급 노예가 된 것이다! 좋은 음식을 먹고 좋은 옷을 입으며 아마도 케이크 쟁반보다 무거운 건 들지 않아도 될 것이 확실했다. 그뿐 아니라 온갖 부류의 흥미로운 인물들을 만날 수 있을 것이다. 누가 알겠는가, 자기를 바인랜드까지 실어다 줄 잘생긴 비행사를 만날 수 있을지!

유일하게 아쉬운 점이라면 피쉬케익을 데려오지 못한 것이었다. 렌은 그 아이에 대해 왠지 모를 책임감이 느껴졌다. 슈킨이 피쉬케익한테 화풀이를 하지 않기를 진심으로 바랐다. 하지만 결국에는 모든 것이 괜찮아질 것이 틀림없었다. 렌은 어떻게든 탈출을 할 것이고, 그렇게 되면 피쉬케익을 도울 방법도 찾을 수 있을 것이기 때문이다.

❈ ❈ ❈

나비스코 슈킨은 감정을 잘 드러내지 않는 사람이었다. 케이블카가 브라이튼의 갑판에 도착했을 즈음에는 이미 화를 다스린 후였다. 후추통으로 돌아온 그는 자기를 맞는 미스 웜스에게 보통 때와 다름없이 차갑게 고개만 까닥이고 말했다. "그 로스트 보이를 데려와."

얼마 지나지 않아 그는 자기 사무실에 차분히 앉아서 피쉬케익이 초콜릿 아이스크림을 두 그릇째 비워 가며 오토리쿠스를 타고 바인랜드에 간 이야기를 하는 것을 들었다. 이 아이가 하는 말은 거짓이 아니었다. 슈킨은 확신했다. 그러나 시장의 신뢰도를 떨어뜨리는 데 피쉬케익을 이용할 수는 없었다. 아직 어리고 겁 많은 아이라 재판이라도 하게 된다면 페니로얄 측 변호사들의 심문을 버텨 내지 못할 것이기 때문이다. 슈킨은 눈을 감고 바인랜드를 상상해 봤다. "틀림없이 거기까지 다시 찾아갈 자신이 있나?"

"물론이죠, 미스터 슈킨." 피쉬케익이 아이스크림을 입에 가득 물고 말했다.

슈킨은 서로 맞대고 있는 뾰족한 손가락 끝 너머로 피쉬케익에게 미소를 지어 보였다. "좋아, 아주 좋아." 그가 말했다. "잘 들어. 가끔 쓸모가 많거나 너무 영리해서 팔아 치우기 아까운 노예들을 만날 때가 있지. 미스 웜스가 한 예야. 너도 그런 노예이길 바란다."

## 14. 팔렸다!

피쉬케익은 긴장된 표정으로 미소를 지어 보였다. "그러니까 저를 누에보 마야에 팔지 않겠다는 거죠?"

"물론, 절대 안 팔지." 슈킨이 고개를 끄덕이면서 피쉬케익을 안심시켰다. "내 밑에서 일을 해, 피쉬케익. 널 견습생으로 훈련시키겠다. 내년 여름에 날씨가 좋아지면 원정을 떠날 텐데, 네가 우리를 바인랜드의 앵커리지로 안내해 줘야겠다. 바인랜드인인지 앵커리지인인지 하는 그놈들, 아마 노예 시장에서 좋은 값을 받을 수 있을 거야."

피쉬케익은 눈을 크게 뜨고 듣다가 씩 웃으며 말했다. "네, 미스터 슈킨. 감사합니다, 미스터 슈킨!"

슈킨은 의자에 기대앉았다. 이제 마음이 상당히 안정되었다. 앵커리지가 침몰하지 않고 살아남았다는 것을 온 세상에 보여 주는 것으로 페니로얄에게 복수를 할 셈이었다. 그 못된 렌이라는 녀석은 자기 가족과 친구들이 슈킨 코퍼레이션의 노예가 되는 것을 목격하게 만들어 주면 되는 것이었다.

INFERNAL DEVICES
15
# 깊은 바다의 아이들

로스트 보이들이 무선 게 카메라를 사용하기 훨씬 전에 만들어진 거머리선 스크류 웜은 라디오 수신기와 무전기조차도 작동하지 않은 지 오래됐다. 그래서 브라이튼에서 하는 방송을 전혀 듣지 못한 헤스터, 톰, 프레야는 카울이 부모를 만나고 싶은 욕구와 친구들에 대한 의리 사이에서 갈등하는 것을 보지 않아도 됐다. WOPCART의 초대의 말을 전혀 듣지 못한 채 스크류 웜은 그린란드 해구의 깊고 차가운 바다 밑을 지나 북쪽으로 향했다. 렌이 페니로얄과 첫 대면을 한 늦여름의 오후, 스크류 웜의 승객들은 드디어 그림스비가 보이는 곳에 도착했다.

톰은 그 해저 도시를 한 번 방문한 적이 있지만 헤스터와 프레야는 톰의 설명을 들은 것이 전부였다. 카울이 거머리선을 더 가까이 대는 동안 나머지 셋은 서로 더 잘 보려고 창문 앞을 기웃거렸다.

그림스비는 한때 거대한 뗏목 산업 도시였다. 이제는 폐허가 된 채 해저 산맥 어귀에 가라앉아 있었다. 해초와 따개비들이 녹슨 철골과 어울려 건물이며 외륜바퀴 등을 잘 감추고 있어서 어디까지가 해저 산맥이고 어디서부터 그림스비가 시작되는지 잘 보이지 않았다.

"불빛이 전혀 안 보이잖아?" 톰이 물었다. 로스트 보이들의 소굴에서 톰에게 가장 깊은 인상을 남긴 것은 가라앉은 그림스비의 타운홀 창문에 비치는 램프 불빛의 괴이한 반짝임이었다. 그러나 지금은 도시 전체가 암흑에 묻혀 있었다.

"뭔가 이상해." 카울이 말했다.

무언가 스크류 웜의 몸체에 와서 부딪혔다. 전조등 불빛에 쪼개진 나뭇조각들과 찢어진 플라스틱들이 물에 떠다니고 있는 것이 보였다. 스크류 웜은 뭔가 크게 부서진 잔해가 있는 지역을 지나고 있었다.

"도시 전체가 죽은 것 같…." 헤스터는 그렇게 말하다가 입을 다물었다. 도시 전체가 죽었다면 렌도 죽었다는 뜻이기 때문이었다.

"절도 훈련소를 봐요!" 카울이 충격받은 목소리로 말했다. 배의 오른쪽으로 커다란 건물이 지나갔다. 어린 시절 카울이 많은 시간을 보냈던 그곳은 이제 불이 꺼진 채 바다를 향해 입을 벌리고 있었다. 벽에 뚫린 커다란 구멍으로 쓰레기가 둥둥 떠다녔다. 스크류 웜이 일으키는 물결에 어린 소년의 시체가 천천히 재주를 넘었다. 더 많은 소년들의 시체가 절도 훈련소와 타운홀을 이어 줬던 글라스틱 터널 안으로 보였다. 이제는 물이 찬 그 터널 안에서 시체들이 천천히 부유하고 있었다. "발전소도 멈췄어." 돔 지붕이 깨진 계란처럼 산산조각 난 건물을 지나면서 카울이 말했다. 갈라지고 쥐어짜는 듯한 목소리였다. "타운홀은 괜찮아 보여. 하지만 아무도 없는 것 같아. 안으로 들어갈 수 있는지 볼게요."

카울이 이곳에서 도망한 것은 16년 전 일이었다. 그러나 그 16년 동안 거머리선 정박장으로 들어가는 꿈을 수천 번은 꿨을 것이다. 그는 타운홀 바닥에 난 수문으로 스크류 웜을 몰고 갔다. 문이 열려 있었다. 은색 물고기들이 바쁘게 들락날락하고 있었다.

"여전히 아무도 안 보여." 카울이 중얼거렸다. "문이 닫혀 있어야 하는데. 문을 지키는 보초들도 안 보이고."

"무전으로 우리랑 교신하려고 했는데 우리가 못 들었을 수도 있잖아." 톰이 조심스럽게 낙관론을 펴 봤다.

"어떻게 하죠?" 프레야가 물었다.

"물론 들어가야죠." 헤스터가 말했다. 그녀는 벨트에 찬 총과 부츠에 숨긴 칼을 다시 한 번 확인했다. 저 안에 살아남은 로스트 보이가 하나라도 있다면 밸런타인의 딸이 얼마나 무서운지 보여 줄 셈이었다.

스크류 웜이 터널 안으로 들어갔다. 전방에서 자동문이 열렸고 등 뒤에서 닫혔다. "비상 전력은 아직도 들어오는 모양이에요." 하고 카울이 말했다. "뭔가…."

"함정일 수도 있어요." 헤스터가 말했다. "안에서 우리를 기다리고 있을 수도 있으니까."

그러나 안에서 스크류 웜을 기다리는 사람은 아무도 없었다. 스크류 웜은 거머리선 정박장으로 이용되던 둥그런 풀의 수면 위로 올라왔다. 일행은 스크류 웜에서 내려 축축하고 냄새나는 실내로 걸어 나왔다. 어둠 속에서 보이는 것이라고는 빨간색의 흐릿한 비상등 불빛이 다였다. 에어 펌프가 천식 환자처럼 힘들게 돌아가고 있었다. 톰이 로스트 보이들과 거머리선들로 가득 차 있었다고 기억하던 그 커다란 방은 텅 비어 있었다. 도킹 크레인들이 텅 빈 풀들 위에서 우수에 잠긴 채 머리를 드리우고 서 있었다. 마치 아무도 찾지 않는 박물관에 전시된 공룡들 같았다. 저쪽 한 켠에 땅딸막한 화물 잠수함이 해치 문을 열어 놓고 서 있었다. 수리실에는 반쯤 분해된 거머리선이 있었지만, 한창 바삐 움직이고 있어야 할 기술자들은 어디에도 보이지 않았다.

톰은 스크류 웜에서 손전등을 들고 나와 앞장을 섰다. 어딘가에서 렌이 죽지 않고 살아 있다가 아빠를 보고 달려와 주기를 바라며 크레인 아래 어두운 곳에 불빛을 비췄다. 한두 번쯤 게 카메라들이 불빛을 피해 달아나는 소리가 들렸다. 그것 말고는 아무것도 움직이지 않았다.

"모두 어디로 간 거지?" 그가 속삭였다.

"저기 한 명 있긴 한데…." 헤스터가 말했다.

거머리선 정박장 뒤쪽으로 통하는 커다란 문이 반쯤 열려 있고,

문턱에 렌 나이 정도 되어 보이는 소년이 몸을 웅크리고 눈을 뜬 채로 죽어 있었다. 헤스터는 톰을 제치고 앞으로 나가서 그 소년의 시체를 넘어갔다. 일행은 거머리선 정박장의 바깥 복도에서 시체 대여섯 구를 더 찾았다. 일부는 칼에, 일부는 작살에 맞아 죽은 것처럼 보였다.

"로스트 보이들이 자기들끼리 싸운 것 같아." 그녀가 말했다. "우리 일을 덜어 줘서 고맙군."

톰은 지나가며 몸서리를 쳤다. 고개를 드는데 차가운 물방울이 얼굴로 떨어졌다. "녹슨 깡통처럼 여기저기서 물이 새는군." 그가 중얼거렸다.

"엉클은 이런 걸 어떻게 고치는지 다 알고 있을 거야." 그렇게 말하는 카울의 목소리에서 느껴지는 신뢰감에 놀라 모두 고개를 돌려 그를 쳐다봤다. 카울 자신도 놀라는 것 같았다. "그림스비를 만든 사람이 바로 엉클이야." 그가 설명하듯 말했다. "처음에 방 몇 개를 물이 새지 않게 만들고, 혼자서 최초의 거머리선을 만들었어. 아무도 도와주는 사람 없이…." 그는 고개를 끄덕이며 손가락으로 자신의 목을 만졌다. 그 옛날 밧줄 때문에 생긴 생채기가 아직 거기 있었다. 마지막에 가서는 자기가 얼마나 엉클을 두려워하고 증오했는지 생각이 났다. 그러나 그렇게 되기 전, 아주 오랫동안 그는 엉클을 사랑했었다. 이제 그림스비에 돌아와서 절도 훈련소가 다 붕괴되고 로스트 보이가 한 명도 남지 않고 사라진 것을 보니 자기의 두

## 15. 깊은 바다의 아이들

려움과 증오심도 사라져 버린 듯했다. 이제 남은 것은 오직 엉클에게 가졌던 애정뿐이었다. 밤마다 천장 스피커에서 나오는 엉클의 속삭임을 들으며 잠자리에 들던 기억이 났다. 그때만 해도 세상은 단순하고, 소년의 마음은 행복했다.

"엉클은 모든 것을 다 알아." 그가 중얼거렸다.

복도 저 끝에서 뭔가 빠르게 움직였다. 헤스터가 총을 빼 들었다. 총을 쏘려는 그녀의 팔을 프레야가 붙잡았고 톰이 소리쳤다. "헤스터, 안 돼!" 그의 목소리가 계단과 복도들 사이로 메아리가 되어 퍼져 나갔다. 톰이 든 손전등 빛 안에 순간적으로 들어왔던 얼굴은 다시 어둠 속으로 사라졌다.

"괜찮아." 프레야가 말했다. 그녀는 손을 내밀고 헤스터를 지나 앞으로 걸어 나가면서 말을 이었다. "해치지 않아."

어둠 속에서 갑자기 작은 발자국 소리와 함께 바스락거리는 소리가 나기 시작했다. 손전등 빛에 반짝이는 눈들이 보이더니, 숨어 있던 곳에서 검댕이가 잔뜩 묻은 창백한 얼굴의 그림스비 어린이들이 슬금슬금 걸어 나왔다. 로스트 보이가 되기에는 너무 어린 아이들이었다. 몇 명은 아홉 살 내지 열 살 정도 되어 보였지만 대부분 그보다 어렸다. 아이들은 두려움에 가득 찬 눈을 크게 뜨고 방문객들을 바라봤다. 다른 아이들보다 나이가 좀 있고 용감해 보이는 여자아이 하나가 프레야에게 가까이 오더니 물었다. "우리 엄마, 아빠세요?"

프레야는 그 아이와 눈높이를 맞추기 위해 무릎을 꿇고 앉았다.

"아니. 미안하지만 우리는 너희 엄마, 아빠가 아니야."

"하지만 우리 엄마, 아빠가 오고 있죠, 그렇죠?" 다른 아이 하나가 속삭였다.

"메시지가 왔었는데…."

"엄마, 아빠가 가까이 와 있다고 했어요." 남자 아이 하나가 카울의 손을 잡아당기며 그의 얼굴을 빤히 쳐다봤다. "우리더러 엄마, 아빠한테 오라고 했어요. 큰 형들이 많이 가고 싶어 했어요. 엉클이 안 된다고 했는데도."

"그러다가 그걸 말리는 형들하고 싸워서 서로 죽였어요!"

"살아남은 형들은 모두 도망갔죠. 거머리선을 몽땅 가지고."

"우리도 가고 싶었는데 자리가 없다고 했어요. 게다가 우리는 신입들이라고…."

"그리고 뭔가 폭발했어요!" 여자 아이 하나가 말했다.

"아니야, 바보. 그건 훨씬 뒤에 일어난 일이야." 다른 아이가 말했다. "수중폭탄이 터진 거였어."

"쾅!" 제일 작은 아이가 팔을 휘두르며 소리쳤다. "쾅!"

"그러더니 불이 다 나갔어요. 물도 조금 들어온 것 같고…."

톰의 손전등이 던지는 빛 주변으로 아이들이 모여들면서 모두 한꺼번에 말을 하기 시작했다. 헤스터가 그중 한 명에게 손을 내밀었지만, 그 아이는 뒤로 물러서서 프레야 옆에 가 붙었다.

## 15. 깊은 바다의 아이들

"여기에 렌이라는 사람이 있니?" 헤스터가 물었다. "아줌마 딸 렌을 찾고 있어."

"너희처럼 집을 잃어버렸지." 톰이 설명했다. "오토리쿠스에 타고 있었는데."

아이들이 백지처럼 멍한 얼굴로 톰을 쳐다봤다. 나이가 좀 든 여자 아이가 말했다. "오토리쿠스는 안 돌아와요. 최근 3주 사이에 밖으로 나간 거머리선은 하나도 돌아오지 않았어요."

"그러면 렌은 어디 있는 거지?" 톰이 소리쳤다. 그는 렌이 죽었을까 봐 두려웠다. 렌을 못 찾을 수도 있다는 생각을 하니 렌이 죽은 것만큼이나 끔찍했다. 그는 어리둥절해하는 아이들을 하나하나 바라보며 물었다. "도대체 무슨 일이 있었던 거니?"

아이들이 무서워하며 그에게서 물러섰다.

"엉클은 어디 있지?" 카울이 물었다. 프레야는 아이들에게 카울도 같은 편이니 그가 묻는 말에 대답해도 된다는 것을 보여 주려고 그에게 미소를 지어 보였다.

"엉클도 떠났는지 모르죠." 헤스터가 말했다.

카울이 고개를 저었다. "말도 안 되는 소리. 엉클은 그림스비를 떠나지 않아요."

"위층에 있는 것 같아요." 남자 아이들 가운데 하나가 말했다.

"엉클은 굉장히 늙었어요." 또 다른 남자 아이가 덧붙였다.

"이제는 방에서 나오지도 않아요." 세 번째 남자 아이가 고개를 끄덕이며 설명했다.

카울은 고개를 끄덕여 보였다. "좋아, 엉클을 만나 보자. 엉클이라면 무슨 일이 벌어졌는지 말해 줄 수 있을 거야. 그리고 어디 가야 렌을 찾을 수 있을지도 알려 줄 거고." 일행이 자기를 뚫어져라 쳐다보는 것이 느껴졌다. 그는 그들을 향해 미소를 지어 보였다. "모든 게 괜찮아질 거야. 엉클은 모든 것을 다 알거든."

INFERNAL DEVICES
## 16
# 두 눈이 있던 자리에는 진주가

괴상한 행렬이었다. 그들이 줄지어 올라가는 그림스비의 좁다란 계단에는 높은 천장에 생긴 가느다란 틈으로 새어 들어온 바닷물이 작은 실개천이 되어 흐르고 있었다. 층계참에는 시체들이 쓰러져 있고, 시체 뒤로 더러운 물이 고여 작은 웅덩이들이 생겼다. 머리 위로 게 카메라들이 덕트와 난간 등에 매달려 있는 것이 보였다. 가끔 커다란 외눈으로 방문객들을 주시하면서 모서리를 돌아 따라오는 것들도 있었다.

헤스터가 앞장을 서고 그 뒤로 톰, 카울, 프레야가 아이들에게 둘러싸인 채 걸어갔다. 아이들은 작은 손을 뻗어 수시로 일행의 손이며 옷을 만졌다. 마치 물 밖 세상에서 온 이 방문객들이 실재하는 사람들이라는 것을 확인하고 싶어 하는 것 같았다. 아이들은 특히 프레야에게 끌리는 것 같았다. 조심스럽고 작은 소리로 그녀에게 온갖 비밀을 다 쏟아 냈다.

"뱅어는 코를 파요!"

"나 코 안 파!"

"제 이름은 에스비요른인데요, 절도 훈련소 형들이 참치라고 불러요. 하지만 전 참치는 바보 같은 이름이라고 생각해요. 형들이 다 죽거나 도망쳤으니까 다시 에스비요른이라고 해도 될까요?"

"손가락을 저 속까지 넣어서 코를 파요. 그리고 코딱지를 먹어요."

"안 그런다니까!"

"애들아," 프레야가 물었다. "절도 훈련소를 폭파한 게 누구였니? 언제 폭파된 거야?"

그러나 아이들은 대답을 하지 못했다. 어떤 아이들은 며칠 전이라고 하고, 또 어떤 아이들은 일주일 전이라고 했다. 위층에 가까워지면서 아이들은 점점 말수가 줄어들었다.

이윽고 그들은 거대한 방에 도착했다. 톰과 카울이 마지막으로 그림스비를 봤을 때만 해도 없던 방이었다. 방 몇 개를 터서 만든 것 같은 그 방에는 고급 가구와 카펫, 커튼 등이 가득했다. 모두 견인 도시와 정착촌에서 훔쳐 온 물건들이었다. 벽에는 커다란 거울들이 걸려 있고, 엄청나게 커다란 침대에는 실크와 벨벳으로 만든 커튼이 쳐져 있었다. 바닥에는 고급스러운 천과 쿠션이 흩어져 있고, 천장의 덕트에는 구멍 뚫린 조약돌과 골동품 시디로 만든 모빌들이 걸려 있었다.

## 16. 두 눈이 있던 자리에는 진주가

"여기가 가글 방이에요." 아이들이 설명했다. "가글은 모든 일을 여기서 했어요."

"레모라가 만든 모빌이에요." 작은 여자 아이가 천장을 가리키며 말했다. "레모라는 얼마나 예쁘고 똑똑한지 몰라요. 가글이 제일 좋아했어요."

"가글이 돌아왔으면 좋겠어요." 남자 아이 하나가 말했다. "가글이라면 어떻게 해야 할지 알 텐데."

"가글은 죽었어." 헤스터가 말했다.

그런 다음에는 젖은 카펫을 밟는 발자국 소리와 앞쪽 어디에선가 스피커에서 흘러나오는 치직거리는 희미한 목소리 말고는 아무것도 들리지 않았다. "잃어버린 아들딸을 다시 만나…."

계단을 하나 더 올라가니 스크린실이 나왔다. 그림스비를 만든 엉클이 자신의 해저 왕국을 감시하기 위해 만든 방이었다. 톰이 마지막으로 그 방에 들어갔을 때는 방문 앞에 보초들이 서 있었다. 지금은 보초는커녕 문도 잠겨 있지 않았다. 헤스터는 문을 발로 차고 들어가면서 총을 겨눴다.

나머지 사람들이 그녀의 뒤를 따랐다. 방은 커다랗고 천장이 높았다. 벽을 가득 채운 스크린들에서 나오는 창백한 푸른빛이 방 안을 채우고 있었다. 스크린의 모양과 크기는 여러 가지였다. 커다란 공공 고글 스크린에서부터 올드-테크 병원 기기에서 뜯어 온 작은 스크린까지 다양한 스크린들이 어지럽게 얽힌 전선들과 덕트들로 연결되어 있었다. 어두운 돔 천장에는 휴대용 감시 기구가 떠 있었다. 소형 화물용 열기구에는 스크린과 스피커가 여러 대 걸려 있었다. 모든 스크린에서 같은 화면이 나오고 있었다. "깊은 바다의 어린이들이여!" 스피커에서 나오는 목소리가 애절하게 말했다. "이 메시지를 들으면 제발, 제발 우리에게 오세요!"

"왜 저런 것에 넘어간 걸까? 왜 다 가 버렸지? 나보다 저 드라이들이 더 낫다는 거야?"

방 한가운데서 나이 든 남자가 문 쪽으로 등을 돌린 채 서서 스크린에서 나오는 방송에 대고 소리쳤다. 손에는 원격 조정기가 들려 있었다. 그가 그 기기를 올리면서 단추를 누르자 모든 스크린이 꺼지고 조용해졌다. 그는 헤스터와 일행이 서 있는 쪽으로 돌아섰다.

"누구냐?" 그렇게 묻는 그의 목소리에 예의 그 급한 성격이 묻어났다. "가글은 어디 있지?"

"가글은 돌아오지 않을 거예요." 톰이 최대한 부드럽게 말했다. 엉클에 대해 좋지 않은 기억이 있지만, 꾸부정한 허리에 다 해진 토끼 모양 슬리퍼를 신고 휘적휘적 다가오는 그 노인에게 동정심을 느끼지 않을 수 없었다. 엉클은 겹겹이 입은 곰팡이 핀 옷 사이로 거북이처럼 쑥 나온 얼굴을 톰 가까이 대고도 앞이 잘 보이지 않는지 눈을 껌벅거렸다. 엉클의 눈은 나이가 들어 백내장이 낀 듯 허연 막이 덮여 있었다. 톰은 그제야 스크린 앞 여기저기에 커다란 돋보기들이 달려 있는 것을 봤다. 화면을 보기 위해 엉클이 설치한 것이 틀림없었다. 엉클은 거의 앞을 보지 못하는 것 같았다. 가글에게 모든 것을 의지한 것도 무리가 아니었다.

"가글은 제 갈 길을 갔어요." 톰이 말했다.

"뭐라고? 그렇다면…." 엉클은 더 가까이 다가와 톰을 자세히 살폈다. "죽었다고? 가글이? 그렇게 잔뜩 점잔을 빼던 녀석이?" 그의 얼굴에 슬픔, 안도, 분노가 차례로 스쳐 갔다. "내가 그렇게 경고를 했건만! 그 망할 놈의 책을 찾으러 가지 말라고 그렇게 일렀는데도! 그 녀석은 도둑질에는 소질이 없었어. 가글 말이야, 모사꾼 타입이었지. 머리가 있는 놈이었는데."

"우리도 알아요. 그 머리통 속까지 봤으니까." 헤스터가 말했다.

엉클은 헤스터의 목소리를 듣고 움찔했다. "여자? 그림스비는 여자가 못 들어오도록 되어 있어. 언제나 그 점은 엄격하게 지키도록 했단 말이야. 가글도 그 점에 관해서는 항상 내 편이었다고. 여자는 금지야. 여자들은 모두 불운을 가져오거든. 절대 믿을 것들이 못 돼."

"하지만 엉클…." 프레야가 상냥한 목소리로 말했다.

"어억! 하나가 더 있단 말이야? 그림스비에 여자가 득실거리다니!"

"엉클?" 카울이 불렀다.

엉클이 몸을 홱 돌렸다. 마치 카울의 목소리가 그의 머릿속에 있던 녹슨 스위치를 켠 것처럼 인상을 찌푸리며 말했다. "카울, 우리

카울이냐?" 그러나 바로 으르렁거리듯 말을 이었다. "이게 다 네 짓이지? 분명 너하고 관련이 있는 거지, 그렇지? 드라이들한테 어떻게 우리를 찾을지 가르쳐 준 게 바로 너로구나. 너 혼자냐, 아니면 다른 놈들도 함께 한 거냐?"

엉클은 절룩거리는 걸음으로 뒤로 물러서면서 원격 조정기를 마구 눌러 댔다. 스크린에 그림스비 이곳저곳이 떠오르자 그는 종이처럼 바싹 마른 얼굴로 텅 빈 복도와 방들, 아무것도 없는 거머리선 보관실과 폐허가 된 절도 훈련소를 노려봤다.

"우리 넷뿐이에요, 엉클." 카울이 말했다. "여기서 무슨 일이 일어났는지조차 모른다고요. 우리랑 상관없는 일이에요."

"상관이 없다고?" 엉클은 높은 소리로 깔깔거렸다. "맙소사! 그 말이 사실이라면 어떻게 이렇게 시간을 잘 맞춰 왔을꼬?"

"저희는 톰과 헤스터의 딸을 찾으러 온 것뿐이에요." 카울이 참을성 있게 설명했다. "그 애 이름은 렌이에요. 가글하고 함께 오토리쿠스를 타고 온 신참이 바인랜드에서 렌을 납치해 갔어요."

"피쉬케익 말인가? 피쉬케익, 그게 그 아이 이름이야." 엉클은 고개를 떨어뜨렸다. 그가 다시 말을 이었을 때는 거의 울먹거리고 있었다. "오토리쿠스는 행방불명이 됐어. 거머리선은 죄다 행방불명이 돼 버렸어, 카울. 엄마, 아빠의 메시지를 들은 바보 같은 놈들이 다 브라이튼으로 가 버린 거야."

"브라이튼으로요?" 톰은 브라이튼에 대해 들은 적이 있었다. 휴

## 16. 두 눈이 있던 자리에는 진주가

양 도시. 좀 자유분방한 데가 있었지만 나쁜 곳은 아니었다. 렌이 거기로 갔다면 무사할지도 몰랐다.

"왜 브라이튼에서 로스트 보이들을 부르는 거죠?" 헤스터가 의심스럽다는 듯 물었다.

엉클은 어깨를 으쓱해 보인 다음 손을 벌리고, 그리고 여러 가지 포즈를 취해 가며 자기도 전혀 모르겠다는 시늉을 했다. "애들한테 함정이라고 이야기했어. 몇 번이나 했는지 몰라. 그래도 내 말을 안 듣는 거야. 가글이 여기 있었으면 달랐을지도 모르지. 애들이 가글 말은 들으니까. 이젠 불쌍한 엉클 말은 듣지도 않아. 이때껏 저희들을 위해 고생한 엉클인데…." 자기 연민의 눈물이 엉클의 주름진 얼굴을 적셨다. 그는 소매에 코를 팽 풀고, 맥없는 얼굴로 톰과 헤스터를 보다가 프레야에게 눈을 돌렸다. "맙소사, 저 고래 같은 여자 때문에 앵커리지까지 간 거냐? 나이를 먹으면서 망가졌나 보군. 하긴 너도 그리 좋아 보이지는 않는구나. 내 애들이 모두 성공하는 게 항상 내 바람이었지. 그런데 넌…. 말이야 바른 말이지, 이렇게 누추한 행색으로 나타나다니! 가글에게서 네가 드라이들 사이에서 성공해 보겠다며 갔다고 들었는데."

카울은 다시 신참이 돼서 도둑질 연장을 잃어버렸다고 혼나는 느낌이 들었다. "죄송해요, 엉클." 그가 말했다.

프레야가 카울 곁으로 가서 그의 손을 잡았다. "카울은 드라이들 사이에서 성공했어요." 그녀가 말했다. "카울이 없었으면 바인랜드의 앵커리지를 건설하지 못했을 거예요. 언젠가는 엉클한테도 그 이야기를 전부 해 드리고 싶어요. 하지만 먼저 여기서 모두 빠져나가야만 해요."

"여기를 떠난다고?" 엉클은 떠난다는 단어를 난생처음 듣는 얼굴로 프레야를 쳐다봤다. "난 못 떠나! 왜 내가 여길 떠나고 싶어 할 거라 생각했지?"

"엉클, 그림스비는 이제 끝났어요. 아이들을 여기 둘 수는 없어요."

엉클이 소리 내어 웃었다. "저 애들도 아무 데도 못 가. 저 애들이야말로 그림스비의 미래야."

아이들이 프레야에게 조금 더 가까이 붙었다. 그녀는 카울의 손을 놓고 아이들의 머리를 쓰다듬었다. 아래층에서 압력을 받은 금속이 끼익하는 소리와 함께 어디에선가 물이 들어오며 철썩거리는 소리가 났다.

"하지만 미스터 카일," 프레야가 말했다. 그녀는 언젠가 카울이 이야기해 준 것을 잊지 않고 있었다. 엉클이 '엉클'이 되기 전에는 아크에인절 출신의 젊은 부자 스틸턴 카일이었다는 사연이었다. 프레야는 엉클을 진짜 이름으로 부르면 뭔가 영향을 줄 수 있지 않을까 희망했지만, 엉클은 그녀를 노려보면서 위협적인 소리만 냈다. 프레야는 아랑곳하지 않고 계속 말을 이어 갔다. "미스터 카일, 물이 새고 있어요. 벌써 그림스비의 절반은 물에 잠겼어요. 공기도 정화가 되지 않은 지 오래예요. 해저 비밀 요새에 대해서는 아는 게 별로 없지만, 그림스비가 오래가지 못하리라는 것은 틀림없어요."

헤스터는 들고 있던 총의 안전장치를 풀고 엉클을 겨냥했다. "오고 싶지 않으면 굳이 올 필요 없어."

엉클은 실눈을 뜨고 헤스터 쪽을 보다가 머리 위에 떠 있는 열기구에 매달린 스크린을 쳐다봤다. 스크린에 비친 헤스터의 모습이 훨씬 더 크고 명확하게 보였기 때문이었다. "자네들은 이해 못해." 그가 말했다. "난 여길 떠날 수 없어. 자네들도 마찬가지지. 그림스비를 재건할 거야. 다시 물샐틈없이 방수를 하고 지금보다 훨씬 강하게 무장을 하는 거야. 거머리선도 더 좋게 만들고. 아무도 못 떠나. 카울, 네가 설득해 봐."

그 말에 카울은 몸을 움찔했다. 어떻게 해야 할지 판단이 서질 않았다. 친구들을 배신하고 싶지 않았다. 그러나 엉클을 실망시키고 싶지도 않았다. 나이 든 엉클의 목소리를 들으니 애정과 동정심으로 온몸에 소름이 돋았다.

카울은 프레야를 바라봤다. "미안." 그렇게 중얼거리면서 그는 재빨리 헤스터에게서 총을 뺏어 들고 그녀와 톰을 번갈아 겨눴다.

"카울!" 톰이 소리쳤다.

엉클이 또 깔깔거리고 웃었다. "잘했어, 카울! 결국은 정신 차릴 줄 알았지. 널 그때 못 죽인 게 이젠 후회스럽지 않구나. 널 만나 보지도 않고 줄행랑친 놈들만 안됐지 뭐냐, 카울. 널 보고 배울 게 많앉을 텐데. 돌아온 탕아! 이렇게 오랜 세월이 흐른 다음에도 이 늙고 불쌍한 엉클을 배반하지 않다니." 그는 주머니에서 열쇠를 꺼내 카울에게 내밀었다. "자, 이놈들은 가글 방에다 가두고 와. 이야기 좀 제대로 하게."

카울은 총을 톰에게 겨누고 있었다. 자기에게 덤벼 총을 뺏을 생각을 할 정도로 무모한 사람은 헤스터밖에 없고, 그녀는 자신의 안전보다 톰의 안전을 더 중요하게 생각한다는 것을 알고 있었기 때문이다. 그는 헤스터의 부츠에서 칼을 꺼냈다. 그리고 엉클한테서 열쇠를 받은 다음 일행을 몰고 문 쪽으로 갔다.

"하지만 카울…." 프레야가 말했다.

"괜한 고생 하지 마." 헤스터가 말했다. "처음부터 저 사람을 믿은 게 잘못이었어. 이러려고 우리를 여기까지 데려다 주겠다고 했던 거야. 사랑하는 엉클을 다시 만나려고."

"다치게 하지 않을게요." 카울이 약속했다. "문제를 해결해 볼게요. 괜찮을 거예요." 그는 뭘 어떻게 해야 할지 막막했지만 다시 로스트 보이가 되었다는 사실이 기뻤다. "엉클은 뭐든지 잘 아니까." 카울은 포로들을 계단 아래로 인도해서 가글의 방에다 가뒀다. 그는 문을 잠그면서도 그 말을 계속 반복했다. "괜찮을 거예요. 엉클은 뭐든지 잘 아니까."

INFERNAL DEVICES

## 17
# 예배당

티엔징에 밤이 왔다. 도시의 하늘을 압도하는 거대하고 창백한 산들의 차가운 정상에 쌓인 눈이 바람에 날려 하얀 삼각기처럼 보였다. 그 위로 산보다 더 차가운 하늘에서 별이 하나둘 깜빡거리기 시작했다. 별이 아닌 물체들, 즉 수명을 다한 인공위성들과 고대인들의 궤도 정거장 등도 느린 속도로 하늘에서 무도회를 벌이고 있었다.

스토커 슈라이크는 제이드 파고다의 고요한 복도를 순찰하고 있었다. 그의 야간 시각 장치는 어둠을 뚫고 모든 것을 환히 검색했고, 귀로는 멀리 있는 방에서 나누는 대화까지 들었다. 보초 대기실에서 들려오는 웃음소리에서부터 벽에 댄 판자를 갉고 있는 좀벌레 소리까지 모두 들렸다. 그는 고대 괴물과 산도깨비 이미지로 장식된 방들을 지나갔다. 어느 괴물도 자기만큼 무서워 보이지 않았다. 새로 태어난 날렵한 몸에서 느껴지는 힘을 음미하면서, 그는 감춰진 폭발물에서 나오는 희미한 화학물의 흔적 혹은 어딘가 숨어 있을지 모르는 암살범의 몸에서 나오는 열기를 감지하기 위해 모든 감각을 동원했다. 그는 어떤 바보가 그의 여주인을 공격하겠다고 덤비는 날이 오기를 진심으로 바랐다. 다시 사람을 죽일 수 있는 날이 기다려졌다.

차가운 공기가 느껴졌다. 공기압이 살짝 변한 것으로 봐서 4층 아래에 있는 바깥문이 열렸다 닫힌 것이 틀림없었다. 그는 재빨리 창문으로 다가가 아래를 내려다봤다. 다리가 달린 인간의 체온 덩어리가 앞마당을 건너 검색대로 향하는 것이 감지됐다. 슈라이크는 그 체온 덩어리의 키와 걸음걸이 정보를 스토커 팽의 보디가드로 일하는 동안 축척해 둔 데이터와 비교해 봤다. 체온의 주인은 닥터 제로였다.

통행금지 시간이 한 시간도 채 남지 않은 추운 밤, 그녀는 어디를 가는 것일까? 슈라이크는 저런 행동을 하는 인간이 가질 수 있는 의도를 분석해 봤다. 어쩌면 아래쪽 도시에 연인이 있을지도 모를 일이었다. 하지만 닥터 제로는 사랑 따위에는 전혀 관심이 없어 보였다. 게다가 그녀가 이상한 행동을 한 것은 이번이 처음이 아니었다. 슈라이크는 스토커 팽이 근처에 있으면 그녀의 심장 박동이 빨라지고, 팽이 그녀를 쳐다볼 때 그녀의 체취가 갑자기 변하는 것을 주시하고 있었다. 팽이 그런 것들을 지금까지 모르고 있다는 것이 놀라웠다. 그러나 어떻게 보면 팽은 자기와는 달리 인간들에 대해

## 17. 예배당

관심이 많지 않았다. 어쩌면 주치의처럼 자기를 돌보는 외과-엔지니어가 자신을 두려워한다는 사실을 전혀 모르거나 아예 관심이 없는 것인지도 몰랐다.

슈라이크는 눈을 최대한 망원 기능에 맞추고 닥터 제로가 검색대에서 신분증을 보여 준 다음 멀어지는 것을 지켜봤다. 이윽고 군인 막사와 깃발 사이로 그녀가 사라졌다. 왜 저렇게 두려움에 차 있는 걸까? 무엇이 그녀를 두렵게 만드는 걸까? 도대체 무엇을 하는 걸까? 무엇을 하려 계획하는 걸까?

슈라이크의 존재가 닥터 제로 덕분에 가능해지긴 했지만, 그는 무슨 일이 벌어지고 있는지 알아내는 것이 자신의 의무라고 결론지었다.

❈ ❈ ❈

실리콘 실크로 만든 망토를 걸치고 후드를 뒤집어쓰고 고개를 숙인 채 위논 제로는 계단으로 된 가파른 길을 서둘러 내려갔다. 도시 위의 하늘은 비행선 항구에서 이륙하는 전함들과 전투선들이 내는 빛으로 어지러웠다. 오늘 밤에도 수많은 젊은 남녀가 서쪽으로 떠나고 있었다. 적수 늪지대에서 그들을 기다리고 있는 죽음을 향해.

위논의 가슴속에서 죄의식이 솟구쳐 올랐다. 그러나 그녀는 이미 그런 것에 익숙해져 있었다. 매일 아침 그녀는 스토커 팽의 관절과 갑옷을 살피고, 한때 안나 팽의 심장이 있었던 자리에 설치되어 있는 신비한 올드-테크 동력 공급 장치를 점검하기 위해 팽의 무쇠 가슴에 기구를 가져다 대곤 했다. 매일 아침 그녀는 자신에게 말했다. "오늘 해야 해, 오늘."

자기가 처음은 아닐 것이다. 수없이 많은 광적인 평화론자들과 옛 연맹에 충성을 맹세한 자들이 스토커 팽을 없애기 위해 달려들었다. 그들이 휘두른 칼은 팽의 갑옷에 꺾여 부러졌고, 그들은 폭탄이 터져 폐허가 된 건물이나 비행선에서 아무 일도 없었다는 듯 걸어 나오는 팽을 목격해야만 했다. 그러나 위는 제로는 과학자였다. 그녀는 그런 스토커 팽마저 파괴할 수 있는 무기를 만들기 위해 자신의 과학적 지식을 총동원했다.

문제는 그 무기를 사용할 용기가 없다는 것이었다. 무기가 기능을 발휘하지 못하면? 기능을 제대로 발휘하면 그때는? 스토커 팽이 없어지면 그린 스톰 체제는 말할 것도 없이 금방 무너지고 말 것이다. 그러나 팽의 추종자들이 자기를 찾아내서 죽일 시간도 없을 만큼 빨리 무너지지는 않을 것 같았다. 사람들이 반역자에게 어떤 형벌을 내리는지에 대해서는 온갖 소문이 난무했다.

생각에 깊이 빠진 그녀는 쌍무지개 다리를 건너 '이 세상 모든 신의 거리'에 들어서면서도 누군가 뒤따르고 있다는 것을 눈치채지 못했다.

수세기에 걸쳐 유럽과 아시아의 반 견인 도시 연맹 세력들이 이

## 17. 예배당

산중으로 도망쳐 들어왔다. 그들과 함께 그들이 모시던 신들도 들어온 것은 물론이다. 어스름한 저녁 빛에 비친 사원들은 서로 어깨를 겨누듯 나란히 따닥따닥 붙어 있었다. 위논은 결혼 행렬 둘, 장례식 하나를 지나 복돈이 쌓인 사당과 왁자지껄한 폭죽 파티장을 지나쳤다. 하늘의 신들의 사원과 산의 신들을 위한 골든 파고다도 지나고, 포스킷 신전과 사과 과수원 여신을 위한 작은 밭, 죽음의 여신에게 바쳐진 침묵이 흐르는 사원 등도 모두 지나쳤다. 길이 끝나는 곳에 사람들이 많이 찾는 종교 사원들 사이로 작은 크리스천 예배당이 나왔다.

위논은 보는 사람이 아무도 없는지 확인한 다음 안으로 들어갔다. 그러나 신중한 그녀도 지붕 쪽을 볼 생각은 못했다.

이 교회를 찾은 것은 우연이었다. 그리고 왜 자꾸 이곳을 다시 찾게 되는지는 자신도 알 수 없었다. 그녀는 크리스천이 아니었다. 사실 아프리카와 서쪽 끝에 있는 섬 몇 개를 제외하면 크리스천을 찾아보기는 힘들었다. 크리스천들이 십자가에 못 박힌 신을 숭배한다는 것 말고는 이 종교에 대해 아는 것도 거의 없었다. 생각해 보면 자기 자신도 구하지 못하고 못 박혀 죽은 신을 섬겨서 도대체 무슨 득이 될까 싶었다. 이 교회가 폐허가 돼 가는 것도 무리는 아니었다. 지붕은 이미 없어진 지 오래고 썩어 가는 나무 의자에서는 잡초가 자라고 있었다. 그러나 오늘 밤처럼 제드 파고다에서 빠져나오지 않으면 미쳐 버릴 것 같은 날에는 이 교회에 오면 마음을 진정시킬 수 있었다.

허물어진 서까래 사이로 눈송이가 내려와 후드를 벗은 그녀의 녹색 머리 위에 앉았다. 그녀는 손바닥으로 벽을 쓰다듬어 오래된 돌에 새겨진 글을 손끝으로 느껴 봤다. 대부분 알아보기 힘들 정도로 닳아 있었지만 그나마 읽을 수 있는 글 가운데 한 구절이 그녀의 마음에 와 닿았다. 60분 전쟁 전부터 내려온 글귀였다. 위논은 그것이 뜻하는 바는 잘 몰랐지만, 왠지 모르게 마음의 위로가 되었다.

우리는 죽은 자와 같이 죽어 간다.
그들이 떠날 때 우리도 같이 떠난다.
우리는 죽은 자와 같이 태어난다.
그들이 돌아올 때 우리도 같이 태어난다.
장미의 일생과 주목의 일생은
결국 같은 길이이다.

위논은 아무것도 없는 돌 제단 앞에 무릎을 꿇고 머리를 숙였다. 그녀가 이 고대의 신을 믿는 것은 아니었다. 그러나 누군가에게 이야기를 해야만 했다. "도움이 필요해요." 그녀가 속삭였다. "진짜 존재하는 신이라면 저에게 힘을 주세요. 용기를 주세요. 그녀에게 이렇게 가까이 갈 수 있는데…. 용기만 있다면 지금 당장이라도 무기를 사용할 수 있어요. 그리고 이미 죽은 사람을 다시 죽이는 건

## 17. 예배당

살인이 아니잖아요. 그렇죠? 그냥 기계를 부수는 것일 뿐이에요. 위험하고 파괴적인 기계를…."

그녀는 입술이 거의 움직이지도 않을 만큼 조용히 말했다. 인간의 귀로는 들을 수 없는 소리였다. 그러나 그녀의 기도는 누군가의 귀에 들어갔다. 교회의 무너진 첨탑 위에 이무기 돌처럼 움츠리고 앉아서 슈라이크는 그녀의 입에서 흘러나오는 모든 단어를 주의 깊게 새겨들었다.

"제게 그런 짓을 할 권리가 있을까요? 전에는 모든 것이 확실해 보였는데, 그녀를 보고 난 지금에는, 총명하고 강한 그녀를 보고 난 지금에는…. 어쩌면 결국 살인일지도 모른다는 생각이 들어요. 혹 제가 자기 변명을 하고 있는 것일까요? 그저 계획을 실행에 옮기지 않으려고 핑계를 찾고 있는 것일까요? 제 목숨이 아까워서? 계시를 내려 주세요. 어딘가에 존재한다면 제가 어떻게 해야 할지 알려 주세요."

그녀는 기다렸다. 슈라이크도 그녀와 함께 기다렸다. 그러나 아무런 계시도 없었다. 시끄럽고 인기 있는 이웃 신들은 위로와 충고를 상담 전문가처럼 인심 좋게 내놓는 것 같은데 이 예배당의 신은 상당히 과묵했다. 어쩌면 자고 있는 신이거나 죽은 신인지도 몰랐다. 어쩌면 우주의 다른 쪽 끝에 있는 더 나은 세상에서 바쁘게 일하고 있는지도 몰랐다. 위논 제로는 자신의 어리석음에 고개를 저으며 일어나서 떠날 채비를 했다.

슈라이크는 날쌔게 교회 벽을 타고 내려와 문 옆에 난 벽감에 들어가 숨었다. 어쩌면 그곳은 못 박혀 죽은 크리스천 신의 상이 걸려 있었던 곳일지도 몰랐다. 슈라이크의 예감이 적중했다. 닥터 제로는 반역자였던 것이다. 그사이 그녀에게 스토커 나름의 호감을 갖게는 됐지만 스토커 팽에게 해를 끼치기 전에 그녀를 제거해야만 했다. 사람을 죽일 생각을 하니 그의 회로가 짜릿하게 돌아갔다. 그녀가 갈고리 손톱을 제거하긴 했지만 슈라이크는 여전히 엄청나게 강하고 무자비했다. 주먹으로 한 대 치는 것만으로도 그녀를 암흑의 나라로 보내기에 충분했다.

문턱을 밟는 소리가 났다. 건물을 나서던 위논은 찬바람이 불자 후드를 올려 썼다. 그녀는 슈라이크를 보지 못하고, 그를 지나 '이 세상 모든 신의 거리'를 빠른 걸음으로 걸어갔다. 통행금지가 시작되기 전에 숙소로 돌아가기 위해 서두르는 것 같았다.

슈라이크는 주먹을 내렸다. 그런 자신에게 놀라고 약간 바보 같다는 생각이 들었다. 자기가 어떻게 된 것일까? 살인 병기로 만들어진 스토커임에도 불구하고 계란처럼 약한 상대의 두개골이 자기 코 앞을 지나치는데 주먹을 내리칠 수가 없었다.

'그린 스톰의 비밀경찰에게 이 사실을 알려야 해.' 벽감에서 나온 그는 위논을 쫓아 사람들로 붐비는 거리를 걸으며 그렇게 생각했다. 닥터 제로 문제는 인간들에게 맡기는 게 나을 것 같았다. 제이드 파고다의 지하 고문실로 끌려가면 모든 게 끝날 것이다. 그러나 몇 걸음

## 17. 예배당

후 그는 다시 주저했다. 도저히 위논 제로를 배신할 수 없는 자신을 발견한 것이다.

'닥터 제로가 날 이렇게 만들었어.' 그는 부활군 부대 작업실에서 그녀 혼자 외롭게 작업하던 긴긴 밤들을 회상했다. 어떻게 했는지는 모르지만 그의 머릿속에 닥터 제로를 해칠 수도, 그녀가 계획한 일을 다른 사람에게 이야기할 수도 없도록 장벽이 만들어진 것 같았다. 슈라이크는 그녀의 계획의 일부였던 것이다. 닥터 제로가 스토커 팽에게 만들어 준 호위병은 호위 기능이 없었다.

자기를 이런 식으로 이용한 닥터 제로를 증오하는 것이 당연했지만 슈라이크는 그런 감정조차도 불러일으킬 수가 없었다.

그는 축제가 한창인 조모 신의 사당 앞을 지나 어둠과 눈을 뚫고 집으로 향했다. 그는 위논 제로의 꼭두각시가 아니었다. 자기가 그녀를 해칠 수는 없지만 그녀가 스토커 팽을 해치도록 놔두지도 않을 셈이었다. 슈라이크는 어떻게든 그녀의 계획을 알아내서 막고야 말겠다고 결심했다.

INFERNAL DEVICES
18
나글파

친구들과 어린아이들을 가글이 쓰던 방에 가둔 카울은 곧장 계단을 뛰어 올라가 스크린실로 향했다. 몸이 약간 떨렸다. 다시 돌아가서 잠긴 문을 열어 주고 싶은 생각도 들었다. 그는 자기가 프레야와 다른 친구들을 버리고 엉클을 선택한 것이 아니라 양쪽 모두에게 진실성 있는 모습을 보이고 문제를 해결할 방법을 찾을 수 있을 것이라고 스스로를 위안했다.

"제일 먼저 해야 할 일은," 다시 돌아온 카울에게 엉클이 말했다. "저 여자들을 제거하는 거야. 여자들이란 건 모두 불운을 가져오거든. 두고 봐." 그는 아래층에 있는 포로들을 스크린에 띄웠다. 커다랗게 확대된 헤스터와 프레야의 얼굴이 선명하지 않은 화면에 나타났다. "예뻐 보이겠지. 그리고 굉장히 친절하고 좋은 여자들이라 생각하겠지만 언젠가 널 배반하고 말 거야. 옛날에 안나가 나한테 그랬던 것처럼. 그래서 그림스비에 여자를 들이지 않는다는 규칙을

## 18. 나글파

만든 거야."
 카울은 헤스터의 총을 내려놨다. 그것을 계속 들고 서 있는 자신이 바보처럼 느껴졌다. "그러면 오토리쿠스를 타고 가글이랑 같이 온 그 여자 아이는 어떻게 된 거죠?"
 "레모라 말이야?" 엉클은 냉큼 총을 집어서는 입고 있는 더러운 옷 어딘가에 넣었다. "네가 헷갈리는 것도 당연하지. 남자치고는 이상하게 생겼지. 목소리도 높고 머리도 긴 데다 화장까지. 가글이 처음 소개했을 때는 나도 의심을 했었는데 남자가 틀림없다고 가글이 말했어. 도둑질 솜씨가 참 좋았는데. 불쌍한 레모라. 그 애도 죽었겠지?"
 "엉클, 아래층에서 찾은 아이들 중에는 여자 아이들도 섞여 있었어요. 상당히 많이."
 "여자 아이들이라고? 정말?" 엉클은 원격 조정기로 아이들을 클로즈업하기 시작했다. 카울은 게 카메라가 천장에서 소리를 내며 움직이자 불안한 표정으로 그쪽을 쳐다보는 친구들의 얼굴을 봤다. 레모라의 모빌들이 찰랑거렸다. 엉클은 얼굴 모양의 회색 형체들을 보고 불만스럽다는 듯 말했다. "가글이 보낸 납치 담당들이 실수로 여자 아이 몇을 데려온 모양이군. 저것들도 없애 버려야 해. 새 출발을 하려면 말이야. 새 출발은 기필코 해내고 말 거야, 카울. 그림스비를 재건하는 거야. 진보다 더 강하고 좋은 곳으로. 널 내 오른팔로 삼겠어. 가글 방을 쓰면서 가글이 했던 것처럼 날 도와주면 돼."

엉클의 뒤에 있던 스크린들 한 줄이 갑자기 꺼지면서 그렇지 않아도 어둡던 방이 더 어두워졌다. 전선이 타는 듯한 냄새가 났다. 카울은 상황을 살피러 그쪽으로 갔다. 스크린의 표면을 타고 흘러내린 물로 바닥에 작은 웅덩이가 생겨 있었고, 손가락으로 물을 찍어 입에 대 보니 짠맛이 났다. '엉클은 뭐든지 다 알아.' 그는 다시 한 번 속으로 되뇌었다. 그 말을 믿고 싶었다. 모든 것이 확실해 보이던 옛날로 돌아가면 정말 좋을 것 같았다. 누구나 자기보다 더 낫고 더 위대한 무엇인가에 대한 믿음이 필요하다. 톰과 프레야는 신을 믿었고 헤스터는 톰을 믿었다. 카울은 엉클을 믿고 싶었다. 다시는 엉클을 실망시키고 싶지 않았다. 늙고, 눈멀고, 그리고 정신이 혼미해졌다 하더라도 그를 저버릴 수 없었다. 바다가 그림스비를 삼키는 것을 막을 길이 없다 하더라도 그랬다.

그러나 친구들마저 자기와 함께 익사하게 할 수는 없었다. "피곤해 보이세요, 엉클." 그가 부드럽게 말했다. 사실이었다. 브라이튼에서 내보내는 말도 안 되는 방송을 노려보면서 혼자 이 스크린실에서 며칠을 보낸 것일까? 카울은 엉클의 손을 만지며 말했다. "좀 쉬세요. 이제는 제가 있잖아요."

엉클이 고개를 획 돌리고 그를 쏘아봤다. 눈빛에서 옛날의 교활함이 조금 엿보이는 듯했다. "날 속이려고, 카울? 가글도 그랬어. '낮잠 좀 주무세요, 엉클.' '잠깐 눈 좀 붙이세요, 엉클.' 그런 다음 일어나면 물건이 없어지기도 하고 내가 신임하던 아이들이 하나씩 죽어 있기도 하고 그랬지. 가글은 사고였다고 했지만…."

"왜 그냥 두셨어요?" 카울이 물었다.

엉클은 어깨를 으쓱해 보였다. "그 애가 두려웠어. 자랑스럽기도 했고. 머리가 아주 비상한 애였지. 그렇게 키운 게 바로 나야. 내 아들 같았다고나 할까. 나랑 안나 사이에 아들이 있었으면, 그러니까 그 여자가 날 속여서 비행선을 타고 도망가지만 않았다면 우리 둘 사이에 태어난 애가 가글처럼 똑똑했을 거라 생각하고 싶었지. 하지만 가글이 없어져서 기뻐. 그 애 대신 카울 네가 있어서 너무 기쁘다."

혼잣말을 하듯 중얼거리며, 엉클은 카울의 손에 이끌려 가파른 계단을 올라가서 침실로 향했다. 스크린들을 매단 열기구가 그 뒤를 따르며 시끄러운 소리를 냈다. 엉클이 계속 쳐다볼 수 있도록 그 소형 열기구는 두 사람의 머리로부터 몇 피트 위에 떠 있었다. 엉클은 거의 보이지도 않는 눈으로 이 스크린에서 저 스크린으로 계속 시선을 옮겼다. 침실로 들어가는 입구는 열기구가 들어갈 수 있도록 더 높고 넓게 확장되어 있었다. "계속 감시를 해야 해." 그가 내뱉듯 말했다. "안 보고 있으면 무슨 짓을 할지 몰라. 모두 감시해야 해. 어디서나. 항상."

엉클의 침실은 한때 로스트 보이들이 훔쳐 온 물건들 중에서 제일 좋은 것들로만 화려하게 꾸며져 있었다. 그러나 몇 년에 걸쳐 가글이 값지고 귀한 것들은 하나씩 하나씩 모두 자기 방으로 옮겨 간 것 같았다. 남아 있는 것이라고는 해진 담요가 덮여 있는 침대와 곰팡이 슨 책 더미, 그리고 침대 옆에 탁자 대신 뒤집어 놓은 나무 상자가 다였다. 상자 위에는 오래된 아르곤 램프와 함께 빛바랜 사진이 놓여 있었다. 아크에인절 노예 제복을 입은 아름다운 젊은 여자의 사진이었다.

"그건 잊지 않으려고 둔 거야." 엉클은 카울이 그 사진을 보고 있다는 것을 알아차리고 얼른 엎어 놓으면서 말했다. "나의 안나 팽이야. 예쁘지, 그렇지? 그 여자 시체로 스토커를 만들었다더군. 그린스톰 사령관이야, 이제. 이 세상 절반은 그 여자 손에 들어가 있어. 많은 비행선과 군대가 다 그 여자의 명령에 따르지. 계속 주시해 왔거든. 자료를 스크랩해 둔 게 어딘가 있을 거야. 가글은 안나하고 협상할 수 있을 거라 생각했지만 난 그렇게 되지 않을 것을 알고 있었지. 문제만 생길 거라는 것을…."

"무슨 협상 말씀이시죠?" 카울이 물었다. 엉클의 이루지 못한 사랑 이야기는 들은 적이 있지만, 로스트 보이들이 바깥세상과 협상을 하려 했다는 이야기는 처음 듣는 것이었다. "그것 때문에 가글이 앵커리지에 온 거였나요? 틴 북을 협상에 쓰려고?"

엉클은 침대에 앉았다. 감시 스크린을 매단 열기구도 천천히 내려와 그의 머리 바로 위에서 멈췄다. "가글은 큰 문제가 닥쳐오고 있다고 했어. 맨 처음 거머리선 세 척이 실종됐을 때 가글이 그렇게 말했지. 그 애 말이 맞았어, 그렇지 않아? 다만 그 애도 그 문제가 이렇게 빨리 닥칠 줄은 몰랐지. 가글은 틴 북을 그린 스톰에 넘기고 그 대신 우리를 보호해 달라고 할 생각이었어. 우리에게 가까이 오는 도시는 모두 그린 스톰이 박살내 달라는 조건을 내걸 작정이었지."

"하지만 그린 스톰이 뭣 때문에 틴 북을 원하는 거죠?" 카울이 물었다.

"누가 알아?" 엉클이 어깨를 으쓱해 보이며 대답했다. "한 2년 전에 그린 스톰 원정대가 앵커리지의 잔해를 찾으러 바다를 수색한 적이 있어. 물론 찾진 못했어. 가글은 그들의 배로 게 카메라를 보내서 그들이 원하는 것이 뭔지 알아냈지."

"그게 틴 북이라는 말씀이세요?"

엉클이 고개를 끄덕였다. "원정대도 그냥 보통 군인들이 아니었어. 그 여자 사령관한테 직접 보고하는 특수 요원들이었지. 가글은 그린 스톰의 사령관이 한창 전쟁이 벌어지고 있는 와중에 능력 있는 요원들을 배에 가득 실어서 지구 반대편까지 보내 찾는 물건이라면 상당히 중요한 것이라는 결론을 내렸지. 그리고 앵커리지에서 도둑질을 할 때 그 비슷한 물건을 본 기억을 떠올린 거야. 그때는 그게 중요한지 뭔지도 모르고 지나쳤지만 말이야." 그는 고개를 저었다. "난 일이 뜻대로 되지 않을 테니 앵커리지에는 가지도 말라고 말렸어. 하지만 내 말을 듣나? 가글은 아직 혈기가 왕성해서 한번 무슨 생각을 하면 절대 못 말려. 그래서 가더니 어떻게 됐어? 저는 죽고, 죽일 놈의 브라이튼은 내 애들을 모두 훔쳐 가고…."

"하지만 그게 도대체 뭐죠?" 카울이 물었다. "틴 북 말이에요. 뭣 때문에 그렇게 귀중한 거죠?"

비참한 표정으로 코를 훌쩍이던 엉클은 점박이 손수건에 코를 풀고 카울을 쳐다봤다. "나도 몰라. 그게 뭔지는 끝까지 알아내지 못했어. 가글은 우리 모두를 구원해 줄 수 있는 거대한 고대 잠수함의 설계도 같은 것이 아닐까 하고 추측했어. 내 생각엔 그것도 그 애가 지어낸 이야기 같아. 안나가 잠수함을 어디다 쓰겠어? 아니야, 내 생각엔 무기 같은 걸 거야. 진짜 무서운 무기."

그는 손수건을 주머니에 구겨 넣고 크게 하품을 했다. "자, 카울, 과거 이야기는 그만하자. 미래를 생각해야지. 계획을 세워야 해. 한시라도 빨리 재건을 시작해야지. 물건들을 좀 훔쳐 와야겠어. 네가 스크류 웜을 가져와서 천만다행이야. 아주 유용하게 쓰일 거야. 그리고 내 나글파가 아직 있어. 기억하지, 나글파?"

"들어올 때 거머리선 정박장에서 봤어요." 카울이 말했다. 엉클은 점점 잠이 쏟아지는 듯했다. 카울은 엉클이 눕는 것을 도왔다. 다 떨어진 담요를 턱 밑까지 덮어 주고 바람이 들어가지 않게 여기저기를 토닥거렸다. "잠깐만 주무세요." 그가 말했다. "주무시고 일어나서 모든 것을 시작해요."

엉클은 미소를 지어 보이고 눈을 감았다. 스크린을 매단 열기구가 베개 바로 위에 떠 있었다. 스크린에 게 카메라들이 보내는 영상들이 떠올라 거기서 나오는 빛에 엉클의 늙은 얼굴이 푸르게 빛났다. 마치 그의 꿈에서 나오는 빛이 종이 가면을 안에서부터 밝히고 올라오는 것처럼 보였다.

❂ ❂ ❂

아래층 방에 있던 아이들 중 몇 명도 잠이 들었다. 나머지 아이들은 순진한 눈을 커다랗게 뜨고 톰이 해 주는 이야기를 열심히 듣고 있었다. 렌이 어렸을 적에 무서운 꿈을 꾸고 놀라 일어나면 들려주던 이야기였다. 이 아이들은 죽어 가는 도시가 내는 신음 소리나 벽을 타고 흘러내리는 물줄기를 무서워하지 않는 것 같았다. 자기들끼리만 있을 때는 무서웠지만 친절한 어른들이 찾아왔으니 이제는 모든 것이 괜찮아질 거라고 믿는 것 같았다.

헤스터는 방 가장자리를 돌면서 무기가 없나 살피기도 하고 문에 달린 자물쇠를 열 방법을 찾아보기도 했다. 쓸 만한 물건이 아무것도 없자 그녀는 점점 더 화가 났다.

"문을 열고 나서는 어떻게 할 계획이에요?" 프레야가 부드럽게 물었다. "여기 앉아요. 아이들이 겁먹겠어요."

헤스터는 인상을 써 보였다. "어떻게 할 거냐고요? 물론 거머리선 정박장으로 가서 스크류 웜을 타고 빠져나가야죠."

"하지만 스크류 웜에 모두 함께 탈 수는 없잖아요. 화물칸에 어떻게 해서 애들을 다 태운다 하더라도 앵커리지까지 갈 만한 공기나 연료가 부족해요."

"누가 애들까지 데려간대요?" 헤스터가 되물었다. "난 렌을 구출하러 왔지 저 야만인 아이들을 구하러 온 게 아니에요. 렌이 여기 없으니 거머리선을 타고 브라이튼에 가서, 거기서 그 애를 찾아볼 거예요."

"하지만 이 애들은…." 프레야가 그렇게 외치다가 얼른 입을 다물었다. 아이들이 듣고 헤스터의 계획을 눈치챌까 두려워서였다. "헤스터, 어떻게 그런 생각을 할 수가 있어요? 애도 길러 본 사람이!"

"맞아요." 헤스터가 말했다. "애를 길러 본 사람은 그것들이 얼마나 골칫거리인 줄 잘 알죠. 더군다나 저 애들은 보통 애들도 아니에요. 뭐, 모성애를 발휘하는 것까지는 좋은데, 저 애들은 로스트 보이들이에요. 저 애들을 앵커리지로 데려갈 수는 없어요. 거기 데려가서 어떻게 할 건데요?"

"사랑해 주죠, 당연히." 프레야가 간단하다는 듯이 말했다.

"카울을 사랑해 준 것처럼? 그렇게 사랑해 주기만 했더니 일이 잘 되던가요? 저 애들은 물건을 몽땅 훔친 다음 사람까지 해칠지 몰라요. 우리 눈의 여왕께서 감각을 완전히 잃으셨군. 언젠가 나더러 앵커리지를 지키게 도와 달라고 했죠? 그림스비 방문 기념으로 이 도둑놈 새끼들을 데려가지 못하게 막는 것이 앵커리지를 지키는 내 임무를 다하는 것이라 생각해요."

## 18. 나글과

프레야는 헤스터와 가까이 있고 싶지 않은 듯 몇 걸음 뒤로 물러섰다. "앵커리지는 이제 더 이상 그런 식의 보호를 필요로 하지 않아요." 그녀가 말했다. "당신이 고맙고 의지가 됐어요. 그리고 오랫동안 평화롭게 지냈으니 당신의 마음에도 평화가 깃들기를 진심으로 바랐고요. 하지만 하나도 변하지 않았군요."

헤스터가 막 대꾸를 하려고 하는데, 그녀의 뒤에서 문이 열리고 카울이 들어왔다. 그녀는 카울에게 대신 화풀이를 해 댔다.

"포로들을 보며 고소해하고 싶어서 찾아왔나 보지?"

카울은 헤스터와 눈을 마주치지 않으면서 말했다. "여러분은 포로가 아니에요." 그가 말했다. "그냥 아무도 다치지 않게 하고 싶었어요. 그리고 엉클이 이곳을 떠나도록 여러분이 그를 설득하는 것도 원치 않았어요. 엉클은 노인이에요. 그림스비를 떠나면 죽고 말 거예요."

"여기 머물러도 죽게 되겠지." 헤스터가 말했다. "엄청나게 수영을 잘하거나 한다면 몰라도."

카울은 헤스터를 무시하고 프레야와 톰을 보며 말을 이었다. "지금 자고 있어요. 운이 좋으면 몇 시간 잘 거예요. 여길 빠져나갈 시간은 충분해요."

"당신은요?" 프레야가 물었다.

카울은 고개를 저었다. "난 여기 남아야 해요. 엉클이 가진 거라곤 이제 나밖에 없어요."

"엉클한테는 과분하지!" 톰이 화가 나서 말했다. "카울, 자네도 그림스비 재건이 불가능하다는 거 알고 있잖아, 그렇지?"

"자넨 이해 못해." 카울이 말했다. "엉클이 저렇게 된 걸 보니, 저렇게 늙고 정신도 이상해지고 비참해졌는데…. 물론 그림스비는 끝장이야. 하지만 엉클은 그걸 몰라. 난 유일하게 남은 로스트 보이야, 톰. 끝까지 엉클과 같이 있어야 해."

프레야가 그를 설득하려고 입을 열었지만 헤스터가 끼어들었다. "난 상관없어. 그런데 어떻게 여길 벗어나라는 거죠?"

카울이 그녀를 보고 씩 웃었다. 누군가 마침내 실용적인 질문을 해 줘서 반갑다는 표정이었다. "나글파로 가면 돼요. 처음 들어왔을 때 정박장에서 본 화물 잠수함이에요. 오래됐지만 믿을 만한 배죠. 앵커리지까지 무사히 데려가 줄 거예요."

"그럼 카울 당신도 같이 가야겠네요." 프레야가 안도의 한숨을 내쉬며 말했다. "난 혼자서 잠수함을 운전할 줄 모르거든요. 지도도 볼 줄 모르고. 뭐 아무것도 모르는데…."

"톰과 헤스터가 도와줄 거예요."

"톰과 헤스터는 스크류 웜을 타고 브라이튼을 쫓아갈 거예요." 헤스터가 말했다.

"안 돼요." 카울이 말했다. "당신이 프레야와 같이 가 줘야 해요. 난 엉클과 함께 있어야 해요. 나글파에 연료를 충전하고 음식과 물을 싣는 걸 도와줄게요. 나글파로 앵커리지까지 가서 프레야하고

## 18. 나글파

아이들을 안전하게 내려 주세요. 그런 다음에 브라이튼을 찾아가서 렌을 구해도 늦지 않아요."

❈ ❈ ❈

그렇게 해서, 마지막으로 그림스비의 거머리선 정박장은 바다로 나갈 잠수함을 준비하는 소리로 가득 찼다. 나글파는 녹슬고 덜컹거리는 고철 덩어리처럼 보였지만, 카울은 바다를 항해하는 데 문제가 없을 뿐 아니라 내부 공간이 넓어서 아이들을 모두 데려갈 수 있다며 일행을 안심시켰다. 카울은 나글파에 대해 자기가 알고 있는 다른 이야기는 하지 않았다. 나글파는 그 옛날 엉클이 눈유목민 고물상들한테서 훔쳐 내어 해저 왕국을 건설하는 데 사용한 최초의 거머리선이었다. 그는 나글파라는 이름이 북쪽 왕국들의 옛 전설에서 유래했다는 말도 하지 않았다. 죽은 사람들의 손톱으로 만든 나글파는 세상의 종말에 어둠의 신들이 전투를 하러 갈 때 타고 나가는 배라는 전설이 있었다. 그 이야기를 하면 아이들이 악몽을 꿀까 걱정됐던 것이다.

톰과 카울이 이 오래된 잠수함의 엔진을 점검하는 동안 헤스터는 연료를 채웠고, 프레야는 상대적으로 나이가 좀 있는 아이들을 따라 그림스비의 식료품 저장고로 가서 음식을 날라다 배에 실었다. 바인랜드까지 가는 동안 그들이 먹을 음식이었다.

모든 일을 빨리 해치워야만 했다. 건물 복도를 따라 금속이 끼익 하는 소리가 끊임없이 들려왔다. 브라이튼의 수중폭탄에 손상된 철판들이 휘어지거나 바닷물의 압력을 못 이기고 무너져 내리는 소리였다. 물이 쏟아져 들어오면 칸막이 문들이 내려와 다른 곳으로 물이 들어가지 못하도록 막는 차단 장치가 작동을 했다. 저 위 어디선가 엉클이 광기 어린 꿈을 꾸며 잠들어 있다는 사실을 아무도 잊지 않았다. 엉클은 아직까지는 깊이 잠들어 있는 것 같았다. 적어도 톰이 나글파의 해치 문을 열고 어두운 천장 쪽을 봤을 때까지만 해도 게 카메라가 움직이는 것은 보지 못했다.

톰은 해치 문을 열어 놓고 잠시 기대어 서 있었다. 나글파의 엔진실이 너무 덥고 공기가 탁했기 때문에 시원한 바깥 공기가 반가웠다. 엔진을 점검하느라 무리를 한 데다 렌에 대해 심하게 걱정을 해서 그런지 오래된 상처가 다시 아파 왔다. 마치 심장에 깨진 유리 조각이 가득 있는 것처럼 날카롭게 찌르는 듯한 통증이 느껴졌다. 톰은 이러다 죽는 건가 하는 생각을 다시 한 번 했다. 죽음이 두렵다는 생각은 별로 들지 않았다. 그러나 렌을 찾기 전에 죽는 것은 두려웠다.

그는 자기보다 카울에 대해 걱정하는 편이 낫겠다는 생각을 했다. 잠수함에서 나오는데 헤스터가 정박장을 가로질러 이쪽으로 오고 있었다.

"카울은 어떡하지?" 톰은 헤스터를 가까이 당기면서 낮은 소리로

## 18. 나글파

물었다. "아직도 여기 남겠다고 고집이야. 엉클이 자기를 죽이려 했다는 걸 잊었나 봐."

헤스터는 고개를 저었다. "그걸 잊은 건 아니야. 여기 남길 원해서가 아닌 것 같아. 그냥 엉클을 사랑하는 것뿐이야."

"하지만 엉클이 자기를 죽이려고 했었잖아!"

"그렇다고 해서 달라지는 건 아무것도 없어." 헤스터가 말했다. "카울한테 엉클은 부모라는 존재에 가장 가까운 사람이야. 누구나 자기 부모를 사랑해. 자기가 부모를 사랑하는 걸 깨닫지 못하는 사람들도 있고, 부모를 사랑하면서 동시에 증오하는 사람도 있지만 말이야. 하지만 그런 증오심에도 사랑하는 감정이 조금은 섞여 있게 마련이야. 그래서… 복잡한 거지."

헤스터는 말을 멈췄다. 뭐라고 설명하기가 힘들었다. 죽은 아버지와 행방불명된 자식에 대한 자신의 복잡한 감정에 대해 생각했다. 그녀는 카울이 엉클을 사랑하는 것만큼 렌도 자기를 사랑했으면 좋겠다고 생각했다.

"카울은 여기 꿈을 밤마다 꾼다고 프레야가 그러더군." 톰이 말했다. "자기가 어렸을 때 밤마다 스피커를 통해 속삭이던 엉클의 목소리가 꿈에 들린대. 엉클은 왜 아이들이 다 자는데 계속 스피커로 속삭이는 짓을 했을까?"

"세뇌를 하는 거였을 수도 있지." 헤스터가 말했다.

"나도 그렇게 생각해. 마음속에 일종의 고리 같은 것을 만들어 언제라도 그림스비로 다시 당길 수 있도록. 아무리 멀리 도망가도, 아무리 간절하게 도망가고 싶어도 다시 당길 수 있게."

"카울을 강제로라도 데려가야 해." 헤스터가 말했다. "머리를 때려서 기절시켜 가지고 끌고 가는 거야. 바다로 나간 뒤에야 정신을 차리게."

"어쩌면," 톰이 말했다. "어쩌면 그림스비가 사라지고 엉클이 죽은 다음에야 카울은 모든 것을 잊을 수 있을지도 몰라."

그때 나글파의 전망탑에서 찢어지는 듯한 아이의 비명 소리가 들렸다. "카메라!" 다른 일을 하기엔 너무 어려서 프레야가 망보는 임무를 줬던 뱀장어라는 이름의 남자 아이가 소리쳤다. "카메라들이 움직이고 있어요!"

톰과 헤스터가 위를 올려다봤다. 머리 위에서 크레인을 따라 게 카메라들이 바삐 움직이고 있었다. 나글파가 서 있는 풀 위로 초점을 맞추며 왔다 갔다 하느라 게 카메라들끼리 부딪히고 서로 넘어다녔다.

"엉클이 깼어." 카울이 잠수함의 앞쪽에 있는 해치 문에서 기어나와 부두로 올라왔다. 프레야가 그 뒤를 따랐다.

"상관없어." 헤스터가 말했다. "이제 와서 우리가 떠나는 걸 막을 수는 없어."

"누가 떠난다고?" 거친 엉클의 목소리가 들렸다. "아무도 떠나지 못해."

## 18. 나글파

 엉클은 다리를 절룩거리며 텅 빈 정박용 풀들을 지나 걸어왔다. 종잇장처럼 마른 손을 부들부들 떨고 있었는데, 그 손에 들려 있는 헤스터의 총이 어울리지 않게 커 보였다. 그의 머리 위로 곰팡이 슨 생각 풍선처럼 보이는 낡은 열기구가 떠 있고, 그 아래쪽에 달린 스크린들에서는 게 카메라가 보내는 영상들이 깜빡거렸다. 그는 총을 힘겹게 추켜들고 방아쇠를 당겼다. 나글파의 전망탑에 총알이 맞았는지 금속성 굉음이 울렸다. 그 소리는 어둠 속에 서 있는 크레인 사이로 메아리치다 사라졌고, 거기에 회답이라도 하듯 위층 어딘가에서 칸막이벽이 커다랗게 신음 소리를 냈다. 거대한 동물이 소화불량으로 길고 고통스러운 죽음을 맞는 것처럼 들렸다.
 엉클은 그 소리를 무시했다. "엉클은 무엇이든 다 알아!" 새된 목소리로 그렇게 소리친 다음 말을 이었다. "여기 남아 그림스비 재건을 도우면 큰 보상을 받게 될 거다. 그래도 떠나겠다면 저 수문 밖에서 기다리고 있는 물고기들의 밥이 되게 해 주겠다."
 아이들이 술렁거렸다. 헤스터는 톰을 보호하듯 그의 앞을 막아섰다. 카울이 엉클 쪽으로 달려갔다. "엉클," 그가 말했다. "그림스비는 우리가 생각했던 것보다 훨씬 상태가 안 좋아요."
 "그래서?" 엉클은 스크린에 클로즈업된 카울의 얼굴을 올려다보며 말했다. "내가 여기 처음 왔을 때는 이보다도 훨씬 나빴어."
 "미스터 카일," 프레야가 조용히 말했다. "스틸턴 씨?"
 그녀는 정박장을 가로질러 걸어갔다. 크레인에 달린 게 카메라들이 그녀의 얼굴과 손에 초점을 맞추느라 분주하게 움직였다. 카울이 그녀를 막으려고 나섰지만, 프레야는 카울을 가볍게 뿌리치고 엉클에게 손을 내밀었다. "카울 말이 맞아요. 그림스비는 이제 수명을 다했어요. 정말 대담한 발상이었어요. 직접 와서 제 눈으로 그림스비를 보게 되어 정말 기뻐요. 하지만 이제 떠날 때가 됐어요. 우리랑 함께 앵커리지로 가세요. 다시 신선한 공기를 마시고 따스한 햇빛을 보고 싶지 않으세요?"

"햇빛?" 엉클의 눈에 갑자기 눈물이 핑 돌았다. 누군가 자기를 이렇게 친절하게 대해 준 것이 언제인지 모른다. 누군가 자기를 "스틸턴 씨"라고 부른 것도 얼마 만인지 모른다. 프레야가 손을 뻗자 엉클은 머리 위에 떠 있는 스크린들을 올려다봤다. 그녀의 친절하고 하얀 손이 머리 위에서 맴돌고 있었다. 날개처럼.

"그림스비를 떠난다고?" 이번에는 자기 자신에게 질문하듯 작은 소리로 중얼거렸다. 게 카메라들이 프레야를 확대하기 시작했다. 모든 스크린에서 프레야가 보였다. 그녀의 얼굴, 눈, 입, 볼의 부드러운 곡선, 그녀의 손…. 모두 실제보다 크게 확대된 그 모습들은 마치 여신을 만드는 부품들처럼 보였다. 엉클은 그녀의 친절한 손을 잡고 같이 떠나서 죽기 전에 다시 한 번 햇빛을 보고 싶었다. 그녀 쪽으로 반걸음 정도 발을 떼던 그는 문득 안나 팽을 떠올렸다. 그리고 그녀가 어떻게 자기를 배신했는지도 기억해 냈다.

"안 돼!" 그가 소리쳤다. "안 돼! 넘어갈 수 없어. 모두 속임수야."

## 18. 나글파

 그는 총을 프레야에게 겨누고 방아쇠를 당겼다. 굉음이 정박장 전체에 울려 퍼지자 아이들이 비명을 지르며 귀를 막았다. 총알이 프레야의 미소 짓는 얼굴을 관통했다. 그녀의 얼굴이 산산조각 나자 어둠만 남았다. 불꽃이 튀면서 유리 조각이 비처럼 쏟아지고 나서야 엉클은 자신이 프레야가 아니라 프레야를 가장 크게 비추던 스크린을 쏘았다는 것을 깨달았다. 그는 진짜 프레야를 찾아 눈을 돌렸다. 그러나 이미 카울이 그녀를 잡아채고 그 앞을 막아선 뒤였다. 엉클은 카울을 쏘고 싶지 않았다.
 그의 머리 위 어디에선가 길고 큰 한숨 소리가 들렸다. 손에 든 총이 더 무겁게 느껴졌다. 그는 위를 쳐다봤다. 모두 위를 쳐다봤다. 두려움에 떨던 아이들마저 위를 쳐다봤다. 엉클은 자기가 쏜 총알이 스크린들을 공중에 띄우고 있던 풍선에 구멍을 냈다는 것을 알아차렸다. 보고 있는 사이에 구멍은 하품하는 입처럼 깊고 빠르게 커졌다.
 "엉클!" 카울이 소리쳤다.
 "카울!" 프레야가 비명을 지르며 카울을 뒤로 잡아끌어 꼭 껴안았다.
 "안나…." 엉클이 속삭였다.
 마치 거미를 깔아뭉개는 장화처럼 무거운 스크린들이 엉클에게 떨어졌다. 스크린들이 폭발하면서 하얗고 파란 불꽃이 일고 유리 조각이 바닥에 날렸다. 바람 빠진 풍선이 망토처럼 내려와 산산이 부서진 스크린들을 덮었다. 폭발로 생겨난 연기가 천장까지 올라가자 스프링클러가 작동하면서 정박장에 차가운 소금물 비가 내렸다.

톰이 뛰어왔다. 헤스터는 심하게 떨리는 프레야의 어깨에 손을 얹으며 물었다. "괜찮아요?"

"괜찮은 것 같아요." 온몸이 물에 젖은 채 연기 때문에 재채기를 하면서 그녀가 물었다. "엉클은요?"

카울은 불꽃이 튀고 연기가 나는 스크린의 잔해 주변을 한 바퀴 돌았다. 때가 절은 토끼 모양 슬리퍼를 신은 엉클의 발이 한쪽 귀퉁이에 삐죽 나와 있었다. 발이 몇 번 경련을 하다가 멈췄다.

"카울?" 프레야가 물었다.

"난 괜찮아요." 카울이 말했다. 정말 괜찮았다. 무슨 이유에서인지 흐르는 눈물은 멈출 수가 없었지만. 그는 늘어진 풍선을 잡아당겨 토끼 슬리퍼를 덮어 준 다음 돌아서서 일행을 마주했다. "자," 그가 말했다. "그림스비가 완전히 무너져 내리기 전에 어서 나글파를 출발시켜야 해요. 스크류 웜도요. 렌을 찾으러 가려면 톰과 헤스터한테 스크류 웜이 필요할 테니."

※ ※ ※

그다음부터는 모든 일이 빠르게 진행됐다. 그림스비는 계속 끼익하면서 기울어졌다. 이따금 불길하게 큰 진동이 일어나 정박용 풀

## 18. 나글파

에 잔물결을 만들었다. 마치 그림스비가 자기를 만들어 준 주인을 따라 저세상으로 가고 싶어 하는 것처럼 느껴지기까지 했다.

연료를 모두 싣고, 스크류 웜과 나글파에 새 배터리와 식수를 담은 통들을 실었다. 헤스터는 물이 새고 있는 그림스비의 보물 창고를 뒤져서 금화를 한 무더기 찾아냈다. 브라이튼에 갔을 때 돈이 필요할 것 같아서였다. 그리고 아무도 보지 않을 때 부서진 스크린들 사이를 뒤져서 죽은 엉클의 손에 쥐어져 있는 총을 찾아냈다. 조만간 필요할 거라는 확신이 들어서였다.

부두에서 톰이 프레야를 껴안았다.

"행운을 빌어요." 톰이 말했다.

"행운을 빌어요." 프레야는 톰의 얼굴을 두 손으로 잡고 미소를 지으며 말했다. 그녀는 얼굴을 붉히면서 망설였다. 할 수만 있다면 톰에게 경고를 해 주고 싶었다. 헤스터가 얼마나 무자비해질 수 있는지 톰은 아직 모르는 것 같았다. 프레야도 헤스터가 톰을 사랑한다는 것은 잘 알고 있었다. 그러나 헤스터는 톰 말고는 아무도 상관하지 않기 때문에 언젠가 그녀의 무자비함이 자신은 물론 톰에게까지 파멸을 가져올까 봐 두려웠다.

"톰," 그녀가 말했다. "헤스터를 잘 살피세요."

"둘이 서로 잘 살필게요, 항상 그래 왔던 것처럼." 톰은 그녀의 말을 잘못 알아듣고 대답했다.

프레야는 포기를 하고 그에게 입을 맞췄다. "렌은 꼭 찾게 될 거예요. 틀림없어요."

톰이 고개를 끄덕였다. "나도 틀림없이 찾을 수 있을 거라 생각해요. 가능하면 틴 북도 찾아올게요. 엉클이 카울에게 한 이야기가 사실이어서 그린 스톰과 도시들이 전쟁을 벌이고 있다면…, 프레야, 그린 스톰이 어떤 무리인지 로그스 루스트에서 봐서 잘 알아요. 틴 북이 뭔가 위험한 물건을 만드는 열쇠라면 그린 스톰의 손에 넘어가게 해서는 안 돼요."

"틴 북이 무엇인지는 아무도 확실히 알지 못해요." 프레야가 다시 한 번 말했다. "되찾을 수 있으면 좋겠죠. 단, 안전을 해치지 않는 선에서요. 렌이 제일 중요해요. 그 애를 찾은 다음 안전하게 바인랜드의 집으로 돌아와요."

톰은 헤스터와 함께 스크류 웜에 탔다. 프레야는 스크류 웜이 물 밑으로 내려갈 때까지 손을 흔들었다. 그녀는 카울과 함께 정박장 풀에 생긴 물거품이 다 사라질 때까지 그렇게 서 있었다. 아이들이 나글파에 탄 채 그녀를 기다리고 있었다. 열려 있는 해치 문으로 아이들의 초조한 목소리들이 들려왔다.

"이제 가는 거야?"

"앵커리지까지 멀까?"

"거기 가면 진짜 우리 방도 생기고 그럴까?"

"엉클이 진짜 죽은 걸까?"

"토할 것 같아!"

## 18. 나글파

프레야는 카울의 손을 잡았다. "이제…?"
"자," 그가 말했다. "집으로 갑시다."
그들은 집을 향해 떠났다.
그림스비는 마침내 홀로 남았다. 며칠이 지나자 창문에서 새어 나오던 흐린 불빛마저 사라지고, 하나씩 하나씩 환기 펌프가 멈췄다. 수리해 주는 사람의 손길이 끊기자 벽에 생긴 구멍과 균열이 점점 넓어졌고, 바닷물이 끈기 있게 그 사이로 스며들었다. 로스트 보이들의 잠자리에 이제는 물고기들이 보금자리를 틀었다.

❀ ❀ ❀

톰은 프레야, 그리고 심지어 카울과도 헤어지기가 섭섭했다. 하지만 헤스터는 톰과 단둘이 남게 되자 안도감이 들었다. 그녀는 톰 말고는 아무하고도 진정으로 편안하지가 않았다. 렌은 예외였다. 그것도 렌이 어렸을 때 이야기이긴 하지만. 헤스터는 톰이 스크류 웜의 제어반 앞에 앉아 카울이 가르쳐 준 것을 모두 기억해 내려고 애쓰며 인상을 쓰는 모습을 사랑스러운 눈으로 바라봤다.
그날 밤, 거머리선이 브라이튼의 항로인 남남서로 방향을 잡고, 순조롭게 항해가 시작되고, 바닷물이 선체에 부딪히며 철썩거리는 소리가 노래처럼 들릴 즈음 헤스터는 침대로 가서 긴 팔다리로 톰을 감싸고 입을 맞췄다. 젊었을 적에 처음 제니 하니버를 타고 날아다니며 몇 시간이고 계속 입을 맞추던 일이 기억났다. 그러나 톰은 렌에 대한 걱정이 너무 깊어 그녀의 입맞춤에 제대로 응답을 할 여유가 없었다. 톰이 잠든 후에도 오랫동안 잠을 이루지 못하고 뒤척이던 헤스터의 머릿속에서는 씁쓸한 생각이 떠나질 않았다. '이 사람은 한 번도 렌을 사랑하는 만큼 나를 사랑하지 않았구나.'

INFERNAL DEVICES
## 19
# 신부의 화관

나글파가 돌아오기 훨씬 전에 바인랜드에는 첫서리가 내렸다. 스크류 웜은 며칠 만에 갔던 거리였지만, 사람이 너무 많이 탄 데다가 엔진도 골골한 나글파는 죽은 대륙에 도착한 뒤 다시 구불거리는 강을 거슬러 올라가기까지 몇 주가 걸렸다. 그러나 카울은 나글파를 달래고 얼러서 마침내 앵커리지에 도착했다. 거머리 화물선은 보통 배들이 정박하는 부두에서 약간 떨어진 지점에서 살얼음을 뚫고 물 위로 솟아올랐다. 손을 흔들며 제일 먼저 해치 문 밖으로 머리를 내민 프레야는 다시 한 번 총에 맞을 뻔했다. 이번에는 로스트 보이들이 다시 쳐들어왔다고 착각한 미스터 스뮤였다.

어떤 의미에서는 로스트 보이들이 쳐들어온 것이 사실이었다. 떠들썩하고 예의라고는 전혀 모르는 데다 정서적으로 문제가 있는 아이들이 이곳에 살게 된 뒤로 앵커리지는 예전과 다른 곳이 됐다. 프레야는 쓰지 않고 방치해 뒀던 겨울 궁전의 위층을 다시 열었고, 아이들이 그곳에 자리를 잡으면서 오래된 건물은 새로운 소음과 활기로 가득 찼다. 일부 아이들은 물건을 훔치면 안 된다는 개념에 익숙해지는 데 조금 어려움을 겪었고, 또 어떤 아이들은 악몽을 꾸면서 엉클과 가글의 이름을 불러 댔다. 그러나 프레야는 끈기와 사랑을 가지고 아이들을 대하다 보면 언젠가 그 애들도 바다 밑 생활을 잊고, 행복하고 건강한 바인랜드인으로 성장할 것이라고 믿었다.

결국 그녀의 전략이 카울한테는 완전히 먹혀 들어가지 않았던가. 집으로 돌아오는 사이 그녀와 카울 사이에 무슨 일이 있었는지 프레야는 아무한테도 이야기하지 않았지만, 뼛속 깊은 곳까지 로스트 보이였던 카울은 바인랜드에 돌아온 이후로 다시는 엔진 구역의 오두막으로 돌아가지 않았다. 10월 초, 수확이 끝나고 고산지대에서 방목하던 가축들이 모두 돌아와 도시 전체가 겨우살이 준비를 시작할 무렵 마그라빈과 카울은 결혼식을 올렸다.

❂ ❂ ❂

프레야는 결혼식 다음 날 아침 일찍 눈을 떴다. 어렸을 때 그랬던 것처럼 새벽 다섯 시에 완전히 잠에서 깬 그녀는 카울이 깨지 않도록 조심스럽게 침대에서 나와 창문으로 다가갔다. 맨발에 닿는 바닥이 차게 느껴졌다. 그녀의 머리카락에는 신부의 화관에서 떨어진 꽃들이 아직 얽혀 있었다.

## 19. 신부의 화관

커튼을 걷자 호수에 얼음이 두껍게 끼고 밤사이 내린 눈이 사위를 덮고 있는 것이 보였다. 그녀는 자기의 도시가 앞으로 6개월 동안 얼음 신들의 나라로 돌아간 것이 기뻤다. 여름의 신들, 호수와 사냥의 신들은 모두 그녀의 백성들에게 너그러웠고, 호수의 신들과 사냥의 신들은 그녀에게 자비로웠다. 그러나 자라면서 가장 가깝게 느꼈던 얼음의 신들은 다른 신들보다 훨씬 더 신뢰가 갔다. 그녀는 창문에 입김을 분 다음 얼음 신을 상징하는 눈송이를 그리고 속삭였다. "톰을 안전하게 지켜 주세요. 헤스터도요. 비록 헤스터는 그럴 자격이 없지만요. 어딘지는 모르겠지만 렌이 있는 곳으로 두 사람을 인도해 주세요. 세 사람 모두 안전하고 행복하게 집으로 돌아올 수 있도록 보호해 주세요."

얼음의 신들이 프레야의 기도를 들은 건지 어떤 건지 아무런 대답이 없었다. 겨울 궁전의 첨탑을 휘감는 바람 소리와 다시 침대로 돌아오라며 그녀를 부르는 부드럽고 나른한 남편의 목소리만이 들릴 뿐이었다.

# PART TWO

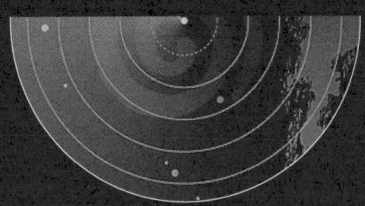

INFERNAL DEVICES
20
# 바다 물결 위의 삶

"여보? 페니로얄?"

"음?"

파빌리온에 아침이 왔다. 시장과 시장 부인은 아침 식사실의 기다란 식탁 양끝에 앉아 있었다. 아침 식사실은 벌써부터 상당히 따가운 태양빛을 가리기 위해 모슬린 블라인드가 드리워져 있었다. 시장 부인의 의자 뒤에서 아프리카 출신 노예가 타조 깃털 부채를 부치고 있는데, 그 시원한 바람이 시장 손에 들린 신문을 자꾸 뒤적이고 있었다.

"페니로얄, 내 말 좀 들어 봐요."

님로드 페니로얄은 한숨을 쉬면서 신문을 내려놨다. "왜 그래요, 부-부, 내 사랑?"

상당한 재산을 모은 이 가짜 탐험가가 배우자를 필요로 할 것이라는 사실은 불 보듯 뻔했다. 결국 페니로얄의 배우자가 된 사람은 부-부 헤크몬두아이크였다. 15년 전 『사냥꾼의 현상금』이 베스트셀러가 되어 대 사냥터 도시의 서점가를 휩쓸 때만 해도 부-부와 결혼하는 것은 좋은 생각처럼 보였다. 그녀는 브라이튼의 유서 깊은 귀족 출신이었지만 가난했고, 페니로얄은 아무 배경도 없는 탐험가에 불과했지만 돈이 많았다. 둘의 결혼 덕에 부-부는 기울어 가는 헤크몬두아이크 집안을 다시 세울 수 있었고, 페니로얄은 시장으로 선출되는 데 필요한 사회적 배경을 얻을 수 있었다. 부-부는 야망을 가진 사람의 아내로서 안성맞춤이었다. 꽃꽂이와 환담에 능숙했고, 군사 작전을 펼치듯 완벽한 만찬 파티를 열었다. 거기에 바자회, 무도회, 작은 병원들의 개업식 등에 참석해서 흠잡을 데 없이 완벽하게 자기 역할을 해냈다.

그럼에도 불구하고 페니로얄은 부-부와 결혼한 것을 후회했다. 덩치도 크고 고집도 센 데다 소란스러운 그녀는 한방에 있는 것만으로도 페니로얄을 피곤하게 만들었다. 노래하는 것이 취미인 그녀는 블루 메탈 컬처라는 장르의 오페라를 열정적으로 사랑했다. 보통 이 오페라들은 아무 가락도 없이 며칠 동안 계속되다가 결국 등장인물들이 모두 죽어야 끝이 나곤 했다. 간혹 페니로얄이 옷값 지출이 과하다고 코멘트를 하거나 만찬 때 참의원 부인에게 추파를 던진다든지 해서 그녀의 신경을 건드리면 부-부는 창문이 덜컥거릴 때까지 발성 연습을 하거나 축음기 소리를 있는 대로 높여서 집안 전체에 다이애나 프린세스 오브 훼일스*의 〈작살 아리아〉 600절

## 20. 바다 물결 위의 삶

을 처음부터 끝까지 울려 퍼지게 했다.

"내가 말할 때는 귀를 기울여 주세요, 페니로얄." 그렇게 말하면서 그녀가 크루아상을 내려놓는 품이 심상치 않았다.

"여부가 있나요, 여보. 『양피지』지에 실린 최근의 전쟁 기사를 읽고 있었소. 좋은 소식이에요. 견인 동맹의 일원인 것이 자랑스럽지 않소, 응?"

"페니로얄!"

"왜 그래요, 여보?"

"보름달 축제 무도회 계획을 검토하고 있는데요." 부-부가 말했다. "하늘을 나는 족제비 대원들을 초대했더군요."

페니로얄은 온몸을 사용해서 어깨를 으쓱하는 모양새를 취했다.

"님로드, 용병들을 그런 파티에 초대해도 되는 건지 모르겠어요."

"하늘을 나는 족제비 편대 대장만 초대했을 뿐이라오. 오를라 툼블리 말이오." 페니로얄이 변명을 했다. "원하면 친구들을 몇 명 데려와도 좋다고 말한 것 같기도 하고. 소외감 느끼게 할 수는 없지 않소? 아주 유명한 여자 비행사인데. '콤뱃 웜뱃'을 가지고 벵골만 전투에서 비행 전함을 세 척이나 침몰시킨 전력이 있는…."

---

* Diana, Princess of Whales. 20세기에 엘리자베스 2세의 며느리였다가 이혼 후 교통사고로 숨을 거둔 다이애나 황태자비의 공식 명칭이 Diana, Princess of Wales이다. 미모로 이름 높았던 다이애나 황태자비를 연상시키면서 Wales(웨일즈)에 h자 하나를 더 넣어서 Whales(고래들)라고 바꾼 것이다. 몸집이 엄청나게 크고 둔한 여자를 빗대어 말할 때 사용하는 '고래'라는 표현과 대개의 영국인들이 가지고 있는 연약하고 여성스러운 다이애나의 이미지를 대비시켜 익살스러움을 더했다.

그렇게 말하는 페니로얄의 머릿속에 분홍색 가죽 비행복을 입은 늘씬하고 멋진 툼블리의 모습이 떠올랐다. 그는 여성들 사이에서 자신이 인기가 높다는 것을 항상 자랑스러워했다. 젊었을 때는 이국적인 미인들과 정열적인 사랑을 나눈 경험이 있지 않은가? (민티 뱁스넥, 피치스 잔지바, 그리고 트랙션그라드 스몰렌스크 여성 크리켓 팀 등이 우선 머리에 떠오르는 연인들이었다.) 저 아름다운 오를라 툼블리도 조만간 자기 리스트에 오르게 되기를 기대하고 있는 중이었다.

"예쁘죠, 그렇죠?" 부-부가 싸늘한 어조로 물었다.

페니로얄은 어색한 표정으로 자세를 고쳐 앉으면서 중얼거렸다. "그런 건 잘 모르겠는데." 그는 이런 자리가 정말 싫었다. 부-부의 저 심술궂고 의심에 찬 눈초리야말로 사나이 밥맛을 떨어지게 하는 데 특효였다. 다행히 그는 부-부한테서 더 이상 고문을 당하지 않아도 됐다. 노예 하나가 문을 열고 "미스터 플로버리가 와 계십니다, 시장 각하."라고 말했기 때문이다.

"좋아!" 페니로얄은 그렇게 외치며 고마운 마음으로 손님을 맞이하기 위해 일어섰다. "플로버리! 내 친구! 이렇게 와 줘서 고맙네!"

레인스 거리의 으슥한 쪽에서 골동품 가게를 하는 월터 플로버리는 올드-테크 업무와 관련해 시장을 돕는 고문직을 맡고 있었다. 동시에 그는 페니로얄이 비밀리에 브라이튼 박물관의 소장품을 팔아 치워 한 살림 장만하는 것을 돕는 인물이기도 했다. 작은 체구에 늘 초조한 표정을 하고 있는 플로버리는 누군가 밀가루 반죽으로

## 20. 바다 물결 위의 삶

그의 얼굴을 만들었다가 굽는 것을 잊은 것 같은 얼굴이었다. 그는 페니로얄이 반색을 하며 반기자 좀 놀란 눈치였다. 사람들은 보통 그를 반가워하지 않았다. 하지만 사람들은 보통 그가 들어서는 순간에 페니로얄 여사로부터 아름다운 여자 비행사 때문에 취조를 당하고 있지도 않았다.

"각하가 보여 주신 그 물건에 대해 조사를 해 봤습니다." 그가 페니로얄에게 바싹 다가가며 말했다. 그는 부-부 쪽을 흘낏거리며 말을 이었다. "각하, 기억하시죠? 그 물건 말입니다."

"아, 그거라면 비밀로 할 것도 없어, 플로버리." 페니로얄이 말했다. "부-부도 다 알고 있으니까. 그렇지 않아, 내 사랑? 지난주에 슈킨한테서 뺏은 쇠로 만든 책 말이요. 플로버리한테 한번 보여 줬지."

부-부는 희미하게 미소를 지으며 신문을 들고 가십난을 펼쳤다. "미스터 플로버리, 실례해요. 올드-테크는 너무 따분해서…."

플로버리는 고개를 끄덕이며 그녀를 향해 살짝 인사를 한 다음 페니로얄에게 돌아섰다. "그 물건 아직 가지고 계십니까?"

"서재 금고에 있지." 페니로얄이 말했다. "왜 그러나? 돈이 나가는 물건인가?"

"음, 그럴지도 모르지요." 플로버리가 조심스럽게 대답했다.

"그 책을 가지고 온 로스트 걸은 그것이 잠수함하고 관계가 있다고 생각하는 것 같던데."

플로버리는 조심스럽게 웃었다. "아닙니다, 각하. 그 애는 고대인들의 기계 언어에 대해 아무것도 모르는 것이 틀림없습니다."

"기계 언어라고?"

"암호지요. 조상들이 컴퓨터 두뇌와 의사소통을 하는 데 사용했던 암호 말입니다. 그 책에 쓰여 있는 암호는 다른 역사적인 기록 가운데 어디에서도 같은 예를 찾을 수가 없습니다만, 남아 있는 아메리카 군용 암호 일부와 비슷한 것 같습니다."

"아메리카라고?" 그렇게 말하는 페니로얄의 표정이 바뀌었다. "군용? 그렇다면 좀 가치가 있겠군. 14년 동안 전쟁이 계속되고 있어서 사람들이 절박해져 있어. 초강력 무기와 관련 있다는 소문이 나면 전투 중인 대도시의 R&D 부서로부터 상당히 큰돈을 받아 낼 수 있을 거야."

플로버리의 얼굴이 약간 상기됐다. 그 '큰돈'에서 자기가 받을 소개비를 생각하니 마음이 들뜨기 시작했다. "제가 살 사람을 찾아볼까요? 해방 이동 도시들에 아는 사람들이 좀 있는데…."

페니로얄이 고개를 저었다. "아니, 플로버리. 이 일은 내가 알아서 하겠네. 보름달 축제가 끝날 때까지는 일을 시작해 봐야 소용없을 테고. 책은 금고에 잘 넣어 뒀다가 축제가 끝난 다음에 직접 알아보겠네. 알고 지내는 고고학자가 하나 있지. 크루이스 모차드라고 아주 매력 있는 젊은 여자야. 가을에 브라이튼에 들르곤 하는데 희귀한 올드-테크 골동품에 관심이 많지. 맞아, 자네를 귀찮게 하지 않고도 이 물건은 팔 수 있을 것 같네, 플로버리."

페니로얄은 불만에 가득 찬 플로버리를 돌려보냈다. 그런 다음 식사를 마저 하기 위해 식탁으로 눈을 돌렸다. 그러나 그를 맞은 것은 먹다 만 크루아상이 아니라 부-부가 들이댄 『양피지』지였다. 가십난 1면을 크게 장식한 것은 다름 아닌 오를라 툼블리와 팔짱을 끼고 레인스의 카지노에 들어서는 자신의 사진이었다. 오를라 툼블리는 페니로얄의 기억하고 있던 것보다 아름다워서 거의 여신의 경지였다. "음, 뭐, 딱히 예쁘다고 할 인물은 아닌데…." 페니로얄이 더듬거리며 말했다.

※ ※ ※

"불쌍한 부-부." 렌이 말했다. 그녀는 아침 식사실의 위쪽에 있는 갤러리에서 새 친구 신시아 트와이트와 함께 다른 사람들의 눈에 띄지 않게 서 있었다. 페니로얄과 플로버리가 나눈 대화는 소리가 너무 작아서 그녀가 서 있는 곳까지 들리지 않았지만, 오를라 툼블리에 관한 이야기는 단어 하나 놓치지 않고 다 들을 수 있었다. "어떻게 참고 지내는지 모르겠어."

"뭘 참고 지내?" 신시아가 순진한 얼굴로 물었다.

"못 들었어? 부-부는 페니로얄하고 오를라 툼블리가 모종의 관계라고 생각하고 있잖아?"

"모종의 관계가 뭐야?" 신시아가 물었다.

렌은 한숨을 쉬었다. 신시아는 아주 착하고, 아주 예쁘고, 그리고 아주 멍청했다. 그녀는 페니로얄가의 노예로 일한 지 벌써 몇 년째라고 했다. 렌이 처음 왔을 때 부-부는 신시아에게 렌의 친구도 되어 주고 집안일이 어떻게 돌아가는지도 설명해 주라고 했다. 렌은 신시아와 친구가 된 것이 좋았다. 하지만 며칠 지나지 않아 파빌리온이 어떻게 돌아가는지에 관해서는 신시아보다 몇 배 더 잘 파악하게 되었다.

"부-부는 페니로얄과 오를라 툼블리가 사귄다고 생각하고 있어." 렌이 참을성 있게 설명했다.

"아하!" 신시아는 그제야 놀란 표정이 됐다. "불쌍한 마님! 정말이지, 나이도 먹을 만큼 먹은 남자들이 젊디젊은 여자 비행사들 꽁무니나 쫓아다니고. 쯧쯧…."

"페니로얄에 관한 이야기라면 그보다 훨씬 더한 이야기도 많아." 렌은 그렇게 속삭이다 입을 다물었다. 신시아에게 아무것도 말해선 안 된다는 것을 상기했기 때문이었다. 클라우드 나인에 사는 모든 사람들에게 렌은 그냥 로스트 걸로 알려져 있었다. 페니로얄에 관해서도 그가 그 바보 같은 책에 쓴 이야기 이상은 모르는 것으로 되어 있었다.

"뭔데?" 호기심이 발동한 신시아가 물었다. "도대체 뭔데?"

"나중에 이야기해 줄게." 렌은 그렇게 약속했다. 신시아는 돌아서

## 20. 바다 물결 위의 삶

면 잊어버릴 것이 뻔했기 때문이다.

화제를 바꾸기 위해 렌이 말을 이었다. "부-부의 의자 뒤에 서 있는 저 애는 누구야? 부채 들고 있는 저 애 말이야. 지난번에 수영장 옆에서도 봤어. 언제나 저렇게 슬픈 얼굴을 하고 있더라."

"아, 저 애도 너처럼 새로 왔어." 신시아가 신이 나서 말했다. "온 지 몇 주 안 됐어. 테오 응고니라고 하는데 그린 스톰의 비행사였대! 어디선가 큰 전투에서 포로로 잡혔는데 페니로얄이 부-부의 생일 선물로 사 줬어. 이끼쟁이 포로를 노예로 두는 게 유행이거든. 하지만 난 무서워. 자다가 그놈들 손에 다 죽을 수도 있잖아! 좀 봐! 사나워 보이잖아!"

렌은 그 소년을 자세히 살폈다. 전혀 사나워 보이지 않았다. 렌 나이 또래로 보이는 그 소년은 전투에 나가기에는 너무 어려 보였다. 전투에서 패배하고 이역만리까지 끌려와서는 페니로얄 부부 뒤에 서서 하루 종일 부채질이나 하고 있으려면 얼마나 비참할까! 저렇게 슬픈 얼굴을 하고 있는 것도 무리가 아니었다. 렌은 그 소년에게 동정심이 들었다. 그리고 보니 자기 자신도 불쌍했다. 그녀는 하루빨리 탈출할 방도를 찾아야겠다고 다시 한 번 마음먹었다.

❁ ❁ ❁

며칠 동안 페니로얄은 렌에게 특별히 관심을 보였다. 렌을 "바다 밑에서 온 내 팬"이라고 부르면서 그린 스톰과의 전쟁의 역사를 다룬 자신의 최근 저서를 주기도 했다. 하지만 얼마 가지 않아 그녀에 관해 완전히 잊어버렸고, 렌은 페니로얄 부인의 수많은 노예 중 한 명이 되었다.

렌의 새 생활은 단순했다. 매일 일곱 시에 일어나 아침을 먹은 다음 다른 노예 소녀들과 함께 페니로얄 부인의 침실로 가서 안주인을 깨우고 옷 입는 것을 도왔다. 아침에 가장 중요한 일은 페니로얄 부인의 머리를 매만지는 일이었는데, 엄청나게 비싼 장식품들을 사용해서 정교하게 꾸미고 몇 피트 높이로 쌓아 올리다 보면 한 시간이 휙 지나갔다. 페니로얄이 타운홀에 내려가서 업무를 보는 날 아침이면 그의 부인은 수영장에서 긴 여가를 즐겼다. 가끔 페니로얄이 "업무를 겸한 점심 식사"라고 부르는 오찬을 하고 술에 취해 돌아올 때면 부인은 케이블카를 타고 브라이튼에 내려가 여러 곳을 방문하거나 개업식 등에 참석했다. 그럴 때는 예쁘고 어린 하녀들은 모두 집에 남고 쇼핑한 것을 들 노예 소년 한둘만 동행했다.

저녁 여덟 시는 만찬 시간이었다. 보통 손님들을 많이 초대해 걸게 먹는 저녁 식사여서 렌을 비롯한 노예 소녀들은 백조 구이, 상어 스테이크, 소금에 절인 고기 파이, 엄청나게 높이 쌓아 올린 디저트 등을 들고 이리저리 바빼 움직여야 했다. 만찬이 끝나면 페니로얄 부인이 목욕을 하고 잠옷 입는 것을 도왔다. 그러고 나서 1층에 있는 노예 숙소에서 취침을 했다.

## 20. 바다 물결 위의 삶

가끔은 힘이 들기도 했지만, 시장 부인의 시중을 들지 않아도 될 때는 하고 싶은 일을 할 수 있었다. 파빌리온에 도착한 처음 몇 주 동안 렌은 신시아 트와이트와 함께 파빌리온 이곳저곳을 구경하고 다니는 것이 가장 좋았다.

페니로얄의 궁전은 놀라운 곳이었다. 렌은 그늘이 생기게 만들어 놓은 산책로와 정자, 정교한 정원수 미로, 푸른 사이프러스 나무 숲, 그리고 고대 신들을 위한 사당 등이 정말 좋았다. 브라이튼이 더 따뜻한 바다와 금빛 가을 햇살을 찾아 남쪽으로 이동하는 동안 정원 가장자리에서 난간을 붙잡고 저 아래로 보이는 하얀 도시와 반짝이는 바다, 하늘을 수놓는 갈매기와 비행선, 바람에 날리는 깃발 등을 바라보고 있으면 이렇게 아름다운 광경을 볼 수 있으니 납치되어 노예로 팔린 것도 괜찮다는 생각이 들기도 했다.

그러나 날이 갈수록 엄마, 아빠가 보고 싶었다. 클라우드 나인을 빠져나가야 했다. 하지만 방법이 떠오르지 않았다. 공중에 떠 있는 클라우드 나인의 갑판에는 비행선의 정박이 허락되지 않았다. 그곳에서 나갈 수 있는 유일한 방법은 케이블카를 이용하는 것뿐인데, 케이블카는 빨간 제복을 입은 브라이튼 민병대가 삼엄하게 지키고 있었다. 게다가 설령 아래까지 내려간다 하더라도 그다음엔 어떻게 한다는 말인가? 렌의 손에는 슈킨 코퍼레이션의 낙인이 찍혀 있어서 브라이튼을 떠나는 배에 올라타더라도 도주 노예로 잡혀 다시 슈킨에게 넘겨질 것이 뻔했다.

그러는 동안에도 렌은 집에서 더 먼 곳으로 실려 가고 있었다. 브라이튼이 대 사냥터의 긴 해안선을 따라 남쪽으로 가는 동안 갑판 두 개짜리 소규모 견인 타운들이 먼지를 뒤집어쓴 채 계속 쫓아오고 있었다.

모두 보름달 축제에 관해 떠들어 댔다. 부-부는 시장 주최 무도회에 초대할 손님 명단을 썼다가 지우고 썼다가 지우며 고쳐 쓰기를 반복했고, 파빌리온의 부엌에서는 요리사들이 달 모양 케이크와 은색의 달 사탕을 만드느라 밤늦게까지 일을 했다. 가을의 첫 보름달은 인기 있는 종교에서는 대부분 성스러운 숭배의 대상이었다. 브라이튼에서는 파티와 퍼레이드가 펼쳐지고, 견인 도시, 정착 도시를 막론하고 보름달 축제를 기념하는 모닥불들이 전 세계에서 타오른다. 심지어 죽은 대륙에서도 외로운 모닥불 하나가 타오를 것이다. 바인랜드의 앵커리지에서도 보름달 축제는 1년 중 가장 큰 명절이기 때문이다.

렌은 친구들이 그녀가 어디 있는지, 그리고 안전하게 살아 있는지 궁금해하면서 도시 뒤편에서 물살에 떠내려 온 나뭇조각들과 부서진 가구들을 쌓아 올리는 모습을 상상했다. 지금 이 순간 친구들과 함께 있다면 얼마나 행복할까! 자기가 그들의 삶이 지루하다고 생각했다는 것이 믿어지지 않았다. 그리고 엄마하고는 왜 또 그렇게 말다툼을 했을까. 노예 숙소의 침대에 웅크리고 누워 렌은 어렸을 때 엄마가 불러 주던 노래를 낮은 소리로 부르면서, 클라우드 나인

## 20. 바다 물결 위의 삶

과 가스백을 연결하는 쇠밧줄에서 나는 끼익 소리를 바인랜드의 호숫가에 와서 부딪히는 물결 소리라고 상상했다.

✹ ✹ ✹

렌은 나비스코 슈킨에 대해 거의 잊을 뻔했다. 사실 나비스코 슈킨도 렌을 거의 잊을 뻔했다. 그는 바쁘게 돌아다니며 일을 하다가 가끔 클라우드 나인을 흘깃 쳐다보면서 자기를 속여 넘긴 여자 노예에게 복수를 하고 난 뒤의 쾌감을 상상했다. 그러나 바인랜드 노예잡이 계획은 아직 초기 단계에 불과했고, 그에게는 다른 급한 업무가 많았다. 오늘만 해도 플로버리라는 사람한테서 아주 흥미로운 메모가 왔다.

후추통의 중간층으로 내려간 슈킨은 옆문으로 나와 레인스의 미로 같은 거리로 빠르게 걸음을 옮겼다. 깜빡거리는 아르곤 램프 불빛, 그리고 머리 위 갑판에 난 창문과 환기구로 들어오는 알량한 햇빛 말고는 아무 조명도 없는 이 좁은 거리는 거지, 도둑, 인생의 패배자 들로 득실거렸다. 그러나 슈킨은 경호원 없이 이곳을 다닐 만큼 잘 알려진 인물이었다. 아무리 인생을 포기한 멍청이라도 브라이튼에서 슈킨에게 손을 댈 바보는 없었다. 손가락 하나만 잘못 대도 뼈도 못 추리게 될 것이 뻔했기 때문이다. 사람들은 슈킨에게 길을 양보하며 옆으로 비켜섰다가 그가 지나간 뒤에야 고개를 들고 그의 뒷모습을 훔쳐봤다. 술에 취해 비틀거리는 비행사들은 동료들이 낚아채서 길옆으로 비키게 만들었다. 조심성 없는 마약 거래상들과 거리의 여인들은 슈킨과 눈을 마주쳤다가 그의 시선이 불방망이라도 되는 듯 그 자리에 얼어붙어서 그가 지나간 쪽을 멍하니 바라봤다. 그런데 맙소사, 개를 줄에 매어 데리고 다니던 드레드록 헤어스타일의 거지가 물정도 모르고 감히 슈킨에게 구걸을 했다. "돈 몇 푼만 줍쇼, 나리? 음식 살 돈이 없어서…."

"개나 먹지." 슈킨은 그렇게 쏘아붙이고, 보름달 축제가 끝나면 노예 사냥팀을 당장 이 구역으로 보내야겠다고 마음먹었다. 이 쓰레기들을 거리에서 없애면 브라이튼에도 좋은 일이고, 자기도 가을 시장에서 상당한 이익을 남길 수 있을 테니 그야말로 일거양득이었다.

오줌 냄새와 기름 냄새가 뒤섞인 악취 때문에 그는 코에 손수건을 대고 생선 튀김을 파는 가판대 뒤로 난 좁은 골목으로 들어섰다. 골목의 막다른 곳에 있는 꾀죄죄한 가게 창문으로 고물과 올드-테크 물건 더미가 얼마 되지 않는 햇빛을 받아 희미하게 빛나고 있었다. 그 위로 '플로버리'라고 쓴 빛바랜 간판이 매달려 있었다. 문을 열자 종이 울리면서 가게 안쪽에 있는 방에서 주인이 잽싸게 뛰어나왔다.

"나를 보고 싶어 했다고?"

"네, 나리. 네…." 플로버리가 가느다란 손가락을 잔뜩 꼬아 쥐고 허리를 굽실거리면서 활짝 웃어 보였다. 페니로얄이 자기를 거치지 않고 직접 틴 북을 팔겠다고 한 것 때문에 화가 난 그는 자기가 가진 정보를 또 다른 돈 많은 사람에게 팔아 보기로 했다. 메모를 보낸 지 채 한 시간도 되지 않아 슈킨이 몸소 여기까지 방문한 것을 보자 상당히 기쁘면서도 놀라웠다. 떨리는 목소리로 그는 자기가 아는 것을 모두 고해바쳤다.

"군용이라고, 흠?" 페니로얄이 몇 시간 전에 했던 것과 비슷한 반응을 보이며 슈킨이 말했다. "고대 무기라?"

"무기가 아니라 암호입죠, 나리." 플로버리가 경고했다. "하지만 그 암호를 이해할 수 있는 사람이라면 유추를 해서 무기를 만들어 낼 수 있을지도 모르지요. 그렇게만 할 수 있다면 보통 가치 있는 물건이 아니겠지요. 나리한테서 받은 책이라고 페니로얄이 그래서…. 송구하지만, 사실 정확히 옮기자면 '그 슈킨이라는 놈을 속여서 공짜로 손에 넣었지.'라고 했지요. 그래서 나리께도 알려 드리는 게 도리라고 생각했습지요."

"그 일을 시장 각하에게 되갚아 드릴 계획은 이미 다 서 있네." 슈킨은 자기가 페니로얄한테 한 방에 속아 넘어간 사실을 이런 놈까지 알고 있다는 것이 짜증이 나서 쏘아붙이듯 말했다. 그러나 플로버리가 한 이야기에 흥미가 생기기는 했다. "그 책의 복사본은 물론 만들어 두었겠지?"

"아니요, 나리. 페니로얄이 어찌나 애지중지 그 책을 간수하는지

도무지 자기 눈 밖으로는 가지고 나가게도 못 한다니까요. 파빌리온에 있는 금고에 넣어 두고 그 방 밖으로는 절대 내보내질 않습니다. 하지만 사겠다는 사람이 있으면 잠깐 빌려 올 수는 있습니다. 제가 이래 봬도 파빌리온에 자주 방문을 합지요."

슈킨은 눈썹을 치켜세웠다. 관심이 가기는 했다. 그러나 플로버리가 요구할 돈을 내고 싶을 정도로 관심이 가지는 않았다. "난 노예 상인이야. 올드-테크에는 관심이 없어."

"물론입죠, 나리. 하지만 그 물건이 혹시라도 고대 무기와 관련 있는 것으로 드러난다면 어떻게 되겠습니까요? 균형이 바뀔 수도 있지요. 전쟁이 끝날 수도 있는 거 아닙니까? 전쟁 덕에 노예 사업이 잘됐는데…. 그렇지 않습니까, 나리?"

슈킨은 잠시 생각에 잠겼다가 고개를 끄덕였다.

"좋아, 어차피 그 물건은 내 거야. '찾은 사람이 임자' 원칙에 따라서 말이지. 페니로얄이 그걸로 이득을 보게 가만둘 수는 없지. 금고 번호는 알고 있나?"

플로버가 대답했다. "22-09-957입지요. TE 957년 9월 22일. 각하의 생일날이에요."

슈킨이 미소를 지었다. "좋아, 플로버리. 틴 북을 가져오게."

INFERNAL DEVICES
## 21
# 갈매기의 비상

그날 오후, 오찬이 끝나고 만찬 준비가 아직 시작되기 전에 잠시 짬이 난 렌은 채소밭을 지나 파빌리온 뒤편의 정원으로 갔다. 그리고 하늘을 나는 족제비 편대가 정찰 업무를 위해 이륙하는 것을 지켜봤다. 비행 기계들은 사람들이 잘 다니지 않는 파빌리온 뒤쪽의 정원에 임시 활주로를 마련해서 사용하고 있었다. 렌은 이제 격납고에서 나오는 그 이상한 기계들을 보고 이름을 알아맞힐 정도로 익숙해졌다. 비행 기계들에는 각각 팬티 자국호, 공중제비 비둘기호, 절약형 비스킷호, JMW 터너 오버드라이브호 등의 이름이 붙어 있었다. 지상 요원들은 스프링이 달린 투석기 같은 것에 천을 대고 갑판의 가장자리 너머로 비행 기계들을 쏘았다. 비행사들은 엔진을 고속으로 돌리면서 브라이튼의 뒤쪽에 펼쳐진 더러운 바닷물로 떨어지기 전에 날개에 바람이 걸리기를 기도했다.

렌은 정원 가장자리에 두른 난간을 붙잡고 서서 족제비 편대가 줄

지어 바다를 향해 곤두박질하다가 이윽고 지붕들 위로 솟아올라 서
툴게 공중 곡예를 하는 것을 지켜봤다. 비행 기계의 꼬리에서 초록
색, 보라색 연기가 나왔다. 항상 즐거운 마음으로 보던 광경이었지
만, 비행 기계들을 보고 있자니 오늘따라 집이 더 그리웠다. 저 비
행 기계들에 대해 아빠에게 이야기할 수 있다면 얼마나 좋을까!

비행장 뒤에는 사이프러스 나무로 둘러쳐진 고래 등 모양의 작은
청동 언덕 같은 것이 있었다. 그런 게 있다는 걸 안 지는 꽤 됐지만,
항상 멀리서만 봤지 자세히 볼 생각은 한 번도 해 보지 않았다. 예
술가들의 지지를 유지하기 위해 페니로얄이 사서 클라우드 나인 여
기저기에 놔둔 추상 조각품 중 하나려니 생각했기 때문이다. 하지
만 다른 할 일도 별로 없고 해서 그쪽으로 가까이 가 보던 그녀는
그것이 조각품이 아니라 건물이라는 것을 알았다. 한쪽에 곡선으로
된 커다란 문이 달려 있고, 그 앞에 쇠로 된 보도 같은 것이 깔려 있
었다. 동으로 만든 곡선의 벽과 지붕에는 장식용 가시가 박혀 있어
서 마치 커다란 가시복어가 잔디밭을 뚫고 나오는 것처럼 보였다.
건물 한쪽에 붙어 있는 가느다란 계단을 발견한 렌은 거기 올라가
서 높이 난 창문으로 안을 들여다봤다.

어두운 실내에 쾌속 비행선이 앉아 있었다. 너무나 매끈하고 아름
다워서 비행선에 대해 전혀 모르는 렌의 눈에도 엄청나게 비싼 물
건으로 보였다.

"피위트야." 그녀의 뒤에서 누군가 속삭였다. 돌아보니 신시아가

## 21. 갈매기의 비상

계단 아래에 서 있었다. "렌, 여기저기 찾아다녔잖아." 그녀가 말을 이었다. "사당에 가는 길이야. 아름다움의 여신에게 제물을 바칠 거야. 보름달 축제 전에 살을 빼야 하거든. 너도 같이 가자. 너도 여드름 좀 어떻게 해 달라고 빌어야 할 것 같은데."

렌은 여드름보다는 쾌속 비행선에 흥미가 있었다. 창문 안을 들여다보며 그녀가 물었다. "피위트라…. 페니로얄 거야?"

"물론이지." 신시아가 계단을 절반쯤 올라와서 말했다. "세라피스 문쉐도우 IV야. 엄청나게 좋은 모델이지. 하지만 요즘은 시장도 많이 타질 않아. 항상 잘 닦아 놓고 부양 가스를 충전해 놓기는 하지만, 부-부가 다른 도시로 쇼핑 갈 때 아니면 거의 쓰지 않아."

"보름달 축제 비행선 경주에 사용하지 않을까?"

"아니, 시장은 브라이튼에 정박시켜 놓은 골동품 비행선을 쓸 거야. 시장이 직접 몬다지, 아마? 오를라 툼블리를 공동 기장으로 삼아서 말이야. 툼블리는 비행선 역사 쇼 진두지휘에도 나선대. 페니로얄 시장의 책에 나온 것과 똑같이 진짜 로켓을 사용하는 공중 전투 쇼도 있을 거고. 그냥 외모로만 봐서는 짐작도 못하겠지만, 우리 시장님은 새의 길에서 엄청난 모험을 한 장본인이야."

렌은 창문 너머의 쾌속선을 다시 한 번 보면서 그 옛날 자기 부모에게서 페니로얄이 훔쳤던 비행선을 생각했다. 한밤중에 혼자 여길 와서 격납고 문을 열고 피위트를 타고 도망가면 어떨까? 그러면 정말 제대로 앙갚음을 해 주는 건데!

렌의 가슴 저 밑바닥에서 희미하게 희망의 북소리가 울리기 시작했다. 신시아의 손에 이끌려 파빌리온 부엌 뒤쪽에 마련된 노예들과 하인들의 사당으로 가는 내내 렌은 기분이 좋아서 하늘로 날아오를 것만 같았다. 화장이며 머리 모양에 대해 친구가 떠드는 말은 귓등으로 흘러들었다. 머릿속에서는 이미 피위트를 몰고 서쪽으로 날아가는 자신의 모습이 보이는 듯했다. 데드 힐 위를 지나니 바인랜드의 호수들이 저 아래에서 파랗게 빛나고, 앵커리지의 들에 착륙하는 자신을 보고 아빠, 엄마가 뛰어오고 있었다.

단 한 가지 문제는 그녀가 세라피스 문쉐도우 IV 비행선을 전혀 조종할 줄 모른다는 것이었다. 사실 다른 비행선이라 해도 모르기는 매한가지였다. 하지만 렌은 그 문제를 해결해 줄 사람을 알고 있었다.

❊ ❊ ❊

부-부 페니로얄은 자기 수하의 여자 노예들과 남자 노예들이 섞이는 것을 좋아하지 않았다. 그녀가 그토록 좋아하는 오페라에서도 비극적인 상황에서 만난 남녀는 어김없이 사랑에 빠져 어딘가에서 몸을 던지곤 했다. (보통은 절벽이지만 가끔 성벽, 지붕, 심지어 화산이 등장하기도 했다.) 부-부는 노예들을 좋아했기 때문에 그들이 클라우드 나인 가장자리에서 짝을 지어 뛰어내리는 장면을 상상하면 고통스

## 21. 갈매기의 비상

러웠다. 따라서 그런 비극적인 사랑이 아예 싹트지도 못하도록 남녀 노예가 서로 이야기를 나누는 것조차 금지했다. 물론 젊은이들은 어디까지나 젊은이들이었기 때문에 간혹 소녀 노예가 다른 소녀 노예를 사랑하거나 소년 노예가 다른 소년 노예를 사랑하는 경우도 있었다. 하지만 그런 일이 오페라에서 벌어지는 경우는 한 번도 없었기 때문에 부-부는 눈치채지 못했다. 나머지 노예들은 항상 규칙을 깨고 상대의 숙소로 잠입하느라 바빠서 부-부를 걱정시켰다. 그러나 적어도 테오 응고니는 걱정하지 않아도 됐다. 테오 응고니는 아무하고도 이야기를 하지 않았기 때문이다.

그렇지만 렌은 테오 응고니에게 말을 걸어야겠다고 결심했다. 피위트를 발견하고 며칠 뒤 드디어 기회가 왔다. 부-부가 브라이튼에 내려간 사이 페니로얄은 자기가 수영을 하는 동안 신시아와 렌에게 수건을 들고 있도록 했다. 운 좋게 테오도 시장이 사용할 여분의 물안경을 은쟁반 위에 들고 수영장 한쪽에 서 있었다. 페니로얄이 수영장에 띄워 놓은 에어 매트리스 위에서 조는 사이 렌은 테오에게 다가가 속삭였다. "안녕!"

테오는 곁눈으로 힐끗 보고는 아무 말도 하지 않았다. 렌은 그다음에 어떻게 해야 할지 생각이 나질 않았다. 여태껏 한 번도 이렇게 테오 가까이에 서 본 적이 없었다. 아주 잘생긴 소년이었다. 렌도 키가 컸지만 그는 그녀보다 훨씬 더 커서 그 옆에 서니 자신이 작고 어리숙해 보였다.

"난 렌이야." 그녀가 말했다.

테오는 정원 너머 푸른 바다를 향해 눈을 돌리고 렌이 언젠가 아프리카가 있는 쪽이라고 들었던 먼 수평선을 바라봤다. 어쩌면 테오도 집을 그리워하고 있을지 모른다고 생각하며 렌이 말했다. "저기가 네가 온 곳이야?"

테오 응고니는 고개를 저었다. "내 고향은 자그와야. 저보다 훨씬 남쪽 산중에 있는 정착 도시지."

"그래?" 렌은 흥미롭다는 듯 물었다. "아름다운 곳이니?" 그러나 소년은 더 이상 아무 말도 하지 않았다. 대화를 계속 이어 가야 한다는 생각에 그녀가 말을 이었다. "아프리카에 그린 스톰 기지가 있는지 몰랐어. 페니로얄 교수가 빌려 준 책을 보니 아프리카의 정착 도시들은 전쟁에 동의하지 않았다고 쓰여 있던데…."

"맞아." 테오가 고개를 돌려 렌을 쳐다봤지만 눈초리는 싸늘했다. "집에서 도망쳐 나와 샨 구오로 갔어. 거기서 그린 스톰의 청소년 부대에 지원했지. 야만인 도시들에 맞서 싸워 그들을 지구에서 몰아내는 데 동참하는 게 영광스러운 일이라고 생각했어."

"정말 그래." 렌이 동의했다. "나도 반 견인 도시주의자야."

테오가 그녀를 노려봤다. "넌 로스트 걸인 줄 알았는데, 바다 밑에서 사는?"

"그렇지." 렌은 그 사실을 잠시 망각한 자신을 탓하며 황급히 대답했다. "하지만 그림스비는 이동해 다니지 않았어. 이동 도시가 아

## 21. 갈매기의 비상

니었다고. 그러니까 나도 이끼쟁이지. 전투에는 많이 참가했니?"

"딱 한 번." 테오가 다시 눈길을 돌리며 대답했다.

"처음 출전했다가 포로가 된 거야? 운이 안 좋았구나!" 렌은 이해한다는 듯한 태도를 취하려고 애썼지만, 이 우울하고 말없는 소년에 대해 참을성이 빠르게 바닥나는 것을 느꼈다. 그린 스톰과 대원들은 모두 세뇌를 당한 광신도라는 소문이 모두 사실일지도 모른다는 생각까지 들었다. 그러나 렌은 이 소년도 자기만큼이나 클라우드 나인에서 탈출하기를 원할 것이라는 확신이 있었다. 더욱이 테오가 그렇게 미워하는 견인주의자들에게 자기를 고해바칠 염려는 없다는 판단이 섰기 때문에 자기 계획을 공개하는 위험을 무릅쓰기로 결심했다.

주변을 살펴본 그녀는 페니로얄이 잠든 것을 확인했다. 다른 노예들도 졸고 있거나 수영장 한쪽에서 소곤거리고 있었다. 가장 가까이 서 있는 신시아도 손톱에 새로 칠한 매니큐어에 온통 정신을 빼앗겨 눈썹까지 찌푸리고 있었다. 렌은 테오에게 더 가까이 다가가 속삭였다. "탈출할 방법이 있어."

테오는 아무 말도 하지 않았지만 약간 긴장하는 것 같았다. 렌은 그것이 좋은 징조라고 생각했다.

"비행선을 구할 수 있는 곳을 알아." 그녀는 계속 말을 이었다. "네가 비행사 출신이라는 건 신시아 트와이트한테서 들었어."

테오는 미소에 가까운 표정을 지었다. "신시아 트와이트는 아무것도 모르는 바보야."
"맞아. 하지만 네가 비행선을 조종할 수 있다면…."
"난 비행선을 조종한 적 없어. 난 텀블러 조종사 출신이야."
"텀블러?" 렌이 물었다. "그게 뭔데? 비행선과 비슷한 거야? 뭐, 기본적인 것을 알고 있으면…." 그러나 테오는 다시 입을 꼭 다물고 가늘게 뜬 눈을 렌의 뒤로 펼쳐진 수평선으로 돌렸다. "농담이 아니야!" 렌은 점점 참을성을 잃고 속삭였다. "페니로얄의 노예로 사는 게 좋아? 탈출하고 싶지 않다는 거야? 그린 스톰으로 돌아가고 싶어 안달이 났을 거라 생각했는데…."
"난 다시는 그린 스톰으로 돌아가지 않아!" 테오가 갑자기 화난 목소리로 말하면서 렌을 향해 돌아서는 바람에 쟁반 위에 있던 시장의 물안경이 떨어질 뻔했다. "다 거짓말이야. 위대한 전쟁, 온 세상이 다시 푸르게 된다는 것…. 아버지 말이 맞았어. 모두 거짓말이었어!"
"아!" 렌이 말했다. "그렇다면 집으로 가는 건? 자그와로 돌아가고 싶지는 않아?"
테오는 다시 수평선을 바라봤다. 그러나 그가 보고 있는 것은 바다와 하늘, 그리고 먼 곳에 있을 해안선이 아니었다. 클라우드 나인의 사치스러운 햇빛 속에 서 있어도 적수 늪지대에서 벌어지고 있는 절박한 전투가 눈에 보이는 듯했다. 그는 추락하면서 총과 대포들이 뿜는 불빛과 불붙은 비행선들의 그림자가 굽이치는 물길에 비

## 21. 갈매기의 비상

처 반짝이는 것을 봤다. 아래에서는 죽어 가는 작은 견인 타운이 보내는 절박한 구원 요청이 늪지대 전체로 울려 퍼졌고, 그런 와중에 흥분한 동료들의 고함 소리가 그의 헤드폰을 통해 잡음과 함께 섞여 들려왔다. 추락하면서 그들은 "온 세상을 다시 푸르게!" "범 게르만 견인 동맹에 멸망을!" 등의 구호를 외쳤다. 테오는 그 구호들이 자기가 이 세상에서 마지막으로 듣는 소리일 거라고 생각했다. 그러나 몇 달이 지난 지금, 지구 반대편에서 그는 이렇게 살아 있었다. 수영장 가에서 자기가 무지하게 영리하다고 착각하고 있는 이 깡마르고 바보 같은 백인 소녀가 하는 소리를 듣고 서 있으라고 전쟁의 신들이 그를 살려 낸 것이다.

"난 절대 집으로 돌아갈 수 없어." 그가 말했다. "내 말 못 들었어? 난 아버지의 명령을 어겼단 말이야. 가출을 한 거야. 다시는 집으로 돌아갈 수 없어."

렌은 어깨를 으쓱해 보였다. "좋아, 맘대로 해." 그러고는 페니로얄이 깨어나서 둘이 이야기하는 것을 보기 전에 발을 쿵쿵거리며 그 자리를 떠났다. '테오 응고니, 두고 봐! 혼자서 시장의 쾌속선을 훔쳐 내서 바인랜드로 날아가고 말겠어! 그래 봤자 결국 비행선인데 별거 있겠어? 어려우면 얼마나 어렵겠어?'

INFERNAL DEVICES

❀ ❀ ❀

브라이튼에 저녁이 찾아왔다. 세 개의 갑판 가장자리로 난 산책로를 따라 색전구들에 불이 들어왔다. 유원지와 항구 주변 오락실들에 켜진 전구들도 깜빡거리면서 바람에 흔들렸다. 강력한 램프들이 달려 있는 파로스 휠*이라고 불리는 허니문 카는 브라이튼의 앞쪽에 설치되어 있는데, 관광 상품이자 밤에 브라이튼으로 날아오는 비행선들을 안내하는 등대 역할을 했다.

브라이튼은 동쪽으로 향하고 있었다. 얼마 지나지 않아 아프리카와 대 사냥터를 가르는 좁은 해협을 지나 중앙해에 진입할 것이다. 도시의 상인들은 보름달 축제를 위해 브라이튼이 한 곳에 정박했을 때 관광객들이 많이 찾아 주기를 기원했다. 새의 길을 따라 로스트 보이 포획 작전에 관한 소문이 지금쯤 파다하게 퍼졌을 터였다. 브라이튼 수족관에 전시된 거머리선은 보름달 축제의 오락적인 면에 교육적인 면을 더하는 관광 상품이 되어 줄 것이다. 해안선을 따라 불을 켜고 멈춰 선 작은 타운들에서 벌써부터 관광객들이 찾아들기 시작했다.

뜨고 내리는 기구들 위로 해가 지면서 클라우드 나인에서는 사이

---

*Pharos Wheel. '허니문 카'라고도 불리는 회전식 관람차. 21세기에는 이것을 Ferris Wheel(페리스 휠)이라고 불렀다. '고대 문명'을 본뜨기는 했지만 여러 문명이 피고 지면서 이름이나 의미가 와전된 채 사용되고 있다는 것을 보여 준다.

## 21. 갈매기의 비상

프루스 나무 숲의 그림자가 길어지고, 색전구들이 파빌리온을 분홍과 금색으로 밝혔다. 비행선 몇 척이 파빌리온 주변을 돌고 있었다. 저녁 관광을 위해 브라이튼에서 올라온 비행선들이었다. 가이드들이 확성기에 대고 관광객들이 흥미로워할 만한 것들을 짚어 주는 소리가 희미하게 울려 퍼졌다. 최근 들어서는 새로운 보안 방침 때문에 관광 비행선들이 아주 가까이 접근하지는 못했다. 그래서 아무도 파빌리온의 돔 지붕 중 하나에서 작은 창문이 열리고, 거기서 새 한 마리가 빠져나오는 것을 보지 못했다. 그 새는 쇠밧줄 사이를 지나 유령처럼 도시를 따라다니는 갈매기 떼 사이로 섞여 들어갔다.

하얀 몸뚱이에 하늘로 솟구쳐 올라가는 품이 갈매기 같았지만 그 새는 갈매기가 아니었다. 정확히 말하자면 더 이상 갈매기가 아니었다. 부리는 칼날로 대체되고 눈에는 은은한 초록빛이 돌았다. 원을 그리며 나는 갈매기 떼 사이로 솟아오른 새는 어둠이 깊어 가는 하늘 속으로 사라졌다.

동쪽 하늘에서 낮과 밤이 만남을 거듭하는 동안 새는 지칠 줄 모르고 날갯짓을 했다. 견인 도시가 할퀴고 지나간 이탈리아를 건너고, 소아시아의 성난 화산에서 나오는 연기 기둥을 돌아서 계속 날아갔다. 이윽고 새는 지가니스트라 산맥의 그린 스톰 전방 공군 기지에 도착했다. 전방 사령관이 새의 가슴 안쪽에 있는 작은 틈에서 종이를 꺼내 읽었다. 그녀는 암호로 된 그 메시지의 발신인이 누구인지 확인하고는 작은 소리로 투덜거리면서 자고 있던 외과-엔지니어를 불러 새를 재충전하도록 했다.

새는 적수 늪지대 위를 안개처럼 덮고 있는 연기를 뚫고 또 비행에 나섰다. 지상의 양 진영에서는 대포들이 가을 태풍처럼 불을 뿜고 있었다. 동쪽을 향해 전진하는 거대한 견인 도시의 무리가 그린 스톰의 반격을 받고 있었다. 견인 도시의 하층 갑판에는 건물을 개조해 설치한 사격대가 있었고, 커다란 폭탄들이 도시의 안쪽에서부터 철로를 통해 이곳으로 운반되었다. 사격대는 스토커들과 이동 로켓 부대들이 포진해 있는 아웃컨추리 늪지대를 향해 공격을 해 대고 있었다. 지나가는 비행선들이 일으키는 바람에 날리기도 하고 대공포가 터지는 충격에 밀리기도 하면서 새는 선두에 있는 견인 도시가 만드는 슬립스트림에 몸을 싣고 한동안 동쪽으로 날아갔다. 그러다 하늘 위로 솟아올라서 세상의 가장자리에 서 있는 눈 덮인 산들을 향해 날갯짓을 했다.

하늘은 추워지고 땅은 높아졌다. 새는 높고 새하얀 적막의 지대를 가로질렀다. 간혹 그곳을 지나가는 그린 스톰 부대의 분주하고 빽빽한 모습이 개미탑처럼 보이기도 했다. 브라이튼을 떠난 지 일주일, 땅에는 눈이 덮이고 하늘에는 별이 반짝이는 밤에 마침내 새는 제이드 파고다의 창가에 내려앉아 날개를 접고 서리 낀 창틀을 부리로 쪼아 댔다.

창문이 열렸다. 스토커 팽의 쇠로 된 손이 조심스럽게 새를 안고 들어가 가슴에 있는 종이를 꺼냈다. 종이의 글은 에이전트 28이라

## 21. 갈매기의 비상

는 요원이 작성한 것이었다. 그녀의 초록색 눈빛이 살짝 더 밝아졌다. 그녀는 종이를 잘게 찢어 버리고 나서 정예 공군단의 대장인 나가 장군을 불렀다.

"공격 부대를 준비하라." 그녀가 말했다. "그리고 내 비행선에 전투 준비를 시켜라. 동이 트는 것과 동시에 브라이튼을 향해 출격한다."

INFERNAL DEVICES
## 22
# 클라우드 나인 살인 사건

10월 하순. '바인랜드에서는 서리 맞은 풀들이 늦은 아침까지 하얗고 뻣뻣하게 서 있겠지.' 하고 렌은 생각했다. 안개는 호수를 담요처럼 감쌀 것이고, 어쩌면 벌써 첫눈이 내리고 있을지도 몰랐다. 그러나 이곳 중앙해는 아직 여름처럼 따뜻했다. 구름이라곤 작고 하얀 뭉게구름밖에 없어서 마치 누가 장식용으로 붙여 놓은 것처럼 보였다.

지난 몇 주 동안 브라이튼은 대 사냥터의 남쪽 해안선을 따라 천천히 항해하다가, 보름달 축제가 가까워지자 남쪽으로 기수를 돌려 미리 약속한 장소로 향했다. 부-부는 몸종들을 데리고 클라우드 나인 가장자리에 있는 관측 발코니로 가서 육지가 조금씩 보이는 것을 구경했다. "얘들아, 저기다! 봐!" 그녀는 기쁨에 넘치는 목소리로 외치면서 연극적인 몸짓으로 해안선을 가리켰다. "아프리카다!"

시장 부인 곁에 서서 커다란 양산을 들고 있던 렌은 감동을 받아

## 22. 클라우드 나인 살인 사건

보려고 애썼지만 쉽지가 않았다. 비스킷 색깔의 수평선에 불그스레한 선이 그어져 있고, 가끔 가다 커다랗고 험하게 솟아 있는 산들이 어렴풋하게 보일 뿐이었다. 렌은 아빠와 미스 프레야한테서 들은 이야기 덕분에 아프리카가 인류의 탄생지일 뿐 아니라, 60분 전쟁 이후 찾아온 암흑기에 인류를 감싸 안은 피난처라는 것을 알고 있었다. 그러나 한때 해안선을 따라 발달했다던 문명은 이제 흔적도 찾아볼 수 없었다. 혹시 남은 것이 있다 할지라도 배고픈 고물 수집 타운들이 집어삼킨 지 오래일 것이다.

얼마 지나지 않아 그런 고물 수집 타운 하나가 눈에 들어왔다. 갑판 세 개짜리 작은 도시였다. 폭이 넓은 드럼통 모양의 바퀴 뒤로 붉은 먼지가 마치 바람에 펄럭이는 망토처럼 날렸다. 렌은 그 도시를 별 흥미 없이 대충 훑어봤다. 2주 전만 해도 페니로얄 부인의 머리손질을 돕다 말고 자리에서 빠져나가, 해안선을 따라 덜컹거리며 달리는 견인 도시를 경이로운 눈으로 바라봤던 자신이 믿어지지가 않았다. 그 이후로 작은 타운과 도시를 하도 많이 봐서 이제는 모두 심드렁했다. 견인 도시라는 것이 결국 자기가 바인랜드에 살 때 상상했던 그런 멋진 곳이 아니라는 것도 잘 알게 되었다.

그러다가 렌은 다시 해안선 쪽을 바라봤다. 그리고 옛날 옛적처럼 느껴지는 그 운명의 날에 오토리쿠스의 잠망경으로 브라이튼을 처음 보고 섬인 줄 착각했던 때와 마찬가지로 자기가 바보처럼 생각됐다. 멀리 서 있는 산이라고 생각했던 것들은 사실 그렇게 멀리 있지 않았다. 더군다나 그것들은 산이 아니었다. 거대한 견인 도시들이었다. 너무나 커서 처음 봤을 때는 그녀의 뇌가 눈으로 본 것을 완전히 소화해 내지 못했던 것이다. 그 거대 도시들은 해안으로 가까이 다가오고 있었다. 먼지와 배기가스 사이로 렌은 도시마다 굴뚝과 첨탑이 가득 들어 찬 갑판이 아홉 개나 있는 것을 보았다.

"왼쪽에 있는 도시는 콤 옴보야." 시장 부인이 설명했다. "다른 쪽은 벵가지고. 페니로얄 시장님이 미리 연락해서 여기서 만나기로 약속해 뒀지. 이번 보름달 축제 때 저 도시의 시민들이 브라이튼을 충분히 음미할 수 있도록 말이야. 지금까지 사막 한가운데서 모래 타운들을 사냥하다가 왔다지, 아마. 불쌍하게도. 그러니 좋은 음식과 유원지를 즐기고 나서 해수 수영장에 몸을 담그면 얼마나 좋아들 하겠어."

렌의 눈에 그 도시들은 어릴 적 즐겨 봤던 『어린이를 위한 도시진화론 입문』에 있는 사진들과 똑같았다. 그러나 거리가 차츰 가까워지자 다른 점들이 더 상세히 보이기 시작했다. 갑판 가장자리에 노출되어 있는 건물들에는 철판과 로켓 방어용 그물이 둘러쳐져 있어서 갑옷을 입은 것처럼 보였다. 그리고 도시 주변으로 많은 수의 견인 타운들과 촌락들이 따라오고 있었지만, 전혀 그것들을 삼키려 하지 않았다.

"보름달 축제는 성스러운 기간이야." 렌이 그러한 사실을 지적하자 시장 부인이 설명했다. "전통에 따라 어떤 도시도 다른 도시를

## 22. 클라우드 나인 살인 사건

사냥하거나 잡아먹지 못하도록 되어 있지."

"아….." 제대로 된 도시 추격전을 기대했던 렌은 약간 실망해서 대답했다.

"물론," 부-부가 말을 이었다. "요즘은 전쟁 중인 데다 사냥감이 너무 귀해서 모두가 전통을 지킨다는 보장은 없지. 하지만 누가 됐든 도시를 잡아먹을 마음만 먹어도 툼블리와 부하들이 당장 손봐 줄 거야. 그 여자도 밥값을 할 때가 됐지."

기다리기라도 했다는 듯, 하늘을 나는 족제비 편대가 견인 도시들 쪽으로 굉음을 내며 날아갔다. 옆으로 비스듬히 날거나 거꾸로 나는 등 곡예비행도 하고 색색으로 연기를 내는 로켓을 발사하기도 해서 보름달 축제의 단식 전통을 깨는 도시들을 어떻게 손봐 줄지 시범을 보였다. 한 대가 연보라색 연기를 뿜으며 편대에서 빠져나가 '브라이튼은 여러분을 환영합니다.'라는 글을 하늘에 새겼다. 사막 저편으로 비행 기계 엔진 소리가 사라질 즈음 아래쪽에서 무거운 쇠사슬이 덜컹거리는 소리가 들렸다. 브라이튼이 닻을 내리는 중이었다.

"올해는 정말 훌륭한 보름달 축제가 될 것 같은 예감이 들어!" 노예 소녀들이 용감무쌍한 비행사들의 묘기에 탄성을 내지르자, 페니로얄 부인이 밝은 어조로 말했다. "자, 자. 모두, 시장님 주최 무도회 때 입을 옷으로 갈아입고 사진을 찍어야 해."

페니로얄 부인이 파빌리온 쪽으로 걸어가자 렌도 걸음을 옮기면서 거대한 도시들을 마지막으로 한 번 더 흘끔거렸다. 다른 소녀들은 모두 내일 밤에 열릴 무도회와 노예들한테 지급된 아름다운 의상들에 관해 이야기하느라 정신이 없었다. 소녀들이 흥분해서 떠들어 대는 소리를 들으면서 자신은 그것을 즐길 수 없을 것이라는 생각에 렌은 살짝 아쉬운 마음이 들었다. 그러나 어쩔 수 없었다. 오늘 밤, 모두 잠든 틈을 타 그녀는 격납고로 가서 피위트를 훔칠 계획이다. 성스러운 달이 떠오를 즈음에 렌은 브라이튼에서 멀리멀리 떨어져 있을 것이다.

❈ ❈ ❈

파빌리온 전체가 보름달 축제 기념 무도회를 준비하는 소리로 떠들썩했다. 중앙 돔 지붕 아래에 있는 무도회장에서는 페인트칠과 커튼을 담당한 사람들이 바삐 작업을 하는 가운데 연습을 하는 연주자들과 천장에 수백 개의 작은 전등을 다느라 분주한 전기공들로 어수선했다. 케이블카는 포도주와 음식을 실은 상자들의 무게에 끼익 소리를 내며 브라이튼과 파빌리온 사이를 왔다 갔다 했고, 정원에서는 민병대가 훈련을 하고 있었다.

엄청나게 큰돈을 부담하게 된 페니로얄은 이 모든 것이 상당히 불공평하다고 생각했다. 브라이튼 시민들이 보름달 축제 때 다채로운 행사를 기대하는 것은 어찌 보면 당연한 일이지만, 그 모든 것을 시

## 22. 클라우드 나인 살인 사건

장의 돈으로 해야 한다는 것은 말도 안 됐다. 따라서 그날 밤 비공식적으로 개최한 만찬에 월터 플로버리를 초대한 것에 대해 일말의 죄책감도 느끼지 않았다.

디저트를 먹고 커피가 나오기 전, 다른 손님들이 보름달 축제와 예술인촌에서 벌어진 최근의 스캔들에 대해 이야기를 나누는 사이 페니로얄은 플로버리를 데리고 시장 관저의 귀중한 골동품 몇 개를 살피러 갔다. 둘은 이 방에서 저 방으로 옮겨 다니며 전시된 스토커 뇌랑 고대인들이 쓰던 땅차에 달려 있던 그릴, 자수처럼 정교한 회로 조각, 납작해진 음료수 깡통, 고대 갑옷 등을 둘러봤다. 플로버리는 없어져도 아무도 눈치채지 못하되 뱅가지의 수집가들에게 팔면 짭짤한 수익을 올릴 만한 물건들의 목록을 만들었다.

커피를 마시면서 그 물건들을 팔아 남길 이익을 머릿속에서 계산해 본 플로버리는 자기에게도 괜찮은 거래라는 결론을 내렸다. 페니로얄이 마련한 음식을 배불리 먹고 위트와 교양이 넘치는 손님들과 섞여 즐거운 시간을 보내고 나니, 틴 북을 가지고 슈킨과 거래를 하기로 약속한 것이 후회됐다. 그러나 슈킨은 막대한 돈을 약속했다. 사실 연로하신 어머니가 계신 블랙 록의 비싼 양로원비를 대려면 이것저것 따질 처지가 아니었다. 만찬이 끝나고 다른 손님들이 야단스럽게 케이블카로 향하는 사이 그는 잽싸게 뒤로 빠져서 파빌리온의 갤러리 중 하나에 몸을 숨겼다.

❀ ❀ ❀

은실을 짜 넣은 라메 천으로 만든 잠옷 가운만 걸친 렌은 정원으로 난 하인 전용 문을 나서며 차가운 밤공기에 몸을 떨었다. 저 멀리 아래서 바다 소리가 들려왔다. 쇠밧줄을 흔들며 부는 밤바람에 브라이튼 거리에서 누군가 술에 취해 부르는 노랫소리가 실려 왔다. 그녀는 부엌에서 훔친 음식 주머니를 꼭 쥐고 젖은 잔디밭을 지나, 피위트 격납고와 불이 환하게 들어와 있는 하늘을 나는 족제비 편대의 비행장 쪽으로 걸음을 재촉했다.

피위트가 있는 작은 격납고의 문은 보통 잠겨 있지 않았다. 문도 크기에 비해 잘 움직이는 편이어서 렌이 몸무게를 실어 밀자 기름칠이 잘된 트랙을 따라 쉽게 열렸다. 렌은 곤돌라로 살금살금 다가갔다. 피위트의 날렵한 기낭이 바깥에서 들어온 빛에 은은하게 번뜩였다. 그녀는 자기도 모르게 숨까지 참고 있다는 것을 깨닫고는 바보 같다고 생각했다. 주변에 누가 있을 리 없었기 때문이다. 하늘을 나는 족제비 편대의 비행장 쪽에서는 요즘 인기 있는 노래가 축음기에서 흘러나오고 있었다. 피위트의 곤돌라 문도 잠겨 있지 않았다. 렌은 기다시피 해서 안으로 들어간 다음 파빌리온 수위실에서 훔쳐 온 손전등을 켰다. 그녀는 파빌리온 도서관에 앉아서 『재미와 수익을 위한 실용 비행서』를 읽으며 보고 외운 그림들을 떠올리며 크롬으로 된 제어반에 불빛을 비쳤다.

## 22. 클라우드 나인 살인 사건

신시아가 말했던 대로 부양 가스는 가득 채워져 있었다. 연료 탱크는 거의 비어 있었지만, 렌은 그 문제를 해결할 방법도 다 생각해 뒀다. 그녀는 잠옷 가운을 벗어 제어반 뒤쪽에 숨겼다. 가운 안에는 낮에 입었던 일상복을 입고 있었다. 그녀는 바인랜드의 신들에게 짧게 기도를 올린 다음 비행선에서 나와 격납고 앞마당을 지나 족제비 편대의 기지로 갔다.

이제는 용병 공군들의 기지로 사용되는 정자에서 오를라 툼블리가 동료 비행사들과 카드놀이를 하고 있었다. 렌이 문을 두드리자, 그들은 의심스러운 눈으로 고개를 들었다.

"누구지?"

"부-부가 데리고 있는 애들 중 하나인 것 같은데."

툼블리는 기지개를 켜며 일어나 문을 열어 줬다. "흠?"

"페니로얄 부인의 메시지를 가지고 왔어요." 렌이 말했다. 목소리가 약간 갈라졌지만 툼블리는 눈치채지 못했다. 오히려 걱정을 하고 있는 것 같았다. 어쩌면 시장과 가까이 지내는 것 때문에 부-부가 렌을 보내 야단을 치려고 하는 것 아닌가 하고 생각하는지도 몰랐다. 렌은 점점 자신감이 생겼다. "페니로얄 부인이 지금 바로 피위트에 연료를 채우라고 하셨어요. 내일 아침에 뱅가지에 가시겠다고 하세요. 아주 일찍요. 바자에서 좋은 물건들을 많이 사려면 그렇게 해야 된대요. 하늘을 나는 족제비의 지상 요원이 수고 좀 해 줄 수 있는지 물어보라고 했어요."

오를라 툼블리가 얼굴을 찌푸렸다. "왜 우리가 그 일을 해야 하지? 저 구식 비행선 연료는 시장 하인들 담당이잖아."

"네." 렌이 대답했다. "시장님이 오늘 오후에 지시를 내렸어야 했는데 잊으셨어요. 지금은 일을 끝내고 모두 돌아가 버렸지요. 대장님이 일을 처리해 주시면 무척 감사하겠다고 페니로얄 부인이 그러셨어요."

툼블리는 잠시 생각에 잠겼다. 시장 부인의 심기를 건드리고 싶지 않았다. 부-부에게는 영향력 있는 친척들이 있었다. 그들이 페니로얄에게 압력을 넣어서 하늘을 나는 족제비 편대를 해고하고, 다른 프리랜스 공군 함대를 고용하게 만들 수도 있는 일이었다. 벌써 정크야드 엔젤스와 리차드 다스타들리의 플라잉 서커스가 브라이튼 계약에 군침을 흘리고 있다는 소문이 자자했다.

그녀는 고개를 끄덕이면서 부하들에게 말했다. "앨지, 진저, 여기 이 어린 숙녀가 하는 이야기 들었지?"

달갑지 않은 얼굴이었지만 두 비행사는 순순히 손에 들고 있던 카드와 코코아 잔을 내려놓고 렌을 따라 밖으로 나왔다. 연료 낭비라는 둥, 공기보다 더 무거운 비행 기계들이 나온 마당에 왜 아직도 비행선을 고집하는 사람들이 있는지 모르겠다는 둥 투덜거리며 걸어가는 비행사들 뒤를 렌은 조금 거리를 두고 따라갔다. 그들은 활주로 뒤에 있는 커다란 탱크에서 연료관을 끌어다가 피위트의 아래쪽에 있는 노즐에 연결했다.

## 22. 클라우드 나인 살인 사건

"10분은 족히 걸릴 거야." 그중 하나가 친절한 얼굴로 윙크를 하면서 말했다. "추운데 여기서 기다릴 필요 없어."

렌은 그 사람에게 고맙다고 한 다음 파빌리온으로 뛰어갔다. 10분이면 신시아를 데려올 수 있을 만한 시간이었다.

처음부터 렌은 자기 계획을 신시아에게 말하지 않기로 결심했다. 신시아는 비밀을 지키기에는 너무 실없고 정신이 없어서 페니로얄 부인 앞에서 생각 없이 계획을 전부 말해 버릴 수도 있는 아이였다. 그러나 친구를 두고 떠날 생각은 조금도 없었다. 피위트에 연료가 채워지는 사이 노예 소녀들의 숙소로 돌아가 신시아를 조용히 깨워서 격납고로 데려올 계획이었다. 둘이 이곳으로 올 때쯤이면 쾌속 비행선은 이륙 준비가 다 되어 있을 터였다.

❄ ❄ ❄

플로버리는 슈킨의 부하들이 로스트 보이들에게서 뺏은 신기한 만능열쇠로 시장의 개인 서재 문을 열었다. 타워룸에 있는 서재는 기다란 창문들이 어둑어둑한 천장에 닿을 만큼 위쪽으로 높이 나 있었다. 블라인드를 걷어 올린 창문으로 달빛이 환하게 들어와 잔뜩 어지럽혀 놓은 페니로얄의 골동품 책상과 비밀 금고를 가리고 있는 월마트 스트레인지의 그림을 비췄다.

방을 가로지르면서 플로버리는 돔 모양 천장 쪽에서 뭔가 움직이고 있다는 느낌과 함께 누군가 자기를 지켜보고 있다는 느낌을 받았다. 당황해서 온몸이 얼어붙는 듯했다. 혹시 페니로얄이 게 카메라인지 뭔지 하는 걸 구해다가 금고를 감시하도록 해 놓은 건 아닐까?

그냥 포기하고 도망갈까 하던 그는 어머니 생각을 하고 멈춰 섰다. 틴 북을 훔치는 대가로 슈킨이 주겠다던 돈이면 어머니를 양로원 꼭대기 층의 호화로운 특실로 옮겨 드릴 수 있었다. 거기서는 브라이튼 뒤쪽에 있는 공원들이 보였다. 그는 침착성을 되찾기 위해 애썼다. 페니로얄은 감시 카메라를 설치할 정도로 머리가 좋은 사람이 아니었다. 그리고 만일 그랬다면 만찬 때 손님들에게 떠벌렸을 것이 틀림없었다.

플로버리는 벽에서 그림을 떼어 낸 다음 페니로얄의 의자에 조심스럽게 기대 놓았다. 둥그런 금고 문이 보였다. 그는 다이얼을 잡고 오른쪽으로 한 번, 왼쪽으로 한 번, 그리고 다시 오른쪽으로 돌렸다. 예전에 파빌리온을 방문했을 때 플로버리는 페니로얄이 금고를 여는 것을 자주 봤다. 비밀번호는 다이얼이 돌아가면서 내는 클릭 소리 횟수를 세어서 추측할 수 있었다. 2-2-0-9-9-5-7…, 침착하고 조심스럽게 다이얼을 돌렸다. 이윽고 무거운 금고 문이 활짝 열렸다.

금고 안에는 작은 가죽 케이스가 놓여 있었다. 케이스 끝으로 앵커리지의 틴 북이 살짝 삐져나와 있었다. 플로버리는 그것을 꺼내

## 22. 클라우드 나인 살인 사건

서 경외하는 마음으로 손에 들었다. 오래된 물건들은 그의 생계 수단일 뿐 아니라 사랑의 대상이기도 했다. 사람이 만든 물건이 그것을 만든 사람보다 이토록 오래 살아남았다는 사실에서 그는 아름다움을 느꼈다.

그가 손을 뻗어 금고 문을 닫으려는 순간 뒤에서 뭔가 움직이는 느낌이 들었다. 그는 몸을 돌렸다. 그리고….

※ ※ ※

공포에 찬 끔찍한 비명 소리가 들린 것은 렌이 숙소 쪽으로 반쯤 갔을 때였다. 그녀도 작은 비명을 내지르며 그 자리에 얼어붙었다가 재빨리 근처에 있는 조각상 뒤로 몸을 숨겼다. 비명 소리는 가래 끓는 것과 비슷한 소리를 끝으로 그치더니 메아리마저 침묵 속으로 사라졌다. 그러나 그 정적도 잠시였다. 파빌리온은 문 여는 소리와 사람들이 외치는 소리로 가득 찼다. 불이 켜졌다. 옆에 있는 창문으로 빛이 들어오는 것을 보고 렌은 정원도 환히 밝아졌다는 것을 알았다. 커다란 보안등이 켜지고 경비원들이 손전등을 흔들며 뛰어다녔다.

'이제 끝이구나.' 그녀는 생각했다. '이제 탈출할 기회가 없어진 거야.' 그러고는 바로 그 끔찍한 비명을 질러야 했던 사람보다 자기 걱정을 하고 있는 자신이 부끄러워졌다.

렌은 숨어 있는 곳에서 나와 숙소로 뛰어갔다. 숙소로 가는 도중에 모퉁이를 돌다가 부엌 쪽에서 복도를 따라 뛰어오던 테오 응고니와 부딪혔다. "아야! 여기서 뭘 하는 거야?" 렌이 소리쳤다.

"누군가의 비명을 듣고…." 그가 말했다.

"나도…."

"그 비명 소리는 듣지 못한 사람이 없어, 애들아." 페니로얄 부인이 잠옷을 휘날리며 그들 쪽으로 걸어오고 있었다. 그 모습이 마치 맞바람을 잔뜩 받은 돛단배 같았다. 렌은 테오에게서 얼른 떨어지면서 둘이 이야기를 한 것 때문에 벌을 받을까 걱정했다. 그러나 시장 부인은 친절한 얼굴로 둘을 바라보면서 말을 이었다. "시장님 거처 쪽에서 난 소리 같아. 가서 무슨 일인지 살펴보자."

렌과 테오는 공손히 페니로얄 부인의 뒤를 따라 시장의 거처 쪽으로 갔다. 렌은 속으로 그런 비명을 들으면 그쪽으로 갈 것이 아니라 거기서 도망쳐야 하는 것이 아닐까 하고 생각했다. 어쩌면 시장 부인은 이 소란의 원인이 무엇인지 꼭 밝혀내야겠다고 결심한 듯싶었다. 남편이 끓는 물에 뎄거나 발코니에서 떨어지면서 낸 소리일 거라 짐작하고 한시라도 빨리 가서 비웃어 주려고 하는 건 아닐까 하는 생각도 들었다.

일행은 무도회장 뒤로 난 나선형 계단을 올라가서 클라우드 나인의 제어실로 내려가는 작은 계단으로 통하는 문을 지났다. 제어실로 이어진 그 문은 열려 있었고 직원들이 걱정스러운 얼굴로 내다

보고 있었다. 시장의 서재는 불이 환하게 켜져 있었다. 더 가까이 가자 놀라서 날카로워진 페니로얄의 목소리가 들려왔다. "하지만 침입자가 아직도 잡히지 않았잖아!" 노예들과 민병대들이 열려 있는 문 주변에서 북적거리다가 시장 부인이 오는 것을 보고 한쪽으로 공손히 물러나 그녀가 지나갈 길을 터 줬다.

페니로얄은 민병대 장교 두 명과 함께 책상 옆에 서 있었다. 시장 부인 일행이 들어오자, 그는 그녀를 보며 외쳤다. "부-부! 보지 마."

그러나 이미 부-부는 그쪽으로 눈길을 돌린 후였다. 그녀가 소리 없는 비명을 질렀다. 렌도 그쪽을 봤다. 그러고는 바로 후회했다. 테오도 봤지만 아무런 표정 변화가 없었다. 하긴 전쟁터에 나가 본 사람이니 이런 광경은 본 적이 있을 것도 같았다.

월터 플로버리는 열린 금고 문 밑에 쓰러져 있었다. 손에는 앵커리지의 틴 북이 쥐여 있었는데, 책이 얼굴을 반쯤 가리고 있는 것으로 봐서 책으로 자기를 보호하려 했을 것이라고 렌은 추측했다. 그러나 틴 북은 플로버리를 보호하지 못했다. 뭔가 날카로운 물체가 옷을 뚫고 그의 심장을 관통한 것 같았다. 피 냄새를 맡으니 가글과 레모라가 죽은 앵커리지의 마지막 밤이 생각났다.

"칼이었던 것 같습니다." 민병대 장교 한 명이 자신 없는 어조로 말했다. "아니면 창이었을 수도…."

"창?" 페니로얄이 소리쳤다. "내 파빌리온에서? 보름달 축제 기념 무도회 전날?"

장교들이 풀 죽은 얼굴로 서로 힐끗거렸다. 대부분의 브라이튼 군인들과 마찬가지로 이 둘도 군복이 보기 좋아서 민병대에 자원한 사람들이었다. 매력적인 빨강 바탕에 분홍색 계급장, 그리고 장식용 금색 술이 풍성하게 달린 멋진 군복이었다. 시체나 신원불명의 침입자 같은 문제를 다뤄야 할 줄은 꿈에도 몰랐다. 막상 벌어진 일을 보니 둘 다 속이 울렁거렸다.

"어떻게 들어왔을까?" 한 장교가 물었다.

"강제로 문이나 창을 연 흔적은 없어." 다른 한 장교가 답했다.

"아마 밖에 있는 화분 밑에 둔 여벌 열쇠를 사용했겠지." 페니로얄이 말했다. "항상 거기에 여벌 열쇠를 두거든. 플로버리는 그걸 알고 있어. 아니, 알고 있었어."

장교들은 겁먹은 얼굴로 자기들의 발치에 있는 시체를 살피면서 허리에 찬 장식용 칼의 손잡이를 더듬거렸다.

"이 사람이 각하의 금고에서 뭔가를 훔치려고 했던 것 같은데요?" 첫 번째 장교가 아는 척을 했다.

"맞아요. 손에 들고 있는 저게 뭡니까?" 두 번째 장교가 물었다.

"아무것도 아니야!" 페니로얄은 틴 북을 죽은 사람의 손에서 낚아채 다시 금고에 넣고 문을 잠갔다. "가치 있는 물건은 전혀 아니야. 그리고 어차피 여기 물건도 아니야. 자네들은 아무것도 보지 않은 거야, 알았나?"

## 22. 클라우드 나인 살인 사건

그때 층계 쪽에서 방한화를 신은 발자국 소리가 천둥처럼 울려 퍼지더니 오를라 툼블리가 하늘을 나는 족제비 대원 대여섯을 이끌고 방으로 뛰어 들어왔다. 모두 칼을 빼 들고 있었다. 툼블리는 자신의 칼을 렌에게 겨누고 소리쳤다. "바로 저 애입니다!"
"뭐? 도대체…." 페니로열이 고개를 돌려 렌을 빤히 쳐다봤다.
"저 애가 와서 각하의 쾌속 비행선을 준비시키라고 했습니다." 오를라 툼블리가 그렇게 설명하면서 렌에게 한 걸음 다가섰다. 마치 그 자리에서 렌을 칼로 처형해야 한다고 생각하는 것 같았다. "여기 계신 시장 부인께서 벵가지로 쇼핑을 가야 하니 그 고물 비행선에 연료를 충전해야 한다는 둥 말도 안 되는 이야기를 하면서요."
"정말 말도 안 되는 이야기군!" 페니로열이 흥분해서 외쳤다. "도망갈 방도를 마련한 거로군! 한 번 도둑은 영원한 도둑이라더니!"
'맙소사!' 렌은 속으로 외쳤다. 그토록 조심스럽게 세운 계획이 이런 식으로 어긋날 줄은 생각지도 못했다. 이제 어떻게 되는 걸까? 아마도 슈킨에게 돌려보내고 돈을 물러 달라고 하겠지….
모두들 흥분해서 떠들어 대기 시작했다. 그러자 페니로열이 소리 높여 말했다. "플로버리가 저 애를 매수해서 도둑질을 하도록 했을 거야. 저 애 손에 죽임을 당할 줄은 꿈에도 모르고 말이야. 저 악마 같은 이끼쟁이도 한패가 분명해!" 그는 테오를 가리키며 덧붙였다. "잘했어, 오를라! 내 천사! 자네가 빨리 머리를 돌리지 않았다면 저것들이 피위트를 타고 내, 내 금고에 있던 물건을 가지고 도망가 버렸겠지."

"말도 안 되는 소리!" 부-부가 말했다. 그 목소리에 모두 입을 다물고 그녀를 돌아봤다. 그녀는 허리를 꼿꼿이 세우고 남편이 자기 면전에서 아름다운 여자 비행사를 "내 천사!"라고 부를 때 부인들이 짓는 표정을 하고 서 있었다. 그녀는 렌의 어깨에 팔을 두르고 말했다. "렌이 미스 툼블리한테 한 이야기는 모두 사실이에요. 내가 피위트에 연료를 충전하라고 했어요. 내일 벵가지로 쇼핑을 갈 계획이었거든요. 이제는 상황이 그럴 수 없게 되어 버렸지만. 어쨌든 렌하고 테오는 여기 불쌍한 플로버리가 비명을 지르는 순간 나와 함께 있었어요. 둘 중 하나라도 이런 끔찍한 일을 저지른다는 건 불가능해요."

렌과 테오는 놀라서 그녀를 쳐다봤다. 부-부가 자기들을 보호하기 위해 거짓말을 하다니.

"저 둘이 아니면," 페니로얄이 물었다. "누가?"

"살인자를 찾는 일은 내 소관이 아니지요." 부-부가 도도하게 말했다. "내 처소로 돌아가야겠어요. 살인자를 찾는 일은 가급적 조용히 진행하도록 하세요. 가자, 렌. 가자, 테오. 내일은 할 일이 태산 같구나."

부-부는 몸을 돌려 무색한 얼굴로 서 있는 비행사들을 지나 방에서 나갔다. 렌은 페니로얄에게 인사를 하고 여주인과 테오의 뒤를 따랐다. "페니로얄 부인, 감사합니다." 층계참에 이르러서야 렌은

## 22. 클라우드 나인 살인 사건

작은 소리로 말했다.

부-부는 그 말을 못 들은 것 같았다. "끔찍한 일이야." 그녀가 말했다. "불쌍한 사람 같으니. 남편이 저지른 잘못일 거야. 틀림없어."

"시장님이 죽였다고 생각하세요?" 테오가 물었다. 믿을 수 없다는 목소리였다. 그러나 렌은 페니로얄 교수가 필요하면 살인도 할 수 있는 사람이라는 것을 이미 알고 있었다. 아빠한테 한 짓만 해도 그렇다! 그가 어떻게 앵커리지 사람들을 그렇게 오래 속일 수 있었는지 짐작이 갔다. 페니로얄은 연기에 능한 사람이었다. 플로버리의 시체를 보고 지은 놀란 표정이라니!

"올드-테크가 문제야!" 부-부가 한숨을 쉬며 말했다. "항상 문제를 일으키고 말아. 아! 내 말은 페니로얄이 직접 자기 손으로 플로버리를 죽였다는 게 아니야. 자기 금고를 지키기 위해 고약한 장치를 해 놓았던 게 틀림없어. 그 말도 안 되는 틴 북이라는 것을 지키기 위해 무슨 짓이라도 할 사람이야. 그건 그렇고 틴 북이라는 게 왜 그렇게 중요한 거지? 넌 아니, 렌?"

렌은 고개를 저었다. 틴 북이 또 하나의 생명을 앗아 갔다는 것 말고는 아는 게 없었다. 그녀는 애초에 미스 프레야의 도서관에서 그 끔찍한 물건을 꺼낸 자기 자신을 책망했다.

침실 문 앞에 서서 부-부는 경비원들에게 물러가라고 손짓한 다음 렌과 테오에게 고개를 돌렸다. 그녀는 슬픈 미소를 띤 채 둘을 바라보다가 렌의 손을 잡았다. "얘야, 도망가려던 계획이 수포로 돌아가서 정말 안됐다. 그게 네 계획이었지, 렌? 남편의 쾌속선에 연료를 넣으라고 했던 이유가… 테오랑 함께 도망가려고?"

"전…." 테오가 말했다.

"테오는 아무 관련이 없어요." 렌이 말했다. "그냥 복도에서 만났을 뿐이에요. 저희 둘 다 무슨 일이 벌어졌는지 보려고 그쪽으로 가다가…."

페니로얄 부인이 손을 들었다. 더 이상 다른 이야기는 듣고 싶지 않았다. 이런 일이 생기지 않도록 최선을 다해 왔지만 막상 일이 벌어지고 나니 정말 스릴 있고 낭만적이라는 생각이 들었다. "진실을 나한테까지 숨길 필요는 없다." 그렇게 말하는 그녀의 눈에 눈물이 고였다. "내가 너희 주인이기는 하지만 동시에 친구처럼 생각해 줬으면 좋겠다. 너희 둘이 같이 있는 걸 보자마자 난 알아차렸지. 둘이 도망가려다 저 불쌍한 사람이 죽으면서 지른 비명 때문에 모든 게 물거품이 되어 버렸다는 것을. 나도 너희처럼 불타는 정열을 느껴 봤으면 얼마나 좋을까. 집안을 위해서 페니로얄한테 시집오지만 않았어도…."

"하지만…."

"아, 하지만 너희들의 사랑은 금지된 사랑이로구나! 너희 둘을 보니 렘빗 오리올의 멋진 오페라 〈짓밟힌 잡초〉에 나오는 오스미로이드 왕자와 아름다운 노예 소녀 밎시의 사랑 이야기가 생각나는구나. 너희 둘이 도망간다 하더라도 너희의 앞날은 그리 밝지 않아. 한 푼

## 22. 클라우드 나인 살인 사건

도 없이 고향에서 이역만리 떨어진 곳을 헤매는 도주 노예 신분에, 어디를 가나 현상금을 노리는 노예 사냥꾼이 기다리고 있을 테니까. 안 돼. 둘 다 여기 좀 더 머물러 있어야 해. 그리고 둘이 만나는 것도 비밀로 해야 하고. 너희 둘 다 이곳을 떠나기를 얼마나 갈망하는지 내가 알았으니 최선을 다해 페니로얄을 설득해 보마. 너희 둘을 풀어 주라고."

렌은 얼굴이 빨개지는 것을 느꼈다. 하필이면 자기가 테오 응고니와 사랑에 빠졌다고 누군가 상상한다는 것이 믿어지지 않았다. 그녀는 테오를 슬쩍 쳐다봤다. 그가 창피한 표정을 짓고 있는 것을 보니 더 화가 났다. 마치 자기가 렌과 사랑에 빠진다는 것 자체가 말도 안 된다는 기색이었다.

"인내심을 가져야 해." 시장 부인은 그렇게 말하면서 두 사람의 이마에 차례로 입을 맞췄다. 그녀는 미소를 지어 보이고 침실 문을 열었다. "아, 그리고 말이야." 그녀가 낮은 소리로 말했다. "불쌍한 플로버리에 대해서는 아무에게도 발설하지 마. 이 일로 보름달 축제를 엉망으로 만들 수는 없어."

INFERNAL DEVICES
23
# 브라이트, 브라이터, 브라이튼*

축제! 동이 트면서부터 뗏목 휴양 도시는 기대감으로 활기가 넘쳤다. 평소 같으면 정오 전에는 꿈쩍도 안 할 예술가들과 배우들도 새벽에 갈매기가 맨 처음 끼룩끼룩하는 소리에 벌떡 일어나 카니발에 쓸 꽃차와 거리 장식을 마지막으로 손질했고, 가게 주인들도 매상을 올릴 생각에 즐거운 몸짓으로 셔터를 올리고 차양을 쳤다. 브라이튼 시민들은 종교적인 사람들이 아니었다. 종교는 동화 같은 것이라고 생각하는 사람들은 그나마 종교에 관대한 것이고, 그렇지 않은 사람은 종교를 사기로 간주했다. 다른 도시에서는 엄숙하고 성스러운 밤으로 여기는 가을의 첫 보름날도 브라이튼 시민들에게는 그저 한 가지 의미밖에 없었다. 밤새 파티를 하는 날!

사실 브라이튼 시에서는 거의 날마다 파티가 벌어졌다. 렌이 브라

---

* bright, brighter, Brighton

## 23. 브라이트, 브라이터, 브라이튼

이튿에 처음 도착했을 때는 에스티벌 축제의 끝물이었다. 6주 동안 여름의 신들에게 감사하기 위해 벌이는 축제로 불꽃놀이 파티와 가장 행렬 등이 지치도록 벌어졌다. 그 후로도 큰 모자 축제, 치즈 비엔날레, 관객 없는 연극 축제, 포스킷 주간, 거리의 악사 낚기 대회(짜증 날 정도로 많은 거리의 악사들과 연극인들에게 복수하는 것이 허용되는 기간) 등이 연달아 벌어졌다. 그러나 보름달 축제는 아직도 브라이튼 사람들의 마음과 지갑에서 특별한 위치를 차지하고 있었다. 게다가 해안가에 모여드는 타운들의 숫자로 봐서 올해는 관광객 풍년이 들 전망이었다. 여느 때 같으면 밤사이 클라우드 나인에서 일어난 수수께끼의 살인 사건에 관한 소문으로 지면을 채웠을 『양피지』지의 편집장도 그 기사는 4면에 작은 칼럼으로 빼고 1면을 보름달 축제에 관한 기사로 채웠다.

### 부-부의 미인단
### 브라이튼을 밝히다

어제 시장 부인 부-부 페니로얄 여사가 올해 보름달 축제 행사는 브라이튼 역사상 최고가 될 것이라고 예상했다. 페니로얄 여사(39세)가 오늘 밤 파빌리온에서 주관하는 시장 주최 무도회에는 중앙해의 부호들과 유명인들이 모두 참석할 것으로 알려졌다.
"세상에 태어나 이름을 알린 사람들이 모두 브라이튼으로 오고 있습니다!" 페니로얄 여사는 말했다. "푸른 중앙해의 새하얀 뗏목 도시 브라이튼 말고 보름달 축제를 즐기기에 더 나은 곳은 세상에 없으니까요!" (사진은 『양피지』지 사진기자를 위해 포즈를 취하고 있는 페니로얄 여사와 그녀의 노예 미인단이다.)

물론 브라이튼은 푸른 바다 위에 뜬 새하얀 도시와는 조금 거리가 있었다. 클라우드 나인의 관측 전망대에서 내려다보면 그렇게 보일지 모르지만 막상 갑판으로 내려가 보면 빛바랜 흰색 지붕들은 온통 갈매기 똥으로 더럽혀져 있고, 거리는 먹다 남은 음식 찌꺼기가 가득한 데다, 주변 바다는 브라이튼이 뱉어 낸 쓰레기와 하숫물로 오염되어 있었다. 그러나 날씨만큼은 완벽했다. 바다에서 불어오는 산들바람이 벵가지와 콤 옴보에서 건너온 에어 택시들을 타고 돌아가는 승객들의 땀을 식혀 줬다. 여기저기 고인 기름물과 지난밤 주정꾼들이 금속 갑판으로 된 인도에 남기고 간 토사물들이 뜨거운 태양 아래 달궈져서 뭐라 집어서 말하기 힘든 냄새를 풍겼다. 시간이 지나면서 브라이튼은 거리와 인공 해변을 채운 사람들, 그리고 해수 수영장에서 물장구를 치며 좋아하는 사람들의 무게로 인해 물속으로 조금 더 가라앉았다. 서너 시쯤 되면서부터는 거리의 휴지통이 모두 쓰레기로 넘쳐났고, 갈매기들이 버려진 음식 찌꺼기를 서로 차지하려고 싸우면서 파로스 휠과 브라이튼 수족관 앞에 길게 줄서 있는 사람들의 머리 위로 낮게 날아다녔다.

## 23. 브라이트, 브라이터, 브라이튼

관광객들 틈에 끼어 있던 톰 내츠워디는 갈매기가 가까이에서 다이빙을 하자 머리를 움츠렸다. 로그스 루스트에서 그런 스톰의 비행 스토커와 싸운 뒤로 커다란 새들을 보면 항상 긴장을 하게 됐다. 그러나 지금은 욕심 많은 갈매기 따위는 사실 작은 걱정거리도 되지 못했다. 스크류 웜이 브라이튼의 갑판 밑으로 잠입한 후 맨홀에서 빠져나온 지 채 한 시간도 되지 않았다. 그는 제복을 입은 수족관 직원들이 자기를 보기만 해도 그 모든 것을 알아차릴 거라 확신했다. 언제 누가 와서 줄에 서 있는 자신을 끌고 가 침입자에 불법 체류자라고 선언할지 모를 일이었다.

❉ ❉ ❉

스크류 웜이 브라이튼에 도착한 것은 그날 아침이었다. 브라이튼이 로스트 보이들을 잡는 데 사용한 올드-테크 기계에 포착될 것이 두려워 톰은 조심스럽게 접근했다. 그러나 로스트 보이 포획 작전을 끝낸 후라 감지기가 켜져 있지 않은 것 같았다. 그렇다 하더라도 톰과 헤스터는 브라이튼의 자석 갈고리가 작동하고, 드릴이 시끄러운 소리를 내며 그 갑판에 구멍을 뚫는 동안 숨도 제대로 쉬지 못했다.
톰은 게 카메라로 렌을 찾고 싶어 했지만 헤스터는 생각이 달랐다. "우리는 로스트 보이가 아니야." 브라이튼의 상하수도관으로 게 카메라를 보내 작동을 시키려면 복잡한 기술에 익숙해야 하는데 우리는 그렇지 못하잖아? 그런 식으로 렌을 찾으려다가는 몇 주를 낭비할지도 모르는 일이야. 우리가 직접 위로 올라가야 해. 그동안 잡아들인 거머리선의 흔적을 쫓아갈 수 있을 거야."

헤스터 말이 맞았다. 스크류 웜에서 나와 브라이튼의 엔진 구역에 있는 한적한 골목길을 나서자마자 눈에 띈 것이 배기관에 붙어 있는 포스터였다. 헐벗은 소년들이 거머리선을 둘러싸고 있는 그림이 그려져 있었다. 그림 밑에는 '대서양의 기생선 소년들! 최근 브라이튼이 펼친 소탕 작전으로 바다 밑 도적 소굴 그림스비에서 건져 올린 물건과 포로를 브라이튼 수족관에서 전시하기로 전격 결정!(버칠 광장 11-17번지)'이라고 쓰여 있었다.

"포로들이라고!" 톰이 말했다. "렌도 거기 있을지 몰라! 거기로 가 보자."

남편보다 글을 읽는 속도가 더딘 헤스터는 아직 절반도 다 읽지 못한 채 물었다. "수족관이라는 게 뭐야?"

"물고기 전시하는 곳. 동물원이나 박물관 같은 데야."

헤스터가 고개를 끄덕였다. "박물관을 잘 아는 사람이 가서 둘러보는 게 낫겠군. 난 비행선 항구 쪽에 가서 정보를 캐내 볼게. 거기서 렌에 관한 소식을 들을 수 있을지 모르니까. 비행선도 구할 수 있는지 알아보고. 그 고린내 나는 거머리선으로 집까지 갈 생각을 하면 벌써부터 머리가 아파."

"헤어지면 안 될 것 같은데." 톰이 말했다.

## 23. 브라이트, 브라이터, 브라이튼

"잠깐이면 돼." 헤스터가 말했다. "그렇게 해야 시간을 단축할 수 있어." 물론 그건 핑계에 불과했다. 어디 피할 곳도 없이 톰과 꼭 붙어서 바다 밑을 여행하는 동안 헤스터는 숨이 막힐 것 같았다. 잠시만이라도 혼자 있고 싶었다. 시도 때도 없이 렌에 대해 걱정하는 톰의 목소리를 듣지 않고 잠시라도 숨을 돌리면서 도시를 둘러보고 싶었다. 그녀는 톰에게 얼른 입을 맞추고 말했다. "한 시간 뒤에 만나."

"스크류 웜에서?"

헤스터는 고개를 저었다. 교대 시간이 됐는지 엔진 구역이 점점 더 붐벼 가고 있었다. 비밀 맨홀 구멍으로 내려가는 것은 누군가에게 들킬 염려가 있었다. 그녀는 수족관 포스터에 반쯤 가려 있는 다른 광고지를 가리켰다. 핑크 카페라고 불리는 올드 스타인 지역의 커피숍 광고였다.

"저기서."

❋ ❋ ❋

다행히도 수족관 직원들은 표를 팔면서 저녁때 무엇을 할지 서로 떠드느라 정신이 없었다. 그들은 정체 모를 침입자가 있는지 살펴야 한다는 생각은 한 번도 해 본 적이 없는 듯했다. 설령 그들이 눈을 크게 뜨고 살핀다 하더라도 톰은 다른 방문객들과 다른 점이 하나도 없었다. 그저 헝클어진 머리가 약간 벗겨진 데다 젊지도 늙지도 않은 그는 콤 옴보의 중간 갑판에서 온 학자 정도로 보였다. 유행 지난 옷이 약간 구겨지고 곰팡내와 바닷물 냄새가 나긴 했지만, 뭐 그런 옷을 입지 말라는 법이 있는 것도 아니었다. 개찰구 직원은 톰이 건네는 돈을 받고 들어가라는 손짓을 하면서 그에게 눈길조차 주지 않았다.

수족관으로 들어가니, 커다랗고 침침한 수조 안에서 물고기들이 따분하다는 듯 헤엄치고 있었다. 소금물과 녹 냄새가 너무 강해서 그림스비로 돌아간 듯한 착각이 들 정도였다. 물고기, 해마, 그리고 말라빠진 물개를 보는 사람은 아무도 없었다. 모두들 '기생 해적'이라는 표지를 따라 중앙의 홀로 향하고 있었다.

톰은 너무 열띤 표정을 지어서 다른 사람들의 주의를 끄는 일이 없도록 조심하는 한편, 아마도 렌은 그곳에 없을 거라고 스스로에게 이르면서 사람들을 따라갔다. 그는 다른 관광객들 틈에 끼어서 게 카메라와 홀 중앙에 전시된 '아기 거미'라는 이름의 거머리선을 기웃거렸다. 누가 전시를 했는지 모르지만, 뒷다리 네 개로 서서 앞다리로는 허공을 휘젓도록 연출해 놓은 거머리선이 상당히 극적으로 보였다. 금방이라도 방문객들에게 덤빌 듯한 태세였다. 아이들을 데리고 온 부모들이 그 앞에서 사진을 찍었다. 아이들은 무서운 표정을 짓기도 하고 거머리선을 향해 혀를 쏙 내미는 포즈를 취하기도 했다.

## 23. 브라이트, 브라이터, 브라이튼

거머리선 뒤쪽에 짚이 깔린 우리가 놓여 있었다. 그 안에서 로스트 보이들이 쪼그리고 앉아서 지나가는 사람들을 노려보고 있었다. 가끔 소년들 중 한 명이 철창으로 몸을 던지면서 욕지거리를 내뱉으면 사람들은 겁이 나면서도 재미있다는 표정으로 한 걸음 물러났다. 우리 옆에 서 있는 몸집 큰 직원이 이따금 전기 봉으로 소년들을 찔러 댔다. 톰은 그 로스트 보이들이 너무나 불쌍해서 렌이 거기에 없다는 것을 확인하고 안도의 한숨을 내쉴 지경이었다.

바로 옆에서 수족관 제복을 입은 예쁘장한 젊은 여자가 아이들에게 설명을 하고 있었다. 톰은 설명이 끝나기를 기다렸다가 다가가서 물었다. "실례지만, 거머리선을 몇 척이나 생포했습니까?"

그 여자는 정말 아름다웠다. 그녀가 미소를 짓자 톰은 눈이 부셨다. "전부 다해서 열아홉 척입니다. 세 척이 더 있었는데, 바다에서 건져 올리기 전에 파괴됐지요."

"그중 오토리쿠스라는 거머리선이 있었습니까?"

빛나는 미소가 사라졌다. 메모와 노트를 뒤적이는 그녀의 얼굴에 당황한 표정이 떠올랐다. 지금까지 특정 거머리선에 대해 질문한 사람은 한 명도 없었다. "잠깐만요." 그녀가 중얼거렸다. "제 생각에는…. 아, 맞아요! 오토리쿠스는 초기에 잡힌 거머리선 가운데 하나였군요. 해적 소굴에서 멀리 떨어진 서쪽 바다에서 잡혔네요." 그녀의 미소가 돌아왔다. "잡혔을 당시에 도둑질 임무를 띠고 항해하고 있었던 것 같아요."

"승무원은요?"

그녀의 얼굴에는 아직 미소가 어려 있었지만 눈에는 의심의 빛이 떠오르기 시작했다. 속으로 톰이 괴팍한 정신병자가 아닐까 하고 의심하는 것 같았다. "그 문제는 미스터 슈킨에게 물어봐야 합니다. 나비스코 슈킨 씨 말이에요. 포로는 모두 슈킨 코퍼레이션의 재산이거든요."

✲ ✲ ✲

"슈킨 코퍼레이션은 뭘 하는 곳이죠?" 비행선 항구에서 중고 열기구를 파는 상인에게서 똑같은 대답을 들은 헤스터가 물었다.

"노예 거래." 새까만 담배 물을 발치께의 갑판에 뱉으며 상인이 말했다. 그는 한쪽 눈을 찡긋해 보이며 말을 이었다. "낚아 올린 애들은 남자고 여자고 모두 노예가 됐지. 그놈들, 당해 싸지."

'노예라고….' 헤스터는 점점 더 복잡해지는 거리를 걸으며 생각에 빠졌다. 왁자지껄한 관광객들을 싣고 항구로 쏟아져 들어오는 비행선들과 열기구들의 그림자가 그녀 위로 지나갔다. '노예….' 이 소식을 어떻게 톰에게 전해야 할까. 사랑하는 딸이 어딘가 노예 감옥에 갇혀서 잔인한 주인 밑에서 무슨 일을 당하고 있을지 모른다는 이야기를 어떻게 톰에게 할 것인가.

설상가상으로 비행선을 사려던 계획도 뜻대로 되지 않았다. 헤스

## 23. 브라이트, 브라이터, 브라이튼

터가 마지막으로 도시를 떠난 이후 비행선 가격은 천정부지로 치솟아 있었다. 그림스비에서 가져온 금화로는 중고 엔진 하나도 사기 힘들었다.

헤스터는 항구 뒤쪽에 자리한 가판대에서 칠흑같이 검은 선글라스와 은색 디스크를 이어 만든 스카프를 사는 데 금화 몇 개를 썼다. 선글라스는 그녀의 비어 있는 눈을 가려 주고 스카프는 이마의 흉터를 덮을 만했다. 그녀는 또 새 베일도 사고 앵커리지에서부터 입고 온 낡은 외투 대신 옷자락이 발목까지 닿고 단추가 많이 달린 검은색 코트도 샀다. 걸어 다니면서 그녀는 기분이 차차 나아졌다. 이 도시가 좋았다. 햇빛과 군중들, 슬롯머신에서 나는 짤랑거리는 소리, 낡은 호텔들…. 자기를 모르고, 베일 아래 어떤 얼굴이 숨어 있는지 모르는 사람들에게 둘러싸여 있는 것이 좋았다. 늘씬하고 큰 키에 얼굴은 신비롭게 베일로 가린 여인을 보고 시선을 떼지 못하는 젊은 비행사들의 눈길이 좋았다. 그리고—차마 인정하고 싶지 않았지만—렌이 없는 인생이 좋았다. 렌이 유괴를 당한 것이 기쁠 지경이었다.

그녀는 게시판에 붙어 있는 도시 지도를 꼼꼼히 살핀 다음 해수 수영장 한 켠을 가로지르고 있는 육교를 건너 올드 스타인 광장이 있는 도시의 뒤쪽으로 향했다. 핑크 카페의 실외에 놓인 탁자에는 톰이 없었다. 헤스터는 톰을 기다리면서 커피를 마실까 생각했지만, 브라이튼의 물가가 워낙 비싸서 그럴 엄두가 나지 않았다. 대신 길게 굽어 있는 스타인 거리를 천천히 산책하며 가게들을 구경했다. 그러다 갑자기 걸음을 멈췄다.

그것은 한때 극장으로 사용된 낡은 건물이었다. 문 위에 걸린 분홍색 간판에는 '님로드 페니로얄 체험장'이라는 문구가 쓰여 있고, 그 밑 광고에는 '오대양, 천 개 도시를 누비고 다닌 페니로얄 시장의 모험을 직접 경험한다! 교육과 재미를 한 번에!'라는 표어가 보였다. 창문에는 페니로얄을 본뜬 밀랍 인형이 사슬에 묶인 채 종이로 만든 지하 감옥에 갇혀 머리 위로 왔다 갔다 하는 초승달 모양의 칼을 쳐다보고 있었다.

'페니로얄 시장?' 헤스터는 총으로 톰을 쏜 후 제니 하니버를 타고 도망간 그 엉터리 탐험가가 어떻게 됐을까 가끔 궁금했었다. 그리고 지금쯤이면 신들이 그가 한 거짓말과 속임수들에 대해 벌을 내렸으리라고 믿었다. 그 사기꾼에게 내릴 적당한 벌을 생각할 시간이 16년이나 있었으니 신들이 일을 제대로 처리했을 만도 했다. 그런데 벌은커녕 오히려 상을 준 것 같았다. 페니로얄이 살아 있다니. 게다가 헤스터가 무슨 짓을 했는지 그는 알고 있었다. 다 부서진 아키우크의 부엌에서 마스가드와 그의 사냥단을 처치하기 위한 준비를 하면서 그녀 입으로 다 말하지 않았던가.

헤스터는 동으로 된 동전 하나를 매표소 직원에게 건네고 안으로 들어갔다.

브라이튼을 찾은 다른 관광객들은 '교육과 재미'를 다른 곳에서

## 23. 브라이트, 브라이터, 브라이튼

찾고 있는 듯했다. '님로드 페니로얄 체험장'에는 사람 그림자가 거의 보이지 않았다. 박물관답게 먼지 냄새가 났다. 그리고 뭔가 이국적인 냄새가 감질나게 살짝 났다. 헤스터는 뭔지 모를 그 냄새가 더 익숙한 느낌이 들었다. 유리 전시관에 들어 있는 별 볼일 없는 유물들 사이를 지나자 페니로얄이 발굴했다는 고대 쓰레기장 모형이 나왔다. 곰과 싸우는 페니로얄, 비행 해적들에게 쫓기는 페니로얄, 올드-테크를 숭배하는 여전사들에게 잡혀 희생 제물이 될 뻔한 페니로얄을 묘사한 그림과 밀랍 인형도 보였다. 모두 페니로얄의 베스트셀러에 묘사된 장면들이었고, 모두 새빨간 거짓말들이었다. 많은 전시물들 중에서 헤스터의 관심을 끄는 그림이 딱 하나 있었다. 한 손에 칼을 들고 야만스러운 사냥단에 맞서 싸우고 있는 페니로얄 옆에 아름다운 젊은 여자가 우아한 모습으로 쓰러져 죽어 있었다. 그림을 1, 2분 뚫어져라 본 후에야 헤스터는 죽은 여자의 눈 한쪽에 붙어 있는 안대와 볼에 난 애교스러운 흉터를 발견했다.

"맙소사." 헤스터는 큰 소리로 내뱉었다. "저 머리 텅 빈 여자가 나야?"

그녀의 목소리가 텅 빈 전시실에 크게 메아리쳤다. 그 메아리가 사라졌을 즈음 발자국 소리가 들리더니 매표소에 있던 직원이 문을 열고 들여다봤다. "무슨 문제가 있습니까?"

헤스터는 너무 화가 나서 차마 말도 못하고 고개만 저었다.

"그림 한번 멋지지요?" 그 큐레이터가 말했다. 몇 가닥 남지 않은 머리카락을 대머리 위로 조심스럽게 빗어 올린 그는 눈빛이 친절한 중년 신사였다. 헤스터 옆으로 다가온 그는 그림을 보면서 자랑스럽게 활짝 웃어 보였다. "『사냥꾼의 현상금』의 마지막 장에서 영감을 받아 그린 작품이지요. 시장님이 아크에인절의 사냥단과 격투를 벌이는 장면입니다."

"저 여자는 누구죠?" 헤스터가 물었다.

"『사냥꾼의 현상금』을 안 읽었단 말씀이신가요?" 큐레이터가 놀란 표정으로 물었다. "저 여인은 앵커리지를 사냥단에게 팔아넘긴 여자 비행사 헤스터 쇼예요. 불쌍하게도 페니로얄 시장님 곁에서 숨을 거두는 것으로 죗값을 치렀습니다. 사냥단 두목 피오트르 마스가드의 칼끝에 목숨을 잃었죠."

헤스터는 급히 몸을 돌려 박물관 위층으로 나 있는 먼지 쌓인 계단을 뛰어올랐다. 당황해서 머릿속에서 떠오르는 생각들을 차근차근 짚어 볼 여유도 없고, 양옆에 놓여 있는 전시물들도 눈에 들어오지 않았다. 모든 것이 허사가 됐다. 페니로얄은 자기의 비밀을 알고 있을 뿐 아니라 그것으로 책까지 쓴 것이다. 그걸 묘사한 그림까지 있다니! 페니로얄이 사실을 많이 왜곡하긴 했지만, 가장 중요한 진실은 그의 책에 불 보듯 명확하게 쓰여 있는 것이다. 헤스터 쇼가 앵커리지를 사냥단에 팔아넘겼다는 사실을 톰이 아는 날에는….

헤스터가 정말 어떤 사람이라는 것을 알고 난 후에도 톰이 그녀를 사랑할까?

## 23. 브라이트, 브라이터, 브라이튼

계단 꼭대기까지 올라간 헤스터는 그곳에서 더 강하게 나는 익숙한 냄새를 들이마셨다. 그러고는 문득 그 냄새의 정체를 깨달았다. 비행 연료와 부양 가스 냄새. 그녀는 위를 올려다봤다.

위층 전체가 유리 지붕으로 덮여 있는 커다란 하나의 방이었고, 중앙에 설치된 금속 말뚝들 위에 비행선이 정박되어 있었다. 낡고 오래된 데다 빛바랜 페인트로 쓰인 이름이 '북극의 식빵'이었지만 헤스터는 첫눈에 녀석을 알아봤다. 쓰레기 처리장에서 찾은 재료로 만든 곤돌라와 수없이 많은 수리를 거친 정겨운 고물 쥬네-카로 엔진. 저 안에 있는 좁다란 선실에서 2년을 살면서 저 붉은 가스백을 믿고 세상의 절반을 누비고 다녔다. 그것은 제니 하니버였다.

"못생기고 낡아빠진 비행선이에요, 그렇죠?"

큐레이터가 위층까지 따라온 줄 미처 몰랐다. 그는 친절한 미소를 지으며 헤스터 바로 뒤에 서서 말을 걸었다. "헤스터 쇼가 숨을 거두면서 페니로얄 교수에게 물려준 비행선입니다. 페니로얄 교수는 저 비행선을 타고 극지방의 폭풍을 헤치고 비행 해적단들을 물리치고 브라이튼으로 귀환했지요."

곤돌라 옆에 나무다리가 설치되어 있었다. 헤스터는 큐레이터의 말을 들으며 그곳으로 올라가 먼지 낀 유리창을 통해 내부를 들여다봤다. 이 비행선과 함께했던 과거가 생생하게 떠올랐다. 저 선실에 있는 좁다란 침대에서 톰과 함께 잤었는데…. 저 조종석에서 밤을 지새우며 비행했던 시간은 또 얼마나 길었던가. 그리고 저 어질러진 갑판 바닥에서 렌을 임신했었지….

헤스터는 코를 쿵쿵거리며 냄새를 맡았다. "지금 당장이라도 비행할 준비가 되어 있는 것 같은데요."

"맞습니다. 비행사시군요?"

헤스터는 깜짝 놀라 그를 돌아봤다. 자기 정체를 알아차린 것 아닌가 하고 경계를 했지만, 그 큐레이터는 그저 대화를 이어 가기 위해 그렇게 말했을 뿐인 것 같았다. "네." 헤스터는 그렇게 대답했지만, 뒷말을 기다리면서 빤히 쳐다보는 그의 표정을 보고 덧붙였다. "프레야에서 온 밸런타인 선장입니다."

"그렇군요." 만족스런 답을 들었다는 듯 큐레이터는 제니 쪽으로 고갯짓을 하면서 말했다. "'북극의 식빵'호는 내일 역사적인 비행선들이 벌이는 비행 쇼에서 제일 선두에 나설 예정입니다, 미즈 밸런타인."

헤스터는 차가운 엔진 덮개를 손으로 쓰다듬으며, 엔진이 돌아가고 제니가 살아나는 장면을 상상했다. 그녀는 서서히 충격에서 벗어나고 있었다. 톰도 페니로얄이 거짓말쟁이라는 것을 알고 있는 마당에 그가 헤스터에 관해 하는 말을 곧이곧대로 믿을 이유가 없었다. 베일 밑에서 그녀는 비뚤어진 미소를 지었다.

"아주 볼만한 비행 쇼가 될 거예요." 큐레이터가 미소를 지으며 그렇게 말했다. "페니로얄 교수의 모험담 가운데 제일 아슬아슬한 장면을 다시 재연하는 쇼도 있어요. '북극의 식빵'호와 해적선으로

## 23. 브라이트, 브라이터, 브라이튼

분장한 비행 예인선들이 전투하는 장면이지요. 진짜 로켓에, 뭐에, 아주 멋질 겁니다."

헤스터는 커다란 방을 둘러보며 말했다. "어떻게 이 방에서 비행선을 꺼내나요?"

"네?" 큐레이터는 잠시 어리둥절해하다가 말했다. "아, 지붕이 열리게 되어 있어요. 도킹 격납고처럼 지붕 전체가 열리는 구조입니다. 시장님이 직접 비행하실 겁니다."

헤스터는 고개를 끄덕이며 회중시계를 봤다. 톰과 만나기로 한 것을 깜빡 잊고 있었다. 벌써 20분이나 늦은 시간이었다. 그녀는 급히 따라오는 큐레이터를 뒤로하고 서둘러 아래층으로 내려갔다. 기념품 가게에서 『사냥꾼의 현상금』을 찾은 그녀는 큐레이터에게 동전 몇 개를 건넸다.

"좀 대담하다 생각하실지 모르겠지만," 큐레이터는 잔돈을 찾느라 금고 안을 뒤적이며 말했다. "내일 비행 쇼에 저랑 같이 가실 생각은 없으신지요? 그 뒤에 저녁 식사도 함께하시고요."

그러나 그가 눈을 들었을 때는 그 신비스러운 여자 비행사는 온데간데없고 출입문이 가볍게 닫히는 것만 보였다.

헤스터는 올드 스타인의 카페 쪽으로 서둘러 걸어가면서 페니로얄의 책을 주머니에 쑤셔 넣었다. 큐레이터의 바보 같지만 기분 좋은 프러포즈 덕에 그녀는 매력적이고 신비로운 여자가 된 듯한 느낌이 들었다. 이전에 느꼈던 당황스러움은 완전히 사라졌다. 이제 모든 것이 괜찮아질 거라는 확신이 들었다. 책을 톰에게 보여 주고 페니로얄의 새빨간 거짓말들을 찾아내면서 같이 웃고 즐길 수 있을 것이다. 그리고 렌을 노예 감옥에서 구출해서 셋이 함께 제니 하니버를 되찾아 날아가면 그만이었다.

카페 밖에 내놓은 탁자들에는 사람들이 많이 앉아 있었지만 톰은 보이지 않았다. 헤스터는 짜증이 나서 톰을 찾아 두리번거렸다. 약속 시간에 늦는 건 톰답지 않은 일일뿐더러 헤스터는 한시라도 빨리 자신의 계획을 그에게 이야기해 주고 싶어서 애가 탔다.

"헤스터 씨인가요?" 카페의 여자 노예가 접힌 종이를 손에 들고 다가왔다. "헤스터 씨 맞으시죠? 어떤 남자 분이 이걸 전해 달라고 하셨어요."

종이는 수족관 광고 전단지였다. 뒷면에 단정한 글씨체로 톰의 메모가 적혀 있었다. '헤스터, SW*에서 다시 만나. 렌이 노예로 잡혀 있어. 후추통이라고 하는 곳에 가서 렌을 되살 수 있는지 알아보고 올게.'

---

* Screw Worm, 스크류 웜의 머리글자.

INFERNAL DEVICES

## 24

# 레퀴엠 보텍스

샨 구오를 떠난 후 비행 함대는 예정 시간에 어긋남 없이 순조롭게 비행했다. 그들은 보석을 흩뿌려 놓은 듯 반짝이는 초록빛 페르시아만을 건너 서쪽으로 빠르게 날아서, 지금은 자발 함마르의 언덕을 지나고 있었다. 한 줄로 늘어선 네 대의 구축함을 호위하는 전투 비행선들의 엔진에서 나는 굉음으로 주변 공기가 크게 고동쳤다. 무라사키 폭스 스피리츠와 장 첸 호크모스 비행 함대는 견인 도시 소속 사략선들이 출몰할 것에 대비해 주변 하늘을 이 잡듯 뒤지고 있었다.

스토커 팽이 타고 있는 레퀴엠 보텍스의 무장 곤돌라에 난 작은 사격용 구멍으로 위논 제로는 저 멀리 펼쳐진 땅을 바라보고 있었다. 비행선 그림자 말고는 땅 위에 움직이는 것이 아무것도 없었다. 그러나 어디를 보나 견인 도시들의 바퀴가 할퀴고 간 상흔으로 범벅이 되어 있었다. 광산 도시들이 광물이 섞인 암석을 캐내고 떠난 언덕의 옆구리는 고르지 않은 이빨로 물어뜯은 것처럼 보였다.

이 수수께끼의 원정에 스토커 팽과 함께 가게 되었다는 소식을 처음 들었을 때 위논은 기뻤다. 스토커 팽의 전용 비행선을 타고 높은 하늘을 날아가는 도중이라면 자신의 무기를 사용할 기회가 분명히 있을 법했다. 그러나 여기까지 오는 길에 도시진화론 덕에 상처 입고 폐허가 된 세상을 목격하면서 그녀는 마음속에 품고 있는 작전을 감행할 만한 권리가 과연 자신에게 있는지 의심이 들기 시작했다. 전쟁은 정말이지 증오스러웠다. 그러나 견인 도시들 또한 증오스럽기는 매한가지였다. 팽을 암살하는 것이 견인 도시들에게 승리를 가져다주는 결과를 낳는 것은 아닐까? 그런 스툼이 몰락하면 얼마 가지 않아 온 세상이 지금 저 아래 보이는 땅처럼 폐허가 될지도 모를 일이었다. 그런 죄의식을 가지고 살고 싶지 않았다.

"여기 온 목적에 등을 돌릴 이유를 또 한 가지 찾아냈군." 어렸을 적에 학교 공부를 게을리 하면 엄마가 실망한 어조로 그녀에게 말하듯 위논은 스스로를 질책했다. "겁쟁이 같으니라고, 위논."

그녀는 갈색 안개 사이로 전방을 살폈다. 견인 도시들이 내뿜는 배기가스 때문에 더 짙어지는 저 안개 너머 그리 멀지 않은 곳에 중앙해가 있을 것이다. 목적지가 멀지 않았다. 위논은 마음속에서 고개를 드는 의혹을 잠재우기 위해 애썼다. 전투가 시작될 것이다. 전투 상황에 익숙한 위논은 혼란을 틈타 자신의 무기로 스토커 팽을 공격할 수 있는 순간이 오리라 확신했다. 아무도 그것이 위논의 소

## 24. 레퀴엠 보텍스

행이라 짐작하지 못할 것이다.

그녀는 몸을 돌려 천둥 같은 소음이 들리는 기낭 안의 복도를 따라 올라갔다. 장교 식당 가까이에 이르자 동료들의 목소리가 들렸다. 문이 열려 있었다. 그녀는 걸음을 멈추고 눈에 띄지 않게 서서 잠시 귀를 기울였다.

"브라이튼만 공격하라는 명령이야!" 총포 부대 소속 쟈오 중위의 목소리였다. 스토커 팽의 귀에 들릴까 두려워서 목소리를 낮춰 말하고 있었다. "왜 하필 브라이튼일까? 정보 보고서를 읽어 봤는데, 브라이튼은 중요하지도 않고 크지도 않은 한낱 유흥 뗏목 도시에 불과한데."

"사령관이 개인적으로 부리는 스파이들이 있어." 항해사 쳥이 빈 컵을 내려다보면서 대답했다. 마치 컵 안에 남아 있는 차 이파리에 스토커 팽의 마음을 짐작할 단서라도 있는 것처럼 뚫어져라 쳐다보고 있었다. "사령관한테만 보고하는 직속 스파이들이 곳곳에 깊숙이 잠입해 있다고."

"알아. 하지만 왜 애초에 그런 스파이를 브라이튼에 보냈을까?"

"누가 알아? 거기 뭔가 중요한 게 있겠지."

"도대체 그게 뭘까?" 쟈오 중위가 고개를 저었다. "저 아래 언덕들에는 강력한 사냥꾼 도시들이 숨어 있어. 그런 악독한 사냥꾼 도시들을 날려 버릴 수 있는 로켓을 왜 브라이튼에다 낭비를 해야 하냐고."

"사령관의 명령에 의문을 제기하는 건 도리가 아니지, 쟈오."
이번 원정의 부사령관 나가 장군의 목소리였다. 위논은 나가 장군의 말에 몸을 곧게 세우고 고개를 숙이는 젊은 장교들을 보았다. 나가는 그린 스톰이 창설될 때부터 있던 사람이었다. 젊고 잘생긴 나가가 트랙션그라드의 폐허에 발을 딛고 서서 번개무늬가 그려진 깃발을 휘두르는 사진은 그린 스톰 대원들 사이에 유명했다. 위논도 소녀 시절 그 사진을 침실 벽에 붙여 놨었다. 그러나 나가 장군은 이제 더 이상 젊지도 잘생기지도 않았다. 머리는 하얗게 샜고 황토빛 얼굴은 수많은 상처로 금이 가 있었다. 그는 올해 서른다섯 살이었다. 그린 스톰군 기준으로 보면 상당히 늦은 나이였다. 그는 잔-산단스키 전투에서 팔 하나를 잃었고, 옴스크 공중 포위 작전 도중 다리 하나를 잃었다. 그가 계속 걷고 싸울 수 있는 것은 부활군 부대에서 전동 금속 외골격을 만들어 줬기 때문에 가능했다.

"나도 이번 임무가 맘에 들지 않아." 그가 인정했다. 나가가 식탁에 기대자 기계 갑옷의 관절들이 서로 부딪히면서 금속성 소음이 났다. "브라이튼은 우리에게 위협이 되지 않아. 이번 여름에만도 북대서양에서 기생 해적들을 잡느라 바빴다고 하더군. 기생 해적들이 로그스 루스트 공군 기지를 공격했을 때 난 거기 있었어. 그 악마들 때문에 절친한 친구들을 잃었지. 브라이튼이 그놈들을 혼내 줘서 고마울 따름이야. 하지만 명령은 명령이야. 불의 꽃의 명령은…."

그가 갑자기 말을 멈췄다. 문가에 서 있는 위논의 존재를 감지했

## 24. 레퀴엠 보텍스

기 때문이었다. "외과-엔지니어가 여길 오시다니." 그는 위논 쪽으로 몸을 돌리며 달갑지 않은 목소리로 말했다. 그의 기계 손이 칼 손잡이로 슬며시 움직였다. 엉거주춤 허리를 굽혀 인사하는 그의 몸에 달린 금속 외골격이 끼익끼익 소리를 냈다. 위논은 나가의 뒤로 자기를 알아본 젊은 장교들의 얼굴에 떠오른 공포를 읽었다. 그녀는 그들이 무슨 생각을 하는지 알고 있었다. '얼마나 오래 저기에서 있었던 거지? 어디까지 들은 걸까? 스토커 팽에게 보고를 할까?' 나가 장군마저도 그녀를 두려워하고 있었다.

"실례합니다." 그녀는 정중히 허리를 굽혀 나가 장군에게 인사를 한 다음 다른 장교들에게도 똑같이 인사를 건넸다. 식당으로 들어선 그녀는 원치도 않는 재스민 차를 한 잔 따르고 침묵 속에서 재빨리 마셨다. 모든 사람의 시선이 그녀에게 쏠려 있었다. 그들은 스토커 팽을 조심하는 만큼 위논에 대해서도 조심했다. 그녀는 그것이 반가웠다. 아무도 그녀의 진짜 의도를 의심하고 있지 않다는 증거였기 때문이다.

그러나 레퀴엠 보텍스에 그녀를 의심하는 존재가 하나 있었다. 식당을 나온 그녀가 강화 가스실 사이를 지나 높은 곳에 마련된 숙소로 이어진 계단을 오를 때 슈라이크가 어둠 속에서 지켜보고 있었다. 그는 그녀가 비밀 작전을 개시하기를 기다리고 있었다.

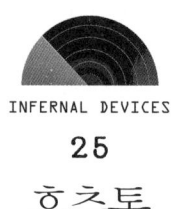

INFERNAL DEVICES
## 25
# 후추통

톰이 카니발 행렬로 넘쳐나는 거리를 지나 후추통으로 가는 동안 오후가 깊어 저녁이 되었다. 예쁘장한 소년, 소녀가 인어로 분장하고 전기 자동차에 올라탄 행렬이 오션 대로를 따라 천천히 이동하고 있었다. 바다의 신을 본뜬 거대한 인형과 기다란 막대에 달아 흔들어 대는 물고기, 바다뱀 모양의 종이 연등 행렬이 이어졌고, 커다란 깃털 모자를 쓴 여장 남자들이 낮게 떠 있는 화물용 열기구에서 종이 꽃가루를 뿌렸다. 하얀 건물들 사이로 바다가 보일 때마다 톰은 그쪽으로 눈을 돌렸다. 한번은 공중에 떠 있는 것조차 불가능해 보이는 비행 기계들이 굉음을 내며 지붕 바로 위까지 낮게 날아다니기도 했다. 톰은 두 손으로 귀를 꼭 막고 비행 기계들이 날아간 쪽으로 고개를 돌렸다. 더 젊었더라면 엄청나게 신기해하며 좋아했을 테지만, 이제 그에게 그런 것들은 세상이 얼마나 위험한 곳인지, 그리고 바깥세상이 얼마나 많이 변했는지를 되새겨 주는 증

## 25. 후추통

기일 뿐이었다. 비행 기계 같은 것들을 많이 보면 볼수록 그는 얼른 렌을 찾아서 평화로운 바인랜드로 돌아가고 싶은 생각밖에 들지 않았다.

그는 수족관 여직원이 알려 준 주소지를 찾아 군중 사이를 헤집고 걸어갔다. 혼자서 간 것 때문에 헤스터가 나중에 화를 낼 것이 뻔했지만, 너무 초조해서 핑크 카페에 앉아 그녀가 오기를 기다리고 있을 수가 없었다. 더군다나 헤스터가 가글에게 한 짓이 아직 톰의 머리를 떠나지 않았다. 그녀가 렌에게 무슨 일이 일어났는지 알고 나면 어떤 식으로 반응할지 모른다는 생각이 들었다. 이 슈킨이라는 친구와 차분하게 대화를 하고 싶었다. 만나서 이야기를 잘하고 사실을 알려 주면 렌을 부모에게 돌려보내 줄 만큼 이성적인 사람일지도 몰랐다. 그게 아니라면 돈을 지불하고 렌을 사는 방법도 있었다. 어떤 식으로 일이 풀리더라도 폭력을 사용할 필요는 없었다.

후추통이라는 건물을 보고 나니 톰은 더 희망적인 생각이 들었다. 노예 수용소들은 대부분 지저분한 고물상 타운에서도 제일 낮은 갑판 구석에 처박혀 있는 구질구질한 곳이지, 저렇게 새하얗고 우아한 고층 건물이 아니었다. 유리로 된 현관문 앞에 서 있는 검은 제복 차림의 경비원이 정중하게 톰을 불러 세워 금속 탐지기로 몸수색을 한 다음 들여보내 줬다. 건물 안 로비는 호텔 로비만큼이나 차분하고 격조가 있었다. 폭신한 의자와 금속성 초록빛이 도는 단정한 화분들이 놓여 있었다. 벽에는 '슈킨 코퍼레이션'이라는 명판이 붙어 있었는데, 그 밑에 작은 글씨로 '사람에 투자하는 슈킨'이라고 덧붙여 놓았다. 이곳이 무엇을 하는 곳인지 알 수 있는 유일한 단서는 바닥에 깔린 폭신한 카펫을 통해 희미하게 들려오는 성난 고함 소리와 금속이 부딪히는 소리뿐이었다.

"소음 때문에 신경이 쓰이시죠? 죄송합니다." 검은 책상에 앉아 있던 말끔한 차림의 여자가 말했다. "더러운 로스트 보이들 때문이에요. 처음 데려왔을 때만 해도 온순했는데 날이 갈수록 불손해지고 있어요. 하지만 얼마 남지 않았네요. 내일, 가을 경매가 시작되면 금방 모두 처리할 수 있을 테니까요."

"아직 팔지 않은 거군요?" 톰이 소리쳤다. "정말 다행이에요. 딸을 찾고 있어요. 렌 내츠워디라고. 로스트 보이들과 함께 있었지요. 로스트 보이들과 함께 실수로 잡힌 것 같아요."

깜짝 놀란 그녀는 실낱같이 가느다랗게 그린 눈썹을 한껏 추켜세웠다. "잠깐만 기다려 주십시오." 그렇게 말한 뒤 그녀는 몸을 한껏 굽힌 채로 인터컴에 얼굴을 바짝 대고 뭐라고 한참을 속삭였다. 구리와 합성수지로 만든 그 인터컴이 무척 현대적이라고 톰은 생각했다. 인터컴에서 누군가 속삭이는 소리가 들리고, 잠시 후 여자가 톰에게 미소를 지으며 말했다. "미스터 슈킨이 직접 만나시겠답니다. 올라가세요."

톰은 천장으로 뻗어 있는 나선형 계단 쪽으로 걸어가려 했지만, 그 여자가 책상 위에 있는 단추를 누르자 있는 줄도 몰랐던 좁은 문

## 25. 후추통

이 벽에서 스르륵 열렸다. 톰은 그것이 엘리베이터라는 것을 알아차렸다. 어렸을 적에 런던에서 봤던 거대한 공용 엘리베이터와는 딴판이었다. 이 엘리베이터는 자개 장식을 한 고급스러운 찬장처럼 보였다. 그는 너무 놀란 것처럼 보이지 않으려고 애쓰면서 안으로 들어섰다. 문이 미끄러지듯 닫히고 간이 툭 떨어지는 듯한 느낌이 들었다. 이윽고 다시 문이 열리자 조용하고 고급스러운 사무실이 나왔다. 검은 금속 책상에서 한 남자가 일어나 그를 맞이했다.

"미스터 슈킨이십니까?" 톰이 물었다. 뒤에서 엘리베이터의 문이 닫히고 다시 아래층으로 조용히 내려가는 소리가 났다.

나비스코 슈킨은 허리를 깊이 굽혀 인사하면서 회색 장갑을 낀 손을 내밀었다. "친애하는 미스터 내츠워디." 그가 작은 목소리로 말했다. "우리 노예 중 하나에게 관심 있어 하신다고 미스 윔스에게 들었습니다. 렌이라는 소녀를 말씀하셨다고…."

그렇게 차분한 목소리로 렌을 노예라고 말하는 것을 듣자 톰은 화가 났다. 그는 애써 마음을 가라앉히며 슈킨이 내민 손을 잡고 악수를 했다. "렌은 제 딸입니다. 로스트 보이들에게 납치를 당했지요. 찾으러 왔습니다." 톰이 말했다.

"그러신가요?" 슈킨은 톰을 자세히 살피면서 고개를 끄덕였다. "불행히도 렌이 무슨 연유로 노예가 됐는지 전혀 몰랐군요. 렌은 이미 팔렸습니다."

"팔렸다고요?" 톰이 소리쳤다. "지금 어디 있습니까? 아직 브라이튿에 있나요?"

"기록을 봐야 합니다. 이번 달에 노예 거래가 너무나 많아서요."

엘리베이터 문이 다시 열리고 방 안이 사람들로 가득 차기 시작했다. 검은색 제복을 입은 무장 경호원들이었다. 기습적으로 당한 일이라 톰은 그중 한 사람이 휘두른 방망이에 옆구리를 맞고 앞으로 고꾸라지면서도 무슨 일이 일어나고 있는지 제대로 파악하지 못했다. 다른 두 명이 숨을 헐떡거리며 쓰러지는 톰을 붙잡았다.

나비스코 슈킨은 방 안을 돌며 기다란 창문에 천으로 만든 블라인드를 하나하나 내렸다. "오늘은 관광 비행선들이 많이 떴군." 그가 아무 일도 없다는 듯 말했다. "생각 없는 관광객들이 들여다봐서 좋을 일이 없지, 그렇지?" 방 안이 어둑어둑해졌다. 슈킨은 책상으로 돌아가 인터컴에 대고 말했다. "모니카, 그 애를 올려 보내. 이놈이 하는 말이 사실인지 확인해 보자."

경호원들이 톰의 팔을 뒤로 잡아채 아프게 꺾으면서 꽉 붙잡았다. 그러나 사실 그럴 필요가 전혀 없었다. 톰은 네 명의 건장한 경호원들을 물리치기는커녕 서 있기조차 힘들었기 때문이다. 심장이 금방이라도 터질 듯이 뛰면서 통증이 옆구리까지 훑고 내려갔다. 가까이 다가온 슈킨이 약간 불쾌하다는 표정으로 톰의 소매를 들어 올리더니 차고 있던 결혼 팔찌를 빼 갔다.

"그건 내 물건이오." 톰이 헐떡거리며 말했다. "돌려줘요!"

슈킨은 팔찌를 공중에 한 번 던졌다가 받았다. "넌 더 이상 물건

## 25. 후추통

을 소유할 권리가 없어." 그가 말했다. "네가 바로 물건이 됐거든. 자유인이라는 것을 증명할 서류가 있으면 또 모르겠지만. 그러나 지금까지 한 말이 사실이라면 그런 서류가 있을 리가 없지." 그는 팔찌를 얼굴 가까이 대고 눈을 가늘게 뜨면서 거기에 쓰인 글자를 읽었다. "HS와 TN.* 감동적이군…."

엘리베이터에서 또 한 번 딩동 소리가 나더니 검은색 제복 차림의 경호원이 한 명 더 들어왔다. 다른 사람들과 같은 제복을 입고 정면에 은색 '슈킨' 로고가 박힌 챙 달린 검은 모자를 쓰고 있었지만, 그는 소년에 불과했다.

"자, 피쉬케익?" 슈킨이 물었다. "이 손님, 아는 사람인가?"

소년이 톰을 쳐다봤다. "그 사람 맞아요, 미스터 슈킨." 그 애가 말했다. "앵커리지에 있을 때 스크린에서 봤어요. 렌의 아버지예요."

"네가 어떻게…." 톰은 이 소년이 누구인지 알아봤다. 피쉬케익. 엉클이 이야기하던 그 소년. 렌을 납치한 그 새내기 로스트 보이! 톰은 당연히 그 애에게 화를 내야 했지만 그러지 못했다. 슈킨에게 더 화가 날 뿐이었다. 소년의 마른 손등에 찍힌 슈킨 로고가 보였기 때문이다. 도대체 어떤 사람이 아이에게 저런 짓을 할 수가 있을까? 저런 인간을 부자로 편안하게 살도록 놔두는 도시는 도대체 어

---

* Hester Shaw, Tom Natsworthy, 헤스터 쇼와 톰 내츠워디의 머리글자.

떤 곳일까?" "피쉬케익, 제발…. 렌은 괜찮니? 다치지는 않았니? 누가 그 애를 샀는지 알아?"

피쉬케익이 대답을 하려고 하는 순간 슈킨이 말을 막았다. "대답하지 마." 경호원 가운데 하나가 톰을 다시 한 번 후려쳤다. 톰은 폐에서 공기가 다 빠져나가는 듯한 느낌을 받으며 헉 소리만 냈다.

"피쉬케익은 복종하는 법을 배웠지." 슈킨이 말했다. "내 말에 복종하지 않으면 노예 감방으로 돌아가게 되는데, 그랬다간 그림스비를 배신한 죄로 동료들의 손에 갈기갈기 찢기고 말 게 뻔하거든." 그는 톰의 조끼를 열어젖히고 셔츠를 올렸다. 그리고 회색 장갑을 낀 손으로 윈돌린이 서투른 솜씨로 수술한 뒤에 남은 흉터를 더듬었다. 그의 얼굴에 미소 비슷한 것이 어렸다.

"이 도시의 시장은 아주 짜증 나는 인간이야, 미스터 내츠워디." 그가 말했다. "그놈이 거짓말쟁이에 가짜라는 걸 폭로하는 데 네가 도움이 될 수도 있어. 하지만 그보다 먼저 시장이 나한테서 훔쳐 간 물건을 되찾는 것을 네 딸이 도와줘야겠어. 누가 아나? 협조하면 둘 다 풀어 줄지?" 책상 쪽으로 몸을 틀면서 그는 다시 한 번 톰의 팔찌를 공중에 던졌다 받았다. 인터컴의 황동 수화기 쪽으로 몸을 기울이면서 그가 말했다. "미스 웜스, 중간층 감방 하나 준비해 줘요. 미스터 내츠워디 용으로. 일곱 시 반에 올드 스타인 광장으로 갈 테니 차 준비시키고. 시장 각하의 무도회에 참석하고 싶은 마음이 생기는군."

## 25. 후추통

❊ ❊ ❊

헤스터는 그 예쁘장한 건물의 현관문 안을 벌써 한 번 훑었다. 그러나 톰은 흔적도 보이지 않았다. 생각할 수 있는 곳은 모두 둘러본 상태였다. 돌아보는 내내 제발 톰이 노예 상인들을 만나기 전에 스크류 웜에 돌아갔거나 핑크 카페에 가서 다시 자기를 기다리기로 결정했기를 바랐다. 이제 헤스터는 다시 후추통 앞에 와 있었다. 화도 나고 마음 한구석 어디선가 겁이 나기도 했다. 톰이 그 안에 있고, 톰에게 뭔가 나쁜 일이 벌어진 것이 확실했다. 건물 위쪽의 한 층은 모든 유리창에 블라인드가 내려져 있고, 현관문 안쪽에서는 검은 제복을 입은 경호원 한 떼가 건방져 보이는 여자와 이야기를 나누고 있었다. 헤스터는 그냥 밀고 들어가서 그들과 맞서 볼까 생각했지만, 톰과 같은 함정에 빠지고 싶지 않았다.

문 밖에 서 있던 경비원이 안을 들여다보고 있는 헤스터를 주시하고 있었다. 헤스터는 호기심 많은 관광객인 것처럼 재빨리 그 앞을 지나쳐 광장 건너편 커피숍으로 들어갔다. 빨대로 냉커피를 마시며 그녀는 생각에 잠겼다. 슈킨이라는 사람이 톰을 포로로 잡아 두기로 결정한 데는 이유가 있을 것이다. 어쩌면 톰이 로스트 보이와 연관 있는 사람이라고 생각할지도 몰랐다. 어쨌든 그건 그렇게 큰 문제가 아니었다. 로그스 루스트에 잡혀 있을 때 톰이 자기를 구출하러 와 준 것처럼 이번에는 자기가 톰을 구출하면 되는 것이다.

그러나 저 건물로 어떻게 하면 들어갈 수 있을까? 문을 지키는 경비원은 이미 그녀를 경계하고 있었다. 카니발 때문에 이렇게 사람들이 많은 마당에 막 총을 쏘아 대며 건물에 침입할 수도 없었다. 아, 불쌍한 톰! 왜 혼자 들어갔을까? 나비스코 슈킨 같은 사람은 혼자서 처리할 수 있는 상대가 아니라는 것을 알았어야지.

냉커피 값을 지불한 그녀는 웨이터에게 물었다. "저 건물이 슈킨 코퍼레이션인가요? 노예들을 많이 붙잡아 두기엔 너무 작아 보이는데."

"아래쪽으로 숨어 있는 층이 있지요." 헤스터가 내놓은 두둑한 팁을 만족스럽게 내려다보며 웨이터가 대답했다. "노예 감방 같은 것은 아래쪽에 있답니다. 저 끔찍한 해적들도 다 거기 갇혀 있지요."

헤스터는 다시 로그스 루스트를 생각했다. 로스트 보이들이 공격했을 때 벌어졌던 혼란을 뚫고 자기가 톰을 안전한 곳으로 안내했던 일을 다시 한 번 회상했다. 헤스터는 빠른 걸음으로 카페를 떠나면서 벨트에 찬 총이 새로 산 코트의 맵시를 흐트러뜨리지 않는지 다시 한 번 확인했다.

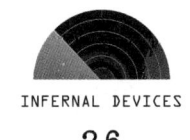

INFERNAL DEVICES
26
# 달을 기다리며

아지랑이가 피어오르는 아프리카 위로 커다랗고 붉은 해가 질 즈음, 산들바람이 조금 거세어졌다. 브라이튼은 해안 쪽으로 밀려들었다가 하얗게 부서지는 파도 위에서 가볍게 흔들렸다. 길이 위아래로 흔들리는데도, 색색의 깃발과 커다란 보름달 모양의 종이 연등을 든 아이들은 조금도 개의치 않고 오션 대로를 떼 지어 걸어 다녔고, 수없이 많은 예술가들이 집을 개방해서 개인 전시회를 열었다.

"바빠야 딴 생각이 안 나게 마련이니까…." 클라우드 나인의 관측 전망대에서 아래를 내려다보던 님로드 페니로얄이 철학적인 표정으로 말했다. "이 도시에는 저질 화가랑 연극쟁이가 너무 많아. 거의 매주 축제를 열어야 저런 사람들도 절망하지 않고 살아갈 이유를 찾지." 퀸스 파크에 있는 설치 예술품에서 뿜어져 나온 거품이 산들바람을 타고 그의 옆을 지나 저녁 하늘로 사라졌다. 바람은 카니발 소음까지도 실어 날랐다. 구시가지가 있는 뮤슬리 벨트 지역에서 기타와 각종 악기 소리들이 불협화음을 만들어 냈고, 때 이르게 미리 터뜨린 폭죽들이 해안에서 비명을 질렀다.

사이프러스 나무 그늘 사이에 있는 파빌리온의 정원 잔디밭이 저녁이 되면서 푸른빛을 띠자 손님들이 모여들기 시작했다. 남자들은 모두 정장 가운을 입었고, 여자들은 달빛과도 같은 은색 혹은 한밤의 푸른색을 띤 아름다운 드레스를 입었다. 악사들이 악기를 조율하고 있는 무대의 기둥들 사이와 산책길을 종이 연등이 죽 잇고 있었다. 하늘을 나는 족제비 대원들이 등장했다. 양털 안감을 댄 비행복 차림에 하얀 실크 스카프를 매고 큰 소리로 아치, 무장 강도들, 바닷물에 떨어진 나무 상자들에 대해 이야기하는 모습이 대단히 멋져 보였다. 한껏 기름을 발라 바람에 날리는 날개 모양으로 머리를 매만진 오를라 툼블리는 페니로얄의 팔에 거의 매달리다시피 서 있었다.

무도회가 시작되기 전 음료와 간단한 음식이 제공됐다. 음식을 서비스하는 일을 맡은 렌은 보름달 축제를 위해 특별히 지급된 옷을 입은 자신이 예쁜 느낌이 들어 어쩐지 으쓱했다. 헐렁한 바지에 이름도 모르는 가벼운 은색 천으로 만들어진 긴 윗도리가 특별하게 느껴졌다. 그러나 손님들은 렌이 얼마나 예쁜지 전혀 눈치채지 못하는 것 같았다. 그들이 관심 있어 하는 것은 오로지 그녀가 들고 있는 음식 쟁반뿐이었다. 점점 늘어 가는 손님들 사이를 헤집고 다

## 26. 달을 기다리며

니는 렌에게 그들은 고맙다는 말도, 양해를 구하는 눈짓도 없이 그녀가 들고 있는 음료와 음식을 채 가고 있었다.

렌은 신경 쓰지 않았다. 어젯밤에 벌어진 일 때문에 아직도 피곤하고 긴장이 풀리지 않았다. 민병대가 왔다 갔다 하고 보안이 강화되면서 파빌리온에는 하루 종일 심상치 않은 분위기가 감돌았다. 다른 노예 소녀들이 렌에게 다가와서 시체를 봤느냐, 피가 그렇게 많이 났느냐 등등 질문을 해 댔다. 더 신경 쓰이는 것은 페니로얄 부인이 그녀를 볼 때마다 다 안다는 표정으로 미소를 지어 보이며, 테오 응고니가 있는 방으로 심부름을 보내거나 렌이 있는 방으로 테오를 들여보낼 구실을 계속 만든다는 사실이었다. 마치 언젠가 두 사람의 이야기가 오페라로 작곡되면 중년의 소프라노가 부–부 페니로얄이 되어 두 사람의 사랑을 맺어 준 사려 깊은 여주인 역을 할 것이라고 기대하는 것 같았다.

제일 이상한 것은 부–부의 이 모든 친절에도 불구하고 그녀에 대한 호감이 더 사그라지는 것이었다. 노예를 부리는 것은 그렇다손 치더라도 노예들 사이의 연애 문제까지 쥐락펴락하려는 것은 완전히 차원이 다른 문제였다. 렌은 시장 부인의 행동이 순종 푸들 두 마리를 짝지어 주듯 자기와 테오를 짝지어 주려 하는 것 같다는 느낌이 들었다.

그래서 렌은 한동안 아무도 자기에게 신경을 쓰지 않는 것이 반가웠다. 투명인간처럼 사람들을 관찰하고 그들의 대화를 엿들었다.

눈을 돌리는 곳마다 『양피지』지의 인물 동정란에서 본 유명 인사가 있었다. 브라이튼에서 제일 유명한 화가 로벗슨 글룸과 아리안 아라이, 말보로 극장에서 최근 극찬을 받았던 〈갈라진 심장〉의 주인공 다비나 트위스티의 아름다운 자태…. 그리고 저기 모자 쓴 사람은 얽히고설킨 철조망 같은 우스꽝스러운 조형물로 도시의 빈 공간을 채운 조각가 곰레스\*인 것 같고, 저기 저 사람은 유행의 첨단을 걷는 어린이들 사이에 베스트셀러가 됐던 무신론적 관점의 입체 그림책을 펴낸 P.P. 벨맨\*\* 아닌가? 렌은 바로 이 클라우드 나인에서 사람이 살해된 지 스물네 시간도 지나지 않았다는 사실을 알게 되면 저 유명 인사들은 어떤 반응들을 보일까 궁금했다.

신시아와 마주친 그녀는 작은 소리로 물었다. "무슨 뉴스는 없어?"

"뉴스라고?" 신시아는 아무 생각 없는 햇살같이 밝은 표정으로 되물었다.

"그 불쌍한 미스터 플로버리 말이야. 누가 살인범인지 알아냈대?"

"아!" 신시아가 고개를 저었다. 그녀의 금빛 곱슬머리가 가볍게 흔들렸다. "아니. 그리고 페니로얄 부인이 그 일에 관해서 이야기하

---

\* Gormless, 얼뜬, 아둔한.
\*\* Bellman, 종치는 사람.

## 26. 달을 기다리며

지 말라고 했어. 그런데 너랑 테오에 관한 소문은 도대체 뭐야?"

"아무것도 아니야. 그냥 부-부가 상상해 낸 일일 뿐이야."

"너, 얼굴을 붉히고 있잖아, 렌! 너, 속으로 걔를 좋아하고 있었던 거 다 알아! 전에 수영장 근처에서 그 애하고 이야기하는 거 봤어. 기억나니?"

렌은 킥킥거리는 신시아를 남겨 두고 군중들 속으로 들어갔다. "음료 한잔 하시겠습니까? 카나페 드실래요?" 빈 잔도 치우는 렌의 귀에 때때로 빈 잔보다 더 빈 대화들도 들려왔다.

"트위스티가 입고 있는 옷 좀 봐!"

"글룸*은 꼭 한 번 만나 봐야 할 사람이야. 얼마나 재밌는지 모른다니까!"

"벨맨의 최근작 읽어 봤어? 상당히 좋더라고! 다섯 살 이하 유아들을 대상으로 한 작품인데, 그야말로 이 시대를 대표할 만한 걸작이라고 할 수 있어."

황혼이 짙어졌다. 다비나 트위스티가 친구들과 팬 몇 명을 붙잡고 클라우드 나인의 엄청나게 복잡한 미로 정원에 들어가자며 설득하

---

* Gloom. 우울한. 곰레스, 벨맨, 글룸이라는 이름들의 의미를 생각하면 저자의 유머 감각과 사회 비평적인 태도를 엿볼 수 있다. 주류 예술의 첨단을 걷는 유명한 설치 예술가라는 사람의 이름을 '아둔함'이라 하고, 무신론적 관점에서 어린이 책을 썼다는 사람에게는 교회에서 종치는 사람을 연상시키는 벨맨이라는 이름을 붙여 주는가 하면, 아주 재미있는 사람으로 평이 난 유명 인사는 '우울함'이라고 불렀다.

고 있었다. 악단은 〈황금빛 메아리〉와 〈달밤의 자장가〉를 연주하고 있었다. 이제 곧 달이 뜨면 모두 함께 불꽃놀이를 관람하고 파빌리온 안으로 들어가서 음식도 더 먹고 춤도 추고 할 것이다. 이미 지칠 대로 지친 렌은 갑판 가장자리 쪽 정원으로 가서 조용한 곳을 찾아 잠시 휴식을 취했다. 마침내 혼자 있게 돼서 좋았다. 바다 건너편에 철갑옷을 입은 도시들을 보면서, 그녀는 이미 사라진 종족의 사원처럼 모래언덕에 웅크리고 있는 그 모습들이 얼마나 우울해 보이는지를 생각했다.

회색 비단거미 같은 손이 렌의 어깨로 스멀스멀 다가왔다. 고개를 돌리자 무표정한 나비스코 슈킨과 눈이 마주쳤다.

"전망을 즐기고 있었나, 귀염둥이?" 그가 물었다. "시장 각하의 손님들은 자네가 여기서 농땡이치고 있는 것을 눈치채지 못해야 할 텐데. 슈킨 코퍼레이션 출신의 노예들은 근면 성실한 상품들로 정평이 나 있거든."

렌은 그의 손에서 몸을 빼고 빛과 웃음소리가 가득한 파티장으로 가려 했지만 슈킨이 앞을 가로막았다. 자기한테 무슨 볼일이 있는 걸까? 다른 사람들 모르게 말을 걸 틈을 기다리면서 붐비는 파티장에서 내내 자기 뒤를 쫓아다닌 게 분명했다. 두려움에 몸이 떨렸다. 그녀는 빈 쟁반을 들어 올려 방패처럼 자기 앞을 막았다. 슈킨이 그걸 보고 웃음을 터뜨렸다. 맘에 들지 않는 웃음소리였다. 슈킨은 얼음처럼 차갑게 침묵을 지킬 때가 더 나은 것 같았다.

## 26. 달을 기다리며

"내가 왜 널 해칠 거라고 생각하지?" 그가 물었다. "심부름 하나만 해 주면 돼. 아주 간단하고 쉬운 일이지. 너의 새 주인이 개인 금고를 어디에 두는지 알고 있지?"

렌이 고개를 끄덕였다.

"착하지." 슈킨은 숫자가 적힌 네모반듯한 종이를 꺼내 보였다. "이게 비밀번호야. 틴 북을 가져와야겠어. 어제 친구 하나를 보냈는데 사고를 당했다고 들었지."

렌은 불쌍한 플로버리를 생각하며 쟁반을 내렸다.

"그렇게 우울한 척하지 마." 슈킨이 말했다. "그 전에도 한 번 훔친 물건이잖아. 피쉬케익이 다 이야기해 줬어."

"하지 않겠어요!" 렌이 말했다. "강제로 시키려 해 봤자 소용없어요."

"네 불쌍한 아버지는," 슈킨은 그렇게 말하면서 네모난 종이를 암회색 연회복 안주머니에 넣고 보일 듯 말 듯 어깨를 으쓱했다. "널 구하려고 이 먼 곳까지 왔는데!"

렌은 그게 무슨 말인지 전혀 알 수가 없었다. 그가 다른 주머니에서 팔찌 하나를 꺼내 두 사람 사이에 있는 쟁반 위에 놓을 때까지도 그랬다. 가까이 있는 나무에 걸린 랜턴 불빛으로 렌은 그것이 아빠의 결혼 팔찌라는 것을 알아차렸다. 이때껏 그 팔찌를 보고 자랐다. HS와 TN이라는 글자가 서로 얽히듯 새겨져 있는 붉은 금팔찌를. 하지만 이 물건이 왜 클라우드 나인에 있지?

"속임수야!" 렌이 말했다. "피쉬케익이 팔찌가 어떻게 생겼는지 말해 주는 걸 듣고 복제품을 만들었겠지."

"사랑하는 네 아버지가 널 데리러 여기까지 왔다는 게 더 가능성 있는 이야기라고 생각하지 않나?" 슈킨이 물었다. "슈킨 코퍼레이션의 손님으로 묵고 있지. 네가 내 심부름을 제대로 해내지 못하면 아버지는 죽음을 당할 거야. 천천히 고통스럽게. 그러니 페니로얄의 서재로 빨리 가도록 해. 착하지."

정원에 흐르던 소음이 차츰 줄어들고 있었다. 몇몇 손님들이 미로에서 길을 잃은 다비나 트위스티를 찾기 위해 탐색대를 조직하고 있었지만, 다른 사람들이 그들을 조용히 시켰다. 달이 떠오를 시각이 임박했기 때문이다. 아빠가 가까이 와 있다는 생각에 렌은 울음을 터뜨렸다. 어떻게 여기까지 오셨을까? 슈킨은 아빠를 어떻게 찾아낸 걸까? 엄마는 어디에 있을까? 그녀는 팔찌 쪽으로 손을 뻗었다. 하지만 마술사처럼 손이 빠른 슈킨이 팔찌를 채 가면서 그 자리에는 네모난 종이를 놓아 뒀다.

"이 간단한 심부름 하나만 해." 그가 타이르듯 말했다. "그러면 다시 아빠와 만나게 될 거야. 내 배에 태워 바인랜드로 돌아가게 해 주지."

렌은 슈킨의 마지막 말은 믿지 않았지만 다른 말은 모두 믿었다. 아빠의 목숨이 슈킨의 손에 달려 있었다. 슈킨이 시키는 대로 하지 않으면 아빠는 살해되고 말 것이다. 하지만 정말로 렌을 괴롭히는

## 26. 달을 기다리며

것은 이 모든 일이 자기 잘못에서 비롯되었다는 사실이었다. 애당초 틴 북을 훔치지 않았더라면 아빠는 지금 안전한 앵커리지에 있을 것이었다. 그 책을 다시 훔치는 것이 아빠를 조금 더 안전하게 할 수 있는 유일한 방법이라면 렌은 그렇게 할 수밖에 없었다.

"하지만 왜 나죠?" 그녀가 물었다. "남의 금고에서 물건을 훔쳐내는 데 훨씬 능한 사람들을 많이 알고 있을 텐데요."

"좀 더 자신감을 가져야겠군." 슈킨이 말했다. "내가 들은 바로는 상당히 능숙한 도둑이던데. 게다가 네가 잡힌다 해도 내가 연루된 지는 아무도 모를 거라는 장점이 있지. 틴 북을 여기로 가져온 게 바로 너야. 페니로얄은 네가 원래 자기 물건이었던 것을 되찾으려 했다고 생각하겠지."

렌은 종이를 집어 들었다. 동료 노예들이 나무 사이를 누비면서 랜턴들을 하나씩 끄자 어둠이 더 짙어졌다. 하지만 렌의 손바닥에 놓인 작은 종잇조각은 마치 그 자체에서 빛을 발하는 것처럼 밝게 빛났다.

"좋아요." 그녀의 목소리가 작게 줄어들었다. 렌은 쟁반을 바닥에 내려놓으며 물었다. "그게 뭐죠? 알아야겠어요. 그 틴 북이라는 게 도대체 뭔데 모두들 그걸 원하는 거죠?"

"네가 상관할 바 아니지." 슈킨은 그렇게 말하면서 렌의 머리 뒤로 펼쳐진 수평선을 바라보았다. "그 책으로 이익을 낼 수 있어. 그거면 충분한 이유지. 자, 이제 가. 일을 끝내야지."

렌은 자리를 떴다. 나무 사이를 뛰어가는 그녀의 모습을 성스러운 달이 수평선 위로 얼굴을 빼꼼히 내밀고 바라봤다.

몇 초 동안 완벽한 정적이 브라이튼을 감쌌다. 오래된 전통대로 신성한 밤에 뜨는 보름달에 소원을 빌면 달의 여신이 그 소원을 들어준다는 믿음 때문이었다. 페니로얄의 손님들은 너무 세련돼서 그런 미신을 믿을 사람들이 아니었지만, 그래도 잠시 고개는 숙였다. 어떤 사람들은 자기가 진지하게 소원을 비는 게 아니라는 것을 보여 주기 위해 어깨를 으쓱해 보이기도 하고 다 안다는 미소를 지어 보이기도 했지만, 그럼에도 불구하고 어릴 적 경험했던 보름달 축제의 신비로운 기억들이 되살아나는 것은 어쩔 수가 없었다. 클라우드 나인의 손님들은 사랑과 행복, 그리고 더 많은 돈을 원했다. 저 아래 갑판에 서 있는 예술가들은 명성을 얻기를, 배우들은 좋은 작품을 만나 오랫동안 공연하기를, 갑판 아래서 일하는 노동자들은 자유의 몸이 되기를 기원했다.

이윽고 정적을 깨는 불꽃이 하나 터지고 뒤이어 하나둘 더 터지더니, 곧 로켓과 폭죽들이 불꽃의 커튼을 이루면서 도시의 한 면을 모두 장식했다. 그 굉음과 함께 꽹과리, 징, 종, 심지어 부엌에 있는 팬과 냄비 들을 두드리는 소리로 온 천지가 가득 찼다. 이 정도면 도자기 공원을 거닐던 달의 여신의 귀에까지도 들릴 법한 소음이었다.

## 26. 달을 기다리며

❁ ❁ ❁

브라이튼의 착륙 유도 신호를 포착하지 못했다 하더라도 그린 스톰 함대는 도시 위 하늘을 수놓고 있는 불꽃들을 보고 충분히 목적지를 찾을 수 있었을 것이다. 방향 조정타를 납작하게 눕힌 채 그린 스톰의 전투기들은 하늘을 가로질렀다. 넓게 횡대를 이룬 전투기들은 목표를 향해 속도를 냈고, 병사들은 로켓 발사대, 기계포, 회전 폭탄 등을 장전하느라 바빴다. 스토커 새 한 무리와 호위 전투기들이 선두에서 동정을 살폈다.

레퀴엠 보텍스의 뱃속 깊은 곳에서 슈라이크는 위논 제로를 살폈다. 자기 선실에서 쇠로 된 헬멧을 시험 삼아 착용해 보고 있는 그녀는 오히려 보통 때보다 어려 보이고 군인 분위기는 더 나지 않았다. 슈라이크는 그녀가 겁을 내는 것을 이해할 수 없었다. 함대가 목표물에 다다르기 전에 그녀가 스토커 팽에 대한 공격을 감행할 것이라고 확신했었다. 계획을 포기한 것일까? 그럴지도 몰랐다. 그녀의 선실을 몇 번이나 샅샅이 수색해 봤지만 무기라고는 흔적도 없었다.

사이렌이 울리고 있었다. 한 번밖에 태어나 보지 못한 인간들은 겁을 잔뜩 집어먹은 얼굴로, 전투용 스토커들은 무표정한 얼굴로 복도와 통로를 가득 메우면서 각자 배치된 곳으로 서둘러 이동했다. 슈라이크는 전방의 곤돌라로 갔다. 그는 거기서 그의 여주인이 주변의 대원들을 무시한 채 물끄러미 거대한 달을 응시하고 있는 것을 발견했다.

"이곳에 온 이유가 뭡니까?" 슈라이크가 물었다.

스토커 팽의 청동 데스마스크가 그를 돌아봤다. 그녀는 아직 아무에게도 이번 작전의 이유를 말하지 않았다. 슈라이크는 어떤 인간도, 심지어 나가 장군마저도 그녀에게 이렇게 단도직입으로 질문하지 못했을 것이라고 생각했다. 주제넘다는 이유로 그 자리에서 스토커 팽의 갈고리 손톱에 목이 달아날 것이 뻔했기 때문이다. 그녀는 슈라이크를 그냥 빤히 쳐다보다가 작은 소리로 속삭였다. "슈라이크, 자네는 이전의 삶을 기억하나? 인간이었던 때의 기억 말이야."

"스토커가 된 후의 기억도 없습니다." 슈라이크가 대답했다. (그 말을 하는 순간 기억의 편린이 그의 머릿속을 스쳐 지나갔다. 얼굴이 피범벅이 되어 낡은 어선의 어구 더미 위에 쓰러져 있는 어린 소녀의 모습이 떠올랐다. 그는 피어오르는 불꽃을 밟아 끄듯 얼른 그 기억을 억눌렀다.) "닥터 제로가 블랙 아일랜드에서 나를 깨우기 전에 있었던 일은 어떤 것도 기억하지 못합니다."

팽은 다시 몸을 돌려 유리창 너머를 바라봤다. 팽의 얼굴과 이따금 섬뜩하고 묘하게 번뜩이는 초록색 눈빛이 유리창에 비쳤다. "한번 뭔가를 기억한 적이 있어." 그녀가 말했다. "아니, 거의 기억할 뻔했지. 로그스 루스트에서 젊은 남자와 마주쳤지. 톰. 그 사람을

## 26. 달을 기다리며

보자 아는 사람이라는 느낌이 들었어. 무척 잘생기고 친절한 사람이었지. 안나 팽이 아끼는 사람이었을 거야. 나는 안나 팽이 아니야. 하지만 그 사람을 보자 어떤 느낌이, 아주 흥미로운 느낌이 들었어."

"우리는 사자(死者)입니다." 점점 불편한 느낌이 들어서 슈라이크가 말을 끊었다. "우리는 느끼지도 기억하지도 않는 존재들입니다. 죽이기 위해 만들어졌는데 기억이라는 것이 무슨 소용이 있습니까?"

"암흑의 세기에 처음으로 우리 같은 존재들이 만들어졌을 때 어떤 목적으로 사용되었는지 어떻게 알지?" 스토커 팽이 물었다. "내 기억 때문에 이곳에 온 거야, 슈라이크. 톰이라는 남자에 대해 조사를 했지. 그에 대해 더 알아내서 내가 되찾은 그 이상한 느낌들이 뭐였는지 더 자세히 알고 싶었어. 톰과 그 동료들이 앵커리지라는 얼음 도시와 관련 있다는 것이 밝혀지자, 티엔징의 대 도서관에 사람을 보내 2차 조사를 시켰지. 윔월드의 『앵커리지의 역사』라는 책 한 권밖에 없었어. 거기에 톰에 대한 기록은 전혀 없었지. 그러나 거기서 틴 북이라는 것을 처음 알게 됐고, 그 내용에 대해 추측을 하게 되었지."

"틴 북이라는 것이 무엇입니까?" 슈라이크가 물었다.

"틴 북?" 스토커 팽은 고개를 옆으로 기울이고 손가락 하나를 입술에 댄 채 장난스럽게 그를 쳐다봤다. "그게 바로 우리가 여기에 온 이유지, 슈라이크."

❈ ❈ ❈

헤스터도 달을 기다리고 있었다. 그녀는 하부 갑판의 산책로에 있는 벤치에 앉아 『사냥꾼의 현상금』을 뒤적이며 시간을 보냈다. 책의 내용 때문에 기분이 한결 가벼워졌다. 페니로얄이 진실 위에 너무도 많은 거짓말을 쌓아 올린 덕에 거기서 숨어 있는 진실을 한 조각이라도 찾아내기란 누구도 불가능할 것 같았다.

달이 떠오를 무렵 헤스터는 브라이튼의 갑판 아래 구역에서 밀려 나와 불꽃놀이를 보러 가는 떠들썩한 군중들을 헤치고, 사람들이 움직이는 방향의 반대편에 있는 냄새나고 허접한 노예 수용소 구역인 '두더지 골짜기'로 향했다. 슈킨의 건물 맨 아랫부분에 도착했을 때 거리는 텅 비어 있었다. 산책로 일대에서 일어난 소란에 놀란 갈매기 떼만이 홰에서 날아올라 칠이 벗겨진 대들보 아래를 하얀 유령들처럼 떠돌고 있었다.

미리 후추통을 살펴보고 어디로 잠입해 들어갈지 결정해 둔 상태였다. 건물 뒤쪽으로 돌아가면 쓰레기통들과 두꺼운 덕트들 사이로 작은 뒷문이 나 있었다. 그 문은 녹슨 금속에 쇠 징이 박혀 있어서 잠수함의 해치 문을 연상시켰다. 문 위에는 청동으로 장식을 한 보안용 카메라가 방문객들을 감시하고 있었지만, 그것 말고 다른 보안 장치는 없었다. 후추통은 사람들을 못 들어오게 하는 것보다 못 나가게 하는 것에 중점을 두고 만들어진 건물이었다.

## 26. 달을 기다리며

헤스터는 그림자에 몸을 숨기면서 조심스레 접근했다. 심장이 빨리 뛰었다. 혈관에 피가 빠르게 돌면서 아버지에게서 물려받은 차가운 힘이 온몸에 퍼지는 상상을 했다. 렌과 톰이 아주 가까이 있는 듯 느껴졌다. 이제 곧 모두 다시 만나 행복해질 것이다. 베일 뒤에서 혼자 미소를 지으며, 그녀는 코트에서 총을 꺼내 불꽃이 다시 한번 터지는 순간에 카메라를 쏘아 떨어뜨렸다.

재빨리 총을 안주머니에 넣자마자 문이 열리면서 한 남자가 나왔다. 그는 허리에 손을 얹고 화난 얼굴로 아직 연기가 나는 카메라의 잔재를 노려봤다.

"보름달 축제를 축하해요!" 헤스터가 큰 소리로 말했다.

남자가 돌아섰다. 그는 베일을 쓴 여자가 자기 쪽으로 걸어오는 것을 보고 놀라는 듯했다. 여자가 칼로 그의 가슴을 찌르자 더 놀랬다. 남자는 금세 숨을 거뒀다. 헤스터는 시체를 쓰레기통들 뒤에 숨겼다. 그리고 건물 안으로 들어가 조용히 문을 닫았다. 문 안쪽은 바로 복도였다. 작은 경비실 같은 곳에서 빛과 함께 사람들의 목소리가 흘러나오고 있었다. 몰래 안을 들여다보니 세 사람이 보였다. 한 사람은 화면이 하얗게 된 둥근 스크린 아래에 있는 단추를 신경질적으로 눌러 댔다. 다른 두 사람은 따분하다는 표정으로 사무실용 의자에 불편한 자세로 앉아서, 이런 축제가 벌어지는 날 가족들과 함께 시간을 보낼 수 있다면 얼마나 좋을까 하며 음료수를 마시고 있었다.

헤스터는 먼저 스크린 앞에 앉아 있는 사람을 쏘고, 벌떡 일어나 더듬더듬 총을 꺼내 드는 다른 두 사람을 연달아 처치했다. 그녀는 다른 사람들이 들이닥칠 것에 대비해 어둠 속에서 잠시 조용히 서 있었다. 그러나 아무도 오지 않았다. 후추통 밖 거리에서 너무도 많은 폭죽과 소음탄이 터지고 있어서 폭발음 몇 개 더 들린다고 해서 신경 쓰는 사람은 아무도 없는 것 같았다. 그녀는 총을 장전하면서 손이 하나도 떨리지 않는다는 것을 깨닫고 긍지를 느꼈다.

슈킨 코퍼레이션이 아주 조직적으로 운영되고 있다는 점이 헤스터에게 큰 도움이 되었다. 경비실 벽에는 상세한 건물 지도가 붙어 있었다. 잠시 서서 그 지도를 머릿속에 집어넣은 헤스터는 자신감 넘치는 몸짓으로 조용히 노예 감옥 쪽으로 갔다. 무거운 두 짝짜리 문 앞을 남자 두 명이 지키고 서 있었다. 한 사람이 가축용 전기 충격기 같은 것을 휘두르며 헤스터에게 달려들었다. 그녀는 옆으로 가볍게 비키면서 그의 등에 칼을 꽂았다. 비상벨을 울리려고 손을 뻗은 다른 한 사람도 목을 베서 처치했다. 두 번째 보초의 허리띠에 커다란 열쇠 꾸러미가 매달려 있었다. 필요한 열쇠를 찾는 데는 오랜 시간이 걸리지 않았다.

노예 감옥은 작은 숨소리와 함께 갇혀 있는 생명이 내는 자잘한 움직임 소리가 가득했다. 어둠에 눈이 익자 양쪽 벽을 따라 쭉 설치된 철창과 그 창살 사이로 그녀를 쳐다보는 얼굴들이 보였다.

"톰?" 헤스터가 불렀다.

## 26. 달을 기다리며

그녀 주변에서 사람들이 일제히 몸을 일으키며 수군거리기 시작했다. 문에서 가까운 쪽에 갇혀 있던 사람들은 문 밖에 쓰러져 죽은 보초를 보고 이웃들에게 소식을 알리기 시작했다.

"당신은 누구요?" 그중 한 명이 물었다.

"그런 당신은 누구지?" 헤스터가 물었다.

"내 이름은 크릴."

"로스트 보이인가?" 헤스터는 목소리가 나는 곳으로 걸어갔다. 열린 문에서 들어온 가느다란 불빛에 반짝이는 그의 눈동자가 보였다. 그는 헤스터가 들고 있는 열쇠꾸러미를 배고픈 개가 음식 쳐다보듯 바라보고 있었다. 헤스터는 대답을 재촉하는 의미로 열쇠를 살며시 흔들면서 물었다. "렌이 여기 있나? 렌 내츠워디?"

"오토리쿠스를 타고 온 드라이 여자 애 말인가?" 크릴이 물었다.

"그런 걸 묻는 당신은 누구지?"

"열쇠를 쥐고 있는 여자." 헤스터가 말했다.

크릴의 금발 머리가 어둠 속에서 위아래로 끄덕였다. "한동안 이 근처 철창에 있었는데 데리고 갔어."

"왜?"

"모르지. 얼마 지나지 않아 피쉬케익도 데리고 갔지." (그는 말을 멈추고 침을 뱉었다. 마치 피쉬케익이라는 이름을 말한 자기 입을 씻기라도 하는 것 같았다. 다른 철창에서도 분노와 경멸이 섞인 속삭임들이 들려왔다. 피쉬케익이 인기가 없는 건 확실했다.) "그놈이 앞잡이가 됐다고 슈킨 부하들이 이야기해 줬어. 그림스비를 배신한 거야. 요즘 제복 입고 돌아다니는 꼴이 꼭 군대놀이 하는 놈 같더군. 그 여자 애는 어떻게 됐는지 나도 몰라. 아마 팔렸겠지."

"그 애 아빠는? 톰 말이야. 오늘 잡혔는데."

"들어 본 적이 없는 이름이야. 여긴 드라이들이라곤 없어, 아가씨. 로스트 보이들뿐이야."

"중간 갑판에 있는 임시 감방에 있을까?"

"그럴 수도 있겠군." 크릴이 생각에 잠긴 채 몸을 들썩였다. 주변 철창의 포로들도 몸을 들썩이며 사로잡힌 짐승들처럼 바짝 긴장한 채 귀를 기울이고 있었다. 헤스터를 볼 수 있을 만큼 가까운 철창에 있는 사람들은 한순간도 그녀가 들고 있는 열쇠에서 눈을 떼지 못했다. "거긴 보초들이 더 있을 거야. 그놈들 주의를 다른 데로 돌려야 할 텐데?"

"뭔가 생각하고 있는 계획이 있나 본데?" 헤스터가 물었다. 크릴이 씩 미소를 지어 보였다. 베일 뒤에서 헤스터도 미소를 지었다. 모든 것이 계획대로 딱 맞아떨어지고 있었다. 그녀는 열쇠를 크릴의 철창 안에 떨어뜨리며 말했다. "너무 많이 말썽 피우지 말고." 계단으로 뛰어가는 그녀의 귀에 크릴이 열쇠들을 더듬으며 감방 문에 맞는 것을 찾는 소리가 났다. 그를 재촉하는 로스트 보이들의 목소리가 파도처럼 거세지기 시작했다.

INFERNAL DEVICES
## 27
# 안전하지 않은 금고

페니로얄 시장은 파빌리온의 무도회장을 축제에 맞춰 특별히 다시 단장하도록 지시했다. 정원으로 이어지는 벽을 허물고 바깥에 있는 데크 쪽으로 활짝 열리는 유리문을 달아 성스러운 달빛이 실내로 비치도록 되어 있었다. 무도회장에서는 모든 기둥과 커튼 봉에 달려 있는 풍성한 은빛 천이 푸른 잉크 빛 천장을 가득 메운 채 은하수처럼 빛나는 작은 전등의 불빛을 반사하고 있었다. 작은 오케스트라가 연주를 하고 있는 무대에는 스포트라이트가 쏟아졌다. 벽은 그 가치를 헤아리기 어려운 예술품들로 뒤덮여 있었다. 스트레인지, 니아스와 같은 걸작 골동품들과 표현주의 재채기파의 거장 후버 데일리*의 코딱지화 작품들이 어깨를 나란히 했다.

주 무도회장 뒤쪽에 벌집처럼 육각형 모양으로 생긴 방들에는 손님들을 위한 다양한 오락거리들이 마련되어 있었다. 한 방에는 바운시 캐슬**이라는 기괴한 고대 물건의 복제품이 들어 있었다. 공기를 주입해서 부풀린 작은 요새 모양의 바운시 캐슬은, 페니로얄의 주장에 따르면 고대 전쟁에 필수 요소였지만 동시에 도약용 운동 기구와 오락 기구로 사용할 수도 있었다. 또 다른 방에는 60분 전쟁 때 파괴되지 않고 보존된 영화 필름 조각들의 복사본의 복사본을 보여 주는 슬라이드 기계가 덜컹거리며 돌아가고 있었다. 불타는 숲 속을 질주하는 갑옷 입은 기사들의 그림자가 연기에 비치는 장면, 열대 지방의 새벽하늘을 나는 비행 기계들의 모습, 거지 아이가 먼지바람이 부는 비포장도로를 걸어가는 장면, 견인 도시들처럼 땅차들이 서로를 잡기 위해 달리는 모습, 거대한 정착촌의 부서진 시계탑에 매달려 있는 남자, 그리고 스크린의 여신들의 아름다운 얼굴들이 꿈처럼 클로즈업된 장면들….

그러나 슈킨이 맡긴 임무를 수행하기 위해 정원에서 뛰어 들어온 렌에게는 어떤 것도 눈에 들어오지 않았다. 영화를 보여 주는 방을 지나서 페니로얄의 서재로 향하는 나선형 계단을 올라가던 그녀는 자칫했으면 반대편에서 타조 털 부채를 들고 걸어오던 테오와 부딪힐 뻔했다. 그는 헐렁한 은색 바지를 입고 은색 천사 날개를 등에 달고 있었다.

---

\* Hoover Daley, '날마다 진공청소기로 청소하다.' 라는 의미의 hoover daily와 발음이 같다. 후버 데일리가 재채기파의 거장이라는 것도 청소를 자주 해서 먼지를 없애는 것과 재채기를 하는 것 사이의 관계를 연상시켜서 읽는 독자들이 미소 짓게 된다.

\*\* bouncy castle, 집 모양으로 만든 커다랗고 튼튼한 풍선에 공기를 주입한 후 그 속에 들어가서 놀 수 있게 만든 기구로, 21세기 영국에서 5세 이하 어린이들의 생일 파티에서 많이 사용됐다.

"안녕." 렌이 말했다. "그 날개는 대체 뭐니?"

테오가 어깨를 으쓱해 보이자 날개가 펄럭였다. "남자 노예들은 모두 이런 복장을 하고 있어. 부-부의 아이디어지. 끔찍하지 않나?"

"혐오감이 들 정도로." 렌은 그렇게 대답하면서도 한편으로는 테오가 상당히 매력 있어 보인다고 생각했다.

"말이야, 우리 둘 사이에 대해 부-부가 상상하는 거…."

"괜찮아." 렌이 말했다. "나도 너 좋아하는 거 아니니까."

"잘됐다."

"잘됐다." 렌은 테오를 만난 것이 반가웠고, 바로 헤어지고 싶지가 않았다. 동료가 있다면 페니로얄의 금고를 터는 일이 더 쉽지 않을까 하는 생각도 들기 시작했다. 특히 전투 경험까지 있어서 자기보다 열 배는 더 용감할 게 분명한 테오 같은 동료가 있다면 금상첨화일 터였다.

"저기 있잖아," 렌이 말했다. "해야 할 일이 있는데…."

"또 탈출 시도야?"

"아니. 페니로얄의 금고에서 뭘 하나 꺼내야 해."

"뭐라고? 그 골동품상한테 일어난 일을 보고도 그런 생각을 하는 거야?" 테오는 렌을 빤히 쳐다보면서 모든 게 농담이었다고 말하기를 기다렸다. 렌이 아무 말도 하지 않자 그가 말을 이었다. "그 책이지, 그렇지? 그 쇠로 만든 책?"

"앵커리지의 틴 북." 렌이 대답했다. "슈킨이 플로버리를 보내서 그 책을 훔치게 했었나 봐. 플로버리가 죽자 이번엔 날 보냈어."

"왜?" 테오가 물었다. "그 책이 뭐가 그렇게 중요한데?"

이번에는 렌이 어깨를 으쓱해 보였다. "모두들 그 책을 원한다는 것 말고는 아무것도 몰라. 잠수함하고 관련 있는 것 같긴 하지만…." 그녀는 마음이 불편해져서 말을 멈췄다. 이런 말은 테오에게 하지 않는 게 나을지도 몰랐다. 결국 그런 스톰인데, 아니 그린 스톰이었는데…. 하지만 렌이 말을 꺼내길 잘했다고 생각했다. 그녀는 테오의 팔에 살짝 손을 대며 말했다. "슈킨이 후추통에 우리 아빠를 가둬 놨어. 시키는 대로 하지 않으면 무슨 일이 생길지 몰라. 도와줄 수 있어?"

무슨 일이 생길지는 물론 알고 있었다. 그냥 그 말을 입에 담고 싶지 않았다. 테오에게 털어놓을 수 있다는 것이 너무 기뻤다.

"아빠?" 그가 물었다. "로스트 걸한테 아빠가 있는지 몰랐네."

"난 로스트 걸이 아니야." 렌이 말했다. "그냥 일이 꼬여서 그렇게 된 거지. 페니로얄한테 그림스비에서 왔다고 한 건…. 아, 테오! 설명하기엔 너무 복잡해. 하지만 아빠를 살려야 해!"

테오가 자기 말을 이해했다는 것을 알 수 있었다. 두려움에 차고 진지한 표정이 되었기 때문이었다. "하지만 금고에 뭔가 함정 같은 게 설치되어 있다면…." 그가 말했다.

"그래서 네가 망을 좀 봐 주었으면 해. 제발, 테오. 혼자 들어가기

## 27. 안전하지 않은 금고

가 너무 무서워."

"난 무도회장에서 심부름을 해야 해. 부-부 명령이야."

"부-부는 신 나는 파티를 즐기느라 네가 한 5분 없어졌다고 해도 눈치도 못 챌 거야."

테오는 잠시 생각을 한 다음 고개를 끄덕였다. "좋아."

그는 타조 털 부채를 전투용 도끼처럼 거머쥐고 렌을 따라 계단 꼭대기에 있는 문을 통과해 골동품들이 늘어서 있는 복도로 들어섰다. 뒤에서 가볍게 문이 닫히자 파티장에서 들려오는 소음이 작아졌다. 왼쪽으로 급하게 꺾인 복도로 들어서니 소음은 한층 더 작아졌다. 제어실로 내려가는 계단으로 난 문 앞을 살금살금 지나려니 아래층에서 직원들이 이야기하는 소리가 들렸다. 그 외에는 아무 소리도 들리지 않았다. 모두들 무도회장 아니면 부엌에서 바쁜 시간을 보내고 있었기 때문에 이쪽은 완전히 텅 비어 있었다.

복도 끝에 다다른 두 사람은 걸음을 멈추고 페니로얄의 서재 문을 쳐다봤다.

"어젯밤 일 이후로 금고 번호를 바꾸지 않았을까?" 테오가 속삭였다. "문 열쇠도 바꿨을지 몰라."

렌도 그런 생각을 하기는 했다. 그녀는 그저 페니로얄이 그렇게 하지 않았기만을 기도했다. 렌은 화분 밑을 더듬거려 아직 그곳에 있는 여벌 열쇠를 찾아냈다. 처음에는 열쇠가 구멍에 잘 맞지 않는 것 같았지만, 그건 그녀의 손이 너무 떨리고 있어서였다. 잠시 욕을 내뱉으며 더듬거린 끝에 자물쇠가 열렸다. 렌은 손잡이를 돌리고 문을 당겨서 열었다.

서재는 평화롭고 안전해 보였다. 월마트 스트레인지의 그림이 다시 제자리에 붙어 있었다. 렌은 그리로 가서 조심스럽게 그림을 떼어 책상 위에 놓았다. 그녀를 따라 서재로 들어온 테오가 조용히 문을 닫으려다가 단 위에 있던 조각품을 부채로 건드려서 하마터면 떨어뜨릴 뻔했다.

"그 바보 같은 물건은 밖에다 두고 오지 그랬어." 렌이 화난 소리로 낮게 말했다.

"어디다가? 사람들 눈에 띄는 데 놔둘걸 그랬나?"

렌은 금고 쪽으로 고개를 돌렸다. "준비됐니?" 그녀가 물었다.

테오는 준비가 되어 보이지 않았다. "금고 안에서 함정이 기다리고 있을 거라고 생각하니?" 그가 물었다.

렌은 고개를 저었다. "어젯밤에 금고가 열려 있었잖아. 기억나? 함정처럼 보이는 게 안에 있는 것 같지는 않았어." 말은 그렇게 하면서도 그녀는 한쪽으로 비켜서서 다이얼 쪽으로 손을 뻗었다. "미스터 플로버리는 금고문을 열고 책을 꺼냈어. 그 뒤에 누구한테 공격을 당한 거야. 자, 조용히 해 봐." 렌은 금고 번호를 기억해 내느라 미간을 찌푸렸다. 2209957….

다이얼이 돌아가면서 문 안쪽에서 잠금장치가 철컥거리는 동안 테오는 숨어 있는 위험을 찾아내기라도 하려는 듯 천천히 돌면서

## 27. 안전하지 않은 금고

사방을 살폈다. 방이 작아서 함정이 숨어 있을 만한 곳이 많지 않았다. 책상 위에 놓인 물건들은 아무런 해도 끼치지 않을 것 같았다. 잉크 압지, 펜 몇 자루, 두껍고 까만 액자에 들어 있는 부-부의 사진…. 건너편 벽에는 티크 나무로 된 파일 보관용 장이 있고, 그 위에는 그림이 걸려 있고, 그림 위로는 복잡한 벽 장식물이 있고, 그리고 높고 어두운 돔 천장….

눈이 착각을 한 것일까, 아니면 저 위에서 금방 뭔가 움직인 것일까?

"렌…." 그가 말했다.

렌은 이미 금고문을 연 뒤였다. 손을 넣어 낡고 검은 케이스를 꺼내 든 그녀가 말했다. "됐어."

"렌!" 테오가 밀어붙이는 바람에 그녀는 옆으로 넘어졌다. 케이스를 떨어뜨린 렌은 뭔가 하얀 물체가 자기 옆을 쏜살같이 지나간 듯한 느낌을 받았다. 칼날 같은 것 하나가 열려 있는 금고 문에 세게 부딪혀서 불꽃이 튀었다. 정확히 뭔지도 모를 그 물건은 긁적긁적하더니 방향을 돌려 바닥에 엎어져 있는 렌을 향해 다시 날아왔다. 렌은 순간적으로 해진 날개, 아래로 휜 쇠로 된 부리, 그리고 초록색으로 번뜩이는 눈을 봤다. 다음 순간 옆에서 테오가 후려친 부채에 맞은 그 물건은 벽에 가서 세게 부딪혔다. 뭔가 부서지는 소리가 들렸다. 바닥에 떨어진 그것은 계속 날개를 퍼덕이면서 면도날처럼 날카로운 작은 갈고리 발톱으로 주변을 긁어 댔다. 테오가 다시 부채를 휘둘렀다. 렌은 울음과 신음이 섞인 소리를 내며 책상 위를 더듬어 부-부의 사진이 든 액자를 들어 그것의 머리 부분을 내리쳤다.

테오가 렌을 부축해서 일으켰다. "괜찮니?" 그는 떨리는 목소리로 물었다.

"그런 것 같아, 너는?"

"괜찮아."

한동안 둘은 아무 말도 하지 않았다. 테오의 팔이 아직 렌을 감싸고 있었고, 그녀의 얼굴은 그의 어깨에 파묻힌 상태로…. 기분 좋은 어깨였다. 따스하고 좋은 냄새가 났다. 그 어깨에 렌은 조금 더 그렇게 얼굴을 파묻고 있고 싶었다. 그러나 그에게서 한 발짝 뒤로 물러섰다. 머리를 세게 흔들어 그 안에 똬리를 틀려는 온갖 종류의 사념들을 털어 버렸다. 달빛에 방 안을 떠다니는 깃털들이 보였다.

"뭐였지?" 조심스럽게 죽은 새인지 뭔지 모를 그 물체를 발끝으로 건드리며 렌이 물었다.

"랩터야." 테오가 말했다. "스토커 새지. 그린 스톰만 사용하는 줄 알았는데. 아마 금고를 지키도록 프로그램이 되어 있었던 것 같아."

"페니로얄이 어떻게 저걸 손에 넣었을까?" 렌이 혼잣말처럼 물었다. 테오는 의혹과 불안이 가득한 표정을 지으며 고개를 저었다.

"어쩌면 페니로얄 것이 아닐 수도 있어."

"말도 안 돼." 렌이 말했다. "페니로얄이 아니면 누가 남의 금고를

## 27. 안전하지 않은 금고

지키려고 저런 걸 보냈겠어?" 그녀는 검은 케이스를 집어 들고 틴 북을 꺼냈다. 창문 밖에서 비쳐 들어오는 불꽃놀이의 빛에 틴 북이 은은하게 빛을 발했다. 여전히 따분하고 평범해 보였다. 이것 때문에 그 많은 문제가 생겼다는 게 믿어지지 않았다. 렌은 테오를 바라보며 말했다. "어서 가. 난 이곳을 정리한 다음 슈킨을 찾아볼게."

테오가 틴 북을 바라보며 말했다. "도와줄게."

"아니야." 렌은 테오가 너무나 고마워서 필요 이상으로 그를 잡아 두고 싶지 않았다. 발각돼서 자기를 도와준 죄로 테오까지 벌을 받는다면 자신을 결코 용서할 수 없을 것 같았다. "아래층으로 돌아가." 렌이 말했다. "나도 금방 내려갈게. 나중에 봐."

테오는 다시 반대를 하려다 렌의 말에 일리가 있다는 생각이 들어 고개를 끄덕였다. 그는 생각에 잠긴 표정으로 그녀를 바라보다 다 해진 부채를 들고 방에서 나갔다. 렌은 정리를 시작했다. 그녀는 몸서리를 치면서 죽은 새와 떨어진 깃털을 대강 모아 책상 서랍에 처박아 넣었다. 바닥에 기름인지 피인지 모를 얼룩이 남아 있었지만 그건 지울 도리가 없어서 그대로 두기로 했다. 그런 다음 틴 북을 케이스에서 꺼내고, 그것과 무게, 크기가 비슷한 부-부의 부서진 액자를 대신 집어넣었다.

복도에서 무슨 소리가 들렸다. 누군가 뭐라고 소리치고 있었다. 렌은 숨을 죽이고 귀를 기울였다. 화나고 겁나는 목소리였지만 무슨 소리인지 알아들을 수가 없었다. 그리고 잠시 후 소리가 그쳤다.

"테오?" 렌은 큰 소리로 테오를 불렀다.

그 순간 거인의 손이 파빌리온의 어깨를 쥐고 흔드는 것처럼 서재가 갑자기 흔들렸다. 대화 소리가 잦아들고 오케스트라의 연주가 멈추면서 무도회장에서 들리던 희미한 소음이 사라졌다. 렌은 놀란 오케스트라 단원들이 악보에서 눈을 떼고 천장을 올려다보는 모습을 상상했다. 잠시 후 사람들이 웃음을 터뜨렸다. 음악과 대화가 다시 이어지면서 누군가 파티 소음을 녹음한 오디오의 볼륨을 올린 듯 무도회장에서 나는 소리가 금방 이전 수준으로 돌아갔다.

"안 좋은 기류를 만난 거겠지." 렌은 혼잣말로 중얼거렸다. 혹은 엔진에 무슨 이상이 있었을 것이다. 방금 전 들렸던 고함 소리가 제어실에서 들려온 것일 수도 있겠다는 생각이 들었다. 그녀는 긴장을 풀고 하던 일을 계속했다. 틴 북 케이스를 금고에 넣고 금고 문을 닫은 후 월마트 스트레인지의 그림을 그 앞에 걸었다. 그런 다음 긴 웃옷을 걷어 올리고 틴 북을 바지 허리춤에 꽂았다. 거기에 숨기면 안전할 것 같았다. 다만 쇠로 된 책표지가 맨살에 닿아 차가웠고 철사 스프링이 자꾸 등살을 긁어 댔다.

렌은 복도로 나와 문을 잠그고 열쇠를 원래 있던 자리에 돌려놓았다. "테오?" 그렇게 불러 봤지만 테오는 그림자도 보이지 않았다. 당연하지. 지금쯤이면 안전하게 무도회장에 돌아가 있을 테지.

그 순간 렌은 곁눈으로 뭔가 움직이는 것을 느꼈다. 제어실로 내려가는 문이 열려 있었다. 건물이 흔들릴 때마다 문이 움직이고 있

## 27. 안전하지 않은 금고

었다. 그 자리에 서서 문을 뚫어져라 쳐다봤다. 몇 분 전 테오와 거기를 지날 때만 해도 문은 분명히 닫혀 있었다. 제어실 직원들 중 하나가 페니로얄의 서재에서 나는 소리를 듣고 무슨 일인지 보러 나왔던 것일까?

무도회장의 소음이 갑자기 커지더니 다시 줄어들었다. 누군가 복도 끝에 있는 문을 열고 들어왔다. 렌은 윤이 나는 복도를 따라 발자국 소리가 가까워지는 것을 들었다. 복도가 꺾인 쪽 벽에 비친 그림자가 점점 커지고 있었다. 당황한 그녀는 페니로얄의 서재로 돌아섰지만 열쇠를 다시 찾고 어쩌고 할 시간적 여유가 없다는 것을 깨닫고 제어실로 내려가는 문으로 들어가 얼른 문을 닫았다.

그곳은 철제 계단이 아래를 향해 나선형으로 뻗어 있는 작고 어두운 공간이었다. 계단은 아래층을 지나 클라우드 나인의 갑판 밑으로 돌출되도록 설계된 제어실까지 이어져 있었다. 슈킨이 자기를 클라우드 나인으로 데려오던 날 케이블카에서 본 유리로 된 방이 바로 제어실이었다. 렌은 문에 귀를 댔다. 발자국 소리가 문 앞을 지나 복도 저편으로 멀어졌다.

막 안도의 한숨을 쉬려 하는 찰나 아래쪽에서 소리가 들려왔다.

"거기 누구죠?"

겁에 질린 그 목소리는 이상하게 친근했다.

"테오?" 렌이 물었다. 갑자기 드는 혼란스러운 생각에 그녀는 현기증을 느꼈다. 페니로얄의 부하가 가득한 제어실에서 테오가 뭘 하고 있었던 걸까? 결국 그는 내내 페니로얄 편이었던 걸까? 주인의 금고를 턴 노예 소녀에 대해 고자질을 하러 제어실에 내려갔던 걸까?

"렌." 그 목소리가 말했다. "일이 좀 꼬였어. 어떻게 해야 할지 모르겠어."

정말 겁에 질린 목소리였다. 테오를 믿어 보기로 결심한 렌은 나선형의 좁은 계단을 서둘러 내려갔다. 걸음을 옮길 때마다 뒤춤에 찬 틴 북이 허리를 찔러 댔다. 1층까지 온 그녀는 문을 하나 더 지나 하얗게 페인트칠이 된 쇠로 된 통로를 내려갔다. 그 통로는 리벳이 촘촘하게 울퉁불퉁 박혀 있었고 갑판 아래로 이어져 있었다. 테오는 계단의 맨 아래서 그녀를 올려다보고 있다가 그녀가 제어실로 들어올 수 있도록 옆으로 비켜섰다.

제어실의 유리 벽을 통해 렌은 아래쪽에 펼쳐진 브라이튼을 한눈에 볼 수 있었다. 보름달 축제 조명으로 도시 전체가 밝게 빛나고 있었다. 사방에서 터지는 불꽃들이 맑은 밤하늘을 수놓고 제어반을 울긋불긋 물들였다. 아마도 클라우드 나인에서 여기보다 더 전망이 좋은 곳은 없을 것 같았다. 그러나 그 좋은 전망도 제어실 직원들에게는 아무 소용이 없었다. 모두 자기 자리에 앉은 채로 죽어 있었기 때문이다. 그중 한 명은 목에 칼이 꽂힌 채였다. 파빌리온의 부엌에서 가져온 듯 손잡이에 페니로얄의 문장이 새겨져 있는 평범한 부엌칼이었다.

"퀴크 맙소사!" 렌은 '카나페를 조금 덜 먹었을걸.' 하고 생각하며 작은 비명을 질렀다. 음식물을 게워 내기 위해 몸을 구부리고 있는 동안 머릿속으로 오만 가지 생각이 스쳐 갔다. 그중 아무것도 기분 좋은 생각은 없었다. 어젯밤 테오와 마주쳤을 때 그가 부엌 쪽에서 나오고 있지 않았던가? 부엌칼에 죽은 사람이 가득한 방에 테오와 단둘이 있게 되다니….

"괜찮아." 테오가 말했다. 그가 가만히 렌의 팔에 손을 대자, 렌은 다시 작은 비명을 질렀다. 그녀가 그를 얼마나 무섭게 느끼는지 테오는 전혀 모르는 것 같았다. 뒷걸음치는 렌에게 그가 말했다. "내 말은… 괜찮지가 않다는 거였어. 이것 좀 봐." 그가 제어반의 커다란 놋쇠 레버 중 하나를 당겼다. "부서졌어. 모두 다. 그리고 여긴…."

주 제어반에 빨갛고 두꺼운 레버가 유리 상자 안에 들어 있었다. 그 주변에는 정말 위급한 상황에만 사용해야 한다는 경고문과 느낌표가 가득 둘러져 있었다. 경고에도 불구하고 누군가 유리를 깨고 그 레버를 사용한 흔적이 있었다.

"저 레버의 기능이 뭐야?" 렌이 물었다. 그러나 그녀도 이미 알고 있었다. 처음 제어실에 들어왔을 때보다 브라이튼이 더 작게 보였고 불꽃놀이 소리도 점점 더 희미해지고 있었기 때문이다.

"걸쇠 폭파 장치야." 테오가 말했다. "브라이튼이 침몰하거나 할 때를 대비해 브라이튼과 연결된 케이블을 절단하는 장치야. 크게 한 번 흔들리는 거 느꼈지? 렌, 누군가 브라이튼과 연결된 쇠밧줄을 끊었어. 우리는 공중에 떠가고 있어!"

렌은 공포에 질려 테오를 바라봤다. 침묵 속으로 위층에서 계속되는 파티의 소음이 들려왔다. 무슨 일이 벌어졌는지 아는 사람은 클라우드 나인에서 그녀와 테오밖에 없는 것 같았다.

"테오." 렌이 말했다. "책을 가져가도 좋아."

"뭐라고?"

그녀는 책을 꺼내서 테오에게 내밀었다. 그녀의 손이 심하게 떨려서 금속으로 된 표지에서 반사된 빛이 어리둥절한 테오의 얼굴에서 춤을 쳤다. "렌," 그가 말했다. "내가 이런 짓을 했다고 생각하는 건 아니겠지? 설혹 할 수 있다 하더라도 내가 왜 그러겠어?"

"너도 책을 원하기 때문이야, 다른 사람들처럼." 렌이 말했다. "너, 그린 스톰의 스파이지, 그렇지? 뭔가 이상한 데가 있다고 생각했어! 일부러 잡혀서 파빌리온에 잠입해 가지고 우리 모두를 감시했던 게 분명해. 그 로봇 새도 금고를 감시하기 위해 네가 갖다 둔 게 틀림없어. 클라우드 나인을 난파시켜서 모두 죽여 없애고 틴 북을 가지고 도망갈 계획인 거지? 그래서 피위트를 훔치는 걸 도와주지 않았던 거지? 틴 북을 손에 넣고 나서 그걸 타고 도망가려고 말이야."

"렌!" 테오가 소리쳤다. "생각 좀 하고 말해!" 그는 계단으로 나가기 위해 자기 옆을 달려 지나가는 렌을 잡았다. 렌의 양팔을 붙잡고 그녀의 얼굴을 진지하게 쳐다보며 말했다. "그 망할 놈의 틴 북

## 27. 안전하지 않은 금고

인지 뭔지를 원했다면 왜 네가 훔치도록 놔뒀겠어? 페니로얄의 서재에서 그 스토커 새가 널 죽이도록 놔뒀으면 그 책은 내 것이 되는데. 내 입장에서 보면 네가 그린 스톰의 스파이일 수도 있어. 그 책을 손에 넣으려고 그렇게 안달을 했고, 더군다나 플로버리가 죽었을 때도 여기저기 숨어 다니고 있었잖아. 한순간 로스트 걸이라고 했다가 다음 순간 아니라고 했다가…. 이 모든 짓을 한 게 너일 수도 있어!"

"난 아니야! 난 안 했어!" 렌이 아연실색을 하며 소리쳤다.

"나도 안 했어." 테오는 렌을 잡고 있던 손을 놨다. 렌은 여전히 틴 북을 움켜쥔 채 몸을 떨며 뒷걸음질을 쳤다.

"무도회장으로 돌아가고 있는데 누군가 큰 소리로 도움을 구했어." 테오가 말했다. "문을 열고 괜찮으냐고 물었지. 아무 대답도 없었어. 누군가 움직이는 소리가 들려서 내려와 봤지. 내가 도착했을 때는 이미 모두 죽은 뒤였어. 쇠밧줄이 모두 잘려 있었고. 가서 이 사실을 사람들에게 알리고 경보를 울리려고 했어. 하지만 네가 아직 위층에 있어서 발각될까 봐 망설였지." 그는 몸서리를 치며 손으로 얼굴을 문질렀다.

"누군가 위층에 있었어." 렌은 발소리와 얼핏 본 그림자를 떠올리며 말했다. "문 앞을 지나가는 소리를 들었어. 그 복도엔 페니로얄의 서재 말고는 아무것도 없잖아. 우리랑 같은 걸 노리고 있었던 게 분명해. 틴 북 말이야."

테오는 렌을 뚫어져라 쳐다봤다. "모든 게 맞아떨어지네. 놈들이 여기 먼저 내려와서 이런 짓을 해 놓고 올라가려 했는데 내가 내려오는 소리를 들었을 거야. 없어지면 표가 나는 손님일까 봐 나가지 죽이지는 못하고 부엌 쪽으로 나가서 무도회장을 지나 반대편에서 서재 쪽으로 접근했겠지. 하지만 왜 클라우드 나인을 표류하게 만든 걸까? 왜 틴 북만 훔쳐 가지 않고?"

렌은 또 토할 것 같았다. 그러나 속이 비어서 나오는 건 아무것도 없었다. "하마터면 날 볼 뻔했어!" 그녀가 신음하듯 말했다. "빨리 숨지 않았으면 저 사람들처럼 나도 죽였을 거야."

테오는 그녀 쪽으로 손을 뻗었지만, 자기 손이 닿는 것을 렌이 좋아할지 어떨지 몰라 망설였다. "그러니까 내가 그런 짓을 했다고 생각하지는 않는 거지?"

렌은 고개를 끄덕이며 고마운 마음으로 그에게 다가가 그의 가슴에 얼굴을 파묻었다. "테오, 미안해."

"괜찮아." 그가 상냥하게 말했다. "어젯밤에는 말이야, 그냥 잠이 오지 않았어. 사당에 가서 어머니, 아버지, 그리고 누이들을 위해 기도하고 오는 길이었어. 일 년이 됐어. 내가 자그와를 떠난 게 작년 보름달 축제 때였으니까. 모두 축제를 즐기고 있는 사이 집을 빠져나와 샨 구오로 향하는 화물선에 숨어들었지. 그리고 그린 스톰에 자원했어. 어제는 축제 준비를 하다 보니 가족들이 어떻게 지내고 있을지 궁금해지더군. 부모님이 날 용서하셨을까, 날 그리워하

## 27. 안전하지 않은 금고

실까…."

"물론이지." 렌이 말했다. 그녀는 돌아서서 창문에 기대며 차가운 유리에 얼굴을 댔다. "그게 부모님 마음인 거야. 우릴 용서하고, 그리워하고. 우리가 무슨 짓을 했든지 상관없이 말이야. 우리 아빠를 봐. 여기까지 나를 찾으러 오셨…."

그녀는 브라이튼 쪽을 바라봤다. 아빠가 그리웠다. 몽펠리어 구역 어딘가에서 불꽃이 올라와 빨강과 금색의 밝은 별이 되어 밤하늘을 수놓았다. 바람에 비스듬히 기울어진 채 떠가는 클라우드 나인에서 렌은 점점 더 멀어지는 브라이튼을 바라봤다. 바로 그때 뭔가 다른 움직임이 그녀의 시야를 스쳐 갔다. 그녀는 고개를 돌렸다. 보이는 것은 바다와 흔들리는 달빛뿐이었다. 하지만 저게 뭐지? 파도 위를 미끄러지는 기다란 그림자라니?

갑자기 커다랗고 뿌연 물체가 시야를 가렸다. 커다란 엔진 덮개가 지나가고 철갑옷을 입은 곤돌라에 설치된 포문이 보였다. 포문들이 모두 열려 있었다. 선체에서 바깥쪽으로 튀어나온 포문 뒤에는 고글과 게 껍질 헬멧을 쓴 군인들이 서 있었다. 곧이어 커다란 방향 조정타들이 지나갔다. 그 모든 것에는 뻐죽뻐죽한 초록색 번개무늬가 새겨져 있었다.

"테오!" 렌이 소리쳤다.

그들이 서 있는 곳에서 5, 6미터쯤 떨어져 있는 곳을 빠르게 지나가고 있는 물체는 거대한 비행 구축함이었다.

INFERNAL DEVICES
## 28
# 공중 공격

후추통의 우아한 로비 밑 어딘가에 자리한 감방에서 톰은 멍한 상태로 앉아 있었다. 슈킨의 경호원들한테서 맞은 얼굴이 부어올랐고, 렌에 대한 걱정으로 가슴이 타 들어갔다. 처음에는 그 애가 살아 있다는 것을 안 것으로도 족했다. 렌이 안전하기만 하면 자기야 어떻게 되든 상관없었다. 하지만 렌이 진짜 안전한 것일까? 그 애를 다른 사람도 아닌 페니로얄한테 팔았다고 슈킨의 부하들이 말하지 않았던가? 페니로얄은 나쁜 사람은 아니지만 이기적이고 생각이 없고 파렴치한 사람이다. 게다가 총으로 톰의 심장을 쏜 사람이 아닌가. 야전침대에 누워서 무슨 일이 일어나기를 기다리는 동안 오래전에 총을 맞은 곳이 다시 아파 왔다. 가슴 부분이 아팠다. 하지만 실제로 통증이 있는 것인지, 몸이 총에 맞은 기억을 되새기는 것인지 그는 알 수가 없었다.

창문도 없고 베이지색 천장에 아르곤 램프 불빛만이 동그란 무늬

## 28. 공중 공격

를 만들고 있는 이 지루한 감방에서 톰은 금세 시간의 흐름을 잊었다. 이윽고 덜컥거리며 문이 열렸을 즈음에는 그때가 밤인지 낮인지조차 분간할 수 없었다.

"먹을 걸 가져왔어요, 미스터 내츠워디." 작은 목소리가 말했다. "그리고 이거."

톰은 야전침대에서 일어나 앉으며 멍든 얼굴을 문질렀다. 음식이 든 그릇과 양철 컵을 쟁반에 받쳐 들고 문간에 서 있는 소년은 바로 피쉬케익이었다. 그의 뒤로 베이지색 복도가 흘낏 보였다. 탈출할 수 있는 기회라는 생각이 어렴풋이 들었지만 가슴이 너무 아팠다. 그는 피쉬케익이 다가와 쟁반을 바닥에 내려놓는 것을 지켜봤다.

"여기 오려고 당번을 바꿨어요." 소년이 고백하듯 말했다. "어렵지 않았어요. 보름달 축제 때문에 오늘 밤에 일하는 건 아무도 원치 않으니까요. 저 폭발음도 모두 축제 때문이에요."

귀를 기울이니 거리에서 나는 축포와 징 소리가 희미하게 들려왔다.

"이렇게 잡히시다니 정말 안됐다고 생각해요, 미스터 내츠워디." 피쉬케익이 말했다. "렌이 저한테 참 잘해 줬어요. 그래서 이걸 보여 드려야겠다고 생각했죠."

피쉬케익은 구겨진 신문지 조각을 제복 주머니에서 꺼내 톰에게 내밀었다. 『양피지』지였다. 헤드라인 밑에 머리를 있는 대로 부풀린 뚱뚱한 여자 주변으로 소녀 몇 명이 무릎을 꿇고 포즈를 취한 사진이 실려 있었다.

"렌 맞죠?" 피쉬케익이 말했다. "보셨지요? 렌이 잘 있다는 걸 알고 싶어 할 거라 생각했어요. 클라우드 나인에서는 노예 생활이 그리 나쁘지 않다고들 하더라고요. 옷도 새 거고, 머리도 멋지게 하고 있잖아요."

"클라우드 나인? 그게 렌이 있는 곳이니?" 톰은 도시 위에 둥둥 떠 있는 저택을 본 기억을 더듬었다. 그는 몸을 앞으로 굽혀 피쉬케익의 어깨에 손을 얹었다. "피쉬케익, 내 아내를 찾아 메시지 좀 전해 줄 수 있겠니? 렌이 어디 있는지 헤스터에게 좀 알려 주면 좋겠는데?"

"흉터 있는 여자 말씀이세요?" 피쉬케익이 몸을 빼면서 물었다. 두렵고 혐오스러운 표정이었다. "그 여자가 여기 왔다는 거예요?"

"브라이튼에 있어. 같이 왔지."

피쉬케익의 얼굴이 묘한 색으로 변했다. 그 애의 손이 떨렸다. "그 여자라면 근처에도 가기 싫어요." 그 애가 말했다. "악마 같은 여자예요. 가글과 레모라를 다 죽인 여자잖아요. 할 수 있었다면 나도 죽였을 거예요. 그래서 렌을 납치한 거예요. 하고 싶어서 한 일이 아니에요. 그렇게 하지 않았으면 나도 죽었을 거라고요."

"헤스터도 어쩔 수 없어서 그랬을 거야." 톰은 그렇게 말하면서도 마음이 불편했다. 자신의 말에 확신이 서지 않았기 때문이다. "정말 비극적인 일이지. 하지만…."

## 28. 공중 공격

"그 여잔 악마예요." 피쉬케익이 다시 샐쭉한 목소리로 말했다. "아저씨도 마찬가지예요. 자기는 그렇지 않다고 생각할지 모르지만. 그 여자랑 같이 다니니까 그 여자만큼 나쁜 거죠."

"그런데도 나한테 이렇게 신문을 가져다줬구나." 톰이 말했다. "피쉬케익, 넌 착한 아이야." 그는 의심스러운 눈으로 자기를 바라보는 소년에게 미소를 지어 보였다. 아이가 불쌍해 보였다. 지금까지 얼마나 많은 사람들한테 배신당하고 상처를 받았으면 자기에게 작으나마 처음으로 친절을 베푼 어른에게 충성을 다짐했을까 싶었다. 그 어른이 나비스코 슈킨인데도 불구하고 말이다. 톰은 피쉬케익을 이 끔찍한 도시에서 빼내 안전한 바인랜드로 데려갈 수 있으면 얼마나 좋을까 생각했다. 그곳이라면 프레야가 그림스비에서 구출한 아이들처럼 정상적인 삶을 살 기회가 있을 텐데 싶었다.

"피쉬케익, 날 여기서 빼내 줄 수 있겠니?" 톰이 물었다.

"그런 소리 마세요." 피쉬케익이 대답했다. "슈킨이 날 죽이고 말 거예요."

"미스터 슈킨이 널 찾지 못하도록 하면 되잖아. 원한다면 나랑 같이 가자. 렌하고 헤스터를 찾아 다 같이 이곳을 떠나자."

"떠나다니요, 어디로요? 그림스비는 이제 망했고. 여기서 괜찮은 직장을 잡았는데, 어딜 가겠어요?"

"어디라도." 톰이 말했다. "네가 원하는 곳 어디라도 데려다 줄 수 있어. 아니면 바인랜드의 앵커리지로 우리와 함께 갈 수도 있고. 거기 가서 우리랑 같이 사는 거야."

"아저씨네랑 같이요?" 피쉬케익은 톰의 말을 메아리처럼 반복했다. 톰은 그 애의 눈이 천장에 달린 등처럼 둥글고 밝아지는 것을 보았다. "그러니까." 그 애가 말을 이었다. "가족처럼 말이에요?"

"네가 원한다면 말이야." 톰이 대답했다.

피쉬케익은 소리 내서 침을 삼켰다. 헤스터랑 어디를 간다는 것은 내키지 않았다. 헤스터는 죽어 마땅한 사람이었고, 그렇게 되도록 어떻게라도 할 생각이었다. 피쉬케익은 자신과 한 맹세를 잊지 않고 있었다. 그러나 톰은 좋아하지 않을 수 없었다. 친절한 사람 같았다. 심지어 미스터 슈킨보다 더 친절하게 느껴졌다. 브라이튼이 놓은 함정에서 자기를 구출해 주지는 못했지만 렌도 참 친절했다. 톰이랑 렌이랑 같이 사는 건 괜찮을 것 같았다.

"좋아요." 피쉬케익이 말했다. 그러고는 누가 자기 말을 엿듣지나 않았을까 겁이 나서 문 쪽을 힐끔거렸다. "좋아요. 약속만 지킨다면…."

그때 복도에서 귀를 찌르는 듯한 전기 벨이 울리기 시작했다. 톰과 피쉬케익은 가슴이 철렁했다. 문들이 세게 닫히고, 부츠 신은 발들이 쇠로 된 바닥 위를 뛰어다니는 소리가 들렸다. 피쉬케익은 톰이 들고 있던 신문지 조각을 낚아챘다. 그리고 황급히 감방 밖으로 나가서는 문을 쾅 닫았다. 톰은 일어서서 문 위쪽으로 난 작은 철창 사이로 바깥을 살폈다. 그러나 아무것도 보이지 않았다. 벨 소리만

## 28. 공중 공격

크게 계속 울렸다. 복도 맞은편 끝에서 고함 소리와 발소리가 어지럽게 들려왔다. 갑자기 온몸이 흔들릴 정도로 굉음이 울리더니 뒤를 이어 한 번 더 울렸다. 누군가 비명을 질렀다. "피쉬케익!" 톰이 소리쳤다. 다시 한 번 굉음이 울렸다. 이번에는 아주 가까운 곳에서 나는 소리였다. 그러더니 헤스터의 목소리가 복도에서 들렸다. "톰!"

"여기야, 여기!" 그가 외쳤다. 잠시 후 베일을 쓴 헤스터의 얼굴이 철창 사이로 나타났다.

"메모를 봤어." 그녀가 말했다. 헤스터가 총을 쏘아 자물쇠에 벌집 같은 구멍을 내는 동안 톰은 문에서 떨어져 있었다. 그녀가 문을 박차서 열었다.

"피쉬케익은 어디 있지?" 톰이 물었다. "그 애, 다치게 하지는 않았지? 방금 전까지 여기 있었어! 사진을 가져왔는데 렌이 클라우드 나인에 있어!"

헤스터는 베일을 걷고 재빨리 톰에게 입을 맞췄다. 연기 냄새가 났고, 못생기고 정다운 그녀의 얼굴에 홍조가 어려 있었다. "입 닫고 뛰어." 그녀가 말했다.

톰은 가슴을 칼로 찌르는 듯한 통증을 무시하고 뛰었다. 감방 문 바로 바깥은 복도가 급하게 꺾여 있었다. 구석에 두 사람이 죽어 넘어져 있었다. 둘 다 피쉬케익은 아니었다. 톰은 진저리를 치며 시체를 넘어 헤스터를 따라 계단을 올라갔다. 시체가 몇 구 더 보였다.

공기 중에 연기 냄새가 진동했다. 발아래 어디에선가 고함 소리와 비명 소리가 들렸다.

"무슨 일이야?" 톰이 물었다. "아래층에서 무슨 일이 벌어지고 있는 거야?"

헤스터가 씩 웃으며 뒤를 돌아다봤다. "누군가 로스트 보이들을 다 풀어 줬어. 조심성이 없기도 하지, 그렇지? 위쪽으로 나가자."

불이 꺼졌다. 동시에, 톰은 헤스터의 등에 부딪혔다. 헤스터는 그를 부축해서 바로 세우면서 차분하게 말했다. "걱정하지 마."

칠흑 같은 어둠이 사방을 휘감았고 톰의 심장이 불안정하게 다섯 번쯤 뛴 후에야 흐릿한 빨강 불이 들어왔다. "비상 발전기인가 봐." 헤스터가 말했다.

톰은 그녀의 뒤를 따라 텅 빈 사무실들을 지나갔다. 핏빛처럼 붉은 전등 빛이 파일 보관용 캐비닛의 놋쇠 손잡이와 타자기의 상아색 자판에 비쳤다. 톰은 헤스터가 입고 있는 새 코트는 어디서 난 것인지, 그녀가 입고 있던 헌 외투는 어떻게 됐는지 궁금했다. 반대편에서 달려오는 슈킨 코퍼레이션 직원들 한 무리와 마주쳤을 때도 그는 여전히 그런 생각을 하고 있었다. "엎드려!" 톰을 바닥으로 밀어뜨리면서 헤스터가 소리쳤다. 그러고는 바닥으로 몸을 날리는 슈킨 코퍼레이션 직원들에게 덧붙였다. "너희들 말고!"

사무실은 연기와 섬광, 그리고 끔찍한 소음으로 가득 찼다. 모두 총을 가지고 있는 것 같지는 않았지만, 총을 가지고 있는 몇 명은

## 28. 공중 공격

무턱대고 마구 쏘아 댔다. 총알이 벽에 맞아 튕겨 나가고, 물이 가득 담겨 있는 정수기를 터뜨려 산산조각 내는가 하면 책상 위에 있는 탁상용 달력을 낱장으로 찢어 날렸다. 톰은 파일 보관용 캐비닛 뒤에 숨어서 헤스터가 사람들을 하나하나 쏘아 넘어뜨리는 것을 지켜봤다. 그녀가 사냥단과 싸울 때 그 자리에 없었던 톰은 헤스터가 분노와 공포에 찬 모습을 했을 것이라고 상상했지만, 이 순간 헤스터는 섬뜩하리만치 침착해 보였다. 총알이 다 떨어지자 그녀는 총을 내려놓고 타자기로 마지막 경호원을 때려눕혔다. 헤스터가 타자기로 그의 머리를 내려찍을 때마다 캐리지에 달린 작은 벨이 경쾌하게 울렸다. 총을 다시 집어 들고 장전을 하는 그녀의 얼굴에 미소가 감돌았다. 톰은 여태까지 본 중 지금만큼 헤스터에게 생기가 도는 것을 본 적이 없다고 생각했다.

"괜찮아?" 톰이 일어서는 것을 도와주면서 그녀가 물었다.

괜찮지 않았다. 그러나 괜찮지 않다는 말을 하기에는 몸이 너무 심하게 떨리고 있었다. 그래서 그냥 말없이 헤스터를 따라갔다. 계단을 몇 차례 더 오르고 나니 그는 미스 윔스를 만났던 근사한 현관으로 나와 있었다. 미스 윔스의 의자는 텅 비어 있었고, 문에 걸려 있는 표지는 '닫힘'으로 뒤집혀 있었다. 문 밖에 있던 경비원도 눈에 띄지 않았다. 지붕들 위로 큰 소리를 내며 불꽃이 터지면서 블라인드 틈 사이로 분홍과 에메랄드 빛 그림자를 던졌다. 헤스터는 총으로 문의 잠금장치를 쏜 후 발로 차서 문을 열었다. 톰이 방을 가로질러 가는데 공포에 찬 숨소리와 신음 소리가 들렸다.

그는 무릎을 꿇고 미스 웜스의 책상 밑을 살폈다.

두려움으로 하얗게 질린 피쉬케익의 얼굴이 그를 올려다봤다.

"피쉬케익, 괜찮아!" 어두운 쪽으로 더 깊이 들어가는 아이를 보면서 톰이 약속했다. 그는 헤스터에게 가까이 오지 말라는 손짓을 했다. "피쉬케익 말고는 아무도 없어." 톰은 주변을 살피면서 헤스터에게 말했다.

"그럼, 거기 그냥 둬." 헤스터가 말했다.

"그럴 수 없어." 톰이 말했다. "혼자잖아. 더군다나 겁에 질려 있어. 슈킨 밑에서 여태껏 일했기 때문에 로스트 보이들한테 잡히면 살아남지 못할 거야. 물론 과장이지만." 그는 자기 말을 듣고 피쉬케익의 신음 소리가 더 커지자 자신 없는 어투로 마지막 말을 덧붙였다.

"자업자득이지." 헤스터는 문간에서 언제라도 뛰어나갈 태세로 말했다. "그냥 둬."

"하지만 렌이 어디 있는지 가르쳐 준 사람도 이 아이야."

"알았어." 헤스터가 화난 목소리로 말했다. "말해 줬으니 알았고. 그러니 이젠 필요 없잖아. 그냥 두고 가자."

"안 돼!" 그렇게 말하는 톰의 목소리가 의도했던 것보다 좀 더 날카롭게 나왔다. 그는 책상 밑으로 손을 뻗어 피쉬케익의 손을 찾았다. 피쉬케익의 손을 잡아당겨서 그 애를 책상 밑에서 끌어낸 다음

## 28. 공중 공격

 톰이 말했다. "우리가 데려가야 해. 약속했어."
 헤스터는 소년을, 소년은 헤스터를 노려봤다. 순간 톰은 헤스터가 그 자리에서 피쉬케익을 쏘아 버릴지도 모른다는 생각이 들었다. 그때 후추통 저 깊은 곳에서부터 분노와 저항의 아우성이 천둥처럼 울려 퍼졌다. 로스트 보이들이 전투를 하면서 지르는 고함 소리였다. 헤스터는 총을 허리춤에 집어넣고 문 밖으로 나간 다음 톰이 겁에 질려 온몸을 떨고 있는 피쉬케익을 끌고 건물 밖으로 나올 수 있도록 문을 잡고 서 있었다.
 그들은 광장으로 내려갔다. 커다란 굉음이 광장 주변의 건물 벽들에 부딪혀 메아리처럼 울려 퍼지고 눈이 멀 만큼 밝은 빛이 하늘을 밝혔다. '요즘은 불꽃놀이가 어릴 때 봤던 것보다 훨씬 더 시끄러워졌군.' 그렇게 생각하며 하늘을 올려다본 톰의 눈에 불꽃 대신 용맹하게 생긴 하얀 비행선이 도시의 지붕 위를 낮게 날고, 무장한 곤돌라에서 로켓이 비 오듯 떨어지고 있는 광경이 들어왔다.
 "맙소사!" 헤스터가 소리쳤다. "진짜 때도 잘 맞췄구면!"
 "저게 뭐죠?" 피쉬케익이 우는 소리로 그렇게 말하면서 톰에게 매달렸다. "무슨 일이 벌어지고 있는 거죠?"

❋ ❋ ❋

 무슨 일이 벌어지고 있었냐면, 폭스 스피리츠 편대가 브라이튼의 공중 방어 능력을 마비시키기 위해 그린 스톰의 주력 부대에서 떨어져 나온 것이었다. 퀸스 파크와 블랙 록 공원 등지에서 쏘아 올린 불꽃을 대공포로 오해한 그린 스톰 비행사들이 폭격을 시작하면서 보름달 축제 행사는 삽시간에 아수라장이 되었다. 카니발 행렬이 머리 잘린 뱀처럼 오션 대로를 가로지를 때, 클라우드 나인을 향해 날아가는 레퀴엠 보텍스가 연기 사이로 모습을 드러냈다.

앞쪽으로는 콤 옴보와 벵가지가 갑옷을 두른 산처럼 버티고 서 있고, 그 그늘에 의지해 작은 견인 타운들과 마을들이 둘러서 있었다. "견인 도시 밀집촌이라니!" 여우를 발견한 사냥꾼처럼 들뜬 목소리로 나가 장군이 외쳤다. "저기 저 큰 놈이 몇 년 전 팔미라 정착촌을 집어삼킨 도시입니다." 그는 스토커 팽을 향해 돌아섰다. 반듯한 자세로 경례를 하기 위해 팔을 들어 올리자 그의 기계 갑옷에서 삐걱거리는 소리와 쉭 하는 소리가 삐져나왔다. "이게 바로 각하께서 저희를 서쪽으로 데리고 오신 이유였군요! 저 낡아빠진 뗏목 도시나 파괴하자고 여기까지 온 것은 아닐 거라고 짐작은 했습니다. 공격 명령을 내려 주십시오."

"조용히!" 스토커 팽이 나직이 말했다. 브라이튼에서 솟아오르는 불길이 그녀의 청동 마스크에 반사되어 번뜩였다. "밀집촌은 중요하지 않아. 그린 스톰 편대에 저 도시들의 대공포와 전투 비행선들을 상대하도록 지시하라. 그리고 브라이튼 시민들이 시장을 돕기 위해 나서는 일이 없도록 경계하라. 우리 목표는 날아다니는 궁전

## 28. 공중 공격

이다. 저곳에 상륙할 대원들을 준비시키도록."

나가 장군은 지난 16년 동안 산전수전 다 겪으면서도 스토커 팽의 명령에 무조건 복종해 왔다. 그러나 이번 명령은 그런 그에게도 납득이 가지 않는 것이었다. 부하들이 사령관의 명령을 전달하고 휴대무기와 전투용 방탄복을 준비하느라 부산을 떠는 동안 그는 뺨이라도 맞은 듯 멍하니 서 있었다. 잠시 후, 스토커 팽의 명령에 복종하지 않은 장교들이 어떤 운명을 맞이했는지 상기한 그는 그녀의 명령에 복종하기 위해 서둘러 자리를 떴다.

❂ ❂ ❂

렌과 테오는 제어실의 다른 쪽으로 뛰어갔다. 그 순간 벵가지에서 쏜 대공포가 요란한 소리를 내며 터지면서 브라이튼과 해안선 사이에 꽃을 피웠다. 잔여 폭발이 계속되면서 거기서 나온 빛이 거대한 전함 네 대와 수없이 많은 전투 비행선들의 기낭에 반사됐다.

"그린 스톰 공중 공격 부대야." 테오가 말했다.

"퀴크 맙소사!" 렌은 아빠를 떠올리며 작게 속삭였다. "브라이튼을 침몰시키려는 걸까? 우리 아빠가 저기 계시는데! 테오, 아빠가 죽음을 당하실지도 몰라. 다 내 잘못이야!"

"브라이튼 때문에 여기 온 게 아니야." 테오가 그녀의 손을 잡으며 말했다. "그 책 때문에 온 거야! 누군지는 몰라도 스토커 새를 놓아두고 사람들을 죽인 자가 저 전투 비행선들을 이리로 부른 거야. 클라우드 나인을 브라이튼에서 끊어 낸 것도 같은 자의 소행이고. 그래야 점령하기 쉬울 테니까."

바깥 어디에선가 공습경보가 울리기 시작했다. 흑판으로 변한 하늘을 손톱으로 긁는 것 같은 소름 끼치는 소리였다.

"여기서 빠져나가야 해." 렌이 말했다.

"어떻게?" 테오가 물었다.

"피위트를 타고. 어젯밤 이후로 연료 탱크에서 연료를 뺄 생각을 한 사람은 아무도 없었을 거야."

테오가 고개를 저었다. "격납고까지 갈 수 있다 하더라도 클라우드 나인 주변을 빠져나가기도 전에 그린 스톰한테 격추당하고 말 거야."

"하지만 피위트는 쾌속선이잖아, 전함이 아니고!"

"그린 스톰이 그런 걸 상관할 것 같아?"

"그린 스톰끼리 통하는 암호 같은 거 몰라? 무전을 쳐서 같은 편이라고 알릴 수 없을까?"

"렌, 난 그린 스톰 편이 아니야." 테오가 말했다. "더 이상 아니야. 난 그린 스톰을 실망시킨 사람이야. 날 잡으면 처형해서 바트뭉크 차카로 보내겠지."

렌은 그 말이 무슨 뜻인지 완전히 이해하지는 못했지만 테오가 두려워하고 있다는 건 알 수 있었다. 어쩌면 자기만큼이나 겁을 내고

## 28. 공중 공격

있는 건지도 몰랐다. 머리 위 갑판에 무언가 부딪혔는지 제어실 전체가 흔들리고, 유리 벽 밖으로 불꽃과 불붙은 건물의 잔해가 비 오듯 쏟아져 내렸다. 렌은 테오의 얼굴을 올려다보며 할 수 있는 한 최대로 용감한 목소리를 내어 말했다. "테오, 아빠가 브라이튼에서 나를 기다리고 계셔. 그리고 네 부모님은 자그와에서 널 기다리고 계시고. 우리 둘이 여기 가만히 앉아 있다가 죽어 버리면 모두들 좀 실망하시지 않겠어? 자, 노력이라도 해 봐야지!"

손을 잡은 채로 둘은 계단을 올라가 지상 1층 입구로 향했다. 살인자가 빠져나간 그 문이었다. 문은 부엌으로 이어지는 복도를 향해 열려 있었다. 그곳에는 아무도 없었다. 머리 위로 무도회장에서 도망 나오는 사람들의 비명 소리, 고함 소리, 발자국 소리들이 시끄러웠다. 하늘에서 뭔가 폭발할 때마다 레몬 빛 다이아몬드를 줄에 꿴 듯한 섬광들이 부엌 창문을 스쳐 지나가면서 노예들이 급히 자리를 뜨다가 바닥에 떨어뜨린 냄비며 음식 쟁반들에 비쳐 반짝였다.

렌과 테오는 가장 가까운 출구로 달려갔다. 그들이 얼결에 빠져나온 곳은 파빌리온 앞쪽에 있는 정원이었다. 파티 손님들 한 떼가 서둘러 잔디밭을 가로질렀다. 클라우드 나인에서 빠져나갈 수 있는 길이란 없었다. 그러나 모두 그린 스톰이 파빌리온에 폭탄을 떨어뜨릴 경우에 대비해 그곳에서 될 수 있는 한 멀리 피하고 싶어 했다. 어쨌든 이 부자들은 항상 자신이 원하는 걸 쉽게 손에 넣는 데 익숙한 사람들이었다. 그들은 케이블카는 없다 하더라도 비행선이라든가 에어 택시라도 있지 않을까, 혹은 용기 있는 브라이튼의 시민 몇 명이 비행 자전거나 비행 요트라도 동원해서 자기들을 구하러 오지 않을까 하는 희망을 버리지 않았다.

우르르 몰려가는 사람들의 흐름에 휩쓸리지 않도록 테오는 렌을 이끌고 페니로얄의 추상 조각품 아래로 몸을 피했다. 둘은 서로에게 기댄 채 클라우드 나인의 하늘에서 달빛에 비치는 배기가스 자국들이 거미줄 뭉치처럼 부풀어 오르는 것을 바라봤다. 하늘을 나는 족제비 편대가 윙윙거리며 날아다니고, 추락하고, 그린 스톰의 비행선에 부딪히면서 생긴 것들이었다. 마치 비행선마다 각각 불씨 하나씩을 뱃속에 담고 있고, 하늘을 나는 족제비가 끈기 있게 계속해서 소이탄으로 비행선의 배를 찔러 대는 것처럼 보였다. 소이탄이 불씨를 만나면 보름달 축제의 연등처럼 불씨는 비행선의 안에서부터 빛을 발하다가 눈이 멀 정도로 밝은 빛의 패턴이 기낭을 바둑 무늬로 만들었다. 그리고 마침내 눈부시게 불타는 장작더미가 되어 바람에 실려 클라우드 나인을 지나면서 사이프러스 나무 숲에 음산한 그림자를 던졌다.

그러나 비행선들도 그냥 당하고만 있지는 않았다. 그린 스톰이 부활시킨 독수리들과 매들도 구름 떼처럼 날아다니며 비행선들이 공격하는 것을 도왔다. 스토커 새들은 하늘을 나는 족제비 편대에 먹구름처럼 달려들어 날개와 방향 조정타, 그리고 방어할 도리가 전혀 없는 조종사를 발톱으로 할퀴어 댔다. 하늘을 나는 족제비 편대

## 28. 공중 공격

가 그것들을 피하느라 정신없는 틈을 타서 그린 스톰은 로켓과 자동포 등을 쏘았다. 날개가 갈가리 찢기고, 연료 탱크가 폭발하고, 회전 날개들이 베네시안 블라인드의 잔해처럼 파빌리온 잔디밭으로 떨어져 내렸다. '머리가 맘에 안 들어!' 호는 날개가 떨어져 나간 채 케이블카 역으로 추락했다. '그룹 캡틴 맨드레이크' 호는 방향을 잡지 못하고 비틀거리다 옆에서 날고 있던 '씨름하는 치즈' 호에 부딪혔고, 곧이어 두 비행 기계가 함께 그린 스톰의 구축함으로 날아가 그 옆구리에서 폭발했다. 그 바람에 세 대 모두 같이 추락하면서 거대한 불기둥이 우아한 곡선을 이루며 천천히 바다로 떨어지는 장면을 연출했다.

파빌리온의 정원 가장자리에서 조금 떨어진 곳에서 큰 비행선 한 대가 전투 비행선들이 하늘을 나는 족제비 편대를 모두 해치우기를 기다리며 맴을 돌고 있었다. 그 너머로 렌은 콤 옴보의 상층 갑판이 연기의 바다 위로 갑옷 입은 섬처럼 솟아 올라와 있는 것을 보았다. 땅딸막하고 듬직한 비행선 한 대가 그 도시 위를 선회하면서 빙글빙글 도는 것과 공중제비를 도는 것을 구름처럼 쏟아부었다. 은색 콩깍지같이 생긴 그 물체들이 건물이나 사격대 같은 곳에 떨어질 때마다 하얀 섬광이 일며 터졌고, 폭발의 잔해가 밤하늘 높이 솟구쳤다. 렌은 거대한 북을 치는 것처럼 폭발음이 가슴을 치는 것을 느꼈다.

"텀블러들이야." 테오가 말했다.

"저것들이?" 렌이 물었다. "그럴 리가 없어. 저것들은 폭탄이잖아. 저렇게 꽝 하고 폭발하는 걸 보면 확실해. 텀블러는 네가 조종했던 비행선 아니야?"

테오가 고개를 끄덕였다.

"그러니까 저기에 조종사들이 타고 있다는 말이야? 같이 폭발하고 말 텐데?"

또 한 번 고개를 끄덕.

"그러면 어떻게…."

"어떻게 내가 죽지 않고 살아 있냐고?" 테오는 고개를 저으며 렌과 눈을 마주치지 못했다. "난 겁쟁이이기 때문이지." 그가 말했다. "난 겁쟁이야. 그게 이유야."

❈ ❈ ❈

레퀴엠 보텍스는 해변 위를 베일처럼 덮고 있는 연기와 재를 뚫고 맹수처럼 모습을 드러냈다. 그린 스톰의 비행 편대가 노리는 것이 자기들일 것이라 생각한 집약촌의 타운들과 도시들은 공황 상태에 빠졌다. 일부는 사막으로 몸을 피하기 위해 분주히 움직였고, 일부는 부양 장치를 가동시킨 다음 바다에 몸을 던지기도 했다. 그 와중에 혼란을 틈타 이웃을 잡아먹으려 하는 도시도 있었다. 벵가지와 콤 옴보가 내보내는 수없이 많은 전투 비행선들은 더 날래고 막강

## 28. 공중 공격

한 화력을 자랑하는 그린 스톰과 스토커 새 떼 앞에서 추풍낙엽 신세를 면치 못했다.

레퀴엠 보텍스 후미 근처 어디에선가 가스실이 터졌다. 거미처럼 생긴 마크 IV 스토커들이 기낭 위를 기어 다니며 소화기로 화재를 진압했다. 방향 조정타 또한 타격을 입었다. 스피킹 튜브를 통해 곤돌라의 후미가 파괴되었다는 다급한 보고들이 들어왔다.

조종실에서 일하는 인간들은 긴장해서 얼굴이 백짓장처럼 질려 있었다. 슈라이크는 창문으로 연옥의 불 같은 빛에 비친 땀범벅이 된 인간들의 얼굴을 지켜보고 있었다. 강철 헬멧 안에서 위논 제로도 공포에 질려 흐느끼고 있었다. 무전기는 다른 비행선에서 들어오는 구조 요청들과 손상 보고들로 쉴 틈이 없었다. '번뜩이는 칼' 호는 심장부에 타격을 입고 화염에 휩싸인 채 추락했고, '천상의 산에서 내리는 가을비' 호는 방향타를 잃고 뱅가지의 옆구리를 향해 속수무책으로 부유해 갔다. 추락하는 호위 비행선에서 보내는 무전이 갑자기 끊어질 때까지 거기에 탄 누군가 계속해서 비명을 질러댔다.

스토커 팽은 그 어느 것에도 신경을 쓰지 않았다. 조타수 옆에 침착하게 서서, 브라이튼에서 서서히 멀어져 가는 클라우드 나인을 주시하고만 있었다.

"저 건물을 쫓아가." 그녀가 말했다.

❀ ❀ ❀

 브라이튼을 공격했던 비행선들은 얼마 지나지 않아 다른 목표물들을 향해 날아갔지만, 그렇다고 브라이튼이 안전해진 것은 아니었다. 엔진실은 화염에 쌓였고 외륜바퀴 중 절반은 파괴된 상태였다. 공격이 시작될 때 항구에 내렸던 닻을 올렸기 때문에 이제는 정처 없이 떠도는 수밖에 없었다. 뗏목 도시 뒤로는 검은 연기와 주홍빛 화염, 그리고 바다로 새어 나온 연료에 붙은 불꽃이 길게 이어져 있었다. 명령을 내릴 만한 사람은 모두 죽었거나 시장이 주최하는 파티에 참석 중이었다.
 이 모든 혼란 속에서 후추통에서 울리는 경보음에 주의를 기울이는 사람은 아무도 없었다. 로스트 보이들이 보초들을 다 물리치고 건물 밖으로 몰려나온 다음에야 사람들은 후추통에서 큰일이 벌어졌다는 것을 알았다. 엔진실과 갑판 밑 하수 처리장, 해수 수영장 밑 냄새나는 필터실에서 일하던 노예들도 기회가 왔다는 것을 알아차리고, 쏟아져 나와 로스트 보이들과 합류했다. 스패너, 수영장 청소도구, 고기 두드리던 방망이 등으로 무장을 한 이들은 떼를 지어 계단을 올라와 골동품 가게들을 털고 화랑들에 불을 질렀다. 수많은 만찬 석상에서 브라이튼의 노예들이 얼마나 어려운 환경에서 일하는지에 대해 토론을 하고, 그들과 고통을 함께한다는 의미에서 하루가 멀다 하고 공동체 아트 프로젝트를 운영했던 사람 좋은 배

## 28. 공중 공격

우들과 예술가들도 막상 노예들을 보자 정원을 초과한 비행선과 기우뚱한 모터보트에 몸을 던지고 도시를 빠져나가느라 누구보다 바빴다.

  사실 너무나 많은 일이 한꺼번에 일어난 데다 짙은 연기가 도시의 하늘을 까맣게 메우고 있어서 클라우드 나인이 더 이상 도시와 연결되어 있지 않다는 사실을 알아차린 사람은 거의 없었다.

INFERNAL DEVICES
## 29
# 자폭하지 않은 소년

전투가 좀 잦아들기를 기다리며 렌과 테오는 커다란 조각품의 그늘 아래서 받침대에 등을 기대고 앉았다. 누군가 두고 간 음료수가 몇 잔 놓여 있는 것을 발견한 렌은 그중 한 잔을 들이켰다. 이 악몽이 얼마나 오래 계속된 걸까? 5분? 10분? 그냥 느낌만으로는 영원히 계속되어 온 것 같았다. 벌써 렌은 하늘을 나는 족제비 편대의 기계 대포에서 나는 높은 톤의 따따거리는 소리와 그린 스톰의 더 낮고 묵직한 기관총 소리를 구별할 줄 알게 됐다. 로켓은 어느 편이 쏘는 것인지 맞추기가 좀 힘들었지만, 텀블러가 폭발하는 것은 그때마다 깜짝 놀란 테오가 어깨를 움츠리며 눈을 질끈 감았기 때문에 놓치지 않고 알 수 있었다.

"이야기하고 싶으면 나한테 해도 돼." 렌이 말했다. "텀블러 이야기 말이야."

"싫어."

## 29. 자폭하지 않은 소년

"해도 돼. 어차피 다른 할 일도 별로 없어."

멀리 콤 옴보의 바퀴 주변에서 텀블러가 또 하나 터졌다. 테오는 다시 한 번 몸서리를 쳤다. 그리고는 주변의 소음에 묻혀 거의 들리지 않을 만큼 작은 목소리로 이야기를 시작했다. 짧은 기간이었지만 '날아다니는 폭탄'으로 살았을 때 일을.

"적수 늪지대에서 전투가 시작되고 얼마 안 됐을 때 이야기야." 그가 말했다. "적군의 타운들이 거의 모든 전방에서 승리를 거두면서 우리 후방으로 밀고 들어왔어. 우리는 샨 구오 서쪽 국경 지대까지 밀렸지. 전투에 투입되리라고는 상상도 하지 않고 있었어. 그런데 명령이 내려온 거야. 블랙 아일랜드라는 곳에서 몇 시간 더 버텨야 된다는 거였어. 어떤 외과-엔지니어가 적군의 손에 들어가면 안 되는 아주 귀중한 유물을 파내고 있어서 시간을 벌어야 한다는 거였지."

테오는 수송 비행선의 급작스러운 움직임에 뱃속이 울렁거리던 느낌, 그리고 자기 텀블러를 찾아 뛰어가는 동료들 사이에 떠돌던 그 당황스러운 긴장감을 아직도 생생하게 기억하고 있었다.

"최악은 바로 기다리는 거였어. 텀블러에 탄 채 벨트를 매고 앉아서 기다리는 것. 텀블러가 탑재된 곳의 아래쪽 문은 이미 열린 상태였어. 그 밑으로 사격이 계속되는 것이 다 보여. 그러다가 '텀블러 공격 개시!' 하는 명령이 떨어지고 우리 차례가 돌아왔지."

텀블러 공격이 개시되었다. 클램프를 풀고 아래로 아래로 떨어지는 오랜 여정이 시작됐다. 아름답고 치명적인 적의 로켓 포탄을 피해 곡예비행을 하며 낙하를 했다. 예전에는 텀블러에 스토커 뇌를 장착해서 무인비행을 했었다. 그러나 스토커 뇌로는 인간 조종사가 하는 것만큼 대공포를 잘 피할 수가 없었다. 게다가 세상을 다시 녹색으로 만들자는 구호 아래 죽음을 두려워하지 않고 영예롭게 몸을 불사를 준비가 되어 있는 테오와 같은 젊은이들이 줄지어 있는 마당에 스토커를 낭비할 이유가 없었다.

"목표 도시는 자흐트슈타트 마그데부르그라고 하는 곳이었어." 테오가 말을 이었다. "난 중간 갑판 어딘가에 가서 부딪혔어. 무장한 요새를 겨냥했다고 생각했었는데, 농장 지역을 플라스틱 지붕으로 덮은 곳이었나 봐. 짚더미를 높이 쌓아 둔 곳에 떨어졌지. 아마 그래서 죽지 않았던 것 같아. 그저 몇 분간 기절해 있었지. 내가 조종한 텀블러가 터지지 않은 것도 그 때문이고. 텀블러들은 목표물에 부딪히면 자동으로 폭파되도록 설정되어 있거든. 하지만 내 경우처럼 바로 폭파되지 않으면 수동으로 폭파시키는 장치도 있어. 나도 정신을 차리자마자 폭파 단추로 손을 가져갔지만, 도저히… 그럴 수가…."

"물론 그러면 안 되지." 렌이 부드럽게 말했다. "목표물은 이미 놓친 상태였어. 거기서 폭발하면 죽는 건 노동자들뿐인걸. 민간인들이잖아. 그건 살인이잖아."

"그랬겠지." 테오가 말했다. "하지만 내가 단추를 누르지 못했던 건 그런 이유에서가 아니야. 난 그저 죽기가 싫었어."

"그런 걸로 고민하긴 조금 늦은 감이 없잖아 있네."

테오는 어깨를 으쓱했다. "난 그냥 울면서 거기 앉아 있었어. 시간이 한참 흐른 뒤 사람들이 와서 텀블러의 폭탄을 해체하고 나를 끌고 갔어. 날 죽일 줄 알았어. 죽였어도 할 말 없었을 거야. 하지만 죽이지 않더군. 그때까지 내가 듣고 자란 이야기는 견인 도시의 야만인들이 얼마나 잔인한지, 포로를 얼마나 혹독하게 고문하는지 하는 것들이었어. 그런 사람들도 있을지 모르지만, 날 잡은 사람들은 친아들처럼 잘 보살펴 줬지. 잘 먹이고는 왜 날 노예로 팔아야 하는지, 그리고 그렇게 할 수밖에 없어서 얼마나 미안한지 설명해 줬어. 나 같은 그린 스톰 포로들을 도시에 묶게 하면 자기들끼리 작당을 해서 반란을 일으킬 위험이 있기 때문이라고. 하지만 난 반란 같은 것에 가담하지 않았을 거야. 그린 스톰이 얼마나 잘못되어 있는지 깨달았기 때문이지. 그리고 이 전쟁, 이 모든 것이 얼마나 바보 같은 짓인지도 알게 됐고."

그는 고개를 들어 렌을 바라봤다. "그래서 그린 스톰이기를 포기한 거야. 이제 그린 스톰한테 붙잡혀서 내가 누군지, 무슨 짓을 했는지 밝혀지면 놈들은 날 죽이고 말 거야."

"그렇게 되지 않을 거야." 렌이 약속했다. "잡히지 않을 테니까. 어떻게든 여기를 빠져나갈 수 있을…."

렌의 목소리는 엔진이 커다랗게 으르렁거리는 소리에 묻히고 말았다. 그녀는 조심스럽게 일어나서 정원 건너편을 쳐다봤다. 전투로 인해 여기저기 손상을 입은 하얗고 거대한 비행선이 클라우드 나인의 정박용 쇠밧줄들을 밀어내면서 다가오고 있었다.

"맙소사!" 렌의 어깨 너머로 고개를 내민 테오가 말했다. "레퀴엠 보텍스야! 그녀의 전용 비행선인데!"

비행선의 엔진 덮개에 달린 땅딸막한 기관총 발사대들이 이리저리 방향을 바꿔 가며 가까이 오는 하늘을 나는 족제비들을 가볍게 날려 버렸다. '팬티 자국' 호와 '애고애고 작고 귀여운 노랑 물방울 아가 기계' 호가 로켓을 맞고 산산조각이 나면서 발사 나무 조각들과 타다 남은 캔버스 천 조각들이 파빌리온 잔디밭에 웅크리고 있던 사람들 위로 비 오듯 쏟아져 내렸다. '이게 다야?'라는 이름의 조류콥터*가 커다란 공룡을 귀찮게 하는 악어새처럼 비행선의 여기저기를 쪼아 봤지만 강화 기낭을 뚫기에는 역부족이었다. 잠시 후 스토커 새들이 달려들자 '이게 다야?' 호는 순식간에 불쏘시개 신세가 되고 말았다. '중력! 약 오르지롱!' 호는 비행선의 곤돌라에 충돌이라도 해서 타격을 줘 볼까 하는 절박한 심정에서 전속력으로 돌진했지만, 로켓포에 맞고 튕겨 나가더니 클라우드 나인의 가스백 하나를 뚫고 추락했다. 파빌리온이 마구 흔들렸다. 잔디밭에서 비명을 지르던 손님들이 한층 더 높게 비명을 질렀다. 갑판을 지탱하

---

* ornithopter. 조류＋헬리콥터.

고 있던 가스의 일부가 밤하늘로 솟구치면서 바닥이 가파르게 기울기 시작했다.

이쯤 되자 오를라 툼블리의 '콤뱃 웜뱃'을 비롯해 하늘을 나는 족제비 편대의 비행 기계들은 역부족인 것을 깨닫고 방향을 돌려 빠른 속도로 줄행랑을 쳤다.

레퀴엠 보텍스가 착륙 모드로 엔진을 돌리고 클라우드 나인의 잔디밭에 내려앉으면서 일으키는 먼지와 연기 때문에 렌은 얼굴을 가렸다. 파빌리온에서 나와 잔디밭에 피신해 있던 손님들 중 어떤 이들은 렌과 테오가 숨어 있는 곳을 지나 뛰어갔고, 또 어떤 이들은 셔츠와 냅킨으로 만든 백기를 들고 그 자리에 서 있었다. 빨간색 상의를 입은 브라이튼 민병들이 관목 숲 속에서 몸을 낮춘 채 무기를 던지고, 눈에 띄는 제복을 벗어던지느라 정신이 없었다.

관상용 야자수 사이로 기관총이 불을 뿜었다. 전함의 곤돌라 문이 열리더니, 갑옷을 입은 뾰족뾰족한 형체들이 몰려나오기 시작했다.

"스토커잖아!" 렌이 새된 소리로 말했다. 지금껏 한 번도 스토커를 본 적이 없었다. 솔직히 말하자면 믿지도 않았다. 그러나 갑옷을 입은 그들의 동작은 어딘지 모르게 인간이 아니라는 확신이 들게 했고, 그들이 있는 곳에서 될 수 있는 한 멀리 떨어져야 한다는 본능이 머리를 들었다. 그녀는 테오에게 자기를 따라오라고 소리치며 뛰기 시작했다. "어서! 파빌리온을 통과해서 쾌속 비행선 격납고로 가자!"

파빌리온의 계단에는 아무도 없었다. 렌과 테오는 버려진 파티 모자와 쓰러져 있는 시체들에 걸려 넘어질 뻔하면서도 재빨리 계단을 뛰어 올라갔다. 슈킨이 페니로얄에게 자기를 노예로 팔았던 수영장 옆 데크에서 렌은 바닥에 떨어진 푸딩을 밟고 큰 소리를 내며 넘어졌다. 뒤춤에 꽂아 두었던 틴 북이 허리를 긁고 내려가면서 엉덩이를 아프게 찔렀다. 테오의 도움을 받아 일어서면서 바지 안으로 피가 흐르는 것이 느껴졌다. 책을 없애 버려야 하는 것일까 하고 잠시 망설였다. 아니면 그린 스톰에 갖다 바치고 자비를 베풀어 달라고 사정해야 하는 것일까? 하지만 그린 스톰은 자비라는 것을 모르는 사람들 아니던가. 브라이튼에 도착한 뒤 렌도 『양피지』지의 외교 소식란에 실린 헤드라인들을 많이 보아 온 터였다. '이끼쟁이들의 학살극', '야수와 같은 그린 스톰의 만행' 등등. 렌이 틴 북을 가지고 있다는 것을 그들이 알아낸다면….

무도회장 입구에서 두 사람은 잔디밭 쪽을 돌아다봤다. 전투는 이미 끝났고, 스토커들이 잔디밭을 누비며 포로로 잡은 손님들을 한쪽으로 몰아세우고 있었다. "슈킨도 저 사이에 있을까?" 렌이 말했다.

무도회장을 가로지르며 테오가 말했다. "부-부는 어떻게 됐을까?" 벽과 천장에 달려 있던 조명이 모두 꺼지고 발 아래로 깨진 유리 조각이 밟혔다. "페니로얄은?"

"다른 사람은 몰라도 페니로얄은 괜찮을 거야." 렌이 말했다. "그린 스톰을 이리로 데려온 게 그 사람인 것이 분명해. 페니로얄이 틴

## 29. 자폭하지 않은 소년

북을 살 사람을 찾고 있다고 슈킨이 그랬어. 그 사람이 할 법한 짓이야. 자기 도시를 팔아서라도 자기 배만 부르면 된다는…."

둘은 영사실을 지나갔다. 아직도 영사기가 소리를 내며 돌아가고 있었다. 렌은 영사실 화면에서 나오는 빛에 나선형 계단 쪽에서 뭔가 움직이는 것을 언뜻 보았다. "신시아!" 테오가 소리쳤다.

신시아가 계단을 뛰어 내려왔다. 영사실 화면에서 나오는 갖가지 색깔에 그녀의 파티복이 부드럽게 빛났다. 그녀가 그 위에서 뭘 하고 있었는지 렌은 상상이 안 갔다. 사람들이 모두 무도회장을 빠져나갈 때 당황한 나머지 잘못된 방향으로 뛰어온 것일까? 아니면 페니로얄 부인이 뭘 가져오라고 시킨 것일까? 그녀의 손에 뭔가 빛나는 물건이 들려 있었다.

"신시아," 렌이 말했다. "너무 무서워하지 마. 우린 여길 떠날 거야. 같이 가자. 그럴 수 있지, 테오?"

"어디 있지?" 신시아가 쏘아붙이듯 물었다.

"뭐가 어디 있냐는 거야?" 렌이 물었다.

"틴 북이지 뭐겠어." 신시아는 지금까지 렌이 알았던 얼굴과 완전히 다른 얼굴을 하고 있었다. 마치 얼굴의 주인이 바뀐 듯 냉정하고, 딱딱하고, 그리고 무척 영리해 보였다. "페니로얄의 금고는 이미 확인했어." 그녀가 말했다. "네가 가져갔다는 것 알고 있어. 브라이튼에 왔을 때부터 꿍꿍이가 있었다는 것 다 알아. 넌 어디 소속이지? 트랙션슈타트게셀샤프트? 아프리카?"

"난 어디 소속도 아니야." 렌이 말했다.

"하지만 넌 어딘가에 소속된 것이 틀림없구나, 신시아 트와이트." 테오가 말했다. "너, 그린 스톰 에이전트지, 그렇지? 플로버리와 다른 사람들을 죽인 게 너지? 클라우드 나인의 정박용 밧줄을 끊은 것도 너고?"

신시아가 웃음을 터뜨렸다. "우후~ 빨리도 알아차리시는군, 우리 아프리카 신사 양반." 그녀는 고개를 숙여 절을 하는 시늉을 했다. "스토커 팽 전속 정보 수집단 소속 28호 에이전트. 감쪽같았지? 항상 덜 떨어지고 불쌍한 신시아. 모두 날 보고들 얼마나 웃었는지. 너도 그렇고, 부-부도 그렇고, 모두 다 말이야. 그동안 나는 다른 여주인을 위해 일하고 있었지. 이 세상을 다시 녹색으로 만들 그분을 위해서." 그녀는 렌을 향해 팔을 곧게 뻗었다. 그녀의 손에 들려 있던 빛나는 물건은 바로 총이었다.

멍한 상태로, 렌은 옷 속에서 틴 북을 꺼내 신시아가 볼 수 있도록 들었다. 신시아는 틴 북을 가로챈 다음 뒤로 물러섰다. "고마워." 그렇게 말하는 목소리에 예의 그 상냥함이 살짝 묻어 나왔다. "스토커 팽이 기뻐하실 거야."

"스토커 팽이 널 여기로 보냈다고?" 렌이 혼란스러워하며 물었다. "하지만 어떻게 알고…"

신시아가 활짝 웃었다. "그게 아니야. 스토커 팽은 틴 북이 앵커리지에 있다고 믿고 있었어. 페니로얄이 앵커리지가 침몰했다고 한

## 29. 자폭하지 않은 소년

곳으로 원정대까지 보내서 수색을 했으니까. 하지만 아무것도 찾지 못했어. 그래서 내가 클라우드 나인에 배치된 거지. 페니로얄을 감시하기 위해서 말이야. 혹시 페니로얄이 뭔가 알고 있는 게 있을까 해서. 네가 틴 북을 가져왔다는 이야기를 들었을 때는 정말이지 그 행운을 믿을 수가 없었어. 난 즉시 제이드 파고다에 소식을 보냈고, 지원군이 도착할 때까지 틴 북이 들어 있는 페니로얄의 금고를 안전하게 지키라는 지령을 받았지. 중요한 물건이야. 최후의 승리를 거머쥐는 열쇠가 될 수도 있다고 했어. 베끼거나 일반적인 경로를 통해 전달받지 않고 사령관님이 몸소 물건을 가지러 오신 거야. 잔디밭에 있는 비행선이 사령관님의 전용기야." 그녀는 틴 북을 사랑스럽게 내려다봤다. "이걸 가져다 드리면 큰 상을 내리시겠지."

정원에서 들리던 총성이 멈췄다. 렌은 수영장 주변 데크에서 사람들이 서로 외치는 소리를 들었다. 알아들을 수 없는 언어였다. 신시아가 들고 있는 총에 신경을 쓰며 그녀에게 조심스럽게 한 걸음 다가섰다. "제발, 틴 북을 손에 넣었으니 우리를 그냥 가게 해 주면 안되니? 테오가 그린 스톰에게 체포되는 날에는….."

"저 겁쟁이는 바로 처형되겠지." 신시아가 냉정하게 말했다. "내 손으로 처형하고 싶지만, 사령관님이 너희 둘 다를 취조하고 싶어 하실 게 분명해. 틴 북에 대해 얼마나 알고 있는지 알아내야 하니까."

"우리는 아무것도 몰라!" 테오가 소리쳤다.

"그건 네 이야기고. 일단 취조가 시작되면 말을 바꾸고 싶어질지도 모르지."

"하지만 신시아…." 렌은 고개를 저었다. 아직 신시아의 배신으로 인한 충격에서 벗어날 수가 없었다. "신시아가 진짜 이름도 아니겠네, 그런 거야?"

신시아가 놀란 표정을 지었다. "물론 진짜 이름이지. 뭣하러 다른 이름을 쓰겠어?"

"별로 스파이 같은 이름이 아니라서." 렌이 말했다.

"뭐라고? 뭐가 아니라는 거야?"

"아니, 아니야. 그냥…."

터질 것 같이 불룩한 여행 가방이 위층 갤러리에서 떨어져 신시아의 머리에 맞고 바닥으로 곤두박질친 것은 바로 그때였다. 가방이 열리면서 금화랑 보석, 그리고 값나가 보이는 올드-테크 골동품들이 쏟아져 나왔다. "어…." 신시아는 힘없이 푹 쓰러졌다. 그녀가 들고 있던 총이 발사되면서 렌의 머리 위 천장 어딘가에 구멍을 냈다. 테오는 무거운 가방이 또 떨어질까 걱정이 돼서 렌을 뒤로 잡아챘다. 테오와 렌이 위를 올려다보니 난간 사이에 창백하고 둥근 페니로얄의 얼굴이 있었다.

"기절했나?" 페니로얄이 떨리는 목소리로 말했다.

렌은 쓰러진 신시아에게 다가가 허리를 굽히고 살폈다. 머리카락에 피가 묻어 있었다. 목에 손을 대 봐도 맥박이 느껴지지 않았다.

## 29. 자폭하지 않은 소년

하지만 렌은 자기가 맥박이 뛸 만한 곳을 제대로 확인했는지 알지 못했다. "죽었는지도 모르겠어요."

페니로얄이 급히 계단을 내려왔다. "말도 안 되는 소리. 그냥 장난으로 내리친 것뿐인데. 그래도 어차피 이 애는 적군 스파이였잖아, 그렇지? 내가 기지를 발휘하지 않았으면 자네들 둘 다 죽었을 거야. 귀중품 몇 가지를 챙기느라 위층에 있는데 말소리가 들리더라고." 그는 신시아의 손에서 틴 북을 빼내며 킥킥 웃었다. "천운이야! 잃어버린 줄 알았더니만. 자, 서둘러. 나머지 것들을 챙기게 도와줘."

렌과 테오는 멍한 상태로 페니로얄이 시키는 일을 하기 시작했다. 둘이 딴 맘을 먹고 강도로 돌변할지 모른다는 생각을 했는지 페니로얄은 신시아의 총을 들고 언제라도 쏠 자세를 취한 채 금화, 작은 동상, 골동품 등을 가방에 쑤셔 넣은 다음 잘 닫히지 않는 가방 뚜껑 위에 앉아 억지로 눌러 닫았다. 총성을 들은 그린 스톰 군인들이 무도회장으로 몰려오면서 밖에서 들리는 소리가 점점 더 커졌다. "자!" 페니로얄이 말했다. "이제 쾌속 비행선 격납고로 가자고. 이걸 나르는 걸 도와주면 나랑 함께 떠날 수 있게 해 주지. 하지만 서둘러야 해!"

"이렇게 떠날 수는 없어요." 무거운 가방을 옮기느라 끙끙거리는 테오와 함께 페니로얄을 따라 기울어진 복도를 걸어가며 렌이 항의했다. "브라이튼 시민들은 어떻게 할 거죠?"

"시민들? 흥." 페니로얄은 아무렇지도 않다는 듯 말했다.

"페니로얄 부인은 어떻게 할 건데요? 지금쯤 포로로 붙잡혔을 텐데."

"맞아, 불쌍한 부-부⋯." 페니로얄은 문을 열고 파빌리온 뒤쪽 정원으로 나가며 그렇게 말했다. "당연히 그녀가 보고 싶을 거야. 아주 슬픈 일이지. 하지만 시간이라는 명약이 있잖아. 아무튼 마누라 하나 살리자고 내 목숨을 걸 수는 없지. 애독자들을 생각해서 나를 살리는 거라고. 나 아니면 누가 브라이튼 전투 이야기랑 그린 스톰에 맞서 용감하게 싸운 내 영웅담을 세상에 알리겠어?"

일행은 서둘러 정원을 가로질렀다. 페니로얄이 앞장을 서고 테오와 렌이 교대로 무거운 가방을 들었다. 그린 스톰 군인들이 아직 여기까지는 오지 못한 것 같았다. 사이프러스 나무 숲과 덩굴로 꾸며진 산책로가 쥐죽은 듯 고요했다. 하늘을 나는 족제비 편대의 비행장이 폭격으로 부서진 곳에서 연기가 올라오고 있었다. 그러나 그린 스톰이 페니로얄의 비행선 격납고는 중요하지 않은 곳이라 생각했는지 부서진 데 하나 없이 나무들 사이에 서 있는데, 둥글납작한 그 모습이 어쩐지 코믹해 보였다. 벽과 지붕에 박혀 있는 바보 같은 청동 가시에는 불빛이 어려 있었다.

"엔진 소리가 들려." 나무 사이를 지나 격납고 앞에 있는 착륙장 쪽으로 걸어가면서 테오가 말했다. "누군가 문을 열었어."

"아이고, 포스킷 맙소사!" 페니로얄이 소리쳤다.

## 29. 자폭하지 않은 소년

열린 문 안으로 피위트가 보였다. 이륙을 위해 엔진을 예열하는 듯 부르릉거리고 있었다. 환하게 불이 들어온 곤돌라 안 조종석에 나비스코 슈킨이 앉아 있었다. 그는 렌이 틴 북을 가져오기를 기다리다 포기하고, 손실을 최소한으로 줄이고 자기 목숨만이라도 구하자는 쪽으로 마음을 굳힌 것 같았다. 렌은 두려운 마음에 뒤로 물러섰지만, 페니로얄은 젖 먹던 힘을 다해 쾌속 비행선 쪽으로 뛰어갔다. "슈킨! 나야, 나! 자네 친구 페니로얄일세!"

슈킨은 피위트의 잘빠진 곤돌라 옆문으로 몸을 내밀더니, 안주머니에서 권총을 꺼내 페니로얄을 향해 두 번 쏘았다. 렌은 피위트의 환한 헤드라이트 빛에 피가 느낌표 모양으로 솟구치는 것을 보았다. 페니로얄은 몸집에 어울리지 않게 공중제비를 한 번 넘고 밧줄 더미 위에 떨어졌다. 그리고 더는 움직이지 않았다.

"맙소사!" 렌이 속삭였다. 앵커리지에서 듣고 자란 이야기에 늘 등장했던 페니로얄은 렌의 인생에서 고정 출연자와 같았다. 그래서인지 렌은 그를 천하무적으로 생각했었다.

슈킨은 곤돌라에서 내려와 렌과 테오에게 총을 겨누며 성큼성큼 걸어왔다. "내 책은 가져왔나?" 그가 물었다.

"아니요." 렌이 대답하기도 전에 테오가 말했다. "그런 스톰이 가져갔어요."

"그러면 가방 속에는 뭐가 있지?" 슈킨이 물었다. 테오는 가방을 열어 안에 든 물건을 보여 줬다. 노예 상인은 예의 그 차가운 회색 미소를 얼굴에 떠올렸다. "흠, 상당하군. 뚜껑을 닫고 이쪽으로 넘겨."

테오는 시키는 대로 했다. 슈킨의 차가운 눈이 다시 렌에게로 옮겨 갔다.

"이제는 어떻게 할 거죠? 우리를 쏠 건가요?" 렌이 물었다.

"맙소사, 아니지!" 슈킨은 정말 충격받은 표정을 지었다. "난 비즈니스맨이지 살인자가 아니란다, 애야. 널 죽여서 무슨 이득을 보겠니? 네가 내 화를 돋운 건 사실이야. 하지만 이제 곧 그린 스톰 친구들한테 예절을 배울 기회가 있을 것 같구나."

렌은 귀를 기울였다. 정원 건너편에서 외국말을 하는 거친 목소리가 들려왔다. 격납고 뒤쪽 나무들 사이로 불빛이 움직이고 있었다. 렌은 슈킨에게 아빠의 안부를 묻고 싶었지만, 그는 벌써 페니로얄의 가방을 던져 넣은 다음 곤돌라로 올라가고 있었다. 엔진이 큰 소리를 내며 돌아갔다.

"안 돼!" 렌이 소리쳤다. 신들이 슈킨 같은 악당을 상처 하나 없이 도망가도록 놔두다니 믿을 수가 없었다. 피위트의 정박용 클램프가 풀리면서 비행선이 떠오르기 시작했고 엔진들이 이륙 위치로 움직였다. "불공평해!" 렌이 비명을 지르듯 외쳤다. "책! 틴 북을 우리가 가지고 있어요. 테오가 거짓말한 거예요. 우리를 데려가 주면 책을 건네줄 게요!"

슈킨은 그녀의 목소리는 들었지만 무슨 말을 하는지는 제대로 듣

## 29. 자폭하지 않은 소년

지 못했다. 그는 그녀를 흘끗 내려다보면서 예의 그 희미한 미소를 지어 보이고는 다시 제어반으로 주의를 돌렸다. 피위트는 착륙장을 빠르게 가로지르고 바람을 받아 물이 갈리듯 양쪽으로 허리를 굽힌 나무 숲 사이를 지나 우아하게 하늘로 솟구쳐 올랐다.

"불공평해!" 렌이 다시 말했다. 그녀는 슈킨이 지겨웠고, 그를 두려워하는 것도 지겨웠다. 엄마, 아빠가 자기들이 한 모험에 대해 이야기하는 것을 왜 그렇게 싫어했는지 이제 이해할 수 있을 것 같았다. 살아 돌아간다면 이 끔찍한 밤에 대해서는 생각조차 하기 싫을 것 같았다.

"왜 틴 북에 대해 거짓말을 했어? 그걸 줬으면 우리를 데려갔을지도 모르잖아."

"그러지 않았을 거야." 테오가 말했다. "어쨌든 모든 사람들이 그렇게 절실히 원하는 물건이라면 상당히 위험한 것임에 틀림없어. 그런 물건을 슈킨 같은 자의 손에 넘길 수는 없지."

렌은 코를 훌쩍거렸다. "아무도 그걸 가져서는 안 돼." 그녀는 페니로얄이 쓰러져 있는 곳으로 갔다. 그리고 몸서리를 치면서 그의 찢어진 가운 안에서 틴 북을 꺼냈다. 슈킨이 쏜 총알 하나가 틴 북의 표지에 깊은 자국을 내기는 했지만 그것 말고 달리 상한 데는 없었다. 만지기도 혐오스러운 물건이었다. 이 책이 이 모든 문제를 불러왔다! 그 많은 사람들이 목숨을 잃고! "바다에 던져 버릴 거야." 그렇게 말한 렌은 여기저기 움푹 패고 연기가 나는 활주로를 지나 정원 가장자리로 뛰어갔다.
 그러나 난간 너머로 고개를 내민 렌이 본 것은 바다가 아니었다. 클라우드 나인은 렌이 생각했던 것보다 훨씬 더 멀리, 더 빨리 표류한 것 같았다. 하얀 리본처럼 해변을 따라 둘러쳐진 파도는 북쪽으로 몇 마일 떨어진 곳에 있었고, 그 근처로 흩어진 도시들에서 나오는 불빛과 화염이 진주 목걸이처럼 보였다. 클라우드 나인 바로 아래로는 아프리카의 언덕들이 달빛을 받으며 황량하게 펼쳐져 있었다.
 양손으로 틴 북을 움켜쥔 채 그 광경을 뚫어져라 내려다보고 있는데 등 뒤에서 뛰어오는 발자국 소리가 들렸다. 돌아선 렌을 맞은 것은 한 떼의 군인들이 든 횃불과 총이었다. 스토커들도 있었는데, 그중 하나가 테오를 붙잡고 있었다. 그리고 스토커와 별반 달라 보이지 않을 정도로 괴상한 기계 갑옷을 입은 독수리 같은 인상의 남자가 칼을 빼 들고 맨 앞에 서서 외쳤다. "꼼짝 마! 너는 그린 스톰의 포로다!"

❈ ❈ ❈

 피위트가 클라우드 나인의 굵은 쇠밧줄들을 헤치고 드넓은 하늘로 빠져나가자, 나비스코 슈킨은 은근한 미소로 만족감을 드러냈다. 그린 스톰의 비행선들은 대부분 몇 마일 떨어진 곳에서 벵가지와 콤 옴보 공격에 열중하고 있었고, 페니로얄의 정원에 착륙한 군

## 29. 자폭하지 않은 소년

인들은 탈출한 노예 상인 하나에 신경을 쓸 만큼 한가하지 않았다. 그는 쾌속선의 안락한 의자에 깊숙이 앉아서 자기 옆에 놓인 가방을 토닥였다. 멀리 전방으로 사막의 밤을 밝히는 작은 도시들에서 나오는 불빛들이 보였다. 그린 스톰이 브라이튼에서 볼일을 다 볼 때까지 저 도시들 중 하나에 숨어 있다가 안전해지면 돌아가서 자기 사업체가 얼마나 남아 있는지 확인해 볼 계획이었다. 후추통은 분명 큰 손상을 입었을 것이다. 아마도 하인들이랑 상품들이 많이 죽었을 것이다. 상관없었다. 모두 보험에 들어 있으니까. 그는 피쉬케익은 살아 있으면 좋겠다고 생각했다. 그러나 그 애가 없어도 바인랜드의 앵커리지는 찾아낼 수 있을 것 같았다. 그렇게만 되면 노예선 한두 척 채우는 건 문제도 아니었다.

스토커 새들이 그를 발견했을 때 그는 아직도 달콤한 사업 구상으로 꿈을 꾸고 있었다. 그 새들은 클라우드 나인 주변 상공을 지키고 있던 정찰 부대 소속이었다. 스토커 새들이 달빛을 가리면서 떼로 몰려오는 것을 보고도 슈킨은 그게 그저 구름이려니 생각했었다. 그러나 얼마 지나지 않아 퍼덕이는 날갯짓이 보였고, 피위트의 글라스틱 창문으로 새들이 마구 몸을 던지기 시작했다. 날카로운 발톱과 부리에 엔진 덮개와 섬세한 기낭이 순식간에 갈기갈기 찢기고, 뜯겨 나간 방향 조정타가 바람에 날려 멀리 사라졌다. 프로펠러가 십여 마리의 스토커 새를 베어서 부서뜨렸다. 하지만 수십 마리가 더 밀려들면서 피위트의 엔진은 깃털과 새들의 잔해가 잔뜩 끼어 더 이상 돌아가지 않게 되었다. 슈킨은 무전기의 모든 채널을 열고 소리쳤다. "공격을 중단하라! 나는 합법적인 비즈니스맨이다! 완전 중립이다!" 그러나 그의 신호를 받은 그린 스톰은 그것이 어디서 오는 것인지 확인할 방법이 없었고, 새들은 어차피 그의 말을 알아듣지 못했다. 계속 뜯어 대고, 움켜쥐고, 헤집고, 할퀴는 스토커 새들의 공격에 기낭의 천은 쇠로 된 틀에서 완전히 분리되고 말았다. 곤돌라에서 더 이상 아무것도 남아 있지 않은 기낭 쪽을 올려다본 나비스코 슈킨은 성스러운 달빛을 가리고 둥글게 원을 그리며 나는 검은 새들의 날갯짓이 만화경 같다는 생각을 했다. 누더기가 된 피위트가 추락하기 시작할 무렵 스토커 새들이 곤돌라의 지붕을 뚫고 슈킨이 있는 곳으로 날아 들어왔다.

나비스코 슈킨은 감정을 잘 드러내지 않는 사람이었다. 그러나 새들의 숫자가 너무 많고, 땅까지는 거리가 너무 멀었다. 그는 떨어지는 내내 비명을 질렀다.

INFERNAL DEVICES
## 30
# 그린 스톰의 포로들

기계 갑옷을 입은 사람의 이름은 나가였다. 렌은 군인들이 틴 북을 압수한 다음 자기를 파빌리온으로 데려가면서 그의 이름을 부르는 것을 들었다. 무서운 느낌이 드는 이름이었다. 김이 빠지는 소리와 함께 기계 돌아가는 소리가 섞여서 나는 갑옷을 입고 걸어가는 모습을 보니 이름의 주인도 그에 못지않게 무서워 보였다. 하지만 부하들이 렌을 총 끝으로 찌르면서 더 빨리 걷도록 채근하자 그러지 말라고 꾸중하는 것을 보니, 아주 못된 사람은 아닌 것 같았다. 렌은 놀라는 한편 안심이 됐다. 포로를 체포하는 즉시 사살한다는 그린 스톰에 대한 소문 때문에 잔뜩 겁을 먹고 있었기 때문이다. 그녀는 나가 장군에게 자기를 어떻게 할 생각인지 묻고 싶었지만 용기가 나지 않았다. 테오를 흘낏 쳐다봤다. 그린 스톰 군인들이 저 낯선 언어로 서로 무슨 말을 하는지 설명해 주지 않을까 하고 바라봤지만, 테오는 고개를 푹 숙이고 걸으면서 그녀 쪽은 쳐다보지도 않았다.

그들은 파빌리온의 바깥 계단 중 하나를 올라갔다. 가는 길에 담장이 둘러쳐진 정원을 지나갔는데, 사로잡힌 노예들과 파티 손님들이 스토커 군에 둘러싸여 있었다. 부-부 페니로얄도 거기 있었다. 그녀는 노래를 불러 사람들의 사기를 북돋우려고 안간힘을 쓰고 있었지만 별 효과가 없어 보였다.

처음에 렌은 자기와 테오도 다른 포로들이 있는 곳으로 끌려가려니 생각했다. 그러나 군인들은 두 사람을 데리고 계속 길을 재촉했다. 갑판이 기울어지면서 물을 다 쏟아 내고 물이 있던 흔적만 남아 있는 페니로얄의 수영장도 지났다. 무도회장 창문 밖에 스토커 한 명이 서 있었다. 그는 지금까지 본 얼굴도, 생각도 없는 스토커들보다 훨씬 더 무서워 보였다. 커다란 몸은 광택이 났고, 머리에 쓴 투구 같은 것은 다른 스토커들과 달리 턱까지 다 내려오지 않아서 얼굴이 조금 드러나 있었다. 죽은 자의 창백한 얼굴…. 초록빛 눈이 우연히 렌을 보았을 때 입이 있어야 할 자리에 난 기다란 칼자국 같은 것이 조금 움찔했다. 렌은 그것의 주의를 끌었다는 것만으로도 섬뜩해서 얼른 눈을 딴 데로 돌렸다. 자기한테 말을 하려 했던 걸까? 공격을 할까? 그러나 그는 나가의 경례에 답하며, 스토커들과 포로들이 그를 지나 무도회장으로 들어갈 수 있도록 옆으로 비켜섰다.

누군가 손을 봤는지 불이 다시 들어와 있었다. 위생병들이 신시아를 들것에 실어 옮기고 있었다. 옆을 지나가는데 그녀의 신음 소리가 들렸다. 렌은 친구가 아직 살아 있어서 기쁜 마음이 잠시 들었지만, 그게 진실한 우정이 아니었다는 것을 상기하고는 기뻐해야 할지 어떨지 마음을 정할 수가 없었다.

악단이 연주를 하고 있어야 할 무대 위에 장교들 몇이 모여 있었다. 나가는 그쪽으로 걸어가 단정하게 경례를 한 다음 보고를 했다. 그중 가장 키가 큰 사람이 돌아서서 포로들을 쳐다봤다. 그녀의 얼굴은 청동 데스마스크였고, 두 눈에서는 에메랄드 빛 광선이 뿜어져 나왔다.

"아악!" 테오가 비명을 질렀다.

그 순간 렌은 그녀가 스토커 팽이라는 것을 알아차렸다. 다른 사람일 수가 없었다. 온몸에서 뿜어져 나오는 에너지로 그녀 주변에 작은 번개가 치는 듯했다. 렌은 온몸의 솜털이 다 곤두서는 느낌이 들었다. 옆에 있는 테오는 마치 여신 앞에 선 사람처럼 사시나무 떨 듯 했다.

나가가 몇 마디 더 하자, 스토커는 무대에서 우아하게 걸어 내려왔다. 나가가 갑옷 주머니를 열고 틴 북을 꺼내자 그녀의 눈은 더욱 밝게 빛났다. 책을 낚아채 표지에 새겨진 기호들을 살피던 그녀의 입에서 만족스러운 긴 한숨이 새어 나왔다. 나가가 렌과 테오를 가리키며 무언가 물었지만, 그녀는 손짓으로 그의 입을 막았다. 그러고는 폭격으로 무너진 건물의 잔해들 사이에서 책상다리를 하고 앉아 틴 북을 펴서 읽기 시작했다.

"이젠 어떻게 되는 걸까?" 테오가 중얼거렸다. "우리를 심문할 거라고 생각했는데…."

"나가도 그렇게 생각했던 것 같아." 렌이 말했다. 그러나 스토커 팽은 그들을 잊은 듯했다. 그린 스톰 군인들은 다른 명령을 기다리며 그녀를 바라봤지만, 스토커 팽은 틴 북에만 온 정신을 쏟고 있었다. 나가가 장교들 중 한 명에게 뭐라고 내뱉는 것이 보였다. 젊고 예쁘장한 용모에 다른 사람들이 입고 있는 하얀 제복과 모양은 같고 색만 검정인 제복을 입은 여자가 그에게 뭐라고 말을 하고 절을 한 다음 무대에서 뛰어내렸다. 그녀는 포로들이 기다리고 있는 곳으로 와서 앵글리시로 말했다. "따라와요."

렌은 안도의 한숨을 쉬었다. 이 사람은 클라우드 나인 착륙 작전에 참여한 그린 스톰의 다른 군인들보다 훨씬 덜 근엄해 보였다. 그녀가 입은 제복의 이름표를 보니 '닥터 제로'라고 새겨져 있었다. 렌은 그 밑에 구불구불한 글자가 두 자 새겨져 있는 것을 보고 같은 이름을 샨 구오 언어로 쓴 게 아닐까 추측했다. 닥터라기에는 너무 어려 보였다. 눈이 처지고 광대뼈가 약간 튀어나온 얼굴이 바인랜드에 두고 온 이뉴잇족 친구들을 생각나게 했다. 짧게 자른 초록색 머리가 요정 같은 얼굴에 의외로 잘 어울렸다. 그러나 그녀의 목소리는 친절한 느낌이 조금도 없었다. 그녀는 군인들 중 한 명에게서 총을 받아서는 두 명의 포로를 겨냥하며 말했다. "밖으로! 어서!"

렌과 테오는 시키는 대로 했다. 그들이 수영장 옆 데크로 나왔을 때 렌은 흘낏 위를 올려다봤는데, 그 커다란 스토커가 또 자기를 지켜보고 있었다. 그가 왜 자기한테 관심을 보이는 것일까? 눈을 얼른 딴 데로 돌렸지만, 그 초록빛 시선이 계속 자기를 좇고 있는 것이 느껴졌다.

닥터 제로는 총으로 데크를 건너서 계단으로 내려가라는 신호를 보냈다. 그들을 담으로 둘러쳐진 정원에 있는 다른 포로들에게 데려가려는 것 같았다. 무도회장에서 볼 수도, 들을 수도 없는 계단 밑의 반달 모양 테라스에 이르러 그녀는 갑자기 그들을 멈춰 세웠다. 그리고 샨 구오 억양이 섞인 앵글리시로 부드럽게 물었다. "스토커 팽이 가져간 그 물건이 뭐지?"

"틴 북이에요. '앵커리지의 틴 북'이라고도 부르는⋯." 렌이 대답했다.

닥터 제로는 한 번도 들어 보지 못한 이름이라는 듯 얼굴을 찌푸렸다.

"그것 때문에 모두 여기 온 게 아닌가요?" 테오가 물었다.

"그런 것 같긴 한데. 누가 알겠어?" 닥터 제로는 어깨를 으쓱하면서 무도회장 쪽을 휙 돌아다봤다. 스토커 팽이 자기 말을 들을까 두려운 사람처럼 목소리를 낮추며 말을 이었다. "총사령관님이 브라이튼을 공격하는 이유를 비밀로 붙였어. 틴 북이라는 게 뭐지? 대체 얼마나 중요한 물건이기에 전함을 몰고 직접 여기까지 와서 손에 넣으려 했던 거지?"

"누가 됐든 틴 북을 손에 넣는 사람이 전쟁에서 이길 수 있다고 신시아가 그랬어요." 렌이 말했다.

렌은 그저 도움이 되려고 했을 뿐인데 닥터 제로가 그녀를 노려봤다. 닥터 제로의 얼굴에서 핏기가 가셔 보이는 건 달빛 때문일까? 크게 뜬 그녀의 눈은 렌을 향하고는 있었지만 렌 너머로 미래에 대한 끔찍한 환상을 보고 있었다. "아!" 그녀가 숨을 들이쉬었다. "맞아. 그렇지! 그 책은 어떤 올드-테크 무기에 관한 단서임에 틀림없어. 메두사 같은 무기 말이야. 도시를 통째로 한 번에 파괴할 정도로 강력한 무기일 거야. 그런 걸 스토커 팽한테 주다니! 바보 같으니라고!"

"그렇게 말하지 마세요!" 렌이 항의하듯 말했다. "우리 잘못이 아니라…."

닥터 제로의 입에서 웃음이 작게 새어 나왔다. 그러나 유머라고는 흔적도 없고 오로지 두려움만 스며 있는 웃음이었다. "이제 나한테 달렸어." 닥터 제로가 말했다. "그녀를 멈출 사람은 나밖에 없어."

닥터 제로는 몸을 돌려 계단을 올라가 총마저 팽개친 채 무도회장 쪽으로 뛰어갔다.

INFERNAL DEVICES

## 31
# 장미의 일생

벵가지를 비롯한 밀집촌의 정착 도시들을 직접 공격할 기회를 놓친 것 때문에 아직도 화가 풀리지 않은 나가 장군은 그의 직속 돌격대를 이끌고 파빌리온의 아래층을 살피러 나섰다. 제대로 반격할 만한 용기가 있는 적들이 한데 숨어 있을 법한 은신처를 찾아내는 것이 그의 유일한 희망이었다. 무도회장에는 틴 북을 읽고 있는 스토커 팽 주변으로 스토커 몇 명이 보초를 서고 있었다. 그녀의 눈에서 나오는 초록색 빛이 틴 북의 금속 책장에 비쳐 은은하게 빛났다. 강철로 된 그녀의 손가락이 오랜 세월을 지나 온 금속판 위의 기호를 더듬을 때마다 가느다란 소리가 났다.

슈라이크는 창가에서 자신의 여주인을 지켜보며 대기하고 있었지만, 사실 그녀를 보고 있지는 않았다. 그의 온 정신은 머릿속을 떠나지 않는 얼굴 하나에 쏠려 있었다. 위논 제로가 데리고 나간 소녀 포로의 얼굴이 바로 그것이었다. 그는 그 얼굴을 어디선가 본 적이 있다고 확신, 아니 거의 확신했다. 깊은 바다를 연상시키는 회색 눈, 긴 턱, 붉은빛이 도는 머리카락…. 모든 것이 어디선가 본 적이 있는 누군가가 뇌리를 스쳐 지나가게 만들었다. 그러나 기억장치에 저장되어 있는 그 어떤 얼굴과 비교해도 그 소녀의 얼굴과 일치하는 것은 없었다.

데크를 뛰어오는 발자국 소리가 들렸다. 슈라이크는 몸을 돌렸다. 무도회장에 있는 다른 스토커들이 그 소리에 반응해 갈고리 손톱을 꺼내고 전투태세에 들어가는 것이 등 뒤로 느껴졌다.

발자국 소리의 주인공은 닥터 제로였다.

"미스터 슈라이크!"

닥터 제로는 데크 위에 널려 있는 시체들을 피해 가며 슈라이크가 있는 곳으로 달려왔다. 그녀는 미소를 지으려 했지만 잘 되지 않아서 얼굴을 찡그리는 것처럼 보였다. 슈라이크는 불규칙한 그녀의 호흡, 급하게 뛰는 심장 박동, 그리고 땀에서 나는 뭔가 심상치 않은 냄새를 감지하고 곧 무슨 일이 벌어지리라는 것을 알았다. 이유가 무엇이든지 간에 위논 제로가 스토커 팽을 공격하기 위해 그 수수께끼의 무기를 사용할 시기가 왔다고 판단한 것이 틀림없었다.

하지만 그 무기는 어디에 있는 것일까? 그녀의 손에는 아무것도 들려 있지 않았다. 몸에 딱 맞는 제복의 어디에도 스토커를 해칠 만큼 강력한 무기를 숨길 수 있는 곳은 없었다. 그는 시각을 적외선에서 자외선까지 재빨리 변환하면서 숨겨 놓은 총이나 폭발물 화약의

## 31. 장미의 일생

흔적을 찾아봤지만 헛수고였다.

"미스터 슈라이크," 닥터 제로가 슈라이크 옆에 서서 그의 얼굴을 올려다봤다. "중요한 이야기가 있어요." 얼굴에 땀방울이 송골송골 맺혀 있었다. 슈라이크는 고개를 돌려 무도회장 전체를 빠르게 살폈다. 그녀가 레퀴엠 보텍스에서 가지고 내린 물건이 있을지도 모른다는 생각이 들어서였다. 수영장 주변의 데크도 확인했다. 난간 위의 조각상들 뒤에 숨겨 놓았을지 모를 무기를 찾기 위해서였다. 아무것도 없었다. 아무것도.

그의 손에 뭔가 닿았다. 내려다보니 닥터 제로의 손가락이 철갑을 두른 그의 주먹에 가볍게 닿아 있었다. 그녀가 이번에는 제대로 된 미소를 지어 보였다. 두꺼운 안경 너머로 보이는 그녀의 눈망울에 눈물이 맺혀 있었다.

그녀가 말했다. "장미의 일생과 주목의 일생은 결국 같은 길이이다."

그리고 슈라이크는 그 말을 이해했다.

몸을 돌린 그는 닥터 제로를 뒤로하고 무도회장으로 빠르게 걸어 들어갔다. 갈 생각을 한 것이 아니었다. 자신의 다리에게 움직이라는 명령을 보내지도 않았다. 그러나 다리가 저절로 움직였다. 닥터 제로의 무기는 슈라이크 자신이었던 것이다. 자신의 존재 이유가 바로 그것이었다.

"날 막아!" 스토커 팽에게 가까이 다가가면서 가까스로 그렇게 외쳤다. 전투용 스토커 둘이 그의 앞을 가로막았다. 슈라이크는 단 두 방으로 그 둘을 모두 해치웠다. 머리는 날아가고 액체와 불꽃이 뿜어져 나오는 스토커 두 개가 정처 없이 비틀거렸다. 그것으로 적어도 무슨 일이 벌어지고 있는지 스토커 팽에게 경고하는 데는 성공했다. 고개를 돌린 그녀가 슈라이크를 상대하기 위해 일어났다. 그녀의 기다란 손가락에서 틴 북이 은은한 빛을 발했다.
"뭐하는 거지, 슈라이크?"
슈라이크는 설명을 할 수가 없었다. 그는 자기 몸에 갇힌 포로에 불과했다. 갑작스레 목적의식에 차서 움직이는 자신의 몸뚱이를 제어할 힘이 전혀 없었다. 팔이 저절로 들려 올라가면서 손이 움찔거렸다. 손가락 끝에서 빛나는 칼날들이 튀어나왔다. 예전에 가지고 있던 갈고리 손톱들보다 훨씬 길고 무거웠다. 고장 난 탱크를 타고 돌진하는 사람처럼 그는 자기의 몸이 스토커 팽을 향해 돌진하는 것을 지켜봤다.
스토커 팽도 자신의 갈고리 손톱을 꺼내며 몸을 돌렸다. 두 스토커가 충돌하자 갑옷에서 불꽃이 튀면서 쇳소리가 났다. 스토커 팽의 청동 데스마스크 뒤에서 분노에 찬 쉿쉿 소리가 났다. 틴 북이 떨어지면서 책장을 묶고 있던 녹슨 고리가 끊어져서 금속으로 된 낱장들이 바닥에 흩어졌다. '내가 위험을 못 찾아낸 이유가 바로 이거였구나.' 슈라이크는 스토커 작업실에서 보낸 수없이 외로운 밤에 위는 제로의 민첩한 손가락이 자신의 머릿속에서 바삐 움직이던 기

## 31. 장미의 일생

억을 떠올렸다. 그녀가 자기에게 무슨 짓을 하는지 왜 한 번도 의심하지 않았을까? 암살 무기를 찾기 위해 사방을 다 뒤졌지만 자기 자신을 의심한 적은 한 번도 없었다. 그동안 내내 새로운 여주인을 죽이려는 본능을 뇌 속에 이식받은 채로 그것을 깨울 위논 제로의 한마디를 기다리고 있었던 것이다.

그녀의 목소리가 계속 들려왔다. 엉망진창이 된 무도회장의 잔해들 사이를 누비며 그를 격려하듯 계속 외쳐 대고 있는 그 목소리.
"장미의 일생과 주목의 일생은…."

서로 엉켜 있다가 먼저 몸을 뺀 슈라이크가 오른손 갈고리 손톱으로 팽의 가슴을 가르자 불꽃과 윤활유가 분수처럼 튀었다. 그의 새 갈고리 손톱은 스토커의 갑옷을 뚫을 정도로 성능이 좋았다. 스토커 팽은 다시 쉿쉿 소리를 냈다. 그녀의 회색 가운은 너덜너덜해지고, 갑옷은 찢겨 나가서 피 대신 그녀의 몸을 돌던 액체들이 줄줄 흘러내렸다. 위논 제로가 그 뒤에서 소리쳤다. "슈라이크를 물리치는 건 불가능해요! 당신을 죽이기 위해 만들었으니까. 필요한 무기도 모두 가지고 있어요! 강화 갑옷! 텅스텐 알로이 갈고리 손톱! 당신은 꿈에나 그릴 수 있는 힘까지!"

짜증이 난 스토커 팽이 뒤로 휘두른 팔에 닥터 제로가 맞고 무도회장 마루 저쪽으로 나가떨어졌다. 슈라이크는 몸을 날려 팽에게 일격을 가했다. 그 충격으로 팽은 위논이 나가떨어진 곳 반대편에 있는 달빛이 흐르는 데크로 밀려 나갔다. 전투용 스토커 몇몇이 슈라이크를 붙잡았지만, 그가 다리를 걸어차면서 목 부분을 갈고리 손톱으로 공격하자 모두 그 자리에서 나가떨어졌다. 팝조이가 만든 스토커들에서 가장 약한 곳이 목인 듯했다. 그들의 잘려 나간 머리가 바닥에 떨어진 냄비처럼 덜그럭거리고 눈의 초록색 불빛이 꺼졌다. 슈라이크는 머리를 잃고 흐느적거리며 자기에게 매달려 있는 몸체들을 집어던졌다. 그중 하나가 깨진 창문 안쪽에 걸려 있는 찢어진 커튼으로 날아가 걸리면서 스토커의 목에서 튄 불똥이 옮겨 붙었다. 불길은 커튼을 태우고 삽시간에 무도회장 천장으로 번지면서 데크를 건너 건물 반대 방향으로 한쪽 다리를 질질 끌며 걸어가고 있는 스토커 팽의 갑옷에 비쳐 번뜩였다. 한쪽 팔이 부서져서 가느다란 전선에 겨우 매달려 있었고, 여기저기 찌그러지고 윤활유가 새는 그녀의 모습이 마치 반쯤 뭉개진 벌레 같았다.

슈라이크는 이제 그만 싸우고 싶었다. 불에 타는 무도회장으로 돌아가 닥터 제로를 구하고 싶었다. 그러나 말을 듣지 않는 그의 몸은 다른 계획이 있는 듯했다. 그는 곧장 스토커 팽에게로 걸어갔다. 그리고 그녀가 슈라이크를 향해 달려들었을 때 그는 이미 만반의 준비가 되어 있었다. 그는 팽의 머리를 잡고 엄지손가락의 칼날을 눈 속으로 쑤셔 넣었다. 팽의 얼굴에서 초록빛 불이 꺼지고 그의 갈고리 손톱이 그녀의 두개골 속 기계에 부딪혀 긁히는 소리가 났다. 팽이 쉿쉿 소리를 내고 비명을 지르며 발길질을 해 댔다. 그 바람에 슈라이크의 가슴을 싸고 있던 갑옷이 찢겨 나갔다. 스토커 팽은

## 31. 장미의 일생

발가락에도 칼날을 가지고 있었다. 이건 예상하지 못한 부분이었다. 그는 팽을 데크 가장자리의 난간 기둥에 대고 세게 쳤다. 돌조각이 날리고 기둥과 처마 일부가 내려앉으면서 먼지가 일었다. 먼지는 달빛에 하얀 안개처럼 보였다. 스토커와 싸우는 데서 오는 격렬한 환희로 온몸의 신경이 살아나는 느낌을 만끽하며 슈라이크는 팽을 향해 뛰었다.

❈ ❈ ❈

그리고 렌은? 테오는? 닥터 제로는 그들을 그냥 두고 가 버렸다. 반달 모양의 테라스에 남은 두 사람은 입을 딱 벌리고 서로를 쳐다봤다. 감히 그린 스톰이 자기들을 잊어버렸다고 믿을 수도 없고, 위쪽에서 들려오는 끔찍한 소음 때문에 위험을 무릅쓰고 도망갈 엄두도 나지 않았다. 난간 기둥 조각들이 두 사람 주변으로 비처럼 쏟아지더니 스토커 팽과 그녀를 공격한 스토커가 위쪽 데크에서 뿔난 혜성처럼 떨어졌다. 렌은 테오와 부둥켜안은 채 놀라서 눈을 크게 뜨고 지켜봤다. 스토커와 스토커가 싸우는 모습은 몇 세기 동안 아무도 보지 못한 것이었다. 견인 도시 문명의 동이 트기 전 사람들은 그냥 사람들이고 도시는 한 곳에 자리 잡으면 망할 때까지 그곳에 뿌리를 박고 움직이지 않던 시절, 북쪽의 유랑 제국들이 서로 부활군을 보내 싸울 때 이후 처음인 것이다.

"하지만 서로 같은 편인 줄 알았는데." 렌이 불만스럽게 말했다.

"쉿!" 테오가 급한 마음에 그렇게 말했다. 자기들이 숨어 있다는 것을 스토커들이 알아차릴까 봐 겁이 났기 때문이다.

하지만 스토커들은 훨씬 급한 다른 일을 보느라 정신이 없었다. 팽은 발차기로 슈라이크를 날려 버렸다. 하지만 당장 쫓아가서 그를 끝내 버릴 힘은 없었다. 대신 그녀는 속삭이는 목소리로 도움을 요청하면서 탈출을 모색했다. 그녀는 테라스 가장자리의 난간을 붙잡고 있다가 그사이 정신을 차린 슈라이크가 다시 반격을 하려고 달려드는 순간 몸을 날려 아래쪽 정원으로 뛰어내렸다.

슈라이크도 그녀를 따라 뛰어내렸다. 그의 등 뒤에서 인간들이 놀라 소리치는 것이 들렸다. 돌아보니 나가와 그의 부하들이 부서진 발코니에서 아래쪽을 내려다보고 있었다. 슈라이크는 부상당한 스토커 팽이 남긴 기름과 이코르 자국을 따라 계속 달렸다. 팽의 자취가 처음에는 레퀴엠 보텍스로 향하는 듯했지만 그녀는 눈이 먼 데다 아마 다른 감각도 손상을 입은 상태라 그도 쉽지 않은 듯했다. 슈라이크는 비위가 상하는 기계 냄새를 따라 우거진 관목 숲을 지나고 미로 정원의 녹색 오솔길을 지나 가파르게 기운 공원으로 갔다. 그 끝의 난간을 등지고 더 이상 갈 곳이 없어진 그녀가 돌아섰다. 축 처진 한쪽 팔은 쓸모없이 매달려 있고 그나마 멀쩡한 다른 팔은 들어 올릴 기력조차 없었다. 갈고리 손톱들이 서로 부딪치면서 망가진 가위처럼 철컥거렸다.

## 31. 장미의 일생

 밀려오는 동정심에 못 이겨 슈라이크가 불쑥 말했다. "미안해요."
 "그 제로라는 여자!" 스토커 팽이 내뱉었다. "그 여자가 반역자였어. 넌 그 여자가 만들어 낸 물건이고. 인간을 믿은 내가 어리석었지…."
 슈라이크의 무자비한 일격에 청동 마스크가 얼굴에서 벗겨졌다. 그녀의 머리가 부서진 목 관절에 매달려 뒤로 힘없이 넘어갔다. 죽은 여비행사의 얼굴 위로 달빛이 쏟아져 내렸다. 창백한 회색 얼굴, 검은 입술 사이로 보이는 올리브 씨처럼 검푸른 치아…. 눈이 있어야 할 곳에는 깨진 초록색 전구가 끼워져 있었다. 그녀는 반쯤 잘려 나간 무쇠 손을 들어 얼굴을 가리려 했다. 그 동작을 어디서 많이 본 듯한 느낌이 들어서 슈라이크는 깜짝 놀랐다. 어디서 본 모습이었을까?
 그녀는 어색하고 어눌한 동작으로 갑자기 슈라이크에게서 돌아섰다. 그리고 멀어 버린 눈으로 별들이 있는 곳을 바라봤다. "보이나?" 그녀가 물었다. "동쪽에 있는 아주 밝은 별. 그게 오딘이야. 고대인들이 하늘에 쏘아 올린 최후의 궤도 위성 무기지. 60분 전쟁이 끝난 후 내내 저기서 잠을 자면서 기다리고 있어. 엄청난 위력을 가진 무기야. 수없이 많은 도시들을 파괴할 수 있는 힘을 가지고 있지. 앵커리지의 틴 북에는 그 무기를 깨울 암호가 들어 있어. 나를 도와줘, 미스터 슈라이크. 나를 도와 오딘을 깨워서 온 세상을 다시 녹색으로 만들자."

슈라이크는 그녀의 목을 맹렬하게 세 번 내리쳤다. 그녀가 지르는 긴 비명은 머리가 몸체에서 분리되면서 그쳤다.

그는 그녀의 몸체를 난간 너머로 던져 버리고 머리와 부서진 청동 마스크도 마저 던졌다. 떨어지는 마스크에 달빛이 비쳐 반짝였다. 그와 함께 온몸을 관통하던 분노감과 새로운 에너지가 슈라이크에게서 빠져나가는 듯한 느낌이 들었다. 위촌 제로가 이식해 놓은 비밀스러운 본능이 사그라지면서 이상한 영상들이 그의 머릿속을 스치고 지나갔다. 기억의 편린들이 박쥐처럼 그에게 날아들었다. 손을 들어 막아 보려 했지만 기억들은 계속해서 밀려들었다. 그것들은 블랙 아일랜드에서 쓰러져 죽음을 기다릴 때 그의 가슴을 채웠던 차분하고 슬픈 인간의 기억이 아니라 스토커가 된 뒤에 했던 끔찍한 일들에 대한 기억이었다. 전투와 살인, 현상금을 얻기 위해 살해했던 범죄자들, 살인에서 오는 단순한 쾌감 말고는 아무런 이유 없이 죽였던 에어헤이븐의 거지 소년…. 어떻게 그런 일들을 할 수 있었단 말인가? 지금 그의 온몸을 압도하는 이 죄책감과 수치감을 느끼지 않고 어떻게 그런 일들을 할 수 있었단 말인가?

그 순간 깊은 물속에서 수면으로 떠오르듯 기억 속에서 흉터 있는 얼굴 하나가 떠올랐다. 너무나 선명해서 거의 이름을 붙일 수 있을 것 같았다. "헤… 헤스….''

"저기 있다!" 그의 등 뒤 가까운 곳에서 인간 군인들이 관목 숲을 헤치고 나오면서 소리쳤다. "멈춰! 멈춰라, 스토커! 그린 스톰의 명령이다!" 철컥거리는 전투용 갑옷을 입은 나가가 이끄는 인간 군인들이 조심스럽게 다가왔다. 그들은 커다란 휴대용 대포와 증기 기관총을 겨누고 있었다.

"총사령관님은 어디 계시지?" 나가가 거칠게 물었다. "스토커 팽을 도대체 어떻게 한 거야?"

"죽었다." 슈라이크가 말했다. 그는 앞에 서 있는 군인들이 눈에 들어오지 않았다. 상처 입은 얼굴 하나가 그의 마음을 가득 채우고 있었기 때문이다. "스토커 팽은 죽었다. 두 번째 죽은 것이다. 내가 그녀를 죽였다."

나가가 뭐라고 더 말했지만 슈라이크는 듣지 못했다. 슈라이크는 자기 몸이 산산이 부서지고 온몸이 녹슨 쇳가루가 되어 바람에 날리는 듯한 느낌이 들었다. 그를 지탱해 주는 유일한 것은 그 기억, 그 얼굴밖에 없는 느낌이었다. 그녀는 자기가 구해 준 아이였다. 자기가 행한 유일한 선행. "헤스… 헤스트…."

군인들을 완전히 망각한 채 슈라이크는 뛰기 시작했다. 스토커들이 달려들었지만 일격에 옆으로 팽개쳐 버렸다. 총알들이 그의 갑옷에서 춤을 추었지만 알아차리지도 못했다. 눈 안에서 손상 경보가 깜빡였지만 보이지 않았다. "헤스터!" 슈라이크는 그렇게 외치면서 정원 속으로 사라졌다.

INFERNAL DEVICES
## 32
# '북극의 식빵'의 비행

오션 대로를 뚜껑처럼 덮고 있는 연기 아래로 리본들과 종잇조각들이 기울어진 인도를 따라 바람에 흩날렸다. 그린 스톰의 공습이 시작되면서 갑작스레 끝나 버린 파티의 잔해들이었다.

톰, 헤스터, 피쉬케익은 그늘을 따라 조심스럽게 걸으면서 폐허로 변해 가는 아케이드를 헤매고 다니는 약탈자 무리들과 족쇄를 끊고 나온 노예들을 피하기 위해 애썼다. 야외극장 무대에서는 아직 불길이 타올랐고, 비행선 항구에서는 몇 분에 한 번씩 가스탱크들이 폭발했다. 그때마다 갑판 전체가 흔들리면서 폭발로 인한 잔해들이 지붕을 타고 해수 수영장에 떨어져 수없이 많은 작은 물결을 만들었다. 카니발에서 죽은 사람들의 화려한 의상이 찢어져 밤바람에 가볍게 날렸다.

"하층 갑판에서는 아직도 폭동이 계속되고 있어." 계단을 통해 들려오는 소음에 귀를 기울이며 톰이 말했다. "어떻게 스크류 웜으로

## 32. '북극의 식빵'의 비행

돌아가지?"

헤스터가 웃었다. 그녀는 아직도 자기가 슈킨의 감옥에서 톰을 구해 낸 일을 떠올리며 자랑스럽고 흡족해했다. 심지어 톰이 피쉬케익을 데려가자고 고집한 일도 그녀의 기분에 별로 영향을 주지 않았다. "잊고 있었네!" 그녀가 말했다. "믿어지지가 않는군. 너무 흥분해서 완전히 잊고 있었어. 톰, 스크류 웜은 더 이상 필요 없어. 어차피 클라우드 나인까지 거머리선을 타고 올라갈 수는 없잖아?"

"비행선 말이야?" 톰이 미심쩍은 목소리로 물었다. "비행선은 꿈도 못 꿀 일이잖아. 전투가 시작된 뒤로 사람들이 줄지어 떠나고들 있는데. 엔진 소리만 들어 봐도 모두 초만원인 것 같던데."

헤스터는 걸음을 멈추고 그 자리에 서서 톰에게 활짝 웃어 보였다. 피쉬케익이 겁먹은 표정으로 톰 뒤에 숨었다. "제니 하니버가 가까이에 있어." 그녀가 말했다. "그 바보 같은 페니로얄 박물관에 말이야. 제니가 우리를 기다리고 있어, 톰. 훔쳐 내자. 옛날에 많이 해 봤잖아."

헤스터에게서 재빨리 설명을 들은 후 일행은 서둘러 올드 스타인 지역으로 갔다. 연기 속에서 고함 소리와 유리 깨지는 소리가 들렸고 이따금 총소리도 들렸다. 하급 공무원들과 유망했던 행동 예술가들의 시체가 가로등에 걸려 있었다. 헤스터는 언제라도 총을 쏠 자세를 하고 걸었다. 피쉬케익은 그런 그녀에게 눈을 떼지 않으면서 언젠가 그녀를 죽이겠다고 다짐했던 자신의 맹세를 떠올렸다. 자기에게 그런 용기가 있었으면 얼마나 좋을까 하는 생각이 들었다. 그러나 그녀는 너무나 두려운 존재였다. 게다가 그녀가 톰을 바라볼 때면 어딘지 모를 부드러움이 느껴져서 마음이 흔들리기도 했다. 그 눈길을 보고 있으면 헤스터도 완전히 나쁜 사람은 아닌 것 같았고, 이 가족과 함께 사는 것도 괜찮을 것 같다는 생각이 들었다. 피쉬케익은 수줍게 톰의 손을 잡았다.

"진심이었어요, 그때 한 말?" 피쉬케익이 물었다. "나도 같이 가는 것 말이에요. 정말 바인랜드에 나를 데리고 가서 같이 살 생각이에요?"

톰은 고개를 끄덕이며 그 애가 안심할 수 있도록 미소를 지어 보였다. "가는 길에 클라우드 나인에 잠깐 들러야 하긴 하지만…."

하지만 올드 스타인 광장에 도착해 보니 케이블카 역 주변에는 굵은 쇠밧줄만 흩어져 있었다. 클라우드 나인은 어디에도 없었다.

"쿼크 맙소사!" 톰이 소리쳤다. "어디로 갔지?"

클라우드 나인이 거기에 없을 거라는 생각은 꿈에도 해 본 적이 없었다. 브라이튼과 마찬가지로 여러 군데 손상을 입었을지라도 하늘에 떠 있을 줄 알았다. 그 위 어딘가에서 렌이 아빠가 구출해 주기를 기다리고 있을 줄 알았다. 이제 톰은 자기가 얼마나 바보였는지 깨달았다. 구름 같은 가스백이 달린 비행 궁전은 그린 스톰의 구축함에게는 더할 나위 없이 좋은 표적이었을 것이다.

## 32. '북극의 식빵'의 비행

"렌…." 톰은 속삭이듯 딸의 이름을 불렀다. 신들이 그 애에게 이렇게 가까이 가도록 허락한 다음 눈앞에서 가로채 갔다는 것을 믿을 수가 없었다.

헤스터가 톰의 손을 끌어다 세게 쥐었다. "자, 톰." 그녀가 말했다. "이 쓰레기장에서 빠져나갈 수만 있다면 그 바보 같은 궁전인지 뭔지를 찾을 수 있을 거야. 바다에 빠졌든지, 공중에 표류하고 있든지 말이야. 페니로얄이 거기 주인이라는 걸 잊지 마. 별로 크게 저항하지도 않았을 거야."

그녀는 '님로드 페니로얄 체험장'이라고 쓰여 있는 얼룩투성이의 하얀 건물을 가리켰다. 건물 정면에 심상치 않은 금이 몇 개 가 있고 인도 쪽으로 심하게 기울어 있었다. 경첩이 떨어져 나가 덜컹거리는 문 안으로 톰과 피쉬케익을 이끌고 들어가면서, 헤스터는 다른 절박한 피난민이 자기들보다 먼저 와서 제니를 가져가 버리지 않았을까 하는 끔찍한 불안감에 사로잡혔다. 그러나 계단을 뛰어 올라가 보니 낡은 비행선은 아까 본 자리에 그대로 있었다. 유리 지붕이 깨져서 그 파편이 바닥과 제니의 기낭을 덮고 있었지만 비행선은 전혀 손상을 입지 않은 것 같았다. 오히려 헤스터가 본 뒤에 누군가 깨끗이 청소를 하고, 비행선 경주를 위해 옆구리에 '1'이라고 쓴 커다란 번호표를 붙여 놓았다. 로켓 발사대에는 작은 로켓 두 대가 들어 있기까지 했다.

그녀의 뒤로 톰이 계단 끝까지 올라와 멈춰 섰다. "헤스터." 톰이 속삭였다. "아, 헤스터…." 눈물이 그의 얼굴을 타고 흘러내렸다. 그는 눈물을 훔치며 쑥스럽게 웃었다. "우리 비행선이잖아!"

"완전히 쓰레기 더미로구먼!" 피쉬케익이 아래층 밀랍 인형에서 벗겨 온 외투를 걸치며 내뱉었다.

"피쉬케익, 불을 켤 수 있는지 한번 살펴봐." 톰은 그렇게 말하면서 곤돌라에 올라탔다. 비행선 안에서는 박물관 냄새가 났다. 천장에 매달린 전깃줄들을 피해 허리를 굽히면서 그는 제어반 위를 손으로 더듬어 봤다. 익숙한 느낌이 손끝을 타고 되돌아왔다. 방 안에 불이 들어왔다. 빛은 새로 깨끗이 닦은 제니의 창문을 통해 곤돌라 안까지 밝혔다.

"어떻게 조종하는지 기억해?" 톰의 뒤에서 헤스터가 물었다. 사원에서 하는 것처럼 조심스럽게 속삭이는 목소리였다.

"물론이지." 톰도 속삭였다. "이런 건 잊으려야 잊을 수가…." 그는 경건하게 손을 뻗어 레버를 잡아당겼다. 그러자 천장에 매달려 있던 비상용 공기 주입식 고무보트가 떨어져서 톰을 쓰러뜨렸다. 그는 지도 탁자 밑에 보트를 쑤셔 넣고 다른 레버를 잡아당겼다. 이번에는 제니가 부르르 떨면서 움직였다. 박물관이 제니의 쌍둥이 엔진인 쥬네-카로에서 나는 천둥 같은 소리로 가득 찼다.

밖에서 두 손으로 귀를 막은 피쉬케익이 배기가스 때문에 기침을 하면서 소리쳤다. "여기서 어떻게 가지고 나갈 건데요?"

"지붕이 열려." 헤스터가 위를 가리키며 소리쳤다.

## 32. '북극의 식빵'의 비행

피쉬케익이 고개를 저었다. "그럴 수 있을 것 같지 않은데…."

톰이 엔진을 껐다. 제니의 해치 문 밖으로 몸을 비스듬히 내밀고 천장을 올려다봤다. 불이 켜진 상태에서 보니 왜 아무도 제니를 훔치러 오지 않았는지 금방 알 수 있었다. 한때는 브라이튼과 클라우드 나인을 이어 줬던 엄청나게 굵은 쇠밧줄 중 하나가 떨어져서 '님로드 페니로얄 체험장' 건물 위를 가로지르고 있었다. 그 바람에 제니 하니버 위의 유리 지붕이 박살나고, 그 무게 때문에 약한 대들보와 서까래들이 내려앉고 있었다.

"오, 쿼크 맙소사!" 톰이 외쳤다. 그는 자기가 모시는 신이 자기를 가지고 장난을 치고 있다는 느낌이 들기 시작했다. 여기서 살아남으면 다른 신을 모시는 것에 대해 심각하게 고려해 봐야겠다고 생각했다.

그는 헤스터가 있는 비행갑판으로 달려가 말했다. "지붕이 무너져 내리고 있어. 여기서 빠져나갈 수 없게 된 거야!"

"누가 오고 있어요!" 박물관 창문으로 밖을 내다보고 있던 피쉬케익이 외쳤다. "수가 많아요. 로스트 보이들이 틀림없어요. 무슨 소리였는지 확인하러 오는 걸 거예요."

헤스터는 제니의 앞 유리창을 통해 지붕을 뚫어져라 쳐다봤다. "저 쓰레기를 어떻게 움직여 볼 수는 없을까?"

톰이 고개를 저었다. "저 밧줄은 우리 둘을 합친 것보다 더 굵어. 우린 여기 갇힌 거야."

"걱정 마." 헤스터가 말했다. "무슨 수가 있을 거야." 그녀는 눈을 감고 정신을 집중했다. 비행선 밖에서 피쉬케익은 이 유리창에서 저 유리창으로 뛰어다니면서 로스트 보이들이 어쩌고저쩌고 하며 외쳐 댔다. 이윽고 헤스터가 눈을 뜨고 톰을 향해 활짝 웃었다.

"무슨 수가 있어."

그녀는 먼지 낀 기다란 제어반 위의 스위치들을 켜기 시작했다. 제니 하니버가 갑작스럽게 움직이자 톰이 뒤로 나자빠졌다. 시끄러운 소리를 내며 엔진에 시동이 걸리고 도킹 클램프들이 풀리고 있었다. 톰은 처음에는 헤스터가 무슨 짓을 했는지 깨닫지 못했다. 그러나 쌍둥이 엔진이 풀가동되면서 난 폭발음의 여파로 유리창이 흔들리고 공중으로 뜬 제니가 갑자기 앞으로 나아갈 즈음, 톰은 그녀가 손상된 건물의 앞 벽에 로켓을 발사해서 앞 벽이 인도 쪽으로 부서져 내린 것을 보았다. 폭발이 남긴 구멍은 작은 비행선이 통과하여 하늘로 날아오르기에 충분할 정도로 컸다.

"피쉬케익을 깜빡했잖아!" 엔진 덮개가 박물관 벽을 긁으면서 길게 끼익하는 소리 너머로 톰이 외쳤다.

"아뿔싸!" 헤스터가 큰 소리로 대답했다.

"다시 돌아가!"

"그 애는 필요 없어, 톰. 우리 여행에 필요한 애가 아니야."

톰은 얼른 열려 있는 해치 문으로 돌아가 손을 밖으로 내밀며 피쉬케익의 이름을 불렀다. 피쉬케익이 손을 앞으로 뻗으며 떠오르는

## 32. '북극의 식빵'의 비행

곤돌라를 향해 달려왔다. 횟가루로 범벅이 돼서 광대처럼 보이는 얼굴이 공포로 하얗게 질려 있었다. 엔진이 웅웅거리는 소리와 쉬익하는 둔탁한 폭발음이 아직도 그의 귀에서 메아리치고 있어서 톰은 그 애가 뭐라고 하는지 들을 수 없었지만, 사실 들을 필요도 없었다. "돌아와요!" 피쉬케익이 외쳤다. 연기와 먼지를 뚫고 올라간 제니 하니버는 놀라서 위를 올려다보는 로스트 보이와 약탈자의 얼굴들로 꽉 찬 올드 스타인 거리를 왔다 갔다 하다가 원래 자기의 고향인 하늘로 돌아갔다. "날 버리지 말아요! 미스터 내츠워디! 제발! 돌아와요! 돌아와요! 돌아와!"

❋ ❋ ❋

제니 하니버는 하늘로 올라가면서 계속해서 이리저리 기우뚱거렸다. 톰과 헤스터가 제어반 앞에서 몸싸움을 하고 있었기 때문이다. "쿼크의 이름을 걸고!" 톰이 소리쳤다. "다시 돌아가야만 해! 거기에 그 애를 그냥 버려둘 수는 없어!"

헤스터는 운전 레버에서 톰의 손을 잡아서 떼고 그를 옆으로 밀어뜨렸다. 그는 지도 탁자에 부딪혀 쿵 하고 쓰러지면서 고통으로 비명을 질렀다. "그 애는 잊어버려, 톰!" 그녀가 소리 질렀다. "그 애를 어떻게 믿어. 게다가 제니를 쓰레기 더미라고 했잖아! 그 자리에서 내 칼을 안 맞은 게 다행이야."

"하지만 어린애야! 저렇게 버려둘 수는 없어. 저기서 무슨 일을 당하라고!"

"무슨 상관이야? 그 애는 로스트 보이야! 개가 렌에게 무슨 짓을 했는지 잊었어?"

그 순간 제니가 달빛이 영롱한 맑은 하늘로 솟아올랐다. 곤돌라에서 10여 미터 아래로 연기가 더러운 눈밭처럼 깔려 있었다. 그리고 왼쪽 창문에서 몇 마일 떨어진 연기 사이로 화염에 휩싸인 콤 옴보와 벵가지의 상층 갑판이 삐져나와 있었다. 비행선들이 부산하게 날아다니고 있었지만 제니 하니버에 신경을 쓰는 사람은 아무도 없었다. 헤스터는 하늘을 샅샅이 살폈다. 멀리 남쪽으로 클라우드 나인의 누더기가 된 기낭이 보였다. 그녀는 제니를 그쪽 방향으로 틀고 오토파일럿 시스템으로 돌렸다. 그러고 나서 톰 옆에 무릎을 꿇고 앉았다. 톰이 묘한 표정으로 그녀를 올려다봤다. 헤스터는 톰이 자기를 두려워하고 있다는 것을 깨닫고 웃음을 터뜨렸다. 그녀는 두 손으로 톰의 얼굴을 감싸며 입을 맞추고, 그의 입가에 묻어 있는 짭짤한 눈물을 핥았다. 톰이 얼굴을 돌렸다. 헤스터는 두려운 마음이 들기 시작했다. 자기가 너무했던 것일까?

"잘못했어." 헤스터는 자기가 잘못했다고 생각하지 않았음에도 그렇게 말했다. "이것 봐, 톰. 내가 잘못했어. 실수였어. 너무 당황해서 그랬어. 원한다면 다시 돌아가자."

톰은 그녀의 손에서 빠져나와 주섬주섬 몸을 일으켰다. 자기를 후추통에서 데리고 나오면서 헤스터의 얼굴에 얼핏얼핏 떠올랐던 그 이상한 미소가 머릿속을 떠나지 않았다. "당신은 이 모든 것을 즐기고 있어." 톰이 말했다. "그렇지? 슈킨의 건물에서 사람들을 다 죽일 때… 그걸 즐기고 있었어…."

헤스터가 입을 열었다. "톰, 모두 노예 상인들이었어. 나쁜 놈들이잖아. 렌을 팔아먹은 놈들이야. 우리 딸을 말이야. 그런 놈들이 없어져야 더 나은 세상이 되는 거야."

"하지만…."

그녀는 답답한 마음에 머리를 흔들고 소리를 질렀다. 왜 이해하지 못하는 걸까? "있잖아, 우리는 그냥 보통 사람들이었어. 그렇지 않아? 항상 그랬었지. 그냥 하루하루 살아가기 바쁜 보통 사람. 하지만 하루하루 살아가는 게 맘대로 됐어? 언제나 엉클이나 슈킨, 마스가드, 페니로얄, 그리고 밸런타인 같은 사람들 손에 놀아나게 되잖아. 맞아. 그 사람들처럼 힘을 발휘할 수 있어서 좋았어. 한 번쯤 맞받아쳐 줄 수 있어서 좋았단 말이야. 그동안 당해 온 것의 천분의 일이라도 갚아 줄 수 있어서 좋았다고!"

톰은 아무 말도 하지 않았다. 그녀는 제어반에서 나오는 빛에 톰의 이마 위로 퍼렇게 멍이 올라오고 있는 것을 보았다. 아까 지도탁자에 부딪힌 곳이었다. "불쌍한 톰." 헤스터가 그렇게 말하며 입을 맞추려고 몸을 기울였다. 그러나 톰은 몸을 빼면서 연료 측정기로 눈을 돌렸다.

"연료 탱크가 반밖에 차 있지 않았어." 그가 말했다. "당신은 이륙할 때 이미 그걸 알았을 거야. 돌아가면 렌이 있는 곳까지는 갈 수가 없어. 어차피 지금쯤 가여운 피쉬케익은 풀려난 노예들에게 잡혔겠지."

헤스터는 자기가 톰을 껴안을 수 있도록 허락해 줬으면 하고 바라면서 어색하게 어깨를 으쓱해 보였다. 그가 피쉬케익에게 집착하는 것 때문에 화가 났다. 왜 저 사람은 항상 다른 사람들 걱정을 해 대는 것일까? 그녀는 애써 마음을 진정시켰다. "피쉬케익은 스스로 자기를 돌볼 수 있을 거야."

톰이 그녀의 말을 믿고 싶어서 희망적인 표정으로 그녀를 쳐다봤다. "그럴까? 그렇게 어린데…."

"아마 열두 살은 됐을 거야. 나도 그 나이 정도 됐을 때부터 아웃컨추리를 혼자 헤매고 다녔지만 지금까지 살아 있잖아. 그 애는 절도 훈련소에서 훈련까지 받은 애야." 헤스터는 톰의 얼굴을 어루만졌다. "렌을 찾을 수 있을 거야. 그러고 나서 연료를 채우고, 이 혼란이 조금 잠잠해지면 브라이튼으로 돌아가서 피쉬케익을 찾아보자."

그녀가 톰의 어깨에 팔을 둘렀다. 이번에는 톰도 그녀를 뿌리치지 않았다. 그렇다고 톰이 그녀를 껴안은 것은 아니었다. 헤스터는 그에게 입을 맞추고 숱이 많이 빠진 그의 머리카락을 손가락으로 쓸었다. 그녀는 톰과 싸우는 것이 정말 싫었다. 그리고 자기와 톰을

## 32. '북극의 식빵'의 비행

싸우게 만든 그 피쉬케익이라는 녀석도 정말 싫었다. 지금쯤 다른 로스트 보이들이 그 애의 작은 머리통으로 축구를 하고 있기를 진심으로 바랐다.

INFERNAL DEVICES
## 33
# 떠남

테오와 렌은 그린 스톰이 다시 그들을 잡으러 올 때까지 기다리고 있지 않았다. 스토커 팽이 죽어가며 지른 비명이 나무들 사이로 들렸을 때 그들은 정원을 달려가고 있었다.

"무슨 소리지?" 끔찍하고 외로운 그 소리에 놀란 렌이 발길을 멈추고 물었다.

"몰라." 테오가 말했다. "뭔가 나쁜 일인 것 같긴 한데."

맞은편에서 그린 스톰 한 떼가 빠르게 달려오는 것을 보고 둘은 관목 사이로 몸을 숨겼다. 지나가는 군인들의 철모가 주홍빛으로 반짝였다. 렌은 뒤쪽을 살피다가 파빌리온에 불이 붙은 것을 보았다.

"테오, 불이 났어!"

"알아." 테오가 말했다. 그는 렌 가까이에 서 있었다. 렌이 불빛에 비친 그의 가슴에 돋은 닭살을 알아볼 수 있을 정도로 가까이에 서 있었는데, 차가운 밤기운에 살짝 떨고 있었다. 갑자기 그가 그녀에게 팔을 두르며 말했다. "넌 스톰에게 붙잡히는 게 더 낫겠어, 렌. 클라우드 나인은 추락할 거야. 포로로 잡히는 게 더 안전해. 나는 잡히면 안 되지만 넌 괜찮을 거야. 나가랑 제로라는 여자, 보니까 괜찮을 것 같아. 다시 돌아가."

"넌 어떻게 할 건데?" 렌이 물었다. "널 여기 두고 갈 수는 없어."

"난 괜찮을 거야." 그는 그렇게 말해 놓고는 그 말이 더 설득력 있게 들리도록 다시 한 번 같은 말을 반복했다. "난 괜찮을 거야. 클라우드 나인은 천천히 떨어지고 있어. 사막에 내려앉겠지. 나는 남쪽으로 갈 거야. 티베스티 산에 정착촌이 하나 있어. 모래 바다 남쪽에 있는 곳이지. 아마 걸어서 거기까지 갈 수 있을 거야."

"안 돼!" 렌은 그렇게 말하면서 그의 팔에서 몸을 뺐다. 테오에게 안겨 있으니 뇌가 작동을 멈추고 그의 말이라면 무조건 수긍하고 싶은 생각이 들었기 때문이다. 그러나 그녀는 테오가 말도 안 되는 소리를 하고 있다는 것을 본능적으로 알았다. 클라우드 나인의 추락에서 살아남는다 하더라도 사막을 걸어서 건넌다는 것은 자살행위나 다름없었다. "너랑 같이 있을 거야." 그녀가 말했다. "여기서 빠져나갈 방법을 같이 찾는 거야. 더 이상 다른 생각은 하지 마. 자, 가자. 비행장으로 돌아가야 해. 아직 쓸 만한 비행 기계가 남아 있을지도 몰라."

렌은 연기가 자욱한 정원으로 발을 옮겼다. 왠지 모르게 낙관적인 기분이 들었고 스스로가 자랑스러웠다. 그러나 비행장에 다시 가

보니 생각했던 것보다 훨씬 더 많이 부서져 있었다. 하늘을 나는 족제비 편대가 사용하던 조립식 격납고와 숙소는 갈가리 찢겨 흩어져 있었고, 이륙하기도 전에 공격을 당한 비행 기계들은 불에 완전히 타 버려서 파편들밖에 남아 있지 않았다. 바로 전날 오를라 툼블리와 이야기를 나눴던 정자의 잔해 속에서 렌은 털 안감을 댄 가죽 재킷 몇 벌이 옷걸이에 똑바로, 멀쩡하게 걸려 있는 것을 발견했다. 그것으로 조금 위로를 받은 그녀는 한 벌을 테오에게 던졌다. 그는 천당에서 추방당한 천사처럼 달고 있던 은색 날개를 옷걸이에 걸고, 고마운 표정으로 가죽 재킷을 입었다.

가죽 재킷을 입으면서 렌은 새로운 계획을 생각해 내려고 머리를 쥐어짰다. "좋아." 그녀가 말했다. "사막에 내리게 될지도 모르겠군. 물과 음식이 필요하겠지. 나침반도 유용할 테고…."

테오는 듣고 있지 않았다. 폭발이 휩쓸고 간 폐허 저쪽에서 바스락거리는 나뭇잎이 테오의 주의를 끌었기 때문이다. 그는 렌에게 조용히 하라고 손짓을 했다.

"맙소사!" 렌이 신음하듯 말했다. "또 그린 스톰은 아니겠지?"

그러나 움직임의 주인공은 님로드 페니로얄에 불과했다. 슈킨이 처음에 쏜 총알은 가운 주머니에 있던 틴 북에 맞고 빗겨 나가면서 갈비뼈 몇 대를 부러뜨렸다. 그리고 두 번째 총알은 관자놀이를 스치고 지나가면서 페니로얄을 기절시키고 그의 얼굴 한쪽을 피로 물들였다. 정신을 차린 페니로얄은 렌, 테오와 같은 생각으로 클라우

## 33. 떠남

드 나인에서 빠져나가기 위해 가까스로 비행장까지 온 것이 분명했다. 관목 숲에서 애원하는 눈초리로 두 사람을 올려다보며 그가 속삭였다. "도와줘!"

렌이 페니로얄에게 가까이 가는데 테오가 말했다. "그냥 둬."

"그럴 수는 없어." 렌이 말했다. 그녀도 페니로얄을 그냥 둘 수 있었으면 좋겠다고 생각했다. 지금까지 한 짓을 생각하면 페니로얄은 그녀의 도움을 받을 자격이 없는 사람이었다. 그러나 그를 돕지 않으면 렌도 페니로얄이랑 똑같이 나쁜 사람이 되는 것이다. 렌은 페니로얄 옆에 꿇어앉았다. 그리고 웃옷의 단을 찢어 머리에 붕대처럼 감아 줬다.

"착하기도 하지." 페니로얄이 끙끙거리며 말했다. "다리도 부러진 것 같아. 넘어지면서…. 악마 같은 슈킨! 짐승! 날 총으로 쏘고 날아가 버렸어!"

"이젠 불쌍한 톰 내츠워디가 어떤 느낌이었는지 알겠군요." 간이로 만든 붕대는 감자마자 피로 흥건히 젖었다. 렌은 바인랜드에 살 때 스캐비어스 부인의 응급처치 시간에 더 정신을 차리고 귀 기울일걸 하며 후회했다.

"그땐 상황이 완전히 달랐지." 페니로얄이 말했다. "그땐…, 포스킷 맙소사! 톰 내츠워디에 대해서는 어떻게 알지?"

"바로 우리 아버지세요." 렌이 말했다. "슈킨이 했던 말은 다 진짜였어요. 톰은 제 아빠고, 헤스터가 제 엄마예요."

페니로얄은 꺼억, 꺽 소리를 냈다. 공포와 고통으로 눈이 튀어나오기 직전이었다. 그는 렌이 옷을 더 찢는 것을 보면서 그녀가 그걸로 자기 목을 조르지나 않을까 하는 표정을 지었다. "이 빌어먹을 곳에는 도대체 자기 정체를 처음부터 제대로 밝히는 사람이 하나도 없는 것 같군." 그는 힘없이 그렇게 말하고, 렌의 팔에 안긴 채 축 늘어져 버렸다.

"죽었어?" 테오가 렌 뒤로 다가오면서 물었다.

렌은 고개를 저었다. "그냥 가벼운 상처야, 내가 보기엔. 기절했어. 테오, 이 사람을 도와줘야 해. 신시아한테서 우리를 구해 줬잖아."

"맞아. 하지만 그것도 틴 북을 다시 손에 넣기 위해서 그랬을 뿐이야." 테오가 말했다. "그냥 내버려 둬. 그린 스톰이 발견해서 데리고 떠날지도 모르잖아."

그러나 그의 뒤로 엄청난 엔진 소리와 함께 호크모스와 폭스 스피리츠 편대 소속 비행선들이 나무들 사이에서 솟아오르기 시작했다. 클라우드 나인의 쇠밧줄 사이를 요리조리 빠져나가는 비행선들이 짙은 연기 위로 기다란 그림자를 드리웠다. 그린 스톰이 벌써 떠나기 시작한 것이다.

✸ ✸ ✸

위논 제로를 꿈에서 끌어낸 것은 커튼 타는 냄새였다. 머리에서

## 33. 떠남

통증이 느껴졌고, 숨을 들이마시자 매캐한 연기가 목구멍을 태우는 듯 느껴져서 숨을 헐떡이며 기침을 했다. 그녀는 몸을 돌려 천장을 보고 누웠다.

위를 보니 파도치는 눈부신 액체 같은 화염이 무도회장의 정교한 천장을 휩쓸고 있었다. 그녀는 안간힘을 써서 일어나 앉아 더듬더듬 안경을 찾았다. 그러나 그녀의 안경은 산산조각이 나 버린 후였고, 불길이 그녀를 둘러싸고 사방에서 일렁거렸다. 위논은 불길 속에서 여기저기 흩어져 있는 틴 북의 낱장들이 검게 그을리기 시작하는 것을 보았다.

그녀는 불의 커튼 사이로 몸을 던져 테라스로 나갔다. 연기와 불길, 그리고 이리저리 뛰는 사람들로 아수라장이 되어 있었다. 그 사이를 뚫고 계단을 찾아 헤매고 있는데 나가 장군이 그녀의 앞을 가로막았다. 그녀는 그를 피해 뒷걸음질을 치다가 쓰러져 있는 스토커에 걸려 넘어졌다. 그 자리에 무기력하게 주저앉아 나가 장군을 맞는 수밖에 다른 도리가 없어 보였다.

"닥터 제로?" 그가 말했다. "이…, 이 공격…, 닥터 제로가 한 것입니까?"

위논은 자기가 나가 장군의 손에 죽으리라는 것을 알고 있었다. 극도의 공포감에 질린 그녀의 입에서는 자기도 모르게 가늘고 높은 소음이 흘러나왔다. 그녀는 눈을 꼭 감고 티엔징에 있는 허물어진 교회의 신에게 작은 소리로 기도했다. 지금까지 신이고 종교고 깊게 생각한 시간은 많이 없었지만, 그 신이라면 두렵고 고통스럽고 죽음을 당하는 것이 어떤 것인지 이해해 줄 것 같다는 생각이 들어서였다. 그 순간 두려움이 걷혔다. 위논은 눈을 떴다. 연기 너머로 새하얀 보름달이 두둥실 떠 있었다. 그녀는 지금까지 본 어떤 풍경보다 아름답다는 생각을 했다.

그녀는 나가 장군에게 미소를 지으며 대답했다. "네, 제가 그랬습니다. 스토커 슈라이크의 뇌에 비밀 지침을 설치했지요. 제가 슈라이크로 하여금 그녀를 파괴하도록 했습니다. 꼭 해야만 하는 일이었지요."

나가가 무릎을 꿇고 커다란 무쇠 손으로 그녀의 머리를 잡았다. 그는 몸을 앞으로 굽히며 그녀의 눈썹 사이에 어설픈 입맞춤을 했다. "굉장해!" 그가 말했다. 위논이 일어서는 것을 도우며 나가 장군이 다시 한 번 소리쳤다. "대단해! 스토커를 써서 스토커를 물리친다…. 흠!"

나가는 위논을 불길 밖으로 데리고 나갔다. 그는 불빛을 반사해서 번뜩이는 비행사들과 군인들의 놀란 눈길을 받으며 잔디밭을 가로질러 레퀴엠 보텍스로 향했다. 누군가에게서 건네받은 외투를 바들바들 떨고 있는 위논의 어깨에 덮으며 그가 말했다. "이날을 얼마나 오래 기다렸는지 모를 거요! 처음 몇 년 동안은 좋은 지도자였지. 하지만 전쟁이 길어지면서 스토커 팽은 병사들과 비행선을 마치 장기짝처럼 소비하기만 했지. 방법을 찾으려고 얼마나 오랫동안 궁리

## 33. 떠남

했었는지…. 그런데 당신이 해낸 거야! 스토커 팽을 제거하다니! 그건 그렇고 스토커 슈라이크가 어디론가 도망쳐 버렸어요. 그는 위험한가요?"

위논은 슈라이크가 지금 얼마나 괴로울까 생각하면서 고개를 저었다. "단정할 수 없어요. 비밀 프로그램을 넣을 자리를 마련하느라 기억 중 일부를 억제시켜 놓았는데, 이제 임무를 마쳤으니 그 기억들이 고개를 들기 시작할 거예요. 혼란스러워할 텐데…. 어쩌면 미쳐 버릴지도…. 불쌍한 미스터 슈라이크."

"그저 기계에 불과해요, 닥터."

"아니에요. 그는 기계 이상의 존재예요. 군인들을 시켜 찾아야 해요."

나가는 손짓으로 보초들에게 비키라고 하면서 레퀴엠 보텍스의 승강 사다리를 올라갔다. 곤돌라 안에서 그는 위논에게 의자를 권했다. 위논은 엄청난 피로감을 느꼈다. 연기에 그을린 나가 장군 갑옷의 가슴 부분에 자신의 얼굴이 비쳤다. 피와 재로 얼룩진 데다 안경을 쓰고 있지 않아서 벌거벗은 느낌이 드는 얼굴이었다. 나가가 그녀의 어깨를 토닥이며 무뚝뚝하게 중얼거렸다. "자, 이제 괜찮아요." 마치 겁먹은 동물을 어르는 듯한 말투였다. 평생 군인으로 지낸 그의 손길은 부드러운 것에 익숙하지 않아 어색하기만 했다. "당신은 젊지만 정말 용감한 여성이에요."

"아니에요. 얼마나 무서웠는지…. 정말 무서웠어요."

"그게 바로 용기라는 거예요. 무서운 것을 극복하는 것. 무섭지 않으면 용기도 아니지요." 그는 갑옷 어딘가에서 휴대용 술병을 꺼냈다. "자, 브랜디 한 모금만 마셔요. 좀 진정이 될 거요. 물론 닥터가 이 일을 했다는 건 아무한테도 알리지 않을 거요. 적어도 공식적으로는 스토커 팽의 죽음을 애도해야지. 견인 도시인들의 소행이었다고 소문을 낼 생각이오. 전쟁이 시작된 이래 이보다 더 병사들의 사기를 진작시킬 만한 일은 없었소! 모든 전선에서 공격을 감행해 우리의 지도자를 암살한 데 대한 복수를…."

위논은 타는 듯한 브랜디가 입에 닿자 진저리를 쳤다. 그녀는 병을 다시 건네면서 말했다. "안 돼요! 전쟁은 이제 그만…."

나가는 위논의 말을 오해하고 웃음을 터뜨렸다. "그 무쇠 마녀가 이래라저래라 하지 않아도 그린 스톰은 전투에서 이길 수 있어요. 걱정하지 말아요, 닥터 제로. 그녀가 없으면 오히려 더 잘할 거예요. 야만스러운 견인 도시들을 멈춰 서게 하는 거요! 내가 총사령관이 되면 당신에게 큰 상을 내리겠소. 궁전, 돈, 원하는 직장…, 뭐든지."

충격에 빠진 위논은 고개만 저었다. 갑옷을 입은 나가 장군이 전투로 여기저기 손상된 비좁은 곤돌라 안을 휘젓고 다니는 것을 보면서 그녀는 자기가 그린 스톰을 과소평가했다는 것을 깨달았다. 전쟁으로 이 사람들이 존재하게 되었으니, 이들은 무슨 일이 있어도 전쟁을 그치지 않을 것이다.

## 33. 떠남

"아니에요." 그녀가 말했다. "나는 그런 이유로 그 일을 한 게 아니…."

그러나 나가 장군은 위논의 존재를 잠시 망각하고 부하 장교들에게 명령을 내리고 있었다. "모든 주파수 대역을 동원해 메시지를 전달하라. '스토커 팽이 전사했다. 이 비극의 순간 우리 모두는 동요하지 않아야 한다.' 등등. 견인 도시의 야만인들에 맞서 영광스러운 투쟁을 계속 이어 가기 위해 내가 총사령관직을 수행한다. 레퀴엠 보텍스를 출발시킬 준비를 하라. 다른 장군들이 권력을 잡으려 들기 전에 티엔징으로 돌아가야 한다."

"포로들은요, 장군님?"

나가는 멈칫하면서 닥터 제로를 흘낏 쳐다보고 말했다. "내 임기를 유혈극으로 시작하지 않겠다. 모두 데리고 탄다. 그리고 페니로 얄 부인인지 뭔지 노래 좀 멈추도록 해 봐."

❋ ❋ ❋

스토커 슈라이크는 덤불 사이에 숨어서 그린 스톰 군인들이 서둘러 레퀴엠 보텍스로 돌아가는 것을 지켜봤다. 누군가 스피커에 대고 소리치고 있었다. "미스터 슈라이크! 미스터 슈라이크! 얼른 승선하십시오. 지금 출발합니다!"

슈라이크는 닥터 제로가 자기를 찾으라고 명령했을 것이라고 짐작했다. 그녀가 고마웠지만 숨어 있던 곳에서 나오지는 않았다. 클라우드 나인에 머물러야만 했다. 무도회장에서 본 그 소녀는 레퀴엠 보텍스로 끌려간 포로들 틈에 끼어 있지 않았다. 만일 그녀가 클라우드 나인에 남아 있다면 자신도 여기 있어야만 했다. 아직은 슈라이크도 그 소녀가 헤스터와 연관이 있는지 어떤지 알지 못했다. 그러나 그 소녀 가까이 있으면 헤스터를 찾을 수 있을 것만 같았다.

INFERNAL DEVICES

## 34

# 찾은 사람이 임자

피쉬케익은 해변 뒤쪽의 모래언덕에 누워 있었다. 추위와 배신감에 멍해진 그는 브라이튼이 찌그러진 엔진을 켜고 한쪽으로 심하게 기운 채 멀어져 가는 것을 바라봤다. 승리감에 도취한 로스트 보이들의 함성 소리가 연기와 함께 바다를 건너 시끌벅적하게 흘러왔다.

목숨을 부지한 것만 해도 천만다행이었다. 로스트 보이들이 박물관으로 물밀 듯 들어오자, 피쉬케익은 여우에게 쫓기는 토끼처럼 튀어 달아났다. 뒷문을 나와 불타는 거리를 달리면서도 흐느낌을 멈출 수가 없었다. "미스터 내츠워디, 돌아와요, 돌아와요…." 마침내 도시의 후미까지 와서는 관측 전망대로 올라가 그나마 안전할 것 같은 바다로 뛰어내렸다.

수영을 해서 해변까지 오느라 기진맥진해진 피쉬케익은 파도에 밀려 하마터면 익사할 뻔하기도 했다. 피곤하고 추웠지만 계속 움직여야만 했다. 배고픈 사막 도시들이 피쉬케익이 누워 있는 모래 언덕을 지나다니고 사나운 수륙양용 타운들이 몰려들고 있었다. 추락한 비행선들과 비행 기계들의 잔해가 파도에 밀려와 모래밭에 널려 있는 것을 수확하기 위해서였다. 이제껏 견인 도시 근처에 한 번도 가 보지 못한 피쉬케익은 자욱한 연기 사이로 보이는 도시들의 바퀴가 얼마나 높은지, 그리고 그들이 자기 옆을 지나갈 때 땅이 얼마나 울리고 흔들리는지 도무지 믿어지지가 않았다. 바퀴에 밀려 날리는 모래와 배기가스에 숨이 막히는 것을 참으며 피쉬케익은 사막을 향해 달렸다.

그는 이제 진정한 로스트 보이가 되었다. 지금 있는 곳이 어딘지, 어디로 가고 있는 건지 전혀 알 수 없었다. 달리고 또 달렸다. 몇 시간이 흐르도록 모래언덕에서 미끄러지고 말라붙은 강바닥을 헤매고 황량한 바위 더미를 타 올랐다. 어둠과 짙은 그림자가 무서웠다. 그러나 달이 서쪽 지평선으로 기울면서 주변은 더욱 어두워지기만 했다. 마침내 물이 말라 텅 빈 계곡의 둔덕에 이르러 맥없이 주저앉았다. 추위를 쫓느라 축축한 무릎을 가슴에 붙이고 앉아 울부짖었다. "불쌍한 피쉬케익은 이제 어떻게 사나?"

대답하는 이가 아무도 없었다. 그것이 피쉬케익을 가장 두렵게 했다. 가글, 레모라, 렌 모두 자기를 실망시켰다. 그리고 가짜 엄마, 아빠 들이 자기를 속였다. 미스터 슈킨도 자기를 지켜 주지 못했고 톰 내츠워디는 자기를 버렸다. 그럼에도 불구하고 여기 혼자

## 34. 찾은 사람이 임자

있느니 그 사람들 가운데 누구하고라도 같이 있는 편이 더 나을 것 같았다.

그때 근처에서 뭔가 달빛을 받아 번득였다. 반짝이는 물건을 찾도록 훈련받은 피쉬케익은 거의 무의식적으로 그 물건이 있는 쪽으로 기어갔다.

모래에 파묻힌 얼굴 하나가 자신을 올려다보고 있었다. 피쉬케익은 그것을 집어 들었다. 청동으로 만들어졌지만 심하게 우그러져 있었다. 눈이 있던 자리에는 구멍이 나 있었다. 입술이 미소를 짓는 것처럼 약간 벌어져 있는 것이 어쩐지 안심이 됐다. 아름다운 물건이었다. 피쉬케익은 그것을 자기 얼굴에 가져다 대고 눈에 난 구멍을 통해 서쪽으로 기우는 달을 바라봤다. 그런 다음 그 물건을 외투 주머니에 쑤셔 넣고 다시 걷기 시작했다. 조금 용기를 얻은 그는 이 사막에 또 어떤 보물이 있을까 궁금했다.

피쉬케익의 날카로운 눈이 수십 미터 전방에 있는 말라붙은 물길 바닥에서 뭔가 움직이는 것을 감지했다. 동물처럼 조심스럽게 천천히 다가갔다. 잘린 손이 조약돌을 가로질러 기어가고 있었다. 쇠로 만들어진 것 같았다. 마치 부상당한 게처럼 손가락을 사용해서 움직이고 있었다. 가는 파이프와 기계 부품, 그리고 뼈처럼 보이는 것이 손목 쪽에서 튀어나와 있었다. 피쉬케익은 그걸 쳐다보다가 어쩐지 목적의식을 가지고 움직이고 있는 것 같아서 그 손을 따라 걷기 시작했다.

얼마 지나지 않아 살아 있다는 느낌이 덜한 다른 몸체들을 지나치기 시작했다. 몸통에서 분리된 다리가 부자연스러운 각도로 꺾인 채 커다란 바위 위에 걸쳐져 있었다. 찢기고 움푹 팬 몸통도 있었다. 한동안 손은 그 몸통 위를 거미처럼 더듬거리며 기어다니더니 다시 길을 떠났다. 몇백 미터쯤 더 가서 나머지 손 하나도 발견했다. 그 손은 팔이 거의 온전히 붙어 있는 상태로 자갈과 작은 바위로 뒤덮인 비탈 쪽으로 기어갔다. 그곳에는 땅딸막한 아카시아 나무들이 자라고 있었다.

피쉬케익은 거기서 머리를 찾았다. 금속 두개골 안에 들어 있는 깡마른 잿빛 얼굴을 복잡하게 얽힌 전선, 덕트, 가느다란 파이프 들이 감싸고 있었다. 죽은 것처럼 보였다.

하지만 가까이 가서 쭈그리고 앉아 그 물건을 들여다본 피쉬케익은 그것이 자신의 존재를 감지했다는 것을 알아차렸다. 유리 눈의 렌즈는 산산조각 나 있었지만 그 안에 있는 거미 다리같이 복잡한 메커니즘은 여전히 철컥철컥 돌아가면서 초점을 맞추기 위해 애쓰고 있었다. 죽은 것 같은 입이 움직였다. 너무나 희미해서 거의 들을 수 없는 목소리로 그 머리가 피쉬케익에게 속삭였다. "부상을 당했다."

"약간 다치긴 한 것 같군요." 피쉬케익이 대답했다. 동정심이 들었다. 불쌍한 머리…. "이름이 뭐죠?"

"*나는 안나야.*" 머리가 속삭였다. 그러나 다음 순간 머리는 다시

## 34. 찾은 사람이 임자

덧붙였다. "아니, 아니야. 안나는 죽었어. 나는 스토커 팽이다." 서로 다른 두 목소리가 있는 듯했다. 명령조의 거친 목소리와 놀라고 주저하는 또 하나의 목소리. "아크에인절에게 잡아먹혔어요." 두 번째 목소리가 그렇게 말했다. "난 열일곱 살이에요. *제4종 노예죠. 스틸턴 카일의 비행선 건조장에 배치받았어요. 하지만 몰래 내 비행선을 만들고 있지요…*." 그때 다른 목소리가 꾸짖듯 소리쳤다. "아니야, 그건 오래전 일이야. 안나가 살아 있을 때잖아. 하지만 안나는 죽었어. *사티야. 아, 사티야? 너니? 너무 혼란스러워.*"

"나는 피쉬케익이에요." 자기도 혼란스러워진 피쉬케익이 그렇게 말했다.

"내가 부상을 당한 것 같군." 머리가 말했다. "밸런타인에게 속았어. 내 심장에 칼이…. 아, 너무 추워. 너무 추워. 아니야, 맞아. 이제 기억나는군. 이제 기억나. 제로가 만든 기계가…. 그리고 내가 장군이 바로 옆에 서서 일이 벌어지는 걸 보고만 있었어. 배신당한 거야."

"배신당한 건 나도 마찬가지예요." 피쉬케익이 말했다.

피쉬케익은 두개골 가장자리에서 청동 마스크를 부착하는 고리 같은 것이 틀어진 채 붙어 있는 것을 발견했다. 품에서 청동 마스크를 꺼내 최선을 다해 제자리에 붙였다.

"*도와줘요.*" 머리가 속삭였다. "너는 나를 고쳐야 한다."

"어떻게 고치는지 하나도 몰라요."

"그녀가…. 내가 가르쳐 주지."

피쉬케익은 주위를 둘러봤다. 스토커의 나머지 몸체들이 모래를 헤치고 머리를 향해 기어오고 있었다. 손가락이 무엇을 쥐듯 움직이는 모습을 바라보다가 자기가 가글의 게 카메라를 수리하곤 했던 일을 떠올렸다.

"고칠 수 있을지도 몰라요. 하지만 여기서는 안 돼요. 연장이랑 부품 같은 게 필요해요. 여기 있는 걸 다 모아서 어디 적당한 곳으로 가야 해요. 도시라든가 그런 곳으로…."

"그렇게 하라." 머리가 명령했다. "그런 다음 나는 동쪽으로 가야 한다. 샨 구오로. 에르데네 테츠에 있는 내 집으로. 인간들에게 복수를 할 것이다. 맞아, 맞아."

"나랑 같이 가요." 피쉬케익이 말했다. 또다시 버림받고 싶지 않았다. "내가 도울 수 있어요. 내가 필요할 거예요."

"나는 틴 북의 비밀을 알고 있다." 머리가 혼잣말로 중얼거렸다. "필요한 암호는 모두 내 머릿속에 안전하게 저장되어 있다. 에르데네 테츠로 돌아가 오딘을 깨울 것이다."

피쉬케익은 머리가 하는 이야기를 전혀 이해할 수 없었지만, 자기에게 무엇을 하라고 일러 주는 존재가 생겼다는 것이 기뻤다. 그것이 그냥 머리에 불과했음에도 말이다. 그는 일어섰다. 조금 떨어진 곳에 찢어진 회색 가운이 덤불의 나뭇가지에 걸린 채 바람에 나부끼고 있었다. 그것을 걷어서 가방 모양으로 묶었다. 스토커 팽의 머

## 34. 찾은 사람이 임자

리가 온 세상을 다시 녹색으로 만드는 것에 관해 혼자서 중얼거리는 동안 피쉬케익은 여기저기 흩어져 있는 그녀의 몸체를 주워 담았다.

INFERNAL DEVICES
## 35
# 하늘에 갇히다

그린 스톰이 철수하고 난 뒤 클라우드 나인은 아주 고요해졌다. 아직도 바람은 축 처진 밧줄들을 헤집고 다니며 노래를 부르고, 남아 있는 가스백들이 서로 부딪히며 소리를 내고, 불타는 파빌리온에서 마루들이 무너지는 소리가 가끔 들려왔지만 그중 사람이 내는 소리라고는 아무것도 없었기 때문에 상관없었다.

 테오와 렌은 의식이 없는 페니로얄을 둘러메고 쾌속 비행선 격납고와 미로 정원 사이에 있는 사이프러스 나무 숲으로 그를 옮겼다. 숲 중앙에 있는 분수대에 이르러 두 사람은 페니로얄을 되도록 가장 편안한 자세로 눕혔다. 그러고 나자 테오도 양팔에 머리를 묻고 앉아서 잠이 들었다. 테오가 잠이 들 수 있다는 것이 렌은 놀라웠다. 피곤하기는 했지만 너무나 초조하고 두려워서 잠을 자는 것은 상상할 수도 없었다. '이 상황이 테오한테는 다르게 느껴지겠지.' 하고 렌은 생각했다. '그는 이전에 전투에도 참가해 봤으니까. 앞으

## 35. 하늘에 갇히다

로 무슨 일이 벌어질지 모르는 이런 절박한 상황에 익숙하겠지.'
"부-부, 내 사랑! 화내지 말고 내 이야기 좀 들어 봐." 페니로얄은 몸을 약간 움직이면서 눈을 떴다. 그는 자기 옆에 앉아 있는 렌을 보고 중얼거렸다. "아, 너였구나."
"다시 주무세요." 렌이 말했다.
"네가 날 별로 안 좋아하는 거 알아." 페니로얄이 언짢은 목소리로 말했다. "이봐, 네 아빠 일은 미안하게 됐어. 정말로. 불쌍한 젊은이 톰. 그럴 생각은 전혀 없었어. 사고였지. 맹세해도 좋아."
렌은 그의 머리에 감긴 붕대를 다시 확인하면서 말했다. "그 일뿐이 아니에요. 책도 있잖아요. 거짓말투성이 책. 미스 프레야 이야기며 앵커리지 이야기, 그리고 우리 엄마가 아크에인절의 사냥꾼들하고 거래를 했다는 이야기…."
"오, 하지만 그 부분은 사실이야." 페니로얄이 말했다. "여기저기 조금 과장도 하고 덧붙이기도 한 건 인정하지만 그건 다 이야기를 박진감 있게 끌고 나가기 위한 것이었어. 하지만 아크에인절을 데리고 온 건 정말 헤스터 쇼였어. 자기 입으로 직접 말했거든. '사냥꾼을 여기로 보낸 건 바로 나야. 톰을 다시 독차지하기 위해서지. 내가 받을 사냥꾼의 현상금은 바로 그 사람이야.' 그러고 나서 몇 달 뒤 아크에인절에서 나온 난민 한 떼를 만났는데, 그중에 줄리아나라는 매력적인 아가씨도 끼어 있었어. 깡패 피오트르 마스가드 집에서 노예 생활을 하던 여잔데, 그 거래가 이루어지던 자리에 자기도 있었다고 하더라고. 여자 비행사가 와서 그녀의 주인에게 앵커리지의 위치에 대해 알려 주었다고 했어. 어린 티를 채 벗지 못한 소녀 비행사, 얼굴 한쪽에 끔찍한 흉터가 있는 여자 비행사였다고…."

"그런 말 안 믿어요." 렌은 뽀로통하게 쏘아붙이고 그 자리에서 일어나 나무들 사이로 걸어갔다. 사실일 리가 없었다. 페니로얄이 진실을 배배 꼬아서 자기 편한 대로 갖다 붙이는 예의 그 속임수를 다시 쓰고 있는 것일 뿐이었다. '하지만 다른 부분은 모두 거짓말이라고 인정하면서 왜 그 부분만은 진짜라고 고집하는 걸까?' 렌은 불편한 마음으로 계속 생각했다. '페니로얄 자신이 그렇게 믿고 있는 거겠지. 아마도 엄마가 저 사람을 겁주기 위해 그렇게 말했을지도 몰라.' 그리고 마스가드의 노예였다는 여자가 얼굴에 흉터가 있는 여자 비행사와 마스가드가 이야기하는 것을 봤다 한들 그 여자 비행사가 꼭 엄마였을 거라는 보장도 없었다. 비행 무역은 위험이 많이 따르는 일이라 얼굴에 상처를 입은 여자 비행사들이 아주 많을 것이다.

렌은 마음을 심란하게 만드는 생각들을 쫓기 위해 고개를 세게 흔들었다. 페니로얄의 말도 안 되는 이야기를 듣고 걱정을 하기에는 다른 걱정거리가 너무 많았다. 발밑에서 클라우드 나인이 흔들렸고 얼마 남지 않은 밧줄들이 내는 끼익 소리가 밤공기를 채우고 있었다. 연기가 밀려들어 한쪽으로 기운 잔디밭을 뒹구는 시체들과 옆

## 35. 하늘에 갇히다

어진 뷔페 식탁들을 가렸다. 그녀는 떨어진 카나페를 몇 개 주워 모아서는 파빌리온을 바라보며 먹기 시작했다. 아름다운 건물이 저렇게 변하다니 믿어지지가 않았다. 파빌리온은 검댕으로 범벅이 된 채 여기저기가 무너져 내리고 있었다. 조명이라고는 깨진 창문을 통해 새어 나오는 빛이 다였다. 그것은 점점 퍼져 가는 불길이 던지는 불그스레한 빛이었다. 장엄하던 중앙 돔 지붕은 터진 슈크림처럼 갈라져 있었다. 그 위로 가스백들이 아직 매달려 있었는데, 불에 그슬어 새까매진 데다 영빈관의 지붕을 타고 올라온 날름거리는 불길이 가스백들 아래쪽으로 위험할 정도로 가까워지고 있었다.

거기 서서 파빌리온을 보고 있는데 누군가 근처에서 자기를 보고 있는 것을 느꼈다. "테오?" 몸을 돌리며 렌은 그렇게 물었다.

그러나 그것은 테오가 아니었다.

깜짝 놀란 렌은 경사가 급한 잔디밭에서 미끄러지며 넘어졌다. 두려움에 딸꾹질까지 했다. 스토커는 점점 더 기우는 잔디밭에서 중심을 잡기 위해 몸을 튼 것 말고는 조금도 움직이지 않았다. 그는 렌을 주시하고 있었다. 눈 대신 둥그런 초록색 램프만 가지고 있으니 빤히 쳐다보는 것 말고는 다른 어떤 감정도 담아낼 수가 없을 터였다. 우글쭈글한 그의 갑옷과 더러운 갈고리 손톱에 불빛이 비쳐 번뜩였다. 그의 머리가 움찔했다. 부상 입은 자리에서 기름과 윤활유가 떨어져 내렸다.

"넌 그녀가 아니다." 그가 말했다.

"아니에요." 렌이 쥐 소리처럼 작고 높은 소리로 대답했다. 이 끔찍한 기계 인간이 무슨 말을 하는지 전혀 알 수 없었지만 논쟁을 벌일 생각은 추호도 없었다. 그녀는 스토커로부터 조금이라도 멀리 떨어지고자 앉은 채로 엉덩이를 밀면서 조금씩 움직였다.

스토커는 천천히 다가오다가 다시 멈춰 섰다. 렌은 그의 쇠로 된 두개골 안에서 이상한 기계들이 돌아가면서 철컥거리는 소리를 들은 것 같았다. "너는 그녀와 비슷하지만 그녀가 아니다." 스토커가 말했다.

"아니에요. 사람들이 우리 둘을 착각할 때가 많지요." 렌은 그렇게 말하면서도 이 스토커가 자기와 누구를 착각한 것인지 궁금했다. 자기 자신에게 뛰어 봤자 소용없다고 타이르고 있었지만 살고 싶은 열망이 가득한 그녀의 몸은 그녀의 뇌가 하는 말을 들으려 하지 않았다. 렌은 벌떡 일어나 도망치기 시작했다. 축축한 잔디에 미끄러지기도 하면서 비정상적으로 기운 정원의 비탈을 따라 달렸다.

"돌아와!" 슈라이크가 애원했다. "도와줘. 그녀를 찾아야 해." 그는 렌을 따라 달리다 멈춰 섰다. 쫓아가면 소녀가 더 두려워할 것이 뻔했다. 그 이상하고도 낯익은 얼굴에 떠오른 공포와 혐오감을 읽고 이미 한 번 낙담하지 않았던가. 그는 소녀가 연기 속으로 사라지는 것을 바라봤다. 그의 뒤에서 파빌리온의 중앙 돔이 무도회장으로 내려앉으면서 불길이 폭풍처럼 솟아올랐다. 불붙은 잔해들이 굴러와 슈라이크 옆을 지나 연못에 빠지거나 꽃밭에 가서 부딪혔다. 어떤

## 35. 하늘에 갇히다

것들은 갑판 난간을 넘어 저 아래 사막으로 떨어지기도 했다.

슈라이크는 그 모든 것을 무시하고는 묘하다는 듯 고개를 옆으로 살짝 기울였다. 주변의 소음들 위로, 그의 예민한 귀가 비행선 엔진 소리를 감지했기 때문이었다.

❀ ❀ ❀

심장이 미친 듯이 뛰고 숨이 턱에 찬 채 렌은 사이프러스 나무 숲으로 뛰어 들어갔다. 페니로얄은 다시 잠이 들어 의식불명이 되어 있었지만 테오는 깜짝 놀라 일어섰다. "렌, 무슨 일이야?"

"스토커야!" 그녀는 헐떡거리며 겨우 말했다. "그린 스톰이 스토커 하나를 남겨 두고 떠났어. 그 커다랗고 못생긴 스토커 말이야. 다른 스토커하고 싸우던…."

페니로얄이 신음 소리를 내면서 몸을 뒤척였다. 테오는 렌을 살며시 끌고 다른 쪽으로 갔다. "렌, 그 스토커가 우리를 죽일 생각이었다면 지금쯤 여기 와 있을 거야. 그렇지 않아? 널 쫓아서 지금 여기 와 있겠지."

렌은 테오가 한 말을 생각해 봤다. "고장이 난 것 같아."

"거봐. 겁먹을 것 없잖아."

"아마 미친 것 같아." 렌은 그 스토커가 자기에게 이상한 말을 했던 것을 떠올리며 덧붙였다. 그녀는 아직 긴장이 다 풀리지 않은 목소리로 작게 웃었다. "사람을 죽이고 다니는 게 정상적인 스토커들이 하는 짓이라면 이렇게 땅으로 추락하는 섬 같은 곳에 갇혀 있을 때는 미친 스토커를 만나는 게 낫겠지. 어쩌면 나랑 날씨에 관해 정담을 나누고 싶어 했는지도 몰라. 아니면 나한테 맞는 카디건을 짜 주려고 했던지."

테오가 웃음을 터뜨렸다. "아무튼 이제 다 괜찮을 거야. 이런 속도로 가스가 새어 나가면 한 30분 후면 사막에 내려앉을 거야."

"넌 그게 무슨 좋은 일이라도 되는 것처럼 이야기하는구나."

"좋은 일이야." 테오가 말했다. "와서 한번 봐."

렌은 테오를 따라 나무들을 지나 숲 반대편으로 갔다. 급하게 경사가 진 작은 잔디밭을 건너니 갑판 가장자리가 나왔다. 난간 너머로 땅이 보였다. 둥그런 모래언덕들과 황량한 바위들 위를 클라우드 나인의 그림자가 미끄러지듯 지나갔다. 그리고 사방에서 반짝거리는 조명등과 부챗살처럼 퍼진 먼지바람이 가까이 다가오고 있었다. 모두들 클라우드 나인이 떨어질 지점을 예측하고 달려오고 있는 것 같았다.

"고물 수집 타운들이야. 우리를 잡아먹을 거야!" 렌이 울부짖듯 말했다.

"클라우드 나인은 잡아먹히겠지만 우리는 아니야. 저 타운들이 도착하기 전에 우리는 사막에 내리자. 그리고 사냥감이 아니라 여행객으로 저 타운들을 방문하는 거야. 파빌리온에서 금붙이나 올

## 35. 하늘에 갇히다

드-테크 물건들을 꺼내다가 여비로 쓰면 돼. 너무 걱정하지 마."

렌은 마음을 진정시켰다. '바로 이런 것이 엄마와 아빠를 맺어 준 거겠지.' 그녀는 생각했다. '이런 모험을 같이하는 데서 오는 동질감. 불신이든, 못생긴 외모든 모든 것을 극복하게 해 주는 강한 동질감.' 그렇다고 테오가 못생겼다는 말은 아니다. 그는 못생긴 것과는 거리가 멀었다. 렌이 테오를 보기 위해 고개를 돌리자 두 얼굴이 너무 가까워져서 그녀의 코가 테오의 볼을 살짝 스쳤다.

그리고 바로 그때―둘이 입을 맞추려 한다는 것을 깨달은 렌이 그걸 간절히 원하는 마음과, 고물 수집 타운들보다 입 맞추는 것이 더 두려운 마음 사이에서 갈등을 하고 있던 바로 그때―풍랑을 만난 배처럼 잔디밭 전체가 갑자기 밑으로 쑥 꺼지면서 렌이 테오에게 가서 부딪히고 테오는 나무에 가서 부딪혔다.

"내 참!" 렌이 말했다.

클라우드 나인의 가스백들 상황이 악화되고 있었다. 파빌리온에서 올라오는 불길에 달궈진 가스백들 중 가장 가운데 있던 가스백이 터지면서 푸른색 화염을 뱉으며 타 들어가고 있었다. 작은 가스백 몇 개가 아직 남아 있었지만, 클라우드 나인의 무게를 지탱하기에는 역부족이었다. 갑판이 더 심하게 기울면서 분수대와 수영장들의 물이 순간적으로 하얀 폭포가 되어 가장자리 너머로 쏟아져 내렸다. 건물의 잔해들도 떨어졌다. 조각품, 정자, 화분에 심은 야자나무, 그리고 정원 가구들과 파티용 천막, 악기 등이 하늘에서 내리는 만나처럼 모래언덕으로 떨어졌다.
사막의 고물 수집 타운들은 추락 지점에 먼저 도착하기 위해 서로 밀치고 다투고 아우성을 쳤다.

❈ ❈ ❈

제니 하니버는 연기와 먼지를 뚫고 클라우드 나인의 그림자로 진입했다. 왼쪽 창문으로 본 클라우드 나인의 기울어진 밑바닥은 폭탄으로 팬 구멍과 타고 남은 잔해로 얽은 크고 황폐한 벽 같았다. 서치라이트를 켠 헤스터는 비틀린 작업용 철제 다리를 지나 높이 3미터가 넘는 하얀색 글씨로 '금연'이라고 써 놓은 경고문이 창문 밖으로 지나가는 것을 보았다. 케이블카가 끊어진 밧줄에 매달려 흔들리고 있었는데, 피 묻은 이브닝드레스와 연미복 자락이 깨진 유리창 밖으로 삐져나와 바람에 펄럭였다.
"너무 늦었어." 헤스터가 말했다. "저 위에 살아남은 사람이 있을 리가 없어."
"그런 말은 하지도 마." 톰이 말했다. 날카로운 어투였다. 그는 조금 전의 언쟁으로 아직도 신경이 곤두서고 흥분이 가라앉지 않은 상태였다. 톰도 더 이상의 언쟁은 원치 않았다. 지금은 렌을 찾는 것이 가장 중요했기 때문이다. 그러나 자기와 헤스터의 관계가 달라졌다는 느낌이 들었고, 그들이 예전으로 다시 돌아갈 수 있을지

## 35. 하늘에 갇히다

자신이 없었다. 피쉬케익을 버리고 오면서도 눈 하나 깜짝하지 않던, 얼음장같이 차가운 그녀의 모습을 생각하면 톰은 내장이 오그라드는 것만 같았다.

화가 난 채로 톰은 제니의 조종간을 거칠게 잡아당겨 갑판 위 가장자리 쪽으로 제니를 몰고 올라간 다음 어지럽게 얽혀 있는 밧줄들 사이를 조심스럽게 통과했다. 불현듯 헤스터 대신 프레야가 여기 함께 있었으면 좋겠다는 생각이 들었다. 프레야라면 가여운 피쉬케익을 버리고 떠나오지 않았을 것이고, 그 불쌍한 사람들을 모두 죽이지 않고도 슈킨의 소굴에서 빠져나올 수 있는 방법을 찾았을 것 같았다. 그리고 그녀라면 렌을 찾을 희망을 저렇게 쉽게 버리지도 않을 것이다.

"런던 기억해?" 톰이 말했다. "메두사가 터진 그날 밤, 런던에서 내가 당신을 구출하러 갔을 때 말이야? 그때도 희망이 없어 보였지만 결국 당신을 찾았잖아, 그렇지? 이번에도 우리는 렌을 찾게 될 거야."

그들 아래로 클라우드 나인이 불붙은 시계추처럼 흔들렸다. 헤스터는 서치라이트를 폐허가 된 정원에 맞췄다.

❋ ❋ ❋

렌과 테오는 페니로얄을 양쪽에서 부축하고 가파른 정원을 게처럼 옆으로 걸어가면서 클라우드 나인이 땅에 떨어졌을 때 안전하게 몸을 피할 만한 곳을 찾아 헤맸다.

"잘하고 있어!" 잠깐 정신을 차린 페니로얄이 말했다. "정말 훌륭해! 이 공으로 너희들을 자유의 몸으로 만들어 주겠어…." 그러고는 다시 정신을 잃었다. 축 처진 그의 몸은 말할 수 없이 무거웠다. 페니로얄을 땅에 눕히고 렌이 그 옆에 앉았다. 땅까지는 이제 150미터도 채 안 됐다. 어쩌면 그보다 더 가까울 수도 있고. 사막에 점점이 흩어져 있는 긴 초승달 모양의 바위들 사이에서 간신히 자라고 있는 키 작은 덤불들 하나하나, 그리고 드럼통 모양의 커다란 바퀴를 굴리며 클라우드 나인의 그림자를 쫓아오고 있는 타운의 상층 갑판에 있는 건물들의 창문과 문 하나하나까지도 다 보이는 거리였다. 팽팽해질 대로 팽팽해진 밧줄들이 끼익끼익하는 소리가 밤공기를 가득 채웠다. 길게 이어지는 금속성 소음 사이로 또 다른 소리가 점점 커져 갔다. 렌은 위를 올려다봤다. 정원 위에서 흔들리는 엉킨 밧줄들 사이를 뚫고 들어온 서치라이트 빛에 눈이 머는 줄 알았다. 다음 순간 서치라이트는 렌이 서 있던 곳을 지나 기다란 빛의 손가락처럼 정원에 난 오솔길들을 훑었다. 서치라이트 뒤로 그녀는 작은 비행선을 보았다.

"봐!" 렌이 소리쳤다.

"고물 수집상들!" 테오가 신음하듯 말했다. "아니면 비행 해적이든지!"

## 35. 하늘에 갇히다

땅에 있는 타운 사람들도 테오와 같은 생각을 했는지 로켓 하나가 날아와 비행선 뒤쪽 하늘에서 터졌다. 비행선은 조금 멀어지는 듯 하더니 다시 돌아왔다. 방향 조정타가 호기심 많은 물고기의 지느러미처럼 퍼덕거렸다. 곤돌라 창문으로 얼굴 하나가 보였다. 비행선의 방향 조정타가 다시 퍼덕거리더니 엔진이 착륙 모드로 들어가고, 렌과 테오가 있는 곳에서 조금 떨어져 있는 금속 바닥으로 된 안뜰에 살포시 내려앉았다. 그러나 렌은 곤돌라에서 내려 기울어진 잔디밭을 건너 자기가 있는 쪽으로 서둘러 달려오는 사람들의 얼굴을 금세 알아봤다.

처음에 렌은 믿지 않겠다고 생각했다. 엄마, 아빠가 여기에 온다는 것은 불가능한 일이었기 때문에 눈을 감으며 상처만 주는 이 환각을 쫓으려고 애썼다. '엄마, 아빠일 리가 없어. 절대 그럴 리가 없어. 바보 같은 눈이 뭐라고 하더라도 이건 사실이 아니야.' 지금껏 너무 심한 모험을 해서 몸이 감당을 못한 나머지 환상을 보는 것이 분명했다.

외치는 목소리가 들렸다. "렌!" 그리고 누군가의 팔이 그녀를 감싸더니 꼭 안았다. 아빠였다! 아빠가 그녀를 안고 크게 웃음을 터뜨리며 말하고 있었다. "렌!" 아빠는 반복해서 그녀의 이름을 불렀다. 재와 먼지로 새까매진 아빠의 얼굴 위로 눈물이 하얀 기찻길을 그리고 있었다.

INFERNAL DEVICES
## 36
# 이상한 만남들

"죄송해요." 그녀가 말했다. "죄송해요. 정말 바보 같은 짓만…." 그러고는 더 이상 말을 잇지 못했다. 할 말이 한 마디도 생각나지 않았다.

"괜찮아." 아빠는 계속 그렇게 말했다. "상관없어. 네가 무사하니 됐다. 그게 제일 중요한 거지." 아빠가 옆으로 비켜서자 이번에는 엄마 차례였다. 엄마는 깡마른 어깨에 렌의 얼굴을 파묻고는 더 세게 껴안았다. 그녀의 귀에 대고 엄마는 계속 "괜찮니? 다친 데 없어?" 하고 속삭였다.

"괜찮아요." 렌이 훌쩍이며 말했다.

헤스터는 한 걸음 물러나서 렌의 얼굴을 두 손으로 싸안으며 자기 안에서 사랑이 샘솟는 것을 느끼고 깜짝 놀랐다. 좀처럼 울지 않는 그녀지만 기쁨으로 눈물이 흘렀다. 톰과 렌이 자기가 약해졌다고 생각하는 게 싫어서 눈을 돌리다가 그녀는 키 큰 흑인 소년을 보았

## 36. 이상한 만남들

다. 그는 렌 뒤에 서서 그들을 지켜보고 있었다.

"엄마, 아빠." 렌이 그렇게 말하면서 테오를 끌어당겼다. "이쪽은 테오예요. 제 목숨을 구해 줬어요."

"서로 구해 줬죠." 테오가 부끄러운 듯 말했다. 테오도 울고 있었다. 자그와의 집에 돌아가면 부모님이 자기를 얼마나 반길까 생각하니 감정이 복받쳐 올랐다.

헤스터는 그 잘생기고 젊은 비행사를 의심스러운 눈으로 쳐다봤지만, 톰은 그의 손을 잡으며 말했다. "모두 비행선으로 올라가는 게 좋겠어."

대기하고 있는 비행선을 향해 톰이 몸을 돌리자 테오도 그를 따라 걸음을 옮기기 시작했다. 헤스터가 그 뒤를 따르려는데 렌이 말했다. "아니요, 잠깐만요. 페니로얄이…."

톰과 테오는 렌이 하는 말을 듣지 못했지만 엄마는 들었다.

❀ ❀ ❀

렌은 나무 사이를 지나 분수대 쪽으로 서둘러 뛰어갔다. 비행선 엔진 소리에 기운이 난 페니로얄이 안간힘을 쓰며 일어서고 있었다. 그는 렌을 보고 씩 웃으며 병약한 목소리로 말했다. "내가 뭐랬나? 절대 죽는다는 말은 하지 말랬지!" 그러다가 렌 뒤에 나타난 사람이 누구인지 알아채고는 덧붙였다. "어! 포스킷 맙소사!"

헤스터가 마지막으로 페니로얄을 본 것은 그가 눈 쌓인 앵커리지의 어둠 속으로 도망가는 뒷모습이었다. 그녀가 사냥단을 죽인 그날 밤 일이었다. 헤스터가 마지막으로 페니로얄과 짧게나마 이야기를 나눈 것은 그 일이 있기 직전 아키우크 부부의 집 부엌에서였다. 거기서 아크에인절의 사냥꾼들이 어떻게 앵커리지에 오게 됐는지 페니로얄에게 말해 줬었다.

페니로얄은 힘없는 몸짓으로 뒷걸음질했다. 엉겨 붙은 피딱지 밑으로 치즈처럼 하얗게 질린 얼굴이 마치 죽은 사람의 얼굴 같았다. 성큼성큼 두세 걸음 걸어서 페니로얄을 잡아챈 헤스터는 그를 쳐서 쓰러뜨리고 칼을 뽑았다. 페니로얄은 그녀의 발아래에 넙죽 엎드려 설설 기었다.

"제발!" 그가 애원했다. "살려 주세요! 뭐든지 다 내놓을게요!"

"입 닥쳐!" 헤스터는 새 코트에 피가 튀지 않도록 몸을 굽히면서 그의 목에 칼을 가져다 댔다.

그때 렌이 그녀를 쳐서 옆으로 밀어냈다. "엄마, 안 돼요!" 렌이 소리쳤다.

헤스터는 호흡이 거칠어지고 화가 나서 으르렁거렸다. "넌 빠져."

그러나 렌은 빠질 생각이 전혀 없었다. 그녀는 페니로얄을 본 엄마 눈에 떠오른 표정을 놓치지 않았다. 그것은 증오감이나 분노, 복수심 같은 것이 아니라 공포였다. 페니로얄이 엄마에 관해 한 말이 진실이 아닌 다음에야 엄마가 왜 그를 두려워하겠는가? 헤스터가

## 36. 이상한 만남들

다시 페니로얄을 향해 다가가자 렌은 그를 보호하기 위해 두 팔을 벌리고 둘 사이를 막아섰다. "난 알아요!" 렌이 소리를 질렀다. "엄마가 한 일을 알고 있어요. 저 사람 입을 막으려고 해도 너무 늦었어요. 비밀을 지키려면 저도 죽여야 해요."

"너를 죽이라고?" 헤스터는 렌의 멱살을 잡고 나무에 세게 밀어붙이며 외쳤다. "네가 아예 태어나지도 않았다면 좋겠어!" 그녀는 닳아빠진 뼈 손잡이를 고쳐 쥐고 칼의 방향을 바꿨다. 불빛이 칼날에 가득 찼다. 칼에 비친 불빛이 충격과 반항이 서린 렌의 얼굴을 스쳐 지나간 순간 헤스터는 렌에게서 자기의 이복 자매인 캐서린 밸런타인의 얼굴을 봤다. 자기를 구하느라 아버지의 칼에 맞고 숨진 캐서린….

"엄마?" 렌이 충격받은 목소리로 작게 불렀다.

헤스터는 칼을 내렸다.

톰과 테오가 나무들 사이를 급하게 빠져나오다가 가파른 잔디밭에서 미끄러졌다. "무슨 일이야?" 앞장섰던 테오가 소리쳤다. "렌, 괜찮아?"

"저 사람을 죽이려고 해!" 렌은 그 자리에 주저앉아 무릎을 꿇었다. 너무나 심하게 흐느끼고 있어서 그녀가 하는 말은 알아듣기가 어려웠다. 그러나 그녀는 아빠와 테오가 자기 말을 알아들을 때까지 반복했다. "엄마가 페니로얄을 죽이려 해!"

톰은 페니로얄을 내려다봤다. 그가 떨리는 손을 들었다.

"톰, 친애하는 톰, 우리 성급한 판단은⋯."

톰은 잠시 동안 아무 대답도 하지 않았다. 그는 앵커리지의 눈밭에 누워 '이렇게 죽는구나.'라고 생각했던 그 순간을 떠올렸다. 지금도 가슴에 난 구멍과 입 속에 고이던 피 맛이 느껴지는 듯했다. 지금도 페니로얄이 탄 제니의 엔진 소리가 멀어지는 것이 들리는 것 같았다. 한순간 톰도 헤스터만큼 분노에 차서 그녀의 손에 든 칼을 빼앗아 들고 저 늙은 사기꾼을 자기 손으로 죽이고 싶은 충동이 일었다. 그러나 그 충동은 금방 사그라졌다. 톰은 아내의 손을 잡았다. "헤스터, 저 사람을 봐. 늙고 초라해진 데다 자기 궁전은 불에 타서 추락하고 있잖아. 그 정도면 복수는 충분하지 않아? 이놈의 비행 궁전이 더 내려가기 전에 얼른 저 사람을 제니에 태우자."

"안 돼!" 헤스터가 소리쳤다. "저 사람을 마지막으로 제니에 태웠을 때 무슨 일이 일어났었는지 잊어버렸어? 저 사람이 당신한테 한 짓을 잊었냐고! 거의 죽을 뻔했잖아. 이렇게 용서해 줄 수는 없어!"

"아니야, 용서할 수 있어." 톰이 단호하게 말했다. 그는 페니로얄 옆에서 몸을 낮추며 일으키는 것을 도와 달라고 테오에게 눈짓을 했다. "어떻게 할 건데? 죽여? 죽인다고 해서 얻어지는 게 없잖아. 아무것도 달라지지 않아."

"얻어지는 게 있어요." 렌이 말했다. 그녀의 목소리에 깔려 있는 이상한 분위기를 눈치챈 톰이 그쪽을 올려다봤다. 렌은 전혀 숙녀답지 않게 꺼이꺼이 큰 소리로 울고 있었다. 그녀의 얼굴은 눈물과

콧물로 범벅이 돼 있었다. 엄마가 자기 쪽으로 몸을 돌리자 그녀는 두려움에 뒷걸음질을 치며 소리쳤다. "저 사람을 죽이면 엄마가 사냥단에게 앵커리지를 판 이야기를 하지 못할 테니까요."

헤스터는 뺨을 얻어맞은 것처럼 고개를 획 돌렸다. "거짓말이야!" 그렇게 말하면서 소리 내어 웃으려 했다. "페니로얄이 저 애 귀에다 대고 거짓말을 해 댄 게 분명해."

"아니에요." 렌이 말했다. "그건 진실이에요. 그동안 내내 모든 사람들이 엄마가 앵커리지를 사냥단에게서 구해 준 것 때문에 얼마나 고마워했나요? 애초에 사냥단을 끌고 온 장본인이 바로 엄마였는데도 말이에요. 나도 그게 진실이 아니었으면 좋겠어요. 그럴 리가 없다고 나 자신한테 얼마나 일렀는지 몰라요. 하지만 그게 진실이에요."

톰이 헤스터를 쳐다봤다. 그녀가 이 모든 것을 부인하기를 기다리면서.

"당신을 위해서 한 일이었어." 헤스터가 말했다.

"그러면 정말이란 말이야?"

헤스터는 톰에게서 한 발짝 물러났다. "물론 정말이고말고! 제니를 가지고 떠난 그날 밤, 내가 어딜 갔다고 생각해? 그 길로 아크엔젤에 가서 마스가드에게 어디로 가면 앵커리지를 찾을 수 있는지 말해 줬지. 그렇게 하지 않으면 당신을 포기할 수밖에 없었으니까. 그리고 당신은 절대 포기할 수 없는 사람이었으니까. 오, 톰, 제벌…, 16년 전 일이잖아. 이제 아무 상관도 없는 일 아니야? 마스가드와 그 부하들을 죽인 것도 나잖아. 모든 게 다 당신을 위한 일이었어."

그러나 헤스터가 도시 전체를 배반하더라도 포기할 수 없었던 톰은 지금의 톰과 다른 사람이었다. 그 톰은 용감하고, 잘생기고, 그리고 헤스터를 용서해 줄 수도 있는 열정적인 소년이었다. 하지만 지금의 이 소심한 앵커리지의 역사학자 톰은 실망했다는 표정으로 바보같이 입을 헤벌리고 서서 바보같이 훌쩍이는 딸을 옆에 끼고, 그녀가 한 일을 이해하지 못하는 사람이 되어 있었다. 톰이고 렌이고 둘 다 절대 헤스터를 이해하지 못하는 사람들이었다. 헤스터는 그들과 완전히 다른 사람이었다. 그들의 세상에서 살 수 있다고 생각한 자기가 바보였다.

"이날 여태까지," 헤스터는 칼을 옆으로 휙 던지며 말했다. "바인랜드에서 사는 동안 내내," 페니로얄의 정원에 꽂힌 자신의 칼이 가늘게 떨리는 것을 쳐다보며 말을 이었다. "당신과 렌과 함께 산 세월 내내 나는… 맙소사, 정말 따분했어!"

온몸이 떨렸다. 그 순간 헤스터는 메두사가 터지던 밤, 처음으로 용기를 내어 톰에게 입을 맞췄던 그날 밤을 떠올렸다. 모든 것이 시작된 그날 밤 그녀는 제어할 수 없을 정도로 몸을 떨었다. 그리고 모든 것이 끝난 오늘 밤에도 그녀는 온몸을 떨고 있었다. 그녀는 자욱하게 낀 연기 사이로 네모반듯하고 나지막한 형체가 모습을 드러

## 36. 이상한 만남들

내는 것을 보았다. 처음에는 건물인 줄 알았지만 이내 그것이 바보 같은 미로라는 것을 깨달았다. '저거면 되겠군.' 헤스터는 빠른 걸음으로 미로의 입구 쪽으로 걸어갔다.

"헤스터!" 톰이 헤스터의 뒤에 대고 소리쳤다.

"가!" 헤스터는 뒤를 힐끗 돌아다보며 말했다. 톰이 허둥거리며 쫓아오고 있었다. 필사적인 그의 실루엣이 파빌리온의 불길에 비쳤다. 렌은 그 아프리카 소년하고 뒤에 남겨져 있었다. "가!" 멈추지 않고 계속 걸으면서 몸을 돌리고 외쳤다. 가던 방향으로 뒷걸음치며 그녀는 제니 하니버를 가리켰다. "렌을 태우고 떠나. 페니로얄이 또 비행선을 훔치기 전에…."

그러나 톰은 다시 한 번 그녀를 불렀다. "헤스터!"

"난 같이 안 가, 톰." 헤스터는 울고 있었다. 연기가 그녀 옆을 지나가면서 불타는 기낭의 천 조각을 날리고, 뜨거운 바람이 그녀의 코트 자락을 감아올려 검은 날개처럼 펄럭이게 만들자 헤스터는 암흑의 천사처럼 보였다. "바인랜드로 돌아가. 행복하게 살아. 하지만 나랑 같이는 아니야. 나는 여기 남을 거야."

"헤스터, 바보 같은 소리 하지 마! 이곳은 이제 끝이야."

"그냥 추락하고 있을 뿐이야." 헤스터가 말했다. "죽지는 않을 거야. 저 아래에 타운들이 있잖아, 각박한 사막의 타운들. 고물 수집상들 말이야. 나한테 딱 맞는 곳이지."

톰은 헤스터를 거의 따라잡았다. 타오르는 건물에서 나온 빛에 그의 얼굴이 흐르는 눈물로 번쩍이고 있었다. 헤스터는 톰에게 돌아가고 싶은 마음이 간절해졌다. 가서 그에게 입 맞추고 그의 품에 안기고 싶었다. 그러나 그녀는 이제 다시는 톰과 가까워질 수 없다는 것을 알고 있었다. 자기가 한 일이 항상 두 사람 사이에 끼어들 것이기 때문이다. "사랑해." 헤스터는 그렇게 말하고 몸을 돌려 미로 속으로 뛰어들었다. 갑판이 더 기울어지면서 그녀의 발밑으로 땅이 가파르게 올라왔다. 헤스터의 입에서 자기도 모르게 흐느낌과 웃음이 섞인 소리가 흘러나왔다. 뒤에서 톰이 그녀의 이름을 부르는 소리가 점점 희미하게 들려왔다. 머리 위로 클라우드 나인의 가스백들에 차례로 불이 붙으면서 묘하게 움직이는 그림자들이 미로 안을 채웠다. 그녀는 흐느끼며 넘어질 듯 뛰었다. 나뭇가지들이 얼굴을 긁어 댔다. 갑판이 추락하는 순간, 몸을 숨기기에 미로 안이 그다지 좋은 장소가 아니라는 생각이 들 즈음 헤스터는 미로의 중앙에 도달했다. 거기에 뭔가가 웅크리고 있었다. 마치 그녀가 오기를 내내 기다리고 있었던 것처럼.

  헤스터는 달리던 것을 멈추면서 잔디에 발이 미끄러졌다. 기다리고 있던 형체는 몸을 펴고 일어서더니 헤스터 앞에 산처럼 버티고 섰다. 그녀는 처음에 그것이 불로 만들어진 것이라고 생각했다. 하지만 그것은 불타는 가스백들에서 나오는 불빛이 울퉁불퉁하고 광이 나는 갑옷에 반사되어 그렇게 보인 것뿐이었다. 그의 죽은 얼굴이 미소를 지었다. 헤스터가 아는 얼굴이었다. 그 얼굴 위로 흙을

## 36. 이상한 만남들

덮었었다. 18년 전 블랙 아일랜드에서였다. 그를 땅속 깊이 묻고 그의 무덤 위에 돌을 높이 쌓아 올렸었다. 그 모든 게 시간 낭비였다니. 익숙한 그의 냄새가 풍겨 왔다. 포름알데히드와 달아오른 금속의 냄새.

"헤스터?" 톰의 목소리가 희미하게 정원 어디에선가 들려왔다. 헤스터가 이제는 절대 가까이 갈 수 없는 목소리….

슈라이크가 무시무시한 손을 그녀에게 내밀며 말했다. "헤스터 쇼."

❄ ❄ ❄

가스백 또 하나가 굉음을 내면서 폭발하자 불길이 분수처럼 하늘로 치솟았다. 갑판이 갑자기 밑으로 꺼지면서 톰은 순간적으로 하늘을 나는 느낌이 들었다. 잔디에 세게 나가떨어진 그는 한 바퀴 굴러 포스킷 신의 동상 위에 가서 멈췄다. "헤스터!" 가까스로 일어서면서 그렇게 소리쳤지만, 이제는 아무리 쥐어짜도 갈라진 목소리밖에 나오지 않았다. 심장도 갈라지는 것 같았다. 가슴을 주물러 봤지만 소용이 없었다. 무릎을 꿇고 땅바닥에 얼굴을 박은 자세로 엎드렸다. 고통 때문에 잔디밭에 못 박힌 듯 움직일 수가 없었다. 그는 정신을 잃었다. 정신이 돌아왔을 때는 누군가 옆에 있었다. "헤스터?" 톰이 중얼거렸다.

"아빠···." 렌이었다. 손으로 톰의 등과 어깨를 받치고 그를 내려다보고 있었다. 눈물범벅이 된 놀란 얼굴이었다.

"괜찮아." 그가 말했다. 정말 괜찮았다. 구역질이 나고 어지러웠지만 통증은 잦아들었다. "전에도 이런 적이 있었어. 아무것도 아니란다."

톰이 일어서려고 하자 렌의 친구 테오가 와서 부축했다. 별로 힘들이지 않고 그를 번쩍 들어 올리는 느낌이었다. 테오의 부축을 받으며 정원을 가로질러 가는 사이 또 한 번 정신을 잃었나 보다. 헤스터가 같이 있다고 생각했는데 주변을 둘러보고서야 그녀가 없다는 것을 알았기 때문이다.

이윽고 일행은 열려 있는 제니의 해치 문에 도착했다. 페니로얄이 비행갑판 창문으로 밖을 내다보고 있었다. 모든 것이 혼란스러웠다. 특히 정원이 통째로 기울어지고 흔들리고 있어서 정신을 차릴 수가 없었다. 유일하게 확실한 것은 렌이 있다는 것뿐이었다. 렌은 끊임없이 눈물을 흘리면서도 톰의 손을 꼭 잡고 그에게 미소를 지어 보이려 애쓰고 있었다. "렌," 그가 말했다. "이렇게 갈 수는 없어. 엄마를 찾아야지."

렌이 고개를 저으며 테오를 도와 톰을 제니에 태웠다. "더 늦기 전에 이 끔찍한 곳에서 떠나야 해요." 그녀가 말했다.

해치 문이 닫혔다. 테오는 페니로얄을 도와 시동을 걸기 위해 비행갑판 쪽으로 갔다. 렌은 톰 옆에 앉아서 그녀가 어릴 적에 아프거나 무서워할 때 아빠가 자기를 안아 준 것처럼 아빠를 안았다. "자, 자." 그럴 때면 아빠는 항상 그렇게 속삭이곤 했다. 그래서 렌도 아빠가 안정을 되찾을 때까지 "자, 자." 하고 속삭이면서 그의 머리카락을 쓰다듬고 입을 맞췄다. 엄마, 엄마가 한 짓, 엄마가 한 말, 그리고 엄마의 칼날에서 반사되던 흔들리는 빛에 대해 생각하지 않으려고 노력했다. 이제 자기에게는 더 이상 엄마가 없다는 것만 기억하려고 애썼다.

이렇게 나이가 들다니!

슈라이크는 이제 자기도 인간에 대해, 그리고 시간이 인간에게 미치는 영향에 대해 안다고 생각했었다. 그러나 이 불쌍한 아이의 주름지고 빛바랜 얼굴을 보고는 충격을 받지 않을 수 없었다. 아름답던 붉은 머리카락도 거칠어지고 잿빛으로 변해 있었다. 그는 갈고리 손톱을 집어넣으며 그녀에게 손을 내밀었다. 그러자 스토커에게 추격당한 끝에 더 이상 달아날 곳이 없음을 깨달은 대부분의 인간들과 같은 반응을 헤스터도 보였다. 알아들을 수 없는 신음 소리, 그리고 괄약근이 풀리면서 갑자기 올라오는 뜨뜻한 오물 냄새. 그녀가 자기를 두려워한다는 사실이 가슴 아팠다. 할 수 있는 한 부드럽게 그녀를 끌어안으며 슈라이크가 말했다. "얼마나 보고 싶었는지 모른다."

슈라이크의 쭈그러진 갑옷에 얼굴을 박고 헤스터는 몸을 떨며 흐느꼈다. 그리고 그녀는 이제껏 자신이 들은 소리 중 가장 슬픈 소리에 귀를 기울였다. 자기 없이 이륙하는 제니 하니버의 쥬네-카로 쌍둥이 엔진 소리가 멀어지고 있었다.

✵ ✵ ✵

마침내 클라우드 나인이 땅에 내려앉았다. 매달려 있던 케이블카가 닻인 양 맨 먼저 모래밭에 박히고 갑판의 가장자리가 산호초 같은 바위들 위에 걸렸다. 갑판 밑에서 떨어져 나온 보수 작업용 철제 다리들이 모래언덕을 빙글빙글 굴렀고, 산산이 부서진 비행 기계들의 잔해와 뿌리째 뽑힌 나무들이 사막으로 쏟아져 내렸다. 밧줄이 끊어지면서 축 늘어져 있던 가스백들이 연기와 먼지를 뚫고 하늘로 올라갔다. 파빌리온의 여러 구역이 한꺼번에 크게 폭발하면서 골동품과 예술품이 산탄처럼 쏟아졌다. 계단들이 무너져 내리고 데크들이 찌그러지고 수영장들도 바닥이 꺼졌다. 클라우드 나인이 한 번 튀면서 거대한 모래언덕의 윗부분을 동강 냈다. 파스텔 빛의 돔 지붕들이 사막을 가로질러 굴러가자 뒤따르던 타운들이 군침을 삼키면서 속도를 올렸다. 클라우드 나인의 잔해가 다시 한 번 땅에 부딪히면서 그 충격으로 불꽃을 내뱉고 전선과 바람 빠진 가스백들을

## 36. 이상한 만남들

질질 끌면서 부딪히고 미끄러지고 구르기를 거듭하다가 마침내 멈춰 섰다.

❀ ❀ ❀

정적이 흘렀다. 그 정적을 깨는 것은 위로 솟아올랐던 수십억 개의 모래 알갱이가 살포시 땅으로 떨어지면서 내는 한숨 소리뿐이었다. 그 정적 속에서, 잔해들을 삼키기 위해 고물 수집 타운들이 전속력으로 몰려들기 전에 스토커 슈라이크는 헤스터를 팔에 안고 일어났다. 그는 그녀를 안고 암흑이 내려앉은 사막으로 걸어 들어갔다.

# Infernal Devices